Diogenes Taschenbuch 24531

AF176951

KATRINE ENGBERG, geboren 1975 in Kopenhagen, arbeitete für Fernsehen und Theater und war als Tänzerin, Choreographin und Regisseurin landesweit bekannt, bevor sie mit den Fällen für Kørner und Werner in der Welt des skandinavischen Thrillers debütierte – mit großem Erfolg, auch international. Katrine Engberg lebt mit ihrer Familie in Kopenhagen.

Katrine Engberg
Blutmond

Der Kopenhagen-Krimi

Aus dem Dänischen von
Ulrich Sonnenberg

Diogenes

Titel der 2017 bei People's Press, Kopenhagen,
erschienenen Originalausgabe: ›Blodmåne‹
Copyright © 2017 by Katrine Engberg
Published by agreement with Salomonsson Agency
Die deutsche Erstausgabe
erschien 2019 im Diogenes Verlag
Covermotiv: Copyright © Diogenes Verlag

Veröffentlicht als Diogenes Taschenbuch, 2020
Alle deutschen Rechte vorbehalten
Copyright © 2019
Diogenes Verlag AG Zürich
info@diogenes.ch · www.diogenes.ch
In Fragen zur Produktsicherheit (GPSR):
truepages UG (haftungsbeschränkt)
Westermühlstraße 29, 80469 München
info@truepages.de
ASR/25/852/5
ISBN 978 3 257 24531 8

Für meinen Vater, Jan Leon Katlev,
den Mann im Mond.

These are grand words; we must make sure
we deserve them.
Listen to them again: »I love you.«
Julian Barnes

Prolog

Delilah stützte sich mit den Händen an der rauhen Backsteinmauer des Toilettenhäuschens ab, damit der Kunde sie besser von hinten nehmen konnte. Mit ihren hochhackigen eins achtzig war sie wesentlich größer als er. Außerdem war er nicht sonderlich gut ausgestattet, er hatte keinen richtigen Steifen. Ungeduldig packte er sie im Nacken und stieß sie nach unten. Angst hatte sie nicht. Sollte er gewalttätig werden, würde ihr Zuhälter ihn aufhalten, er beobachtete sie von seinem Posten am schmiedeeisernen Zaun.

Sie fror. Wie jeden Tag, seit sie vor bald einem Jahr hierhergekommen war. Sommers wie winters. Heute war es jedoch schlimmer als sonst, der Wind strich ihr um die nackten Schenkel und drang unter die Daunenjacke. Dieser Januar war einer der kältesten seit Menschengedenken. »Eishölle« hätte sie es genannt, wenn sie gefragt worden wäre. Aber es fragte sie niemand. Die Eisschicht auf dem Gehsteig knackte bei jedem Schritt, wenn sie tagsüber auf der Skelbækgade auf und ab ging. Immerhin trieb sich bei der Kälte auch niemand in den Parks herum, und sie konnte in Ruhe ihre Kunden bedienen.

Sie beugte sich weiter vor, summte vor sich hin und überlegte, was sie ihrem Sohn zum Geburtstag schicken könnte.

Vielleicht ein rotes Auto mit Fernsteuerung, das würde ihm gefallen.

Inzwischen bumste der Mann sie entschlossen und gab dazu grunzende Laute von sich.

Delilah legte den Kopf in den Nacken und sah ein Stückchen des Nachthimmels. Da war derselbe Mond, den man in Ghana sehen konnte, dieselbe Sehnsucht. Es fehlte nur noch wenig zum Vollmond.

Sie bemerkte den Penner erst, als ihr Kunde plötzlich anfing zu brüllen.

»Hau ab! Du stinkst nach Pisse!« Er schlug nach dem Mann, ohne von ihr abzulassen.

Der Obdachlose stand direkt neben ihnen und schwankte bedrohlich. Er sah ordentlicher aus als die meisten Penner, aber sogar in der Dunkelheit konnte sie erkennen, dass er bleich war. Drogensüchtig. Auch bei noch so großen Mengen an Alkohol bekam man nicht diesen dumpfen Blick.

»Hilfe!«

Er flüsterte das Wort so heiser, dass es beinahe im Stöhnen ihres Kunden unterging, doch wenn es ein Wort gab, das sie in allen Sprachen und Lautstärken verstand, dann dieses.

Sie sah den Obdachlosen fragend an, aber er schien sie nicht zu sehen, er öffnete nur den Mund, als wollte er noch etwas sagen. Dann verdrehte er die Augen und ruderte mit den Armen, ein trockenes Röcheln entfuhr seinem weit aufgerissenen Mund.

Er würgte heftig und übergab sich.

Das Erbrochene war dunkel und stank. Zwischen zwei

Krämpfen öffnete er den Mund zu einem lautlosen Schrei an den Mond. Seine Zunge war blutig, das Fleisch der Mundhöhle zerfressen. Wie geschmolzen.

Er ging in die Knie und fiel in den Schnee.

Tief unter ihnen war das elektrische Kreischen einer S-Bahn zu hören.

Ihr Kunde zog die Hose hoch und lief auf das Tor zur Nørre Voldgade zu.

»Hey, you diddan pay, man!« Delilah schrie vor allem, damit ihr Zuhälter sie hörte. Er würde schon für ihre Bezahlung sorgen, bevor der Mann mit eiskalten Hoden und brühwarmen Lügengeschichten in seinem Familienwagen in eine der Vorstädte nach Hause fuhr.

Sie fischte ein Feuchttuch aus der Packung und wischte die Gleitcreme von den Pobacken, bevor sie sich neben den Obdachlosen hockte und ihn schüttelte. »Yo! Yo, brother, are you okay?«

Bei dem Gestank und dem Anblick seines zerfetzten Mundes wurde ihr übel. »You gonna freeze to death, man.«

Keine Reaktion.

Sie sah sich um, bemerkte aber niemanden. Nicht einmal den Schatten, der wenige Meter entfernt in der Dunkelheit der Büsche stand und sie beobachtete, ohne ein Geräusch von sich zu geben.

Das Mondlicht schien klar und kalt auf den Schnee. Sie beugte sich über die Gestalt, griff zu und drehte ihn um. Hob vorsichtig einen Zipfel seiner Jacke und steckte die Hand hinein.

Eine Brieftasche. Mit einer erstaunlichen Summe an Bargeld, soweit sie es beurteilen konnte. Sie überprüfte sein

Handgelenk und befreite ihn von einer überraschend eleganten Armbanduhr.

Dann schob sie die Schätze in ihr Höschen, schloss den Reißverschluss ihrer Daunenjacke und ging mit raschen Schritten auf die Straßenlaterne zu.

Donnerstag, 28. Januar

1

Ja. Hm, hm. Ørstedspark? Okay, ich komme.«
Polizeiassistent Jeppe Kørner erwachte beim Geräusch
seiner eigenen schlaftrunkenen Stimme und stand auf. Die
Routineabläufe hatte er verinnerlicht, er musste keinen Gedanken daran verschwenden: eine lange kalte Dusche, lange
Unterhose unter die Jeans, Notizbuch, eine warme Mütze
über das frisch gefönte Haar. Schon wenige Minuten nach
dem Anruf stand er im Flur und schloss den Reißverschluss
seiner Fleecejacke.

Sein Blick streifte sein Spiegelbild, das ihm seltsam unscharf erschien. Er kontrollierte kurz Gesicht und Kleidung. Noch immer hatte er eine gute Farbe, obwohl er
bereits vor zwei Wochen in die Dunkelheit und Kälte zu-
rückgekommen war. Zum allerersten Mal in seinem Leben
hatte er sich so eine Reise gegönnt: vier Wochen Westaus-
tralien, von Perth die Küste hinauf bis Broome. Ein erheb-
licher Teil seiner Ersparnisse war dabei draufgegangen, aber
es hatte sich mehr als gelohnt. Er war als ausgebrannter, von
Ruckenschmerzen gequälter und von Medikamenten ab-
hängiger Mann aufgebrochen. Ohne Glaube an die Liebe,
ohne Hoffnung auf die Zukunft. Jetzt war er wieder in der
Spur.

Jeppe nahm die Autoschlüssel vom Haken, überprüfte,

ob seine Polizeimarke und ein aufgeladenes Telefon in seiner Manteltasche steckten, und zog die Haustür hinter sich zu. Die Kälte schlug ihm direkt ins Gesicht. Sie kroch unter die Kleidung und unter die Haut und ließ seinen Lebensmut langsam, aber sicher wieder gefrieren.

Der Wagen startete erst beim dritten Versuch. Jeppe ließ den Motor laufen, während er rasch die Eisblumen von der Frontscheibe kratzte. Vorsichtig fuhr er durch den Schnee in Richtung Innenstadt. Es war halb vier Uhr morgens, und Kopenhagens Straßen glichen einer verlassenen Filmkulisse.

An der Kreuzung Nørre Farimagsgade und H. C. Andersens Boulevard hielt Jeppe an der Bordsteinkante vor dem Ørstedspark. Auf der anderen Seite des schmiedeeisernen Gitters sah er Licht, vermutlich die Kriminaltechniker vom NKC, des Nationalen Kriminaltechnischen Centers, die bereits ihre Scheinwerfer aufgestellt hatten. Jeppe nickte den beiden Beamten an der Absperrung zu und betrat den direkt hinter dem Tor gelegenen Spielplatz.

Vor dem Toilettenhäuschen war eine Gruppe Spurensicherer in blauen Schutzanzügen zugange. Als Jeppe näher herantrat, sah er einen Schatten im Schnee. Die Leiche. Sie lag in embryonaler Haltung zusammengekrümmt auf der Seite, die Knie an die Brust gezogen; der ganze Körper war um die Stelle gerollt, an der ihn eine Nabelschnur einst mit Leben versorgte – die letzte Stelle, an der die Wärme verschwindet, bevor man vor Kälte stirbt. Wir verlassen die Welt, wie wir sie betreten.

Jeppe seufzte. Was für eine Verschwendung.

Eine Gestalt kam ihm aus der Gruppe der Blaugekleideten entgegen. Jeppe erkannte ihn als Lima 11, den wachhabenden Einsatzleiter, der bei Leichenfunden immer als Erster gerufen wurde, um das weitere Vorgehen festzulegen.

»Kørner, willkommen.«

»Ja, danke. Was haben wir?« Jeppe wischte sich mit einem Handschuh diskret über die vor Kälte tränenden Augen. Diese verdammte Kälte!

»Ein Obdachloser, wie es aussieht. Todesursache: Suff und Kälte. Hat überall hingekotzt und sich dann schlafen gelegt.«

»Okay. Irgendetwas Außergewöhnliches?«

»Nicht unmittelbar. Allerdings gibt es keine Zeugen, die Todesursache ist unklar, und der Tote hat keinerlei Papiere bei sich, daher müssen wir den Todesfall bis auf weiteres als verdächtig ansehen. Die Standardprozedur.«

»Wer hat ihn gefunden?«

Der Einsatzleiter befragte seine Notizen auf einem kleinen Block. »Ein Streifenwagen des Innenstadtreviers fand ihn um 01:54 Uhr leblos, der zuständige Notarzt erklärte ihn um 02:21 Uhr offiziell für tot. Die Techniker sind kurz nach drei gekommen und haben angefangen, ihre Scheinwerfer aufzubauen. Eine verdammte Schufterei bei der Dunkelheit und Glätte.«

»Ist der Rechtsmediziner schon da?«

Der Einsatzleiter hob das Kinn zu einem bestätigenden Nicken in Richtung einer großen Gestalt am Toilettenhäuschen. Kein Geringerer als Nyboe persönlich. Eigentlich war es unter der Würde des dienstältesten Staatlichen Pathologen und Professors der Rechtsmedizin, mitten in der Nacht im Ørstedspark zu stehen.

Jeppe zog sein Notizbuch aus der Tasche und ging zu ihm.

»Hej, Nyboe, was verschafft uns die Ehre?«

Nyboe war ein hochgewachsener Mann, der sich sein ganzes Leben lang zu seinen Gesprächspartnern hatte hinunterbücken müssen. Inzwischen war sein Nacken krumm, und in den weißen, kurzgeschnittenen Haaren zeigte sich ein blanker Fleck. Seine Augen strahlten jedoch nach wie vor Autorität aus, und mangelnde Selbstsicherheit konnte man ihm gewiss nicht nachsagen.

Er drehte sich um und nickte kurz.

»Ich kann im Winter nicht schlafen. Von Oktober bis März bin ich eine Nachteule. Die Dunkelheit hält mich wach, da kann ich ebenso gut arbeiten.« Nyboe fuhr mit der Hand durch sein spärliches Haupthaar. Er sah müde aus. Verfroren. Jeppe hätte ihm gern seine Mütze angeboten, ließ es aber. Nyboe war nicht der Typ, der diese Art von Fürsorge geschätzt hätte. »Es gibt eine Menge Spuren von Schuhsohlen im Schnee. Aber nachts ist hier im Park trotz der Kälte ja einiges los, daher sollten wir nicht allzu viel erwarten.«

»Was wissen wir bisher?«

»*Wir* wissen nicht sehr viel, *wir* sind ja gerade erst gekommen. Aber *ich* gehe davon aus, dass wir es mit einem obdachlosen Mann zu tun haben, der sich mit billigem Fusel abgefüllt hat, bevor Väterchen Frost ihn zu Bett gebracht hat.«

Jeppe unterdrückte ein Gähnen. »Es gibt also unmittelbar keinen Grund für meine Anwesenheit?«

»Nein. Wir müssen bei der Leichenschau entscheiden,

ob es nötig ist, ihn zu obduzieren, aber ich glaube es eher nicht. Wir schaffen ihn gleich weg, aber ich sehe keinen Grund, dass du mitkommen musst.«

»Sicher?«

Der Rechtsmediziner sah Jeppe an, als hätte er ihn beleidigt.

»Ich informiere die Streifenwagenbesatzung über meine Resultate, du erhältst dann ihren Bericht.«

»Gut, okay, ich sehe mich nur noch ein bisschen um.«

Nyboe nickte gnädig. »Solange du nicht im Weg stehst.« Er zog seine Handschuhe an und hockte sich neben die Leiche. Jeppe sah ihm über die Schulter.

Der Tote lag neben dem Toilettenhäuschen. Das Gesicht wurde von strähnigen dunklen Locken verborgen, die unter einer Wollmütze hervorlugten; in den Schlagschatten der blendenden Arbeitslampen waren glattrasierte Wangen und helle Haut zu erahnen. Über dem Strickpullover trug er einen dunklen Wollmantel, der durchaus einem Geschäftsmann hätte gehören können, wären da nicht diese aufgenähten Embleme und die Flecken des Erbrochenen gewesen.

So hätte es mir auch ergehen können, ging Jeppe flüchtig durch den Kopf, als er sich ein paar Schritte von der Leiche entfernte. Hätte er sich nicht erneut auf das Leben eingelassen, was wäre dann mit ihm passiert? Nachdem er an Silvester vor einem Jahr von seiner Frau verlassen worden war, hatte Jeppe die folgenden Wochen auf dem Sofa seines besten Freundes Johannes verbracht – und den Rest des Jahres in einem Dämmerschlaf aus Psychopharmaka. Es war eine finstere Zeit gewesen. Doch das Leben hatte ihn wieder.

Dieses Jahr hatte er Silvester an den roten Felsen von Nature's Window gefeiert, mit kaltem Bier auf dem Campingplatz und Sex im Zelt. Sex mit der jungen, hübschen Hannah. Endlich war er über seinen Liebeskummer hinweg und wünschte Therese und ihrem breitschultrigen Liebhaber ein gutes neues Jahr voller langer Nächte mit ihrem Säugling.

Jeppe fotografierte die Leiche und das Toilettenhäuschen, notierte sich die wichtigsten Fakten und sagte dem Team gute Nacht, bevor er dem grellen Licht den Rücken kehrte und zurück zum Auto ging. Bis zum Dienstantritt konnte er noch ein paar Stunden schlafen.

Apropos Johannes. Jeppe schrieb ihm eine SMS, um ihn an das Bier nach Feierabend zu erinnern, das sie an diesem Abend trinken wollten. Als Schauspieler war Johannes häufig bei Dreharbeiten im Ausland oder musste abends arbeiten; außerdem war er flatterhaft und vergesslich. Johannes hatte ihn mehr als einmal versetzt, doch Jeppe störte es nicht, ihn wie ein Bittsteller an die Verabredung zu erinnern. Eine fünfundzwanzigjährige Freundschaft überlebt auch kleine verletzte Eitelkeiten. Jeppe drehte die Heizung des Wagens hoch und fuhr nach Hause.

Als er die Haustür aufdrückte, hörte er, wie sein Rucksack hinter der Tür umkippte und das Campingbesteck über den Fußboden rollte. Er hatte es immer noch nicht fertiggebracht, ihn in den Keller zu bringen, es kam ihm zu endgültig vor, beinahe illoyal. Der Rucksack war immerhin vier Wochen so etwas wie ein Zuhause gewesen und hatte alles enthalten, was Jeppe brauchte, um in der Welt zurechtzukommen. In dem halbleeren Flur bedeutete der Rucksack ein Quadratmeter Leben in einem hundertvierzig Quadratmeter toten Haus. Bis vor einem Jahr war es Thereses und sein gemeinsames Heim gewesen, nun stand es zum Verkauf. Jeppe konnte es sich nicht leisten, Therese herauszukaufen, und was sollte er auch allein mit einem Haus in Valby?

Er legte sich aufs Bett und schloss die Augen. Er hatte es mit dem Verkauf nicht eilig. Vielleicht im Frühjahr.

Que sera, sera. Whatever will be, will be …

Der Song setzte sich in seinem Hinterkopf fest, er konnte nicht einschlafen. Die rechte Seite seines Gehirns spielte zu jeder erdenklichen Tageszeit gern unfreiwillige Endlosschleifen von allen möglichen Popsongs. Die Polizeipsychologen nannten es ein Stresssyndrom. Jeppe gähnte und ließ die Musik hinter den Frontallappen spielen.

The future's not ours to see …

*

»Leck mich!«

Die Polizeiassistentin Anette Werner sah auf ihre Uhr und überlegte, das Projekt zu verschieben. Es war bereits acht, und sie hasste es, zu spät zu kommen. Den ganzen Morgen war sie schon knapp dran. Sie war mit Svends insistierender Morgenerektion an ihrem Hinterteil aufgewacht und hatte kaum Zeit für eine ordentliche Dusche, geschweige denn ein Frühstück gehabt, bevor sie aus dem Haus kam. Aber sie konnte es nicht länger aufschieben. Anette stellte die Parkscheibe ein, warf die Wagentür hinter sich zu und betrat die Steno Apotheke.

Die Apotheke war ungewöhnlich leer, sie ging sofort zu einer der Kassen.

»Guten Tag, ich hätte gern ein Blutdruckmessgerät.«

»Haben Sie eine Nummer gezogen?« Die Frau hinter der Theke sah sie durch ihre kräftigen Brillengläser streng an und druckte weiter Etiketten aus.

»Aber hier ist doch sonst niemand.«

»So wird das bei uns aber gemacht.«

Anette ging zum Eingang, zog eine Nummer aus dem Apparat und ging mit dem Zettel zurück zur Kasse.

»Hier!«

»Ich muss Sie erst aufrufen. Wenn Sie bitte einen Schritt zurücktreten und auf die Nummern an der digitalen Anzeige achten würden. Danke.«

Anette spürte, wie sich ihr Puls beschleunigte. Wenn Frau Apothekerin sie nicht bald bediente, würde sie ihr persönlich den Nummerndrucker so tief in ihren strammen Apothekerinnenarsch schieben, dass sie die ganze Woche Zettelchen schiss.

Nach einer vollen Minute drückte die Apothekerin Anettes Nummer, und sie durfte 499,95 dänische Kronen für ein vollautomatisches, elektrisches Blutdruckmessgerät mit der dazugehörigen Gebrauchsanweisung bezahlen. Die Ermahnung, ihren Hausarzt zu konsultieren, erhielt sie gratis dazu. Als Anette die Apotheke verließ, war ihr Blutdruck so hoch, dass sie im Auto fünf Minuten stillsitzen musste, bevor sie es wagte, den Apparat auszuprobieren.

Füße parallel stellen, Arm locker lassen, kein Stress. Die Manschette entleerte sich, und sie schielte auf das Display der Maschine. 172/118 mmHg. Das war eindeutig zu hoch.

Ihr Hausarzt hatte sie stets mit der Versicherung nach Hause geschickt, dass sie stark wie ein Bär sei. Aber jetzt würde er sie nicht einfach mit einem Klaps auf die Schulter aus der Praxis entlassen. Anette legte das Messgerät zurück in den Kasten. Vorerst musste es im Auto bleiben, das Handschuhfach war gerade groß genug.

Außer Atem und mit hochroten Wangen stürzte sie kurz darauf in das Büro, das sie sich mit Jeppe Kørner im Polizeipräsidium teilte, und schälte sich aus Mantel und Halstuch. Der dunkle, hohe Korridor, der die Büros der Abteilung für Gewaltkriminalität, Sektion 1 – gemeinhin Mordkommission genannt –, miteinander verband, war verlassen und still. Leer wie ein russisches Winterpalais und tatsächlich auch ebenso kalt.

Zu Beginn des neuen Jahres hatte die Polizei außerordentlich viel zu tun gehabt, außerdem war die Abteilung durch Stress, Grippe und einen Berg an Überstunden, die abgebaut werden mussten, dezimiert. Darüber hinaus litt die gesamte Organisation an einer vollkommen überzogenen Normierung der Umzugsvorbereitungen in das neue Hauptquartier der Polizei auf Teglholmen. Die Abteilung für Drogen- und Bandenkriminalität war bereits umgezogen, aber durch eine fehlerhafte Kalkulation war das neue Gebäude im Verhältnis zum tatsächlichen Bedarf unterdimensioniert, daher konnte die Mordkommission bis auf weiteres im Präsidium bleiben.

»Ich wusste gar nicht, dass wir erst im Laufe des Vormittags zum Dienst antreten müssen? Ist das so eine Art Schichtwechsel, von dem ich nichts mitbekommen habe?« Wenn das ein Witz sein sollte, war er nicht lustig. Nach seinem ewig langen Urlaub musste Jeppe sie jedenfalls sicher nicht maßregeln.

»Wenn du so pünktlich hier warst, hättest du uns wenigstens ein Croissant zum Frühstück mitbringen können.« Anette knöpfte ihren Cardigan auf und konstatierte dann, dass es zu kalt war, um so dazusitzen. »Ich hatte unterwegs noch etwas zu erledigen. Und ja, ich hatte einen guten Morgen – danke der Nachfrage.«

»Ich habe nicht gefragt.«

»Eben!«

Anette blickte auf das alte Quecksilberthermometer an der Wand. Fünfzehn Grad. Jeppe schien das nicht zu stören. Sie ging in die Hocke und fummelte am Heizkörper.

»Im Übrigen ist das keine gute Idee mit den Croissants, Anette. Das ist nicht gut für uns.«

»Nicht gut für *mich*, meinst du wohl?« Anette hob den Kopf und blickte ihren Partner mürrisch an. An manchen Tagen war sein erhobener Zeigefinger einfach unerträglich.

»Weißes Mehl ist einfach ungesund. Liest du denn keine Zeitung?« Jeppe bürstete unsichtbare Partikel von seinem Pullover und inspizierte seine Handflächen.

»Um Gottes willen! Komm mir jetzt nicht wieder mit deiner Ernährungspredigt, Jeppe, ich bitte dich! Es ist schon Strafe genug, dass ich den ganzen Tag mit dir in diesem Büro eingesperrt bin.«

Sie richtete sich wieder auf und schaltete ihren Computer ein, um POLSAS zu starten, das veraltete Berichtsystem der Polizei. »Ich gehe kurz in die Küche, ich sterbe vor Hunger.«

Anette marschierte aus dem Büro und spürte, wie Jeppes Blick ihrem inzwischen recht ansehnlichen Hinterteil folgte. Sein Kurzzeitgedächtnis war ausgesprochen löchrig, er hatte wahrlich keinen Grund, ihr etwas vorzuwerfen. Erst vor wenigen Monaten hatte er bei der geringsten Anstrengung gekeucht und seinen Hunger mit Kaffee und Schokoladenriegeln gestillt. Sie fand im Kühlschrank eine Packung Toast und Salami und schmierte sich ein paar Brote. Es war leicht, schlank zu bleiben, wenn man mit einer vierundzwanzigjährigen Veganerin in Australien herumzog und sich nur von Luft und Liebe ernährte.

Als sie zurückkam, hatte Jeppe die Hände hinter dem Kopf verschränkt und die Füße auf den Schreibtisch gelegt. Unter seinen Stiefeln lag neben den Unterlagen und Notizen zu den Fällen der letzten Monate, die eigentlich als Grundlage für eine Evaluierung der Personalentwicklung dienen sollten, ein Stapel Belege, der sortiert und in die Buchhaltung gebracht werden musste. Es schien mit anderen Worten einer der Tage zu werden, an denen Anette bedauerte, nicht Zahnärztin geworden zu sein.

Sie ließ sich auf ihren Stuhl fallen und balancierte dabei auf jeder Hand ein Salamibrot, eine Scheibe fiel jedoch auf den Tisch. Anette hob sie rasch auf und stopfte sie sich in den Mund.

Jeppe wandte den Blick ab.

»Da du die morgendliche Besprechung verpasst hast, weißt du vermutlich nichts über den toten Obdachlosen von heute Nacht?«

»Nein. Was ist passiert?« Anette schob ihren Bissen in die Backentasche, um artikulierter zu klingen. »Ein Samstagsopfer?« Es war zwar Donnerstag, doch sie bezog sich damit auf die Wochenendsäufer, von denen im Winter immer mal wieder einer draußen in der Kälte erfror.

»Tja, sieht so aus. Ich hab's mir angesehen, aber Nyboe meinte, es sei nichts für uns.«

»Heute Nacht? Wo?«

»Im Ørstedspark. Auf dem Spielplatz an der Farimagsgade. Sie haben mich gegen drei angerufen.«

Anette nickte. »Du meinst den *H. C. Ørstedspark*.«

»Nein, du Bauerntrampel, er heißt Ørstedspark und nicht anders. Das weiß jeder echte Kopenhagener.« Jeppe verdrehte die Augen.

»Sag mal, wohnst du nicht in Valby?«

»Nur mittelfristig.«

»Hm.« Anette brummte skeptisch und überlegte, ob sie noch weiter mit ihm diskutieren wollte.

Es wurde still im Büro, mal abgesehen von Anettes Schmatzen und dem Knarren der Stühle. Jedes Blatt der Akten auf ihrem Schreibtisch würde sie ein kleines Stück ihrer Lebenszeit kosten.

Der laute Klingelton des Telefons zerriss die Stille und versetzte beiden einen Schock. Das Festnetztelefon. Es klingelte selten. Jeppe sah Anette mit hochgezogenen Brauen an, räusperte sich und nahm ab.

Sie betrachtete ihn, als er »ja« und »okay« sagte, und leckte sich dabei die Finger ab. Vielleicht war es ja etwas Interessantes, ein Grund, das Büro verlassen zu können. Jeppe legte mit einem verwirrten Blick auf.

»Das ist doch merkwürdig …«

»Was?«

»Wir müssen uns bereithalten.«

»Wozu? Was ist passiert?«

Jeppe faltete die Hände und schüttelte schockiert den Kopf. Dann sah er sie mit einem ernsten Gesichtsausdruck an. »Im Laufe des Tages kommt jemand und kümmert sich um die Heizung. Sie wollten nur sichergehen, dass jemand da ist, der die Handwerker hereinlassen kann.« Auf seinem Gesicht zeigte sich ein breites Grinsen.

Anette knüllte ihre Serviette zusammen und warf sie ihm an den Kopf.

»Verarschen kann ich mich alleine! Sehr komisch!«

»Ich find's lustig.« Jeppe lächelte zufrieden.

Anette aß langsam ihr Brot auf, bevor sie anfing, in ihren Schubladen nach Lakritz zu suchen, um den unangenehmen Nachgeschmack der Wurst zu vertreiben. Sie hörte, wie Jeppe seine Füße vom Schreibtisch nahm, seinen Computer hochfuhr, tief seufzte und anfing zu schreiben.

Die Tür wurde geöffnet, und die Polizeikommissarin steckte ihren Kopf herein. Mit bürgerlichem Namen hieß sie Ingrid Dam Jensen, aber jeder nannte sie PK. Sie hatte nichts dagegen.

»Geht es einigermaßen mit der Temperatur?«

Anette ließ ein »Brrrr« hören.

»Ja, schon ziemlich übel. Kørner, kommst du mal bitte in mein Büro?« Die Polizeikommissarin schloss die Tür, ohne eine Antwort abzuwarten.

Jeppe und Anette sahen sich an.

»Was sie wohl will?« Jeppe stand auf.

»Hoffentlich etwas, das uns hier rausbringt.« Anette erhob sich ebenfalls und ging auf die Tür zu. »Ich muss nur noch mal für kleine Mädchen, dann bin ich bereit, sofort loszustürmen.« Sie tat, als ziehe sie an einem Truckerhorn, und gab ein Tuten von sich. Jeppe schien sich zu überlegen, ob er die Flucht ergreifen sollte, bevor sie zurückkam.

Es machte Spaß, zarte Seelen zu ärgern.

*

»Au, zum Kuckuck!«

Esther de Laurenti stellte die heiße Kaffeetasse ab und wedelte mit der Hand, als könnte das den Schmerz verdrängen. Sie blickte auf ihre geröteten Fingerspitzen und zog den Ärmel über die Hand, um dann die Tasse noch mal am Henkel zu packen und zu ihrem Lieblingsplatz am Fenster zu stellen.

Einer der Gründe, warum sie sich für diese Wohnung entschieden hatte, war die tiefe Fensterbank über dem Heizkörper, auf der man warm und behaglich über das graue Wasser des Peblingesø sehen konnte. Sie hatte Sitzkissen für die Fensterbank genäht, die perfekt passten, denn hier saß sie häufiger als an jedem anderen Ort der Wohnung, inklusive ihres pfirsichfarbenen Ohrensessels und des Chesterfield-Sofas.

Allmählich gewöhnte sie sich an ihre neue Umgebung: das fremde Stadtviertel, die Geräusche der Dielen, der ungewohnte Geruch auf der Küchentreppe. Dennoch hatte sie noch immer ein wenig Sehnsucht nach der alten Wohnung in der Klosterstræde. Das Haus in der Kopenhagener Innenstadt war über siebzig Jahre im Familienbesitz gewesen und wurde nun von den beiden erwachsenen Kindern eines wohlhabenden Ziegeleibesitzers bewohnt.

Esther setzte sich mit der Kaffeetasse auf dem Knie zurecht, fuhr sich mit den Fingern durch die Pagenfrisur und schaute auf die nackten Kastanienbäume und Jogger am See. Eigentlich war alles gut. Sie freute sich über das Licht in der neuen Wohnung und dankte den höheren Mächten, dass der Verkauf des Hauses genügend Geld gebracht hatte, um eine Wohnung mit einer derartigen Aussicht zu kaufen. Diese Aussicht freute sie jeden Tag. Sie hatte wirklich Glück. Glück, dass sie es sich leisten konnte, hier zu wohnen, und Glück, dass sie überlebt hatte.

Vor sechs Monaten war sie von einem Mann halb totgeschlagen worden, der ihre junge Mieterin Julie und ihren geliebten Gesangslehrer Kristoffer ermordet hatte. Es grenzte an ein Wunder, dass sie noch am Leben war; ein Wunder, für das sie dankbar war. Aber durch diese Ereignisse war ihr gewohntes Dasein aus den Fugen geraten, sie hätte unmöglich weiter in ihrem Elternhaus leben können.

Daher wohnte sie mit ihrem dreiundachtzigjährigen Mieter Gregers nun hier. Gregers hatte dankbar eingewilligt, als sie ihm anbot, mit ihr und ihren beiden Hunden Dóxa und Epistéme zusammenzuziehen. Es funktionierte gut. Sogar die Möpse hatten sich schnell eingewöhnt. Sie hoffte nur, dass ihr innerer Kompass sich bald auf die neue Wohnung einstellen würde, damit sie nicht jedes Mal automatisch in Richtung Innenstadt ging, wenn sie nach Hause wollte.

Glücklicherweise schien Gregers sich wider alle Erwartungen in der neuen Umgebung ebenfalls wohl zu fühlen, obwohl er sich einst geschworen hatte, niemals in ein Viertel außerhalb der alten Stadtwälle zu ziehen. In kurzer Zeit hatte er eine Hassliebe zu dem bunten Treiben auf der Blågårdsgade entwickelt, wo er tausend Gründe fand, um sich zu ärgern. Der Gemüsehändler, der kein ordentliches Dänisch verstand und nie Grünkohl und Petersilienwurzeln hatte, weil er den Platz für Kochbananen und Telefonkarten brauchte. Das Hippiecafé, das unverschämt teuren Kaffee in angeschlagenen Tassen ausschenkte und mit unbequemem Flohmarktmobiliar ausgestattet war. Und vor allem diese Gruppen von jungen, dunkelhäutigen Neu-Dänen, die nicht aus dem Weg gingen, sich *wallah* und andere unverständliche Worte zuriefen und dabei laut und spöttisch lachten.

Dennoch: Gregers gefiel es in Nørrebro. Sogar das Zusammenwohnen hatte sich als überraschend unproblematisch erwiesen. Gregers hatte zwei Zimmer mit Blick auf die Straße, Esther zwei Zimmer hinaus zum See. Die Küche und das Badezimmer in der Mitte der Wohnung teilten sie sich. Zweimal in der Woche wurde ein gemeinsamer Einkauf an die Wohnungstür geliefert, und jeden Donnerstag kam die sorgfältige Ania zum Putzen. Privilegiert und komfortabel. Gregers war ruhig und benötigte nicht viel mehr als den Kaffee, den er sich in seiner Teeküche zubereitete. Im Grunde sahen sie sich nur, wenn Esther ihn am Samstag zum Frühstück oder hin und wieder zum Abendessen einlud.

Wider Erwarten funktionierte auch alles andere reibungslos. Esthers Rippen waren ordentlich zusammengewachsen, und sie kam ihren Reha-Übungen mit einer Ausdauer nach, die sie selbst überraschte. Sie weigerte sich, mit achtundsechzig Jahren als invalid zu gelten. Im Herbst hatte sie einmal in der Woche eine Krisenpsychologin namens Alice konsultiert, inzwischen hatte sie aber das Gefühl, die entsetzlichen Ereignisse des letzten Sommers einigermaßen verarbeitet zu haben. Tatsächlich war im Moment ihr einziges Problem, dass sie nicht wusste, was sie mit ihrer Zeit anfangen sollte. Vor Julies Ermordung hatte sie geplant, nach ihrer Frühpensionierung an der Universität einen Krimi zu schreiben, doch dieses Vorhaben hatte sie ein für alle Mal aufgegeben. Allein die Vorstellung, wieder zu schreiben, versetzte sie in Angst.

Auch an lange Reisen war nicht zu denken, schließlich konnte sie einen so alten und gebrechlichen Menschen wie Gregers nicht allein lassen. Und ehrlich gesagt, fühlte auch sie sich ein wenig gebrechlich.

Sie hatte erwogen, sich einfach mit Rotwein totzusaufen, doch dieser Plan kam ihr dann doch – in Anbetracht dessen, was sie gerade überlebt hatte – einigermaßen schwachsinnig vor. Es waren genügend Leben vergeudet worden, und sie empfand eine Art Verpflichtung, das Beste aus der Zeit zu machen, die ihr noch blieb.

Die Frage war nur, was?

Vorsichtig nippte Esther an ihrem Kaffee und überflog die Vorderseite der *Politiken*, die Gregers ihr jeden Vormittag hinlegte, wenn er sie gelesen hatte. Sie überflog den Leitartikel und blätterte lustlos die einzelnen Teile durch. Dóxa und Epistéme lagen zusammengerollt am Boden und sahen nicht aus, als wollten sie an diesem dunklen, kühlen Morgen Gassi gehen. Vielleicht sollte sie stattdessen ein wenig Musik hören?

Im letzten Sommer hatte sie mit Kristoffer die Rolle der

Nedda aus Leoncavallos Oper *Pagliacci* eingeübt. Die höchsten Töne der Rolle hatte sie nicht ansatzweise erreicht – ein hohes B, wenn sie sich richtig erinnerte –, auch fehlte ihr der Atem für die anspruchsvolle Arie *Qual fiamma avea nel guardo*, in der Nedda ihre heimliche, verbotene Liebe besingt, angstgetrieben und voller Intensität. Aber es hatte Spaß gemacht, es zu versuchen. Die Erinnerung an diese unbekümmerte Zeit schnitt ihr ins Herz. Hatte sie das Glück damals wertgeschätzt, oder war es von kleinen Alltagsproblemen überlagert gewesen?

Sie zog die *Pagliacci* aus den italienischen Opernplatten im Regal; noch immer Vinyl, sie hatte schon damals keine Lust gehabt umzusatteln, obwohl sie nach und nach andere Angebote der digitalen Welt genutzt hatte. Aber ein Musikträger sollte nach wie vor vorsichtig aus seiner Hülle genommen und auf den Plattenspieler gelegt werden, sich im Uhrzeigersinn drehen und mit einer Plattenbürste abgestaubt werden.

Sie musste Gregers Bescheid geben, dass sie Musik hören wollte. Für eine halbtaube Person war Gregers überraschend geräuschempfindlich, vor allem bei ihren Opern. Esther steckte die Platte zurück in die Hülle und ging über den Flur zu Gregers' Zimmern. Seine Türen waren geschlossen. Vielleicht war er gar nicht da? Seit er hier lebte, ging er gern nach draußen, um in dem quirligen Viertel unterwegs zu sein. Die Spaziergänge taten ihm gut. Esther stellte sich dicht vor seine Wohnzimmertür. Das Radio lief. Das kleine Radio wurde morgens mit der Kaffeemaschine angestellt und lief in der Regel den ganzen Tag, bis er ins Bett ging. Sie klopfte und öffnete vorsichtig die Tür.

Gregers saß mit zurückgelehntem Kopf und offenem Mund in seinem Sessel. Esther wollte die Tür wieder schließen, als er den Kopf hob. »Was ist denn?«

»Ach, nichts, Gregers, ich wollte dir nur sagen, dass ich eine Platte hören will.«

»AH, WAS?«, krächzte er.

»Nur damit du Bescheid weißt …«

»Diese verdammte Leierkastenmusik, die macht mich noch verrückt.« Gregers erhob sich mühsam und drehte die Musik leiser. »Ich finde, sie sollten jeden Tag *Mads & das Monopol* senden. Dann würde ich meine Gebühren mit Freude bezahlen.«

»Nicht du bezahlst die Gebühren, sondern ich.«

»Jedenfalls wäre das ein guter Dienst am Kunden, wenn du mich fragst. Letzten Samstag ging es um ein Dilemma, das dich sicher auch interessiert hätte.«

»Okay, das kannst du mir ja bei Gelegenheit mal erzählen …«

»Eine ältere Dame hat ihnen geschrieben, weil ihre erwachsene Tochter nicht will, dass sie Wein trinkt, wenn sie auf die Enkelkinder aufpasst. Die Dame hat sich darüber geärgert, denn sie trinkt seit zwanzig Jahren jeden Abend eine halbe Flasche Weißwein, warum sollte sie jetzt ihre Gewohnheiten ändern, nur weil die Tochter ihre puritanische Ader entdeckt? Du weißt schon, eine von den jungen Frauen, die Coca-Cola zum Essen trinken. Ist das etwa gesünder?«

»Es ist sicher nicht unvernünftig, nüchtern zu sein, wenn man die Verantwortung für kleine Kinder trägt.« Esther wollte sich zurückziehen und die Tür schließen.

»Und das sagst du?«

»Soweit ich weiß, habe ich keine Enkelkinder. Jedenfalls muss ich auf keine aufpassen.«

»Du hast aber deine Hunde – und mich! Was ist, wenn ich hinfalle, und du bist stockbesoffen?« Gregers bekam rote Flecken am Hals.

»Ich bin nie so betrunken, dass ich nicht die Ambulanz rufen könnte.«

»Na gut, die Prominentenrunde war jedenfalls mit dir einer Meinung, dass die Großmutter verantwortungslos handelt und die Finger vom Wein lassen sollte, wenn sie auf ihre Enkel aufpasst. Aber das lässt sich ja leicht sagen, wenn man zur besten Sendezeit klug daherschwatzt.«

»Jetzt verstehe ich dich nicht: Bist du der Meinung, die Dame sollte ihren Wein trinken dürfen oder nicht?«

Gregers sah sie an, als hätte sie eine wichtige Pointe verpasst. »Es geht um die Diskussion, liebe Esther, um die Debatte. Nicht ums Resultat. – He, das ist gut!« Gregers drehte die Musik lauter. »Das ist von Cliff Richard …«

Und als Gregers wieder einmal damit anfing, dass man heute nicht mehr miteinander rede, schloss sie vorsichtig die Tür und ging hinüber zu sich. Liebevoll ließ sie ihren Blick über das Regal mit den Langspielplatten gleiten. Puccini, Verdi, Strauss, Wagner, sie hatte eine Vorliebe für das Schwülstige. Aber waren so nicht alle Opern? Der unzensierte Spielplatz der Gefühle? Sie legte *Pagliacci* auf, setzte den Tonarm auf die Platte und drehte den Lautstärkeregler hoch. Das knisternde Geräusch der Nadel in der Rille! Esther spürte, wie ihr etwas durch die Brust fuhr, etwas Junges und Wildes.

Sie setzte sich ans Fenster, wo der Kaffee inzwischen kalt geworden war. Ein paar Meter unter ihr lief ein Kindergarten wie eine Prozession gepolsterter Zwerge am Ufer entlang. Esther lächelte, setzte sich in ihren Kissen zurecht und gab sich den Violinen hin.

2

Die Tür ist offen.« Jeppe hörte die raspelnde Stimme der Polizeikommissarin als Antwort auf sein Klopfen. »Da bist du ja, Kørner. Setz dich.«

Jeppe nickte der Polizeikommissarin zu, schloss die Tür und tat wie geheißen.

Die Polizeikommissarin schob vorsichtig einen leeren Becher mit der Aufschrift *Oma* beiseite und griff nach einem Stapel Papier. Seit mehr als zwanzig Jahren war sie Polizeikommissarin und galt inzwischen gleichsam als Inbegriff des Amts. Man sah ihrem aufgeräumten, aber gemütlichen Büro an, dass es ihr zu einem zweiten Zuhause geworden war. In der Ecke standen einige lange, dünne Angeln aus Bambus und kündigten ihre bevorstehende Pensionierung an.

Die Polizeikommissarin hustete hinter vorgehaltener Hand und warf Jeppe einen entschuldigenden Blick zu – es war ihr sichtlich lästig, erkältet zu sein. Obwohl sie im Augenblick eigentlich mit Nasenspray hätte im Bett liegen sollen, blickte sie ihn aufmerksam an. Im Gegensatz zu einigen Kollegen schätzte Jeppe ihren Führungsstil. In Zeiten der um sich greifenden Umarmungen war sie eine überzeugte Händeschüttlerin geblieben.

Allerdings durfte man sich nicht von ihrem sanften Aussehen, den runden Wangen und den freundlichen braunen Augen täuschen lassen – sie hatte eher etwas von einem Adler als von einem Eichhörnchen.

»Du warst heute Nacht bei dem Obdachlosen, der im Ørstedspark gefunden wurde.« Es war eher eine Feststellung als eine Frage.

»Ja. Lima 11 rief mich gegen drei Uhr an, und ich bin sofort losgefahren. Vor Ort habe ich mit Nyboe gesprochen und ein paar Fotos gemacht. Es war kein Fall für uns.«

Sie griff nach einem Papiertaschentuch und tupfte sich die Nase ab. »Ich weiß. Die Streifenwagenbesatzung, die ihn fand, hat einen Bericht im POLSAS hinterlegt. Der Obdachlose wurde inzwischen in die Leichenhalle gebracht, dort haben ihn die Rechtsmediziner heute Morgen zur Leichenschau abgeholt. Alles Standardprozeduren.«

»Bis irgendetwas nicht mehr dem Standard entsprach?«

Sie tauschten einen Blick aus.

»Nyboe hat gerade angerufen. Bei der Leichenschau hat einer der Rechtsmediziner den Verunglückten erkannt. Wie du weißt, hatte er keine Papiere bei sich, aber es ist keineswegs die Rede von einem Obdachlosen.«

»Wann obduzieren sie?« Jeppe sah auf die Uhr.

»Sie sind dabei.« Die Polizeikommissarin hob eine Hand, um den zu erwartenden Protest abzuwehren. »Natürlich hätten wir zum Fest geladen werden sollen, aber sie haben ja angenommen, dass es sich um einen erfrorenen Obdachlosen handelt. Tragisch, aber nicht verdächtig.« Sie schnitt eine bedauernde Grimasse. »Professor Nyboe musste mit der Obduktion sofort beginnen, weil er den Tag bei Gericht verbringen muss. Aber er hat versprochen, euch direkt nach der Obduktion zu informieren. Ich denke, sie werden in ungefähr einer halben Stunde fertig sein.«

Jeppe schüttelte missbilligend den Kopf. Sie warf ihm einen strengen Blick zu, um zu signalisieren, dass sie für seinen Ärger Verständnis hatte, aber keine weitere Zeit damit verschwenden wollte.

»Es gibt Leute, die weniger gute Entscheidungen treffen, wenn sie achtzehn Stunden hintereinander im Einsatz waren.« Sie rollte auf dem Bürostuhl zum Archivschrank hinter ihr und öffnete dessen silberfarbene Jalousie mit einem Ratschen. Dem obersten Fach entnahm sie einen dünnen, moosgrünen Aktendeckel und legte ihn vor sich auf den Tisch. Dann leckte sie an ihrem linken Daumen, öffnete die Mappe und reichte ihm einen Schwung Fotografien.

»Ich bedaure die schlechte Qualität. Ich habe die Fotos selbst ausgedruckt, die die Kriminaltechniker vom Fundort gemacht haben, sie sind nicht besonders gut. Sind deine Bilder besser?«

Jeppe schüttelte den Kopf. »Ich habe fotografiert, bevor sie ihn umgedreht haben. Schauen wir uns lieber die hier an.«

Die körnige Wiedergabe ließ den Anblick des verzerrten Männergesichts mit dem offenen blutigen Mund und den verdrehten Augen nicht weniger beunruhigend aussehen. Ein hageres Gesicht mit hohen Wangenknochen, geschwungenen Augenbrauen und vollen Lippen. Soweit davon noch etwas übrig war. Jeppe sah sich eine Nahaufnahme genauer an. Es fiel ihm schwer, das Alter des Opfers zu schätzen, die Haut war glatt und faltenfrei, abgesehen von einem Netz feiner Linien um die Augen. Wangenknochen wie bei einem Teenager. Und doch wirkte das Gesicht älter.

»Wer ist es?«, erkundigte sich Jeppe.

Die Polizeikommissarin sah ihn erwartungsvoll an. »Sag mal, bist du nicht auf dem Laufenden? Na gut, zugegeben, ich habe ihn zuerst auch nicht erkannt. Zum Glück lesen Nyboes Rechtsmediziner mehr Illustrierte als wir.« Sie zog einen Wikipedia-Eintrag aus dem Aktendeckel.

»Alpha Bartholdy, geboren am 12. März 1968 in Frederikshavn. Sohn des Schlachtermeisters Jørn Bartholdy Andersen und der Kunstmalerin Marianne Bartholdy Andersen.« Sie las zögernd, als ginge sie die Speisekarte eines usbekischen Restaurants durch. »Ausgebildeter ... Modedesigner an der Margrethe-Skolen 1990 ... Modekommentator der Abendshow, Jurymitglied bei Modelwettbewerben ... ob ich je begreifen werde, warum diese Models so dürr sein müssen ... Inhaber und Kreativdirektor der Beratungsfirma Fashion Forum.«

»Sollte ich ihn kennen?«, wollte Jeppe wissen.

»Das ist der Modekönig! Er macht bei diesem Fernsehprogramm mit, in dem die Wohnungen von Prominenten gestylt werden. Nicht dass ich mir so etwas ansehe, aber in diesen Kreisen ist er eine ganz große Nummer.« Sie hob ihre breiten Augenbrauen.

»Welchen Kreisen?«

»In der Modebranche, Kørner, bei den Jungen und Hübschen.« Sie lächelte.

Jeppe sah sich die Fotos an. »Willst du mir erzählen, dass diese Person etwas mit Mode zu tun hat? Er sieht doch aus wie ...«

»… ein Penner, ja! Das habt ihr ja auch alle angenommen aufgrund seines … *looks.*« Sie sprach den englischen Begriff mit einem etwas zu kurzen U aus, es verriet, dass sie sich im Englischen nicht wirklich heimisch fühlte. »Offenbar ist es gerade angesagt, heruntergekommen auszusehen. Abgetragen und löchrig ist das neue Schwarz.«

»Und da wir jetzt dieses Gespräch führen, gehe ich mal davon aus, dass sein Tod kein Unglücksfall war, oder?«

Jeppe gelang es nicht, die Frustration aus seiner Stimme zu verbannen. Er erinnerte sich an den Anblick des zusammengekrümmten Umrisses im Schnee. Er hätte auf Nyboes Einschätzung pfeifen sollen und es besser wissen müssen.

»Das steht natürlich noch nicht fest, wir müssen die Obduktion abwarten. Aber du hast recht, es sieht nicht so aus.« Auf der Stirn der Polizeikommissarin zeigte sich eine waagerechte Falte. »Die Angehörigen sind informiert, seine Eltern, Kollegen, eine gute Freundin. Die Mutter hat sich in Frederikshavn bereits auf den Weg gemacht, um ihn offiziell zu identifizieren. Aber wir wissen, dass er es ist. Und wir wissen, dass er gestern Abend aus Anlass der Modewoche bei einem Branchenfest war. Im Geologischen Museum.«

»Wieso dort? Passt das zum glamourösen Zirkus der Modewelt?«

»Wer weiß? Mineralien sind offenbar in. Auf jeden Fall sieht es so aus, als sei er am späten Abend von dem Fest über die Øster Voldgade zum Bahnhof Nørreport gegangen, und dann in den Ørstedspark, wo er gefunden wurde. Er wohnt am Værnedamsvej, vermutlich wollte er durch den Park nach Hause laufen.«

Jeppe fuhr sich mit beiden Händen übers Gesicht und

atmete tief durch. »Noch keine Zeugenaussagen? Von dem Fest? Nichts von den Angehörigen?«

Die Polizeikommissarin zog nur ein wenig den Mundwinkel hoch, sie musste nicht einmal den Kopf schütteln.

»Das Team. Wen schlägst du vor?«

»Werner. Saidani. Falck. Wie viele liegen denn drin?«

»Falck ist krankgeschrieben. Stress. Du kannst Larsen haben.« Sie sah ihn fragend an, wohl wissend, dass Jeppe ein gespanntes Verhältnis zu dem jungen, eifrigen Polizeiassistenten Thomas Larsen hatte. »Ein Team von vier Ermittlern ist momentan das Maximum, was du bekommen kannst.«

Er nickte.

»Schreib auf, womit sie anfangen sollen, dann berufe ich eine Besprechung ein und verteile die Aufgaben.«

Sie reichte ihm über den Schreibtisch einen Block. Während Jeppe die Aufgaben notierte, öffnete sie noch einmal die grüne Aktenmappe und zog eine graue, glänzende Karte mit einer silbernen Schrift heraus. Sie überflog den Text und hielt die Karte Jeppe hin.

»Das Einzige, was Alpha Bartholdy bei sich trug, war diese Einladung. Sie wurde von der Spurensicherung untersucht, du kannst sie ruhig anfassen.«

Jeppe sah sich die Karte an.

requests the pleasure of your company
for the Autumn / Winter Pre-Fashion Week Party
9 pm, Wednesday, January 27th
Geological Museum, Øster Voldgade 5
RSVP*: press@lestan.com*

»Le Stan ist das Modehaus, das die Party veranstaltet hat. Laut Alpha Bartholdys Mutter arbeitet Alphas *beste Freun-*

din – ihre Bezeichnung, nicht meine – als Pressechefin für Le Stan. Mit ihr zu reden ist sicher relevant. Sie veranstalten heute eine Modeschau im Rathaus.«

Jeppe sah sie skeptisch an. »Heute? Ich dachte, sie hätten erst gestern ein Fest gefeiert?«

»Offenbar ist das so bei einem wichtigen Modehaus, man veranstaltet ein Fest und eine Show. Na ja, was weiß ich schon davon.«

Sie hielt inne, während ihr Blick hinüber zu dem präparierten Hecht schweifte, der über der Tür angebracht war. Dann reichte sie Jeppe den Aktendeckel.

»Bitte sehr, der Fall gehört dir. Wie gesagt, der Bericht der Kollegen liegt vor. Zuallererst solltest du mit Nyboes Büro einen Termin vereinbaren, er erwartet euch.«

Jeppe nahm den Aktendeckel und erhob sich widerwillig. Die falsche Annahme zu Beginn dieses Falls hatte sie zurückgeworfen, bevor sie überhaupt angefangen hatten.

Die Polizeikommissarin zog ein weiteres Taschentuch aus der Packung und putzte sich die Nase. »Ich gebe der Presse zunächst nur die Fakten und bitte eventuelle Zeugen, sich an uns zu wenden. Gib mir heute Abend einen detaillierten Bericht, dann übernehme ich die Pressekonferenz morgen früh. Okay?«

»Vielen Dank.«

»Ebenfalls. Schließ die Tür hinter dir, hier ist es so verflucht kalt …« Sie schniefte. »Ach, und übrigens!«

Jeppe blieb an der Tür stehen.

»Wenn du irgendwo hingehst, nimm Werner mit! Sonst kommt sie nur ständig in mein Büro und stört mich. Die Frau steht unter Strom. Gute Jagd!«

*

Mit schweren Schritten stieg Torben Hansen die Steintreppe des Geologischen Museums hinauf, vorbei an Per Kirkebys farbexplosiven Wandgemälden. Überall lagen Flaschen, Plastikgläser und Strohhalme zwischen Pfützen von Urin. Verdammtes Modevolk und ihr angebliches Interesse an Kunst und Architektur. In Wahrheit ging es denen doch nur darum, sich um den Verstand zu saufen und auf das Kulturerbe zu pissen. Im wahrsten Sinne des Wortes.

Normalerweise hätte ein Arbeitstag im Januar nur aus gewöhnlichen Instandhaltungsarbeiten bestanden: Schnee räumen, fegen, kleinere Reparaturen. Aber Torben Hansen hatte nicht nur nach der Modeparty aufzuräumen, er musste auch das alte Observatorium im Gebäude nebenan vorbereiten, damit alles für die Mondfinsternis am Dienstagabend bereit war. Im Allgemeinen war das Observatorium der Öffentlichkeit nicht zugänglich – tatsächlich war es seit über sechzig Jahren nicht mehr in Betrieb –, aber die Museumsleitung war so versessen auf Events, dass inzwischen auch für astronomische Ereignisse Eintrittskarten verkauft wurden. Und das Publikum liebte es. Jedes Mal bildeten sich lange Schlangen, wenn das Observatorium geöffnet wurde.

Der neue Verwaltungsleiter des Museums hatte eine Menge guter Ideen, wie der Botanische Garten sich attraktiver und rentabler gestalten ließe. Pläne, bei denen sich den Wissenschaftlern der betroffenen Institute – unter anderem des Niels-Bohr-Instituts – die Haare sträubten; sie wollten einfach nur in Ruhe arbeiten. Allerdings musste Geld verdient werden. Daher wurden alles getan, um diejenigen zu unterhalten, die bereit waren zu zahlen.

Fluchend richtete Hansen sich von der Sauerei auf und sah aus dem Fenster. Die Aussicht über die Dächer der Stadt hatte den Ausschlag gegeben. Nach vielen Jahren in der Provinz hatte er sich deswegen im vergangenen Jahr um diesen Job beworben. Wegen dieses Ausblicks lohnte sich das Ganze. Vom Observatoriumshügel, dem höchsten Punkt der Stadt, zeigte sich Kopenhagen von seiner schönsten Seite. Bei jeder Art Wetter glänzte die Goldkugel auf Schloss Christiansborg mit dem Kreuz auf der Vor Frue Kirke um die Wette, und auf der anderen Seite grüßte ihn der märchenhafte Turm von Schloss Rosenborg. Auch wenn er sie nicht sehen konnte, erschienen die Türme sogar in den dunklen Morgenstunden der Wintermonate auf seinem inneren Stadtplan.

Torben Hansen sammelte die leeren Flaschen in zwei Säcken und achtete darauf, dass keine Weinreste auf die Treppenstufen tropften, als er die Säcke in den Kellerraum mit den Müllcontainern trug. Das Licht schaltete sich im sogenannten Pistolgangen automatisch ein, und wie immer dachte Torben an die Widerstandskämpfer, die während des Krieges hier Schießen geübt hatten. Mutige Männer, die eine Aufgabe und ein Ziel, ein würdiges Leben hatten.

Die Mülltonnen im Keller stanken widerlich, er musste mit der Stadtverwaltung sprechen und um abschließbare Container bitten. Torben hielt die Luft an, als er die Säcke abstellte und die Flaschen in den Flaschencontainer warf. Dann holte er einen Wischmopp und einen Eimer aus dem Putzschrank, füllte ihn mit einem Schuss Schmierseife und heißem Wasser und schleppte ihn die Steintreppe hinauf, um sich die klebrigen Fußböden vorzunehmen. Das ganze Museum roch nach Suff und Dekadenz.

Früher hatte er selbst getrunken, allerdings nicht aus Spaß. Jetzt ekelte ihn der Gestank. Er zeugte von Leichtsinn und Schmerz. Er stellte den Eimer ab, tauchte den Mopp ins Seifenwasser und fing an, den Boden zu wischen.

✳

Als Jeppe mit zwei Bechern Kaffee das Büro betrat, lag Anette unter dem Schreibtisch, um gegen den Heizkörper zu klopfen.

»Gib's auf, Anette, das ist eine Zentralheizung. Es wird nicht wärmer, egal, wie lange du drauf einschlägst.«

Anette hörte auf zu klopfen und steckte den Kopf heraus. »Was wollte PK? Ging es um den Obdachlosen?«

»Der kein Obdachloser ist, sondern ein bekannter Mann aus der Modebranche.«

»Und der nicht erfroren ist?« Sie kam auf die Beine und nahm den Becher entgegen, der Kaffee war schwarz und süß.

»Vermutlich nicht. Nyboe obduziert ihn gerade, wir fahren gleich zu ihm.« Er sah sie warnend an. »Und spar dir die Mühe, dich über den Ablauf zu beschweren – es ist, wie es ist. Zumindest kommen wir hier raus.« Jeppe ignorierte den offenen Mund seiner Partnerin und setzte sich an den Schreibtisch. »Fangen wir an. Setz dich, Anette Werner, oder ich trete dir in die Kniekehle, direkt auf deine alte Hockey-Verletzung.«

Sie musste lachen, setzte sich auf die andere Seite des Schreibtischs und faltete artig die Hände. »Gut, wo fangen wir an?«

Jeppe lächelte. »PK hat das Team zusammengestellt. Wir beide, Saidani und Larsen.«

»Das sind nicht viele.«

»Es ist ein Anfang.«

»Was wissen wir über ihn?« Anette setzte ihre Lesebrille auf und nahm ihr iPad zur Hand.

»Bis auf weiteres nur, was PK über seine Mutter und einen Wikipedia-Artikel in Erfahrung gebracht hat. Der Tote heißt Alpha Bartholdy, achtundvierzig, Däne, wohnhaft am Værnedamsvej im Zentrum. Stylist, Modekommentator, Inhaber der Beratungsfirma Fashion Forum, bei der außerdem ein Assistent und ein unbezahlter Praktikant angestellt sind.«

»Dem Namen nach kenne ich ihn. Wie kam er ums Leben?«

»Er war gestern auf einem Branchenfest im Geologischen Museum. Die Party begann um 21 Uhr. Um 01:54 Uhr fand ihn die Besatzung eines Streifenwagens leblos im Ørstedspark. Was sich in der Zwischenzeit abgespielt hat, wissen wir nicht. Es gibt noch keine Zeugen für die Zeit, nachdem er das Fest verlassen hat.« Jeppe trank einen Schluck Kaffee. Sobald er etwas abgekühlt war, schmeckte man das Milchpulver. Er stellte den Becher beiseite. »Wir müssen herausfinden, was im Laufe der fünf Stunden passiert ist, und so viele Gäste des Fests wie möglich vernehmen. Wann hat er die Party verlassen? Stand er unter Alkohol- oder Drogeneinfluss, als er ging? Hat ihn jemand auf dem Weg vom Geologischen Museum zum Park gesehen und so weiter.«

»Wer sind seine Angehörigen? Ist er verheiratet?« Anette machte sich lautlos auf dem Display Notizen.

»Single, lebt allein. Soweit die Mutter weiß, keine Freundin.«

»Nicht mal ein Schmusetier?« Sie blickte auf.

»Kein Schmusetier. Seine Eltern wohnen in Nordjütland, er hat keine Geschwister. Dafür aber eine Unmenge Kollegen und Bekannte, die vernommen werden müssen. Zusätzlich zu den Partygästen natürlich.«

Anette nahm die Brille ab. »Es ist vermutlich zu früh, über die Beziehung zu spekulieren, die das Opfer mit dem Täter verband? Das Motiv?« Sie schüttelte sich. »Verflucht, wieso ist es hier bloß so verdammt kalt!« Hitzig schob sie ihren Stuhl zurück, krabbelte unter den Schreibtisch und nahm ihr Klopfen gegen den Heizkörper wieder auf.

Jeppe seufzte. Es war ganz offensichtlich zwecklos, seine Partnerin von ihrem blödsinnigen Treiben abzuhalten.

»Wer übernimmt was?«, erkundigte sich Anette unter dem Schreibtisch.

»Saidani checkt Alpha Bartholdys soziale Plattformen und alles, was mit dem Fest zu tun hat. Besorgt Gästelisten und nimmt Kontakt zu möglichen Zeugen auf. Larsen untersucht sein Privatleben und seine finanziellen Verhältnisse, vernimmt die Eltern, seinen Vermieter und die Nachbarn, sieht sich die Wohnung an und so weiter.«

»Und was machen wir?« Sie klopfte weiter, so laut, dass seine Antwort unmöglich zu verstehen war. Manchmal war ein Gespräch mit Anette Werner wie ein Furz im Käse-laden, die Worte verhallten unbemerkt.

Jeppe wartete, bis es still wurde und Anettes Augen am Rand des Schreibtischs auftauchten.

»Zunächst reden wir mit Nyboe und informieren uns über die vorläufigen Obduktionsergebnisse. Danach ver-nehmen wir die angeblich beste Freundin von Alpha Bar-tholdy, Maria Ringsmose, die zufällig auch die Pressechefin der Firma Le Stan ist, die das Fest gestern ausgerichtet hat. Im Augenblick bereitet sie eine Modeshow vor. Soweit ich PK verstanden habe, findet sie im Rathaus statt – kann das sein?«

»Das Rathaus ist die offizielle Showbühne der Mode-woche.« Anettes Antwort kam prompt.

»Woher weißt du das?«

»Das weiß man einfach.«

Anette Werner, eine Frau voller Überraschungen.

Jeppe drückte auf einen Knopf seiner neuen Taucheruhr, so dass das Display in dem halbdunklen Büro aufleuchtete. »Danach verhören wir die Partygäste, die Saidani bis dahin hoffentlich ausfindig gemacht hat. Aber jetzt kommt zuerst die Rechtsmedizin und dann das Rathaus.«

»Einverstanden«, grinste Anette und stand auf. »Ich brauche ohnehin ein wenig Inspiration für meine Früh-jahrsgarderobe.«

*

48

»Mit Mayonnaise?«

Der Verkäufer hob fragend eine Plastikflasche und sah ihn an. Mikkel Husted blickte von der Onlinezeitung auf seinem Smartphone auf und nickte zerstreut. Bei der Bewegung schwappte sein Hirn gegen den Schädel, ihm wurde wieder übel.

Gestern war es spät geworden. Die Jungs waren nach der Arbeit in der Werkstatt vorbeigekommen, und Mikkel hatte sie erst gegen vier Uhr morgens nach Unmengen von Bier und Marihuana rausgeschmissen. Er hatte bis elf geschlafen und es noch nicht mal unter die Dusche geschafft; außerdem musste er noch ein Auto reparieren, bevor er am Abend wieder die Reichen und Smarten herumzufahren hatte.

Im Moment hätte er sich am liebsten einfach hingelegt und geschlafen. Oder wäre gestorben.

»Bitte sehr. Guten Appetit!«

Mikkel nahm seinen Hotdog mit dem Anflug eines Lächelns entgegen und ging zu einem der fettigen Fensterbretter, wo man die Mahlzeit mit Blick auf die Zapfsäulen der Tankstelle einnehmen konnte. Er biss von dem Würstchen ab und kaute langsam, während sein Körper darüber nachdachte, ob er feste Nahrung akzeptieren wollte. Man hätte es beinahe als eine Art Brunch bezeichnen können. Mikkel grinste. Es schien zu gehen.

Zwei kleine Mädchen in der Schlange vor der Kasse drehten sich zu ihm um und kicherten. Sie waren höchstens sieben oder acht Jahre alt, langgliedrig und mit Lücken zwischen den Zähnen – ganz eindeutig zu klein, um in diesem Stadtteil allein an einer Tankstelle einzukaufen. Mikkel sah sich diskret um, wahrscheinlich stand irgendwo im Laden ein Vater und trank Kaffee, aber er sah niemanden. Die Mädchen warfen ihm noch immer verstohlene Blicke zu und lachten. Mikkel spürte ein wohlbekanntes Ziehen im Zwerchfell, ein kleines Glückgefühl. Er verdrehte die Augen zu einem Schielen und streckte ihnen die Zunge heraus. Sie kicherten hingerissen. Mikkel grinste, jetzt hatte er ihre volle Aufmerksamkeit.

Mit einem raschen Strich seines Zeigefingers zog er die Oberlippe hoch, so dass er aussah wie ein Dorftrottel mit Überbiss. Die beiden Mädchen brachen in helles Kinderlachen aus, sie konnten kaum an sich halten und füllten den Laden mit Leben und Licht.

»Was macht ihr denn hier? Papa und ich sitzen im Auto und warten. Habt ihr noch gar nichts gekauft?« Eine ungeschminkte Frau in einer olivfarbenen Daunenjacke und Teddy Boots stand plötzlich in der Tür des Ladens. Mikkel spürte ihren misstrauischen Blick, er starrte wieder auf sein Telefon.

»Kommt jetzt! Wir fahren. Los!«

Die Mädchen wurden unter lautstarken Protesten hinausgeschleppt. Mikkel widerstand dem Drang, ihnen nachzusehen, und trank stattdessen seine Limo. Er öffnete noch einmal die Onlineausgabe seiner Zeitung und blätterte beim Essen weiter. Von einem Artikel wurde er überrascht wie Passagiere von einem unerwarteten Luftloch auf einer Flugreise.

Der berühmte Modezar Alpha Bartholdy wurde in der vergangenen Nacht – nach der exklusiven Party des Modehauses Le Stan im Geologischen Museum – tot im Ørstedspark aufgefunden. Der zentrale Ermittlungsleiter kann zur

Todesursache noch keine Auskunft erteilen. Die Polizei sucht momentan nach Zeugen und bittet alle Personen um Kontaktaufnahme, die sich in der Nacht von Mittwoch, 27., auf Donnerstag, 28. Januar, zwischen 21 bis 2 Uhr nachts in der Umgebung des Geologischen Museums aufgehalten haben. Hinweise nimmt die zentrale Ermittlungsleitung direkt unter der Telefonnummer 33141448 entgegen.

Mikkel spürte, wie das Brötchen in seinem Mund zu Glaswolle wurde und die Mundhöhle langsam austrocknete. Die Übelkeit kehrte wie ein Tsunami zurück. Er spuckte die Reste des Hot Dogs in den Mülleimer und zog den Rotz hoch, ohne sich um die Blicke der Umstehenden zu kümmern.

3

Herein!«

Jeppe zögerte eine Sekunde an der Tür zu Professor Nyboes Büro im Rechtsmedizinischen Institut, während Anette umstandslos eintrat. Nyboe trommelte mit den Fingern auf die Schreibtischplatte, um zu signalisieren, dass er nicht den ganzen Tag Zeit hatte. Seine brüske Art sollte wie gewöhnlich unterstreichen, dass er weitaus beschäftigter war als sein Besuch.

In dem Büro mit Aussicht auf den Fælledpark bogen sich lackierte Metallregale unter Zeitschriften und Fachliteratur, auf dem Fensterbrett kämpfte ein Kaktus ums Überleben. Nyboe wies mit der Hand auf die Stühle auf der anderen Seite des schweren Holzschreibtischs. Jeppe fiel auf, dass die Gästestühle niedriger waren als Nyboes Bürostuhl. Wohl kaum ein Zufall.

»Na, Nyboe, dann war es also doch kein Obdachloser, was?«

Nyboe sah Jeppe mit einer erhobenen Augenbraue an und wies noch einmal auf die Stühle. Sie setzten sich. Damit war das Thema offenbar vom Tisch.

Jeppe räusperte sich verlegen. »Na gut. Woran ist der Modemacher gestorben?«

Nyboe war sichtlich genervt. »Zweifellos wäre es einfacher gewesen, wenn ihr zur Obduktion gekommen wärt. Ich habe es eilig, in einer halben Stunde muss ich vor Gericht erscheinen. Ihr habt zehn Minuten.«

Jeppe biss sich auf die Zunge, um nichts Spöttisches zu erwidern. Es war ohnehin zu spät, und Nyboe ließ sich sowieso nicht ändern. »Du kannst die Details weglassen.«

»Der Teufel steckt aber im Detail.« Nyboe zog ein Blatt Papier aus einer Aktenmappe. »Das Opfer ist ein relativ gesunder, achtundvierzig Jahre alter Mann. Sämtliche Gliedmaßen sind vorhanden, keine sichtbaren Knochenbrüche oder Wunden am Körper; er hat noch alle Zähne, die sehr ordentlich mit teuren Porzellankronen überzogen sind. Narbengewebe am Haaransatz nach mindestens einer Gesichtsstraffung und Spuren von Botox und Restylane in der Stirn, den Wangen, den Lippen und um die Augen.«

»Mit anderen Worten: neunzig Prozent Plastik?« Anette grinste als Einzige.

Nyboe fuhr fort, ohne aufzublicken.

»Wir haben das Opfer auf Geschlechtskrankheiten untersucht. Die Antworten werden die Blutproben liefern. Einiges deutet darauf hin, dass er an Hepatitis C litt, Leberentzündung, die Übertragung erfolgt typischerweise durch Sex, Bluttransfusionen oder gebrauchte Spritzen. Massive Narbengewebebildung an der Leber deutet darauf hin, dass er seit mehreren Jahren mit der Krankheit gelebt hat.«

»Drogenabhängig?«

»Er hatte keine sichtbaren Einstiche, es dürfte lange her sein, wenn überhaupt. Wir haben die Ergebnisse der Blutproben noch nicht, aber wir suchen natürlich nach allen erdenklichen Narkotika, Alkohol und so weiter.« Nyboe zog eine Schublade auf und nahm einen Müsliriegel heraus, den er aufriss und aß, während er weiterredete.

»Erst dachten wir, es handele sich um einen Obdachlosen. Seine Kleidung sah übel aus, heruntergekommen und dreckig, dazu noch die Urinflecken.«

»Urinflecken?«

»Genau, und seine Kleidung war voller Emesis. Hämatemesis. Überhaupt ist der Vomitus interessant.«

»Nyboe. Auf Dänisch, ich bitte dich!« Jeppe versuchte, mit einem kleinen Lächeln die Stimmung aufzulockern.

Nyboe bemerkte es nicht.

»Erbrechen! Das Opfer hat sich heftig auf seine Kleidung erbrochen, und das Erbrochene ist dunkel vor Blut. Das ist ungewöhnlich.«

»Blutiges Erbrochenes, was heißt das?« Jeppe hörte, wie Anette neben ihm Würgegeräusche von sich gab. So was von kindisch.

»Möglicherweise retrograde Peristaltik, also umgekehrte Peristaltik, bei der der Inhalt des obersten Teils des Dünndarms in den Magen und weiter hinauf in die Speiseröhre gedrückt wird. Und dazu innere Blutungen.« Nyboe schob den letzten Bissen seines Müsliriegels in den Mund und blickte enttäuscht auf das Verpackungspapier, bevor er es in den Papierkorb warf. »Das Opfer hatte schwere innere Läsionen in der Mundhöhle und in der Speiseröhre, die Folge waren ernste gastrointestinale Blutungen. Wir müssen den toxikologischen Bericht abwarten, bevor wir wissen, was genau diese Läsionen verursacht hat, aber er hat zweifellos irgendeine aggressiv ätzende Substanz zu sich genommen.«

»Er hat etwas Giftiges gegessen oder getrunken?«

Nyboe blickte auf.

»Ja, so könnte man es auch sagen. Aber nichts, was langsam auf die Nerven einwirkt oder Lähmungserscheinungen hervorruft. Das Opfer hat etwas so Ätzendes eingenommen, dass er kurz darauf gestorben ist.«

»Von welchem Zeitraum reden wir?« Jeppe schrieb in sein Notizbuch: *ätzend, schnell wirkend.*

»Maximal eine Stunde zwischen Einnahme und Tod.«

»Er hat also bei der Party etwas Giftiges getrunken oder gegessen?«

»Davon ist fast auszugehen. Die Leiche hatte Kälteflecken an den Schenkeln, der Frost hat also auch eine Rolle gespielt. Die Todesursache ist eine Mischung aus Verätzungsverletzungen und Kälte. Mal sehen, was wir über die Verätzungen erfahren, wenn wir den toxikologischen Bericht haben.«

»Wie nimmt man etwas tödlich Verätzendes auf einem Fest zu sich?«

Nyboe blickte nachdenklich aus dem Fenster. »Das herauszufinden ist eure Aufgabe. Die gleichmäßige Verbreitung der Verletzungen deutet jedenfalls auf die Einnahme einer ätzenden Flüssigkeit hin.«

»Hat man ihm etwas in den Drink gekippt? Vergammelten Ananassaft in die Piña colada?« Anette sah den Rechtsmediziner erwartungsvoll an.

Nyboe schüttelte den Kopf. »Keine Ananas. Wir haben einen pH-Test an dem Erbrochenen auf seiner Kleidung vorgenommen. Der pH-Wert liegt über zehn, trotz der Magensäure. Das weist auf etwas Basisches hin. Ihr müsst verstehen, dass das Saure und das Basische sich ganz unterschiedlich auf den Körper auswirken.«

»Was könnte es also sein?« Für einen vielbeschäftigten Mann konnte Nyboe unerträglich pedantisch sein.

»Mit allen erdenklichen Vorbehalten und so weiter glaube ich, dass das Opfer etwas Hochpotentes getrunken hat, zum Beispiel Kaliumhydroxid. Das ist eine sehr stark ätzende Base.«

»Die sich worin findet?«

»Darüber reden wir, wenn wir die Substanz mit Sicherheit identifiziert haben.« Nyboe stand auf und klopfte sich in einem ungeduldigen Abschiedsgestus auf die Taschen. »So, das waren die zehn Minuten. Sogar ein bisschen mehr.«

Jeppe erhob sich zögernd. »Würde jemand etwas so Ätzendes freiwillig zu sich nehmen?«

»Hm, das würde ich als unwahrscheinlich ansehen, selbst wenn der Betreffende bereits heftig unter Alkohol oder Drogen steht. Aber bevor wir nicht wissen, um welche Substanz es sich handelt, lässt sich das unmöglich beantworten. Allerdings hat das Opfer eine ziemlich große Menge der basischen Flüssigkeit trinken müssen, um daran zu sterben. Mindestens ein kleines Glas voll.«

»Selbstmord?« Anette erhob sich ebenfalls.

Nyboe zuckte die Achseln, sah aber skeptisch aus. »Es ist euer Job, die Resultate zu interpretieren, aber ich empfehle euch, den Fall als Mord zu behandeln.«

»Wann rechnest du mit dem toxikologischen Bericht?«

Nyboe seufzte demonstrativ. »Das dauert normalerweise ein paar Tage, aber ich habe sie gebeten, die Sache mit oberster Priorität zu behandeln, also vielleicht bis zum Wochenende.«

»Okay. Danke, dass du dir die Zeit genommen hast.« Jeppe streckte ihm die Hand entgegen, was Nyboe geflissentlich übersah.

Es war erst zwölf, aber es war bedeckt und deshalb beinahe dunkel, als sie das Gebäude der Rechtsmedizin verließen. Die nackten Baumkronen des Fælledparks verschmolzen mit dem Winterhimmel. Vorsichtig gingen sie auf dem vereisten Bürgersteig den Frederiks V's Vej entlang zum Parkplatz.

Januar! Grausam mit seinem Mangel an Licht und Wärme, und immer länger als erwartet. Jeppe kam mehr und mehr zu dem Schluss, dass der Januar schlimmer war als der November. Da blieb einem zumindest die Aussicht auf die Feste im Dezember. Der Januar bot nichts anderes als Löcher im Portemonnaie und Ratenzahlungen.

Jeppe schüttelte sein Handgelenk ein wenig, so dass die Taucheruhr an ihren Platz rutschte. Eine glänzende, riesengroße Suunto DX. Der Riemen sollte ein bisschen locker sitzen, hatten sie ihm in dem Taucherladen in Exmouth erklärt, als Jeppe aus einem plötzlichen Impuls heraus ein halbes Monatsgehalt für eine Uhr ausgegeben hatte, die noch in tausendzweihundert Meter Tiefe die Zeit anzeigen konnte. Jeppes alte Uhr – eine Omega, die er von seinem Vater geerbt, aber ungern getragen hatte – lag jetzt in der Schublade.

»Was ist deiner Meinung nach mit ihm passiert? Wie kann man sich auf einer Modeparty die Speiseröhre verätzen?«

»Wie und vor allem warum.« Plötzlich verschwand der Bürgersteig unter ihm, und unmittelbar darauf spürte er Anettes starke Hand in seiner Achselhöhle. Jeppe nickte ihr dankbar zu. Verdammtes Glatteis, ließ einen wie bescheuert herumhampeln.

»Komm, Großväterchen, lass uns stattdessen auf der Fahrbahn gehen. Dort ist gestreut.« Anette zog ihn lachend auf die Straße. »Könnte irgendetwas mit Drogen schiefgegangen sein? Wie heißt dieses flüssige Ecstasy, das im Umlauf ist? Felgenreiniger …«

»In diesen Kreisen? Vergiss es! Nein, man muss ihm irgendetwas in den Saft gemischt haben.« Jeppe widerstand dem Drang, sich am Arm seiner Kollegin festzuhalten, und bewegte sich stattdessen wie ein alter Mann am Rollator – ohne Rollator.

Anette erreichte als Erste den Wagen und öffnete ihn mit einem lauten Geräusch der Fernbedienung. »Apropos Speiseröhre. Sollten wir nicht bald etwas zu Mittag essen?«

Jeppe erwischte den Griff der Wagentür und atmete erleichtert auf. »Ich kann noch warten. Lass uns erst zum Rathaus fahren und mit den Modeleuten reden.«

Sie sah demonstrativ auf die Uhr. »Ich wüsste nicht, was ich lieber täte.«

*

Der mit Weste und Fliege gekleidete Kellner ging mit einem Tablett Drinks an ihr vorbei und versuchte, sich seinen neugierigen Blick nicht anmerken zu lassen. Sie war es gewohnt. Die Angestellten des Hotel Nimb offenbar nicht.

Vermutlich wurde die ovale Bar des Luxushotels nicht jeden Tag von einer Seherin gesegnet, die Räucherstäbchen und heilige Asche mitgebracht hatte. Lulu Sui pustete eine Prise von ihrer Handfläche in das östliche Ende des Raums – oder dorthin, wo sie Osten vermutete – und deklamierte einen Vers von Damballa, dem kosmischen Himmelsvater.

Die Hände zitterten leicht, nur war das nicht sonderlich überraschend. Ihr blieb nichts anderes übrig, als sich zusammenzureißen und es durchzuziehen. Die Bar musste für die morgige Modeshow des Modedesigners Rolf Toklum bereit sein, die Energien mussten gereinigt werden. Es hätte Aufsehen erregt, wenn sie abgesagt hätte, die Leute würden anfangen zu reden. Und Aufsehen erregen wollte sie auf gar keinen Fall.

Der Kellner kam erneut vorbei, und diesmal versuchte er gar nicht erst, sein Interesse zu verbergen. Sie zog die Mundwinkel hoch zu einem Lächeln, ihre Lippen waren trocken, ihr Gesicht wie erstarrt.

Er lächelte charmant zurück und ging mit seinem Tablett weiter. In ihrem Anzug und den hochhackigen Schuhen sah sie nicht aus wie der Prototyp einer Seherin, aber gerade wegen ihres Aussehens und ihres geschmeidigen Körpers war sie in der Mode- und Unterhaltungsbranche so populär. Bei einer fetten Dame in einem geblümten Polyesterkleid würden sie wohl kaum Schlange stehen, um sich von ihr ihre Unternehmungen segnen zu lassen. Jedenfalls nicht die Leute von den Plattenfirmen, die Modedesigner und die Neureichen.

Es roch nach Essen. Gegrilltes Fleisch, soweit sie es beurteilen konnte. An einem der niedrigen Tische zwischen den

Sesseln mit den hohen Rückenlehnen wurde das Mittagessen serviert, Wagyu-Burger mit Cocktails, sie hörte Gelächter und schwedische Sätze. Zweifelsohne Modeleute, sicher irgendeine Agentur. Die Kopenhagener Modewoche war die beste Entschuldigung der Welt, um die Liebhaberin auf eine Geschäftsreise mitzunehmen und dann durchzufeiern.

Lulu Sui atmete tief durch und versuchte, ihre Nervosität in den Griff zu bekommen. Normalerweise war sie bei jedem Fest dabei, vor allem in der dunklen Jahreszeit. Doch nach dem gestrigen Abend war die Party zu Ende. Jetzt ging es darum, die nächsten paar Tage zu überstehen, ohne Aufmerksamkeit zu erregen, und dafür zu sorgen, dass es nicht noch einmal schiefging. Sie musste ihre Energie bündeln und sich konzentrieren, damit es zu keinem Fehltritt kam.

Außerdem gab es jemanden, der zu Hause auf sie wartete.

Mitten in dem großen Raum streifte sie die Schuhe ab und ließ mit halbgeschlossenen Augen und nach außen gewendeter Handfläche ihre rechte Hand einen Kreis beschreiben, von der Stirn zum Herzen und weiter im Uhrzeigersinn: Sie öffnete ihren Geist. Die Verbindung war sofort da. Eine Autobahn an Energie, die sie von den Fußsohlen bis zur Brust durchlief, ein Strom, den sie allein durch ihre Konzentration öffnen und schließen konnte. Sie tauschte sich mit dem Universum aus. Es war für sie ebenso natürlich wie zu schwimmen, wenn sie ins Wasser sprang, und es erforderte ebenso wenig Kraft. Kaum einer ihrer Kunden fragte sie nach ihren Methoden. Ihnen genügte es zu wissen, dass sie besondere Fähigkeiten hatte. Kontakt zu etwas Höherem. Je mystischer und undurchschaubarer ihr Vorgehen war, desto besser.

Durch die bevorstehende Mondfinsternis war der Strom im Augenblick besonders stark. Das Volk der Batammariba in Benin glaubte, der Blutmond entstehe, wenn Sonne und Mond miteinander Krieg führen; Unruhe und Veränderung würden damit auf der Erde angekündigt. Blutige Auseinandersetzungen mit der Vergangenheit, Rache und eine neue Machtverteilung. Lulu Sui nahm deutlich wahr, dass der Magnetismus, der die Gezeiten und den Zyklus der Frau beeinflusste, sich in diesen Tagen verstärkte.

Sie spürte eine Sturmfront, die mit dem Blutmond aufzog. Der Kampf des Lichts gegen die Dunkelheit, des Guten gegen das Böse.

Sie wusste nur nicht, welche Seite siegen würde.

*

Den Kopenhagener Rathausplatz versperrte ein gigantischer Lastzug. Ein junges, blondes Mädchen blickte mürrisch auf die Touristengruppen und die Tauben unter dem Banner COPENHAGEN FASHION WEEK. Eine ältere Frau in einem kanariengelben Pelzmantel und mit einer großen Sonnenbrille sprach in die Kamera eines kleinen Aufnahmeteams. Neben ihr posierten zwei junge Mädchen trotz der Eiseskälte in kurzen Röcken vor ihren iPhones, überprüften das Resultat und begannen noch einmal von vorn, mit Kussmund und in die Seiten gestemmten Händen. Vermutlich hatten sie einen Filter, mit dem sie ihre blaugefrorenen Knie kaschierten, bevor die Fotos auf ihrem Blog landeten.

Im Rathaussaal liefen Bühnentechniker hektisch umher und bauten einen glänzenden grauen Catwalk auf, der wie ein Sprungbrett in ein Meer von Stuhlreihen ragte. Ganz in Schwarz gekleidete junge Frauen legten mit ernsten Gesichtern Namensschilder auf die Sitze. Jeppe fragte eine von ihnen nach Maria Ringsmose. Um zu antworten, hob die Frau nicht einmal den Blick von dem Plan, den sie vor sich hielt. »Backstage!«

Hinter dem Bühnenvorhang wimmelte es von Menschen. Models wurden an hell erleuchteten Spiegeln geschminkt oder standen in unterschiedlichen Varianten der Nacktheit an Garderobeständern mit bunten Kleidungsstücken. Eine dünne, dunkelhäutige Frau, die lediglich ein Höschen, hochhackige Schuhe und einen federgeschmückten Kopfputz trug, drehte sich in dem Moment um, als Jeppe an ihr vorbeiging, und zeigte zwei kleine Jungmädchenbrüste. Der Effekt war seltsam unerotisch, beinahe peinlich, aber offenbar ging es nur Jeppe so. Alle anderen schienen die Nacktheit für vollkommen natürlich zu halten.

Plötzlich ertönte ein Pfiff, Anette natürlich, wer sonst käme auf die Idee, hier zu pfeifen? Wer sonst *konnte* hier überhaupt pfeifen? Jeppe tat, als hätte er es nicht gehört und als träte er nur zufällig neben sie.

Anette stand bei einer jungen Frau mit Headset und einem weiten schwarzen Sweatshirt mit dem Aufdruck *Le Stan is for Lovers*. Schon wieder Schwarz. Für wen war bloß das bunte Zeug auf den Ständern gedacht, wenn sämtliche Modeleute nur Schwarz trugen?

Die Frau blickte Jeppe mit gestresstem Widerwillen an und wandte sich ab, um weiterzutelefonieren. Sie hatte dunkle Ränder unter den Augen und sah aus, als hätte sie geweint oder die ganze Nacht nicht geschlafen. Vielleicht beides.

»Das ist Maria Ringsmose, die Pressechefin der Firma. Sie ist sehr beschäftigt.« Anette zeigte demonstrativ auf die Frau, die eine Anordnung auf Englisch ins Telefon bellte und das Gespräch beendete.

»Ich weiß genau, warum Sie hier sind, und natürlich will ich über Alpha reden. Selbstverständlich.« Sie sprach gedämpft und behielt nervös die Models um sie herum im Auge. »Aber gerade jetzt passt es wirklich überhaupt nicht, wir haben in anderthalb Stunden eine Modeschau, es kommen vierhundert Gäste.«

»Wäre es in Anbetracht der Situation nicht passender gewesen, die Veranstaltung abzusagen?« Anette klang ernsthaft verärgert.

»Sind Sie sich darüber im Klaren, was eine solche Show kostet?« Maria Ringsmose hob die Stimme. »Die Models, die VIPs, die internationalen Presseleute, die eingeflogen und in Hotels untergebracht werden, das Bühnenbild, das Make-up, das Catering. Das ganze Geld ist bereits ausgegeben. Wir sind schließlich keine große Firma, die Ausgaben würden uns ruinieren, wenn wir nichts verkaufen können. Mehr gibt's dazu nicht zu sagen.« Rote Flecken zeichneten sich auf ihren Wangen ab, Tränen traten ihr in die Augen. Mit hastigen Bewegungen band sie ihre gebleichten Haare mit einem Gummiband zu einem unordentlichen Knoten zusammen.

Eine junge schwarzgekleidete Kellnerin mit flackerndem Blick kam mit einem Tablett voller Champagnergläser auf sie zu. Sie zögerte einen Moment, dann hielt sie ihnen zitternd das Tablett hin.

»Danke, Sigrid. Es ist gut, dass ihr anfangt herumzugehen. Bitte sorgt dafür, dass genug für alle da ist.« Sie nahm sich ein Glas und forderte Jeppe und Anette auf, sich ebenfalls zu bedienen. Sie stießen an.

Maria Ringsmose trank einen Schluck, strich eine Haarsträhne unnötigerweise hinters Ohr und trank noch einen Schluck.

»Skål!« Anette lächelte sarkastisch.

»Hören Sie, ich bin wegen der Sache mit Alpha am Boden zerstört. Mir geht's wirklich nicht gut. Wir waren seit zehn Jahren befreundet. Mindestens. Ich stehe unter Schock, wie alle hier.« Ihre Stimme war belegt.

»Erzählen Sie uns ein bisschen über ihn. Was für ein Mensch war er?«

»Jetzt?« Sie starrte Jeppe ungläubig an und stieß demonstrativ die Luft aus, als sie begriff, dass er es ernst meinte. »Alpha ist … war, er war lustig. Ein sprunghafter Mensch, originell und nicht zu bändigen, man wusste bei ihm nie, was als Nächstes kam. Aber er war unglaublich großzügig gegenüber den Menschen, denen er nahestand.«

»Und wer war das so?« Jeppe zog seinen Block aus der Tasche.

»Seine Mutter, vor allem. Und ich.«

»Sonst niemand? Was ist mit Geliebten?«

Sie verzog das Gesicht zu einem traurigen Lächeln. »Jede Menge! Meist diese ganz jungen Burschen, aber nie etwas Dauerhaftes. Alpha lebte sehr zurückgezogen, er hatte etwas von einem Einzelgänger.«

Ihr Telefon klingelte, sie scannte das Display aus dem Augenwinkel.

»Haben Sie auf dem gestrigen Fest irgendetwas Ungewöhnliches bemerkt?« Jeppe stellte die Frage, bevor sie das Gespräch annehmen konnte.

»Da gab es nichts, was nicht auch sonst auf unseren Festen passiert.« Sie lächelte ein wenig verlegen.

»Wie viel hatten Sie mit Alpha im Laufe des Abends zu tun?«

»Als er kam, haben wir uns zur Begrüßung umarmt, ein paar Minuten geredet und dann noch ein Foto für Social Media gemacht. Das war ziemlich früh am Abend, so kurz nach neun.«

»Sie wissen also nicht, wann er das Fest verließ?«

»Nein. Ich bin ziemlich sicher, dass ich ihn einige Zeit danach an der Bar gesehen habe, aber ob es elf war oder Mitternacht, kann ich nicht sagen.«

»Und wie wirkte er da?«

»Absolut wie immer.« Sie zeigte ein schiefes Lächeln. »Heiter und überdreht auf diese zugekokste Art.«

Sie rief die Fotogalerie ihres Telefons auf und hielt das Display hoch, um Jeppe und Anette ein Foto zu zeigen. Auf dem Foto stand eine festlich gekleidete Maria Ringsmose lächelnd zwischen zwei Männern. Einer der beiden war Alpha Bartholdy, der andere … Johannes.

»Was hatte denn Johannes Ledmark auf dem Fest zu suchen?« Anettes Stimme schien von weit her zu kommen.

»Er und Alpha sind wie so oft gemeinsam gekommen.«

Jeppe ignorierte Anettes Blick. Johannes kannte so viele Menschen. »Was ist passiert, nachdem das Bild gemacht wurde? Haben Sie Alpha gestern Abend außer an der Bar noch mal gesehen?« Jeppes Mund war trocken, seine Zunge fühlte sich mit einem Mal sehr schwer an.

»Hm, nein, es waren so viele Menschen da. Den größten Teil des Abends habe ich damit verbracht, unsere wichtigsten ausländischen Blogger zu unterhalten.«

»Maria! MARIA! Sie ist da!« Der Ruf gellte durch den Raum. Maria Ringsmose sah einen jungen schwarzgekleideten Mann erschrocken an, der fünf Meter von ihr entfernt herumfuchtelte. Sie riss das Gummiband aus den Haaren, frisierte mit den Fingern ihre Locken, tupfte sich mit dem Ärmel das Gesicht und kontrollierte das Ergebnis an einem der Spiegel neben den Kleiderständern. »Mist, jetzt habe ich es nicht mehr geschafft, mich umzuziehen! Ich muss jetzt gehen, Kayture ist gekommen.« Sie warf einen Blick in ihre verständnislosen Gesichter und fügte hinzu: »Kristina Bazan. Bloggerin, hat über zwei Millionen Follower auf Instagram. Wir haben richtig viel Geld ausgegeben, damit sie kommt.«

»Warten Sie! Wir haben noch ein paar Fragen –«

»Das muss jetzt warten. Tut mir leid!«

»Können wir Sie morgen erreichen?«

»Ja, aber rufen Sie vorher an.« Maria Ringsmose eilte davon, doch nach ein paar Metern blieb sie stehen und drehte sich noch mal um. »Nur eins noch.«

»Ja?«

»Sie haben gefragt, wer Alpha nahestand. Wenn ich noch jemanden nennen sollte, also außer seiner Mutter und mir, dann ist es Johannes Ledmark. Sie kannten sich gut.« Dann war sie weg.

Jeppe zog sein Telefon heraus und rief Johannes an, ohne Anettes fragenden Blick zu erwidern. Der Anruf wurde direkt an den Anrufbeantworter weitergeleitet. Jeppe versuchte es bei Rodrigo, Johannes' Lebensgefährten, er vertippte sich mehrmals, bis er endlich die richtige Nummer eingegeben hatte.

Rodrigo nahm den Anruf nach dem ersten Klingeln an.

»Hej, Jeppe.« Rodrigos Akzent war trotz der vielen Jahre, die er in Dänemark verbracht hatte, noch immer schwerfällig, Jeppe musste gegen seinen Willen lächeln. *Djeppé.*

»Rodrigo, entschuldige, dass ich störe, aber ich möchte nur wissen, ob Johannes zu Hause ist. Schläft er sich aus?«

Es wurde still in der Leitung. Jeppes Herzschlag beschleunigte sich mit jeder Sekunde, die so verging.

Rodrigo räusperte sich. »Nein, er ist nicht zu Hause. Er war gestern auf einem Fest und ist noch nicht nach Hause gekommen.« Rodrigos Stimme wurde immer leiser und verstummte bei den letzten Worten beinahe.

Jeppe sah auf die Uhr. Viertel nach eins.

»Was meinst du damit, er ist nicht nach Hause gekommen? Wo steckt er?« Die Tage, an denen Jeppe von einem Zug durch die Gemeinde erst am nächsten Tag gegen Mittag nach Hause gekommen war, lagen so viele Jahre zurück, dass er sich kaum daran erinnern konnte.

»Ich weiß nicht, wo er ist.«

»Äh, okay.« Jeppe mochte nicht weiter bohren, und Rodrigo lieferte keine weiteren Informationen. »Richte ihm bitte aus, dass er mich unbedingt anrufen soll, sobald er nach Hause kommt!«

Jeppe beendete das Gespräch und steckte das Telefon in die Tasche.

»Ist er nicht da?«

»Noch immer in der Stadt, wie es aussieht.« Jeppe zuckte die Schultern. »Tja, wir haben einen Fall zu lösen. Fangen wir an?«

Von Jeppes vorgetäuschter Energie ließ Anette sich nicht täuschen. »Johannes ist verschwunden, und sein Begleiter wird tot im Schnee gefunden –?«

»Er kommt sicher bald nach Hause, dann können wir ihn fragen, was passiert ist.«

Anette schob das schwere Portal des Rathauses auf und trat auf die Steintreppe. In die Kälte. »Das sieht nicht gut aus, Jeppe.«

Anette hatte recht. Es sah nicht gut aus.

4

Der körnige Videoclip zeigte Alpha Bartholdy zwischen zwei jungen Frauen, die sich mit verschleierten Augen und einem breiten Lächeln auf einer Tanzfläche im Kreis drehten. Aufgenommen mit einem Mobiltelefon, das offensichtlich eine der beiden Frauen in der Hand gehalten hatte. Sie sahen betrunken und auf eine merkwürdige Weise glücklich aus.

Polizeiassistentin Sara Saidani konnte sich ein Lächeln nicht verkneifen. Es war lange her, seit sie sich in einer Diskothek betrunken hatte. Sie notierte die Instagram-Namen der Frauen und schaute sich weitere Fotos und Videoclips an, die bei der Suche nach @alphabarth und #lestanparty auftauchten. Es war eine regelrechte Wühlarbeit, bei der man irgendwann doppelt sah. Doch von den vielen Werkzeugen, die der Polizei bei ihren Ermittlungen zur Verfügung standen, waren die sozialen Medien bei weitem die effektivsten. Telefonrechnungen und Kontoauszüge waren nützlich, doch der Drang der Menschen, zu prahlen und sich bestätigt zu sehen, zog eine digitale Schneckenspur hinter sich her, die wie die Markierungen einer Landebahn leuchtete.

Auf einem der Fotos lächelten drei sehr junge Männer in strammen schwarzen T-Shirts mit Alpha Bartholdy in die

Kamera; alle drei hielten ein Tablett mit Drinks in den Händen. *Crew by beautifulpeople.dk* stand als Bildlegende darunter. Sara Saidani blickte auf die Unmengen von Instagram-Fotos auf ihrem Bildschirm. Mit Snapchat und Facebook hatte sie noch nicht einmal begonnen.

Sie streckte sich und sah auf die Uhr in der unteren Ecke des Bildschirms. Noch ein paar Stunden Arbeit, bis die Schulbetreuung endete und sie ihre Töchter abholen musste. Ihre Kollegen waren unterwegs: Kørner und Werner im Rathaus und Thomas Larsen in der Rechtsmedizin, um mit der Mutter des Opfers zu sprechen. Ihr Aufgabengebiet war von vornherein abgesteckt: soziale Medien, Gästeliste, mögliche Zeugen. Schreibtischarbeit. Wie immer. Die Festgäste, mit denen sie bisher telefoniert hatte, wussten lediglich, dass Alpha definitiv nicht vor 23:30 Uhr gegangen war.

Im Präsidium war es still und in ihrem leeren Büro sowieso. Kein Wunder, waren doch Hunderte von Polizisten an der Landesgrenze stationiert, um kleine Schmuggler und notleidende Asylsuchende abzufangen.

Und sie saß hier mit ihrem Notebook, einem Mobiltelefon und einer unendlichen Zahl von Namen, die alle angerufen und befragt werden mussten. Sie durfte gar nicht darüber nachdenken, wie absurd es war, diese Aufgabe allein bewältigen zu müssen. Die Sparmaßnahmen standen leider in keinem Verhältnis zu den Erwartungen der Bevölkerung an die Aufklärungsrate der Polizei, im Gegenteil.

Langsam ließ Sara ihren Finger über die Gästeliste gleiten. Jedes Mal, wenn sie auf einen Namen stieß, der auch auf einem der Fotos von Alpha auf der Party auftauchte, kreuzte sie ihn an und schrieb ihn auf die Liste der zu Vernehmenden. Sie war nicht sonderlich bewandert, was dänische Prominente anging, dennoch sprangen ihr einige Namen unmittelbar ins Auge. Baronessen, Popstars und Medienmenschen jeder Art, die Modebranche schien eine Bühne zu bieten, auf der sich alle gern blicken ließen.

Søren Westi, den Namen kannte sie. Das war doch dieser Geschäftsmann, den man immer nur mit schwarzem Basecap und selbstzufriedenem Lächeln sah. Sie rief die beiden Fotos auf, die ihn zusammen mit Alpha zeigten. Auf einem flankierten die beiden die Modeschöpferin von Le Stan vor einer Pressewand mit aufgedruckten Sponsorennamen. Alle drei blickten mit routiniertem Lächeln und sehr weißen Zähnen direkt in die Kamera. Das zweite Foto stammte aus einem Barbereich und war nicht so gestellt. Søren Westi schenkte Champagner aus einer Magnumflasche aus, und Alpha streckte die Zunge in den Strahl, als ob er den Champagner wegschlürfen wollte, bevor er in die Gläser gegossen wurde.

Sara identifizierte ein paar lachende Zuschauer des Auftritts, darunter Lulu Sui, die Seherin, den Modeschöpfer Rolf Toklum, den Schauspieler Johannes Ledmark und die Sängerin Cara Skriver. Es war ein ausgelassener Moment, den jemand in dem dunklen Festlokal mit Blitzlicht festgehalten hatte, ein kleiner Einblick in ein wunderbar amüsantes Leben.

Auf dem Foto war allerdings noch etwas anderes zu sehen, etwas, das Sara nicht recht benennen konnte: Die lachenden, aufgerissenen Münder hatten etwas Gekünsteltes, die Augen etwas Totes. Hatte die Art und Weise, mit der Søren Westi Alpha ansah, etwas Angespanntes? Vielleicht war es ihm nicht recht, von der Kamera erwischt zu werden. Vielleicht interpretierte sie aber auch etwas in das Bild hinein, weil sie wusste, dass Alpha wenige Stunden später tot im Schnee lag.

POLSAS lieferte keinerlei Vorstrafen für die Personen auf dem Foto. Sara notierte die fünf Namen zur Vernehmung und sah sich weitere Fotos an, nach ein paar Minuten merkte sie jedoch, wie unkonzentriert sie arbeitete. Sie gab den Namen Johannes Ledmark bei Google ein und überflog die Ergebnisse der ersten Seiten. Es erschienen Links zu sämtlichen Illustrierten und zur Boulevardpresse – er war auf dem roten Teppich offenbar besonders aktiv.

Auf dem Foto von irgendeiner Theaterpremiere stand Johannes Ledmark zusammen mit Jeppe Kørner. Sieh an! Kørner war mit ihm befreundet. Sara schaute sich weitere Fotos an. Auf den meisten anderen Bildern stand bei Johannes Ledmark ein hübscher Mann mit dunklem Teint, der auf den Bildern der Party nicht zu sehen war. Johannes Ledmarks Partner. Sie klickte weiter und landete bei einem Doppelinterview mit dem Paar, das eine Frauenzeitschrift vor einem halben Jahr gedruckt hatte. Die beiden waren gerade nach Vesterbro gezogen und hatten sich mit *frech bemalten Dielen* und *stilsicheren Details* eingerichtet, so die Illustrierte. Sie würden eine *reife Liebesbeziehung* führen, *die Tiefen und Nuancen beinhaltete, die sie hin und wieder selbst überraschte.* Nach zwölf Jahren noch immer frisch verliebt. Die Journalistin ging so weit, ihre Liebe *legendär* zu nennen. Sara verdrehte die Augen. Es war leicht, legendär verliebt zu sein, wenn man reich und kinderlos war.

Sie klickte den Artikel weg. Ihre eigene Vernunftehe war nicht sonderlich leidenschaftlich gewesen, obwohl Mido ein lieber Kerl war. Doch hatte er sich nie in Dänemark eingelebt. Als Biologe fand er keine Arbeit, die Sprache zu erlernen lag außerhalb seiner Möglichkeiten, und irgendwann war er zwischen den verschiedenen Jobs als Putzmann und den demütigenden Gesprächen beim Arbeitsamt zerbrochen. Sie hatte es in seinen traurigen dunklen Augen gesehen, wenn er sie nach Dienstschluss abholte.

An einem Frühjahrstag bei einem Ausflug nach Kronborg hatte er dann gesagt: »Ich will zurück nach Tunesien. Nach Hause.« Ohne Vorwarnung, ohne Umschweife, einfach so. Er hatte nie gefragt, ob sie und die Kinder mitkämen. Zwei Monate später war er abgereist, und Sara blieb mit Amina und Meriem allein zurück. Die Scheidung wurde per Internet geregelt. Im März war es drei Jahre her. Anfangs hatten sie hin und wieder geskypt. Jetzt blieb es bei Geburtstagsgeschenken für die Mädchen und flüchtigen Grüßen. Laut Saras Mutter hatte er wieder geheiratet. Sie vermisste ihn nicht.

Liebe war nicht wie im Film. Nicht in dieser romantischen Variante, die es angeblich auch in der Wirklichkeit gab, wie uns Illustrierte weismachen wollen. Liebe, das waren Missverständnisse, enttäuschte Hoffnungen und Einschränkungen. Gefühle, die wie gegossenes Wachs langsam erstarrten.

Sara blickte aus dem Fenster in den Schnee, der mit großen Flocken auf die Stadt fiel. Gern wäre sie ebenfalls draußen in der Kälte gewesen, statt hier zu sitzen. Aber irgendjemand musste es ja tun. Sie warf einen letzten Blick auf die

Schneeflocken und wandte sich dann wieder ihrem Bildschirm zu.

Müllsäcke, Spülmittel, Küchenrollen. Unauffällige Dinge des täglichen Bedarfs landen in dem Einkaufskorb des Supermarkts am anderen Ende der Stadt – kein Grund, irgendein Risiko einzugehen. Niemand sieht zu, warum auch? Tempo: nicht zu schnell, Kopf: gesenkt, Mütze: bis auf die Augenbrauen heruntergezogen.

Wie es sich wohl anfühlt, von innen verätzt zu werden?

Wahrscheinlich wie Sodbrennen, jedenfalls zu Beginn, später wie Bauchschmerzen, der Geschmack von Blut. Wann ist Alpha Bartholdy klargeworden, dass die Schmerzen nicht wieder verschwinden würden? Hatte er von Anfang an begriffen, wie unumkehrbar es ist, wenn Kaliumhydroxid in den Körper sickert und auf seinem Weg durch die Speiseröhre und den Magen alles verätzt? Friedlich, geradezu lässig in seiner grausamen Langsamkeit.

Sein Tod war alles andere als friedlich gewesen. Heftiges Erbrechen, der blutende und sich auflösende Mund. Dieser Augenblick, an dem die Schmerzen unerträglich wurden, er aber außerstande war, um Hilfe zu rufen. Die Panik in den Augen, diese blanke Angst bei einem Menschen, der begriff, dass er sich von innen auflöst. Das Entsetzen.

Das nennt sich Karma. All die Bosheit, die wir im Namen des Egozentrismus und der Eitelkeit ins Universum entsenden, kehrt eines Tages zurück und frisst uns von innen auf. Wir glauben, wir hätten selbst die Wahl, aber das Schicksal hält uns fest in einer vorgegebenen Spur. Je höher wir die Nase tragen, desto größer ist die Enttäuschung, wenn der Weg plötzlich in den Abgrund führt.

Alpha Bartholdy hatte die Nase hoch getragen. Das Wohlergehen anderer Menschen war ihm genauso egal wie alles andere auf dieser Welt, mit Ausnahme seines eigenen, falschen Spiegelbilds. Kein Wunder, dass er allein war. Die Leute wurden von dem charmanten Zyniker angezogen und sonnten sich gern in seinem Erfolg, aber niemand ertrug ihn auf Dauer. Bestimmt hatte er befürchtet, dass die Welt sein hohles Herz durchschauen könnte, und versucht, es sich nicht anmerken zu lassen.

Das Regal mit den Putzmitteln, blaue und grüne Plastikflaschen mit unterschiedlich deutlichen Warnhinweisen. *Kann zu Hautreizungen führen! – Ätzend! – Giftig!* Die Flasche passt gut in den Korb, macht nicht viel Aufhebens von sich. Keine Schlange an der Kasse, die Feierabend-Einkäufe haben noch nicht begonnen. Die Waren aufs Band, eine nach der anderen, ein zurückhaltendes Lächeln für die deprimierte Kassiererin, Barzahlung, eine Plastiktüte, und dann acht Schritte – an den Regalen mit den Sonderangeboten vorbei zur Schiebetür, auf den gestreuten Fußweg.

Die Tüte schaukelte munter bei jedem Schritt. Noch immer war eine Rechnung offen.

*

Fünfundvierzig Minuten. So lange wartete Jeppe in einer Kneipe an den Seen vergeblich auf Johannes. Er nutzte die Wartezeit, um der Polizeikommissarin einen Bericht mit den vorläufigen Ergebnissen zu schicken, damit sie sich auf die morgige Pressekonferenz vorbereiten konnte, und trank sein Bier so langsam wie möglich. Um ihn herum läuteten Freunde und Kollegen ihren Feierabend ein. Drinks, lockere Sprüche und entspanntes Lachen. Die Steppjacken dampften an den Rückenlehnen, aus der Anlage kam Indie-Rock aus der zweiten Hälfte der neunziger Jahre.

Johannes ging noch immer nicht an sein Telefon. Jeppe sah sich bedrückt um. Er hatte keine Lust, nach Hause zu fahren, er musste mit einem vernünftigen Menschen reden. Er rief Esther de Laurentis Mobilnummer auf und schrieb ihr eine SMS. Sie und Gregers wohnten jetzt hier in der Nähe, bisher hatte er sie aber nicht besucht. Sie antwortete sofort, eine erfreute und überraschte SMS. Jeppe war mehr als willkommen. Da Johannes noch immer kein Lebenszeichen von sich gab, bezahlte Jeppe sein Bier und ging die pastellfarbenen Wohnhäuser am Seeufer entlang.

Helbæk, Balslev, Andersen … da: ›Laurenti/Hermansen‹, im dritten Stock. Jeppe klingelte und trat einen Schritt von der dunkelblauen Haustür zurück, um an der Fassade hinaufzublicken. Peblinge Dossering, kein schlechter Tausch gegen das Haus in der Klosterstræde, aber vielleicht nicht unbedingt die erste Wahl als Wohnsitz für ältere Menschen. Jeppe nahm auf der breiten Treppe zwei Stufen auf einmal.

Als er die dritte Etage erreichte, empfing Esther de Laurenti ihn herzlich lächelnd an der Tür, zu ihren Füßen bellten die beiden Möpse. Er ging ihr mit ausgestreckter Hand entgegen, wurde aber in eine Umarmung gezogen, die Menschen vorbehalten ist, zu denen man eine ganz besondere Beziehung hat. Der Mordfall im letzten Sommer hatte sie für alle Zeit miteinander verbunden.

»Wie schön, dich zu sehen, Jeppe. Es ist lange her. Du siehst gut aus!«

»Gleichfalls!« Jeppe meinte es ernst. Beides.

Esther de Laurenti sah gut aus. Noch immer schmächtig und mit derselben Kurzhaarfrisur, aber jetzt mit Farbe auf den Wangen und lebhaften Augen. Sie trug etwas Weiches, Aprikosenfarbiges, dazu eine enorme Halskette.

»Ruhig jetzt, psst, Dóxa, Epistéme, hört auf, er besucht nicht euch, sondern mich.«

Jeppe wich den Hunden diskret aus und folgte Esther in die Wohnung. Die Einrichtung glich der Klosterstræde: Reisenippes, Sitzkissen und Regale mit Tausenden farbigen Buchrücken. Feminin und ein wenig unordentlich. Aber hier, wo die Räume heller und höher waren, wirkte es fröhlicher als am alten Ort.

»Du hast dich ja bereits gut eingerichtet. Und diese Aussicht!« Jeppe trat ans Fenster und bewunderte den Blick.

»Wenn es hell ist, ist es noch besser. Ja, vorläufig kann ich nicht genug davon bekommen. Es gibt immer etwas zu sehen. Du nimmst Milch in den Kaffee, nicht wahr?«

Sie setzten sich aufs Sofa. Esther schenkte Kaffee in kleine Porzellantassen und servierte Portwein dazu. Kein schlechter Tausch gegen ein einsames Bier in einer Kneipe.

»Hast du noch Probleme mit dem Kiefer oder ist alles wieder in Ordnung?«

Sie lächelte traurig. Die Schläge im vergangenen Sommer hatten zu einem gebrochenen Kiefer und vier gebrochenen Rippen geführt. Darüber kam man in einem gewissen Alter nicht mehr so leicht hinweg.

»Ich kann mich nicht beklagen. Der Kiefer ist so gut wie

neu, und den Oberkörper kann ich auch problemlos bewegen. Es wird schon alles wieder gut.« Sie trank von dem rötlich goldenen Portwein und nickte zufrieden. »Und was ist mit dir, Jeppe? Hattest du eine schöne Reise?«

»Ja, danke, es war … toll. Australien ist schon ein verrücktes Land. Ich war mit Zelt und Rucksack unterwegs, ohne große Umstände. Es war fast so wie früher, als ich noch jung war.« Jeppe verzog das Gesicht zu einem Lächeln. Trotz des Altersunterschieds und der Tatsache, dass sie sich erst seit einem halben Jahr kannten, hatte sich sehr schnell eine gewisse Vertrautheit ergeben. »Die Reise war, wie soll ich sagen, belebend. Ja, ich habe sogar eine nette Freundin gefunden.«

»Wie schön für dich. Es freut mich wirklich zu hören, dass du den Glauben an die Liebe wiedergefunden hast. Es ist uns im Leben nicht oft vergönnt, so etwas zu erleben.«

Es klopfte an der Tür, und Gregers Hermansen schaute vom Flur zu ihnen herein. Jeppe stand auf und ging ihm entgegen.

»Guten Tag, Gregers, schön, Sie zu sehen.« Sie gaben sich die Hand, und der alte Mann sah ihn mit einem Blick an, als hätte er keine Ahnung, mit wem er es zu tun hatte. »Jeppe Kørner. Von der Polizei. Wir haben uns –«

»Ja, danke. Ich bin kein Idiot, oder? Nur weil man schon ein wenig älter ist, muss man nicht komplett senil sein. Esther, ich gehe kurz raus, brauchst du etwas? Nur nichts von diesem fürchterlichen Araberschlachter, das schaffe ich nicht, aber sonst?«

»Nein, danke, Gregers, nett von dir. Schönen Spaziergang! Aber pass auf dem glatten Bürgersteig auf.«

Gregers nickte Jeppe kurz zu und schloss die Tür. Jeppe setzte sich wieder.

»Tja, Gregers scheint ja auch noch … der Alte zu sein.«

Esther schmunzelte. »Gregers, das bedeutet dreiundachtzig Jahre aufgestaute Kränkungen in einem Körper. Aber er ist ein guter Freund geworden. Ich bin sehr dankbar, dass wir uns gefunden haben. Auf diese Weise ist doch wenigstens *etwas* Gutes bei der ganze Sache herausgekommen.« Sie lächelte, dass die Augen beinahe in einem Netz feiner Linien verschwanden. »Na, Jeppe, und was quält dich? Du tauchst doch nicht so plötzlich hier auf, nur um mit mir zu plaudern?« Esther griff nach der Kaffeekanne und sah ihn mit hochgezogenen Brauen an.

»Ein neuer Fall. Ein Todesfall letzte Nacht, die Leiche wurde im Ørstedspark im Schnee gefunden. Einer von Johannes' Freunden.« Jeppe hielt ihr seine Tasse hin, damit sie einschenken konnte.

»Johannes Ledmark – ist das ein Freund von dir?«

Jeppe nickte. »Er war mit dem Opfer bei einem Fest, kurz vor dessen Tod. Seither hat ihn niemand mehr gesehen. Er ist nicht nach Hause gekommen, und wir können ihn auch nicht erreichen.«

Esther schien schockiert zu sein. Jeppe merkte, dass sie sich ihre Reaktion nicht anmerken lassen wollte.

»Wer ist der Tote?«

»Hast du nicht davon gehört? Es ist doch überall in den Medien … Alpha Bartholdy. Der Modezar.«

Diesmal ließ sich der Schock nicht verbergen. Esther schlug beide Hände vor den Mund. »O Gott, wie furchtbar.«

»Kanntest du ihn?«

»Nicht gut. Wir sind uns nur ein paarmal begegnet, bei Ivan, meinem Designerfreund. Vor ein paar Jahren waren er und ich auf einem Fest bei Ivan.«

»Wie war er?«

»Genau wie im Fernsehen. Scharf und laut, er brauchte viel Platz, aber er war auch amüsant. Wie traurig! Obwohl es ja eigentlich absehbar war.«

»Was meinst du mit absehbar?«

»Na ja, ich weiß ja nicht, wie er gestorben ist. Aber wenn er nach einem Fest im Schnee gefunden wurde … An dem Abend bei Ivan hat er Drogen genommen und ziemlich viel getrunken. Ich hatte nicht den Eindruck, dass es das erste Mal war. Du kennst doch diese Menschen, denen man die selbstzerstörerische Ader ansieht? So war Alpha.«

»Leider handelt es sich nicht um Selbstzerstörung. Jemand hat nachgeholfen.« Das war indiskret, aber die Presse würde es ohnehin bald veröffentlichen. Spätestens nach der Pressekonferenz morgen früh.

»Und jetzt bist du besorgt, dass Johannes darin verwickelt sein könnte?«

»Ja, und ich habe Angst, dass ihm etwas zugestoßen ist.«

Eine Weile sagten beide kein Wort, schweigend tranken sie ihren Kaffee. Das Angenehme an Esther war ihre Fähigkeit zu schweigen, wenn es nichts zu sagen gab, ohne dass es unangenehm wurde. Jeppe sah sich in ihrem neuen Wohnzimmer um, moderne Kunst und afrikanische Masken, bunte Tonarbeiten aus Mexiko, Papierstapel, die sich in den Ecken und Winkeln sammelten. Wann beginnt ein

Zuhause zu einem Spiegel unserer selbst zu werden? Hier sah jedenfalls alles nach Esther aus.

Jeppe schlug sich auf die Schenkel und erhob sich. »Ich glaube, ich gehe jetzt besser nach Hause. Vielen Dank für den Kaffee.«

»Und den Portwein!« Sie blinzelte ihm zu.

»Und den Portwein. Klar.« Er lächelte.

»Du bist jederzeit willkommen, Jeppe, das weißt du.« Sie begleitete ihn zur Tür und umarmte ihn. »Ich hoffe, es gibt keinen Grund zur Besorgnis. Bestimmt meldet sich Johannes bald.«

»Hoffentlich hast du recht. Danke.« An der Tür zögerte er einen Moment. »Sag mal, schreibst du an einem neuen Buch?«

Er hätte ihr ebenso gut einen Schlag in die Nierengegend versetzen können. Sie wandte den Blick ab, ihr Mund zog sich zusammen. Sofort wollte er etwas Entschuldigendes sagen, doch sie schüttelte nur den Kopf und schloss leise die Tür.

*

»Sie sind jetzt die Nummer ... sechs in der Warteschleife.«

Anette Werner schob den Autositz ein wenig zurück. Sie würde vermutlich eine Weile hier sitzen müssen. Der Teufel sollte die Telefonanlagen von Notärzten holen! Sie würden ihr ohnehin nicht helfen können. Sie ballte die linke Hand und spreizte die Finger ein paarmal, um das Kribbeln in der Hand zu vertreiben. Dann atmete sie tief durch und versuchte, ihr klopfendes Herz zu beruhigen. Auf der Heimfahrt hatte es wieder angefangen. Sie hatte doch immer eine eiserne Gesundheit gehabt. Normalerweise lachte ihr Hausarzt über ihren lächerlich niedrigen Cholesterinwert und sagte, dass Leute wie sie ihn arbeitslos machen würden.

Wenn sie sich umdrehte, konnte sie in die Fenster ihres eigenen Hauses schauen. Holmeås 14, Greve Strand. In der nachmittäglichen Dunkelheit schien es einladend zu leuchten, wie ein Lebkuchenhaus im Wald. Sie sah Svend nicht, aber sie wusste, dass er das Abendessen vorbereitete. Bestimmt ein Gericht, das den ganzen Tag vor sich hin gesimmert hatte und wenn sie nach Hause kam, über mit viel Butter zubereitetem Kartoffelstock verteilt wurde. Svend, der süße Svend. Ihr lieber, daheim arbeitender Mann, der Geborgenheit ausstrahlte und nie laut wurde. In fünf Jahren feierten sie ihre Silberne Hochzeit, und noch immer hatte sie Schmetterlinge im Bauch. Liebevoll und fröhlich sorgte er sich um sie und ihre drei Border Collies, ihren Kinderersatz. Sie hatte nie Mutter werden wollen, und er hatte es akzeptiert.

»Sie sind jetzt die Nummer ... sechs in der Warteschleife.«

Zum Teufel noch mal! Bald musste sie auflegen und hineingehen, es blieb ihr nichts anderes übrig. Besser, das Blutdruckmessgerät blieb im Handschuhfach. Der Apparat sah aus wie das definitive Eingeständnis, dass sie nicht gesund war. Und sie wollte Svend auf keinen Fall beunruhigen.

Anette überprüfte auf dem iPad ihre Notizen, während sie in der Warteschleife hing. *Modeschöpfer tot im Ørstedspark gefunden, Todesursache: Einnahme ätzender Flüssig-*

keit, Todesart: bisher unbekannt. Wird als verdächtiger To-
desfall behandelt.

Alpha Bartholdy hatte etwas Giftiges getrunken. Jemand musste es ihm gegeben haben. Vorsätzlich, um ihm zu schaden, davon musste man ausgehen. Bis auf weiteres hatte keiner der Gäste, mit denen Saidani bisher reden konnte, irgendetwas Verdächtiges bemerkt, aber vielleicht kamen sie mit den Fotos der Party weiter?

Saidani hatte die Bilder der sozialen Medien in die gemeinsame virtuelle Mappe des Teams gestellt: einhundertsiebenundsechzig Fotos von Alpha auf Le Stans Fest. Anette öffnete den Ordner und fing an, sich durchzuklicken. Die Bilder zeigten Alpha und viele andere Personen dichtgedrängt in einem großen dunklen Raum mit grellgestrichenen Wänden; schöne schlanke, gepflegte Menschen, die aber alle für ihre Kleidung zu alt aussahen. Miniröcke, lange, hochhackige Stiefel, Hoodies mit Slogans, Basecaps. Dunkel umrandete Augen und künstlich rosafarbene Apfelwangen, gestelltes Lächeln.

Auf einem der Fotos unterhielt sich Alpha mit einer ganz in Rosa gekleideten Asiatin. Er sah merkwürdig androgyn aus, und seine Jeans waren dermaßen löchrig, dass der Effekt schon fast komisch war. Auf dem Tresen hinter ihnen standen eine Menge Gläser mit verschiedenfarbigen Flüssigkeiten, die ein junger Barkeeper, dürr wie ein Model, einschenkte. Hatte irgendjemand Alpha wirklich dazu gebracht, ein vergiftetes Getränk zu trinken? Johannes Ledmark stand am Rande des Fotos und sprach mit einer Gruppe Frauen, die ihn schmachtend ansahen. Alpha schien ihn trotz der Asiatin nicht aus den Augen zu lassen.

Anette warf den erleuchteten Fenstern erneut einen Blick zu. Sie musste sich das Gespräch mit dem Notarzt aus dem Kopf schlagen. Am Montag hatte sie einen Arzttermin, hoffentlich hielt sie bis dahin durch.

Sie klickte die Homepage einer Tageszeitung an und sah, dass ihr Fall den ganzen Bildschirm in Anspruch nahm. *Breaking news,* natürlich, es war ja auch eine gute Story. Prominenter ermordet. Es brauchte nicht viel Clickbait, um diesen Stoff zu verkaufen. *Modekönig tot im Schnee aufgefunden* lautete die Schlagzeile. Anette spürte, wie ihr Puls sich beschleunigte, sie fuhr das iPad herunter. Ruhig atmen, das ist nur ein bisschen Stress.

»Sie sind jetzt Nummer … fünf in der Warteschleife.«

Wütend stellte sie ihr Telefon ab, knallte die Wagentür zu und betrat kurz darauf ihre Wohnung, wo Svend sie schon erwartete.

5

Es gibt nichts Traurigeres auf der Welt als halbverlassene Wohnungen, in denen sich noch immer Spuren des einstigen Optimismus finden lassen.

Jeppe stand im Mantel im Flur und schaute in den Garten. Er hatte das Gefühl zu versinken. Von dem Pflaumenbaum hatten sie in ein paar Jahren die Früchte ernten wollen, die Terrasse sollte letzten Sommer gefliest, ein Raum als Kinderzimmer eingerichtet werden. Jetzt war das Haus nur ein trauriges Mahnmal ihrer gescheiterten Ehe. Es ist gut, wenn ich den Scheiß endlich verkaufe, sagte sich Jeppe und hängte seinen Mantel an die halbleere Garderobe.

Der Makler hatte für morgen eine Besichtigung angekündigt, also musste er ein bisschen aufräumen. Es war nicht einfach, ein Haus zu verkaufen, bei dem die Bahnlinie direkt hinter dem Grundstück verlief. Auf die meisten potentiellen Käufer hatte das eine abschreckende Wirkung.

Johannes hatte sich noch immer nicht gemeldet. Jeppe rief noch einmal an, dann wählte er Rodrigos Nummer, aber auch bei ihm meldete sich nur der Anrufbeantworter.

Wollmäuse lagen in den Ecken. Jeppe ging in die Küche und schenkte sich ein Bier ein, aß vor dem offenen Kühlschrank ein Stück Pizza im Stehen, dann holte er den Staubsauger. Er trug ihn die Treppe hinauf, steckte die Ohrstöpsel ein und fing an, mit Lo-Fangs *Blue Film* in den Ohren staubzusaugen. Musik spielte seit Hannah wieder eine Rolle in seinem Leben. Sie schaltete vollkommen selbstverständlich Musik ein, wenn sie morgens erwachte, und Jeppe war klargeworden, wie still sein Leben mit Therese in den letzten Jahren ihrer Beziehung geworden war. Keine Unterhaltung, keine Musik.

Jeppe ging in die Hocke, das Staubsaugerrohr erfasste eine Schicht Fusseln unter der Ilva-Kommode.

It's not easy calming down this feeling, calming down this feeling.

Die Rollen, die man sich in einer Ehe zuteilt! Nicht sonderlich überraschend, dass man darin erstarrt und eines Tages plötzlich aufwacht und sich innerlich verwelkt fühlt. So hatte Therese ihre Untreue entschuldigt, und allmählich begriff Jeppe die Pointe. Es war gefährlich, wenn man genau zu wissen glaubt, wie es dem anderen geht.

Er zog die Schnur aus der Steckdose und trug den Staubsauger zurück ins Erdgeschoss. Der Rucksack stand noch immer im Flur, die Wanderstiefel und der Schlafsack waren an der Seite festgezurrt. Jeppe stellte den Staubsauger mit einem kleinen Seufzer ab. Der Rucksack musste endlich in den Keller. Er öffnete die Tür zur Kellertreppe.

BANG!

Jeppe erstarrte. Trotz der Musik in den Ohren irrte er sich nicht. Eine Tür war im Keller zugeworfen worden. Er zog die Stöpsel aus den Ohren. Hielt den Atem an und horchte. Es war absolut still, so still, wie es in einem Wohnviertel nur sein kann. Er hörte sein Herz klopfen. Könnte es ein Einbruch sein? Seine Heckler & Koch USP Compact

9 mm lag sicher in der Schublade des dafür eingerichteten Waffenraums des Präsidiums, wo man seine Pistole abzuliefern hatte, wenn man vom Dienst nach Hause ging. Er überlegte, was er im Haus als Waffe benutzen könnte, stellte den Rucksack vorsichtig ab und schlich in die Küche. Ein Messer war in einer derartigen Situation ungeeignet, es sei denn, man wollte einen blutigen Nahkampf geradezu provozieren. Eine schwere Bratpfanne musste genügen.

Langsam, ganz vorsichtig, ging er die Treppe auf der Seite hinunter, wo die Stufen am wenigsten knarzten. Auf Strümpfen, die gusseiserne Sautierpfanne, die sie als Hochzeitsgeschenk von Thereses Eltern bekommen hatten, erhoben wie einen Vorschlaghammer.

Hier ist niemand. Ich muss Gespenster gehört haben, sagte er sich.

Aber er wusste, dass er die Tür gehört hatte. Jeppe näherte sich dem Fuß der Kellertreppe. Noch immer kein Laut. Die Luft fühlte sich kühl an, als würde es von irgendwoher ziehen. Der Kellerfußboden unter seinen Strümpfen war eiskalt, er ahnte die Konturen der staubigen Regale an den Wänden. Sein Herz hämmerte in der Brust, er spürte den überwältigenden Impuls umzudrehen, zu seinem Auto zu laufen und wegzufahren. Er atmete tief durch und versuchte sich zu beruhigen.

Es hatte keinen Sinn, in der Dunkelheit zu stehen. Er tastete über die Wand, fand den Schalter und machte Licht. Der Keller war leer. Jeppe ließ die Bratpfanne sinken und ging zur Kellertür. Keine Spur eines Einbruchs am Rahmen, alles sah aus wie immer. Zur Sicherheit fasste er an die Klinke. Die Tür ging auf.

Sie war nicht verschlossen.

Auf dem Boden, direkt vor der Tür, lagen Schneereste. Er hatte keine Gespenster gehört, die Tür hatte offen gestanden und war zugeworfen worden.

Jeppe überprüfte regelmäßig sämtliche Türen. Die Kellertür war abgeschlossen gewesen, als er am Morgen das Haus verlassen hatte, jetzt war sie offen. War Johannes hier gewesen? Er hatte als Einziger den Schlüssel zum Haus.

Jeppe lief durchs Erdgeschoss, schaltete überall Licht ein. Leer. Er sah im ersten Stock nach und ging dann in Clogs in den Garten. Keiner da. Es gab eine Spur zu der Außentreppe, die in den Keller führte, aber er selbst war am Morgen dort unten gewesen, um die Schneeschaufel zu holen, vielleicht handelte es sich um seine eigene Spur.

Er musste vergessen haben abzuschließen.

Jeppe ging zurück in die Küche. Dieses Gefühl der Ungewissheit war nicht so leicht abzuschütteln. Er lehnte sich an den Küchentisch und griff nach seinem Bierglas. Es war noch voll, noch immer kalt. Er zögerte.

Alpha hatte etwas getrunken, das seine Eingeweide zerfressen hatte.

Ein Kälteschauer durchfuhr ihn vom Steißbein bis zur Schädeldecke, seine Nackenhärchen richteten sich auf. Ohne nachzudenken, goss er das Bier in den Ausguss und ging in den Flur. Er zog Mantel und Stiefel an. Er musste hier raus. Die Autoschlüssel lagen im Flur, auf dem Weg zur Einfahrt schrieb er Hannah eine SMS. Die Gedanken rasten durch seinen Kopf, ihm war schwindlig.

*

Dôme épais le jasmin, à la rose s'assemble, rive en fleurs, frais matin, nous appellent ensemble …

Rodrigo goss Weißwein nach, das dritte Glas in zwanzig Minuten, und sah sich in ihrer Parterrewohnung in der Skydebanegade um. Allmählich spürte er den Wein, zumal er nicht zu Abend gegessen hatte. In diesem Moment wünschte er, jemand zu sein, der gern Whisky oder Cognac trank, etwas Starkes, das die Gefühle effektiver betäubte als Grüner Veltliner. *Sous le dôme épais* war ihre Musik, *Lakmé*. Die erste Oper, die sie auf ihrer ersten Liebesreise nach Paris gehört hatten. Es war lange her. Ein Jahrzehnt und ein Kontinent.

Der Spiegel an der Schlafzimmerwand, opulent und viel zu groß, ein richtiger Schwulenspiegel, warf ihm sein eigenes Bild zurück. Da lag er, mit goldgelber Haut und hohen Wangenknochen. Rodrigo erinnerte sich noch genau, wie Johannes ihn damals, nach ihrer ersten Begegnung, angerufen und erklärt hatte, dass er bei ihm das Paar brauner Augen gefunden hätte, in das er den Rest seines Lebens blicken wolle. Drei Monate später war Rodrigo aus Santiago de Chile nach Kopenhagen gezogen, und in den zwölf Jahren, in denen sie inzwischen ein Paar waren, hatte ihre Liebe nicht nachgelassen. Oder doch?

Er spielte das Stück noch einmal und drehte die Lautstärke auf. Ihr Leben war doch perfekt. Die Leute bewunderten sie und ihre Liebe, und zu Recht: Zwölf Jahre zusammen und noch immer verliebt – es war doch nicht falsch, so etwas perfekt zu nennen. Es ging ihnen gut, sie ergänzten sich ohne allzu viele Kompromisse und Probleme, sie hatten Sex und lachten miteinander.

Rodrigo fehlte es an nichts. Und Johannes?

Rodrigo gestand es sich nicht ein, und er würde auch nie mit irgendjemandem darüber sprechen, schon gar nicht mit Jeppe, aber Johannes war schon früher hin und wieder verschwunden. Nicht oft in all den Jahren, die sie zusammen waren, es ließ sich an zwei Händen abzählen. Aber es war vorgekommen. Genau wie jetzt. Johannes ging auf eine Party, gut angezogen, nüchtern, ein Abschiedskuss an der Tür, und erst am nächsten oder übernächsten Tag tauchte er wieder auf. Er stellte das Telefon ab und verweigerte jegliche Kommunikation. Rodrigo hatte ihre Freunde angerufen und war durch Kopenhagens Straßen gefahren, um ihn zu suchen. Diskret natürlich. Es war zu beschämend, um andere einzuweihen.

Johannes war jedes Mal wieder nach Hause gekommen, verdreckt und mit einem Kater; er schlief dann anderthalb Tage und war hinterher so schuldbewusst und zärtlich, dass die Versöhnung leichtfiel. Es schien ein geringer Preis zu sein für das Glück und den Wohlstand, den Johannes in Rodrigos Leben gebracht hatte. Es sei denn im unmittelbaren Moment. Am schlimmsten war das Gefühl, dass Johannes aus seinem Leben verschwinden wollte. Dass ihr glückliches Zusammenleben ihm zur Last fiel, dass er hin und wieder ausbrechen musste, um sich frei zu fühlen.

Rodrigo wählte noch einmal seine Nummer. Noch immer nur der Anrufbeantworter. Er schenkte sich ein weiteres Glas ein, ging pinkeln und spritzte sich vor dem Badezimmerspiegel kaltes Wasser in sein verheultes Gesicht. Gestern Morgen erst war Johannes nach dem Duschen zu ihm gekommen und hatte ihn hier umarmt, gemeinsam hatten sie ihr nacktes Spiegelbild bewundert. Ein hübsches Paar. Rodrigo hob den Toilettendeckel und übergab sich: Weißwein, Galle, Tränen und Speichel.

Vor langer Zeit war er ein starker junger Mann gewesen. Damals wohnte er noch in seinem Land mit seiner Familie, seinem Netzwerk und seiner Sprache. Damals waren sie oft an den Strand gefahren, er und seine Freunde, Vettern, Kommilitonen. Die Fahrt von Santiago de Chile nach Playa La Virgen war so lang, dass sie immer ein paar Tage blieben, wenn sie dorthin fuhren. Sie schliefen am Strand, badeten, fischten und kochten am Lagerfeuer. Tranken. Küssten sich ein bisschen. Rauchten Joints unter den Sternen. Damals hatte er gewusst, wer er war und wofür er stand. Vor Johannes, vor Dänemark. Ein starker chilenischer homosexueller Katholik, Intellektueller, Familienmensch, ein guter Freund. Geradezu idealistisch und prinzipientreu.

Aber ein Prinzip bleibt nur so lange fest, bis es unter Druck kommt.

Rodrigo wusch sich den Mund aus, ging zum Schreibtisch in der Ecke des Wohnzimmers und fuhr Johannes' Computer hoch. Es hatte seine Vorteile, dass er in ihrem Haushalt die Rechnungen überwies und die gesamte praktische Kommunikation erledigte, daher kannte er alle Passwörter und Zugangscodes. Er gab den Namen ihrer verstorbenen englischen Bulldogge sowie Johannes' Geburtsjahr ein und sah, wie der virtuelle Schreibtisch erwachte. Er hatte nicht einmal ein schlechtes Gewissen, als er Johannes' Mails öffnete. Bei Facebook brauchte er nicht nachzusehen, da Johannes' Agentur die Seite organisierte und sie regelmäßig mit halbpersönlichen Anekdoten und Erfolgsgeschichten fütterte. Johannes hatte keine Lust, sich selbst um die sozialen Medien zu kümmern. Typisch für Leute, die etwas zu verbergen haben, dachte Rodrigo niedergeschlagen.

Nichts Ungewöhnliches im Eingangsordner, nichts im Archiv. Der Papierkorb war leer. Johannes war eigentlich nicht der Typ, der den Papierkorb leerte oder regelmäßig Mails löschte. Zögernd öffnete Rodrigo den Papierkorb der iCloud, wo die synchronisierten Dokumente parallel gespeichert wurden.

Bingo. Johannes hatte vergessen, ihn ebenfalls zu leeren.

Rodrigo spürte einen Anflug von Schadenfreude, der aber sofort von einem Schmerz abgelöst wurde, der ihn beinahe umwarf. Denn hier war der Beweis. Die Kommunikation zwischen Johannes und Alpha Bartholdy, die geheime, kontaminierte Wahrheit, die das Leben, das Rodrigo kannte, zerschlug.

*

Hannahs Mitbewohnerin Marjun öffnete, als Jeppe an der rostroten Eingangstür in der Stefansgade klopfte; noch immer kämpfte er gegen die Nervosität seines Körpers an. Sie blickte ihn mit toten Augen an, in denen kein Lächeln zu sehen war, und drehte sich grußlos um. Marjun habe ein Problem mit Männern, hatte Hannah ihm erklärt, aber sie sei die beste Mitbewohnerin der Welt. Jeppe war ihr nur ein paarmal an der Tür oder auf dem Weg ins Bad begegnet, aber er hasste sie bereits mit einer geradezu kindlichen Furcht, die ihn selbst überraschte. Die mürrische, lesbische

Marjun mochte nur Frauen, Katzen und Anarchisten, ihn hielt sie für den Repräsentanten von allem Bürgerlichen, Alten und Korrupten.

»Hej, Marjun«, grüßte er halbherzig und folgte ihr in die kleine Gemeinschaftsküche, »wie geht's?« Und als sie nicht antwortete: »Wo ist Hannah?«

Marjun zeigte mit dem Daumen über der Schulter aufs Badezimmer und öffnete eine Dose Katzenfutter für die beiden getigerten Pelztiere, die sich an ihre Knöchel schmiegten. Jeppe blieb stehen, er hatte das dringende Bedürfnis, ein normales Gespräch zu führen.

»Ist es nicht eigentlich ein Widerspruch, seinen Katzen Rindfleisch zu servieren, wenn man selbst Veganer ist? Wie verträgt sich das?« Ihm war bewusst, auf welch dünnem Eis er sich bewegte.

»Katzen sind Raubtiere und natürliche Fleischfresser, Menschen nicht.« Gereizt schüttete sie die ganze Dose Katzenfutter in eine Schale.

»Na ja, das ist sicher nicht ganz –«, wollte Jeppe einwenden, aber sie unterbrach ihn.

»Außerdem ist Hannah Veganerin. Ich bin Flexitarierin.«

»Flexi-was? Noch nie gehört.«

»Flexitarier! Normalerweise esse ich kein Fleisch, manchmal aber schon.«

Sie setzte ihre übelriechende Tätigkeit fort, und Jeppe ging in Hannahs Zimmer, ohne weitere Fragen zu stellen.

Sie hatten sich auf dem Campingplatz von Fremantle kennengelernt, einem gemütlichen Ort in der Nähe von Perth, das zu den abgelegensten Großstädten der Erde gehört. Allein deshalb war die Stadt einen Besuch wert. Hannah war mit zwei anderen Studenten unterwegs gewesen, Jeppe allein. Sehr bald schon hatten sie sich zusammengetan, und nach einigen Tagen war Hannah in sein Zelt gekrochen und dort den Rest der Reise geblieben. Natürlich war sie viel zu jung für ihn. Und doch hatte es etwas Romantisches, bis ans Ende der Welt zu reisen, um dort ein Mädchen aus Nørrebro kennenzulernen; ein Mädchen mit Sommersprossen und einem Lächeln, bei dem sein Körper vibrierte. Also versuchte er gar nicht, an ein mögliches Ende zu denken, sondern wollte einfach nur abwarten, wohin es führte.

Mit feuchten Medusenlocken und nur einem Handtuch um den Leib kam Hannah ins Zimmer. Hübsch, jung, nass. Eine gute Kombination. Das beste Mittel gegen Sorgen, wenn auch nur für einen kurzen Moment. Jeppe spürte das Blut in seiner Leiste, er zog sie an sich, und seine Hände folgten der Kurve ihres Rückens bis zu den Hinterbacken.

»Ich muss mir noch die Haare trocknen«, lachte sie und schob ihn weg. »Und wir müssen uns erst einmal unterhalten. Nicht immer gleich vögeln. Möchtest du einen Tee?«

Tee war das Letzte, was Jeppe jetzt wollte. Oder jemals. »Ja, danke, warum nicht.«

Hannah legte das Handtuch wie einen Turban um das nasse Haar. Sie stand nackt vor ihm, mit einer Selbstverständlichkeit, die er liebte. Jeppe hatte nicht viele Frauen erlebt, die ihrer Ausstrahlung so sicher waren, dass sie vor ihren Männern nackt herumliefen. Sie zog ein weites T-Shirt über ihre kleinen Brüste, schlüpfte in ein Baumwollhöschen und verschwand in der Küche. Er hörte, wie der Wasserkessel gefüllt wurde, Marjun sagte etwas, beide lachten. Er setzte sich auf die Matratze auf dem Fußboden und zog die Schuhe aus. Faltete die Socken zusammen und steckte sie aus alter Gewohnheit in die Schuhe. Noch immer spürte er diese Unruhe in seinem Körper – wie den Rest eines Katers, der nicht verfliegen will.

Hannah kam mit einem Tablett zurück, auf dem zwei mit grünlichen Teebeuteln und kochendem Wasser gefüllte Gläser standen. Sie biss sich auf die Unterlippe, als würde dieser Balanceakt besondere Konzentration erfordern.

»Wollen wir Musik hören?«

Ohne eine Antwort abzuwarten, schaltete sie ihr Telefon ein und verband es mit dem transportablen Lautsprecher. Der französische Hip-Hop war zu laut, um sich unterhalten zu können. Hannah schloss die Augen und wiegte sich hin und her. Sie hatte Gänsehaut an den Beinen.

»Wie war dein Tag? Hattest du Vorlesungen?« Jeppe musste schreien, um sich selbst zu hören. »Willst du dir nicht mehr anziehen, frierst du nicht?«

Hannah konzentrierte sich auf den Teebeutel in dem Glas vor ihr. Plötzlich hatte er das Gefühl, sie zu enttäuschen. Sie verwirrte ihn – wollte sie tanzen oder sich unterhalten?

Beide sagten kein Wort, und Jeppe versuchte, sich auf den Rapper zu konzentrieren, der diese Welt, soweit er es verstehen konnte, wie ein Samurai zu verlassen gedachte.

»Kannst du die Musik ein bisschen leiser stellen?«

Hannah griff zum Telefon und stellte es ab. Jeppe konnte ein erleichtertes Seufzen nicht zurückhalten.

»Danke. Ich hatte einfach einen langen Tag. Einer von

Johannes' Freunden wurde ermordet im Ørstedspark aufgefunden, und Johannes ist verschwunden. Ich mache mir ziemliche Sorgen um ihn. Es liegt also nicht daran, dass ich nicht froh bin, dich zu sehen.« Er streichelte ihren Nacken und spürte, wie sie sich wieder entspannte.

»Ich habe schon gemerkt, dass du ein bisschen angespannt bist. Soll ich es mit Healing versuchen?« Sie lächelte ihn an. Das Unwetter schien auszubleiben.

Jeppe hatte ebenso wenig Interesse an Healing wie an grünem Tee, aber er konnte ihr nicht immer alles abschlagen, wenn er nicht in Ungnade fallen wollte. Hannah löschte das Licht und zündete auf der Fensterbank eine Kerze an. Jeppe legte sich auf die Matratze und schloss die Augen.

»Atme tief ein, deine Energien sind ja total blockiert.«

Jeppe tat wie geheißen. Eigentlich hatte er eher das Bedürfnis zu reden. Er und Therese hatten die Ereignisse des Tages immer beim Kochen und einem Glas Wein besprochen, es war für ihn so etwas wie ein kleiner Alltagshöhepunkt gewesen. Jeppe zwang sich stillzuliegen, er versuchte das Healing zu genießen, aber er spürte, wie seine Irritation mit jeder Berührung wuchs. Mit einem tiefempfundenen »Aahh« drehte er sich um und fasste nach ihrer Hüfte.

»Danke, das hat gutgetan. Sehr entspannend. Komm!« Er zog seine junge Geliebte an sich und streifte ihr T-Shirt ab. Wenn sie schon nicht redeten, wollte er lieber mit ihr schlafen. Diesmal protestierte sie nicht.

Noch bevor er in sie eindrang, begann sie zu stöhnen. Sie wand sich auf eine lüsterne Weise, die in keinem Verhältnis zu seinem Einsatz stand. Es war nicht einmal sonderlich erregend. Als sie sich auf ihn setzte und den Kopf mit einem Geräusch in den Nacken warf, das ihn an ein Wiehern erinnerte, spürte er seine vorsichtige Erektion in sich zusammenfallen. Er gab auf. Es würde ein langer Abend werden.

Freitag, 29. Januar

6

Jedes Mal, wenn Søren Westi zuschlug, klatschten die Seile mit einem harten Knall auf die Matte. Der Pfiff ertönte, er ließ die Seile fallen, griff nach seiner Wasserflasche, lief zum Barren und schwang die Beine mit langsamen, schweren Bewegungen auf die Holme. In seinen Armen sammelte sich Säure, die Bauchmuskulatur schrie. Genau deshalb bist du doch hier, sagte er zu sich selbst.

Lauter Hardrock dröhnte zur Motivation der Crossfitter aus den Lautsprechern des Centers. Die früheste Gruppe am Morgen. Wieder ertönte ein Pfiff, und Westi sprang vom Barren, fuhr sich mit dem T-Shirt übers Gesicht und begann mit den Hampelmann-Sprüngen. Letzte Station, vorletzte Runde. Bald würde er mürbe und zerschlagen unter der Dusche stehen und sich mit Vanilleduft einseifen, bevor er mit gutem Gewissen seine angesagten Klamotten anzog und ins Büro ging. Am Abend standen Modeshows und Partys auf dem Programm.

Eigentlich hatte er die Feierei ja satt. In jeder Hinsicht. Bereits am Dienstagabend hatte die Modewoche inoffiziell mit einer improvisierten Straßenküche unter der Knippelsbro begonnen, die sich trotz der Kälte zu einem Rave entwickelte. Mittwoch ... an den Mittwochabend mochte er gar nicht denken.

Westi lief zu den Seilen. Ihm war ein wenig schwindlig, aber das war an diesem Punkt des Trainings nicht ungewöhnlich. Den jungen Burschen ging es ebenso.

Aus den Augenwinkeln sah er sein Spiegelbild. Breite Schultern, starke Arme, die die schweren Seile auf den Boden schlugen, Muskeln und rohe Kraft. Als Kind war er ein Schwächling gewesen. Damals hatte er sich mit dem dicken Erik verbündet, gemeinsam hatten sie versucht, die dänische Volksschule zu überleben. Die ersten Jahre auf der Solvangskolen in Farum waren geprägt von der Angst vor den täglichen Demütigungen der Großen. War man für sein Alter zu klein oder zu dick, war es am besten, unsichtbar zu bleiben, auch wenn es einsam ist. Der Schwächling Søren und der dicke Erik hatten eine gebückte Gangart perfektioniert, mit der sie nahezu unsichtbar die Klassenräume erreichten – auf den am wenigsten benutzten Fluren und entlang den entferntesten Mauern des Schulhofs. Damals hatten sie davon geträumt, erwachsen zu werden. Geld und Macht zu haben. Nicht dass sie gewusst hätten, was sie damit anfangen konnten, doch instinktiv ahnten sie, dass dies ein Ausweg war.

Das Leben war voller scharfer Kanten und blinder Winkel. Vergaß man das, verfing man sich darin. Er hatte es nicht vergessen, und er hatte gewonnen. Jetzt war er der Starke. In jeder Hinsicht. Er war wirtschaftlich unabhängig und physisch stark, niemand konnte ihm das Wasser reichen. Søren Westi war es gewohnt, sich Respekt zu verschaffen und manchmal sogar Furcht zu verbreiten. Beides funktionierte ausgezeichnet. Er lief zum Barren, sprang mit erneuerter Energie hinauf und hob die Beine, ohne seine

Müdigkeit und Zerschlagenheit zu spüren. Es war alles eine Frage der mentalen Kraft.

Die alten Schulkameraden – oder wie man sie nun bezeichnen sollte, Kameraden waren sie weiß Gott nicht gewesen – waren in Farum hängengeblieben. Lohnsklaven, Bausparvertragsbesitzer, Pantoffelhelden. Er wohnte in Taarbæk, fuhr Audi und hatte ein Model als Freundin. Die Scheidung vor ein paar Jahren war für ihn vorteilhaft ausgegangen, er hatte sich mit heiler Haut aus der Situation gerettet, und das Verhältnis zu seiner Exfrau war dennoch einigermaßen okay. Sie wohnte noch immer in der Villa mit dem Gartentrampolin, während er ein kleines Haus am Wasser gekauft und komplett hatte renovieren lassen. Unterputzleitungen, eingebautes Lautsprechersystem, stilrein und minimalistisch. Die Kinder kamen jedes zweite Wochenende zu Besuch, und obwohl es ihn schmerzte, dass er sie nicht häufiger sah, gefiel ihm diese Regelung im Grunde sehr gut. Er war an jedem zweiten Wochenende ein weit besserer Vater als damals, als er jeden Tag Vater sein musste.

Mochten sie ihn als oberflächlich und glatt beschimpfen, so viel sie wollten. Geizig nannten sie ihn hinter seinem Rücken. Ja, zum Teufel, und wenn schon! Er wusste, dass sie davon träumten, ein Leben zu führen wie er, wenn sie abends neben ihren breitärschigen Frauen standen und sich die Zähne putzten. Und er würde alles tun, um sich dieses Leben zu erhalten. Alles.

Der Pfiff ertönte, und Westi ließ sich mit einem erleichterten Stöhnen auf den Boden fallen. Langsam kam er wieder zu Atem, das Blut raste ihm durch die Adern. Beinahe wie ein guter Trip. Gab es irgendwo in seinem Körper Anzeichen von Nervosität? Er spürte nichts. Die Polizei hatte gestern einige Male angerufen, und er wusste, dass sich ein Kontakt nicht vermeiden ließ. Aber er hatte keine Angst vor der Polizei, er hatte vor niemandem Angst. Es gab nichts, wovor er hätte nervös sein müssen.

*

Es war Jeppe nicht ganz klar, was genau ihn geweckt hatte: die Musik von Nick Cave aus der Küche oder eine von Marjuns Katzen, die sich unter die Decke geschlichen hatte, um seine Zehen zu lecken. Hannah war bereits zu einem frühen Tutorium aufgebrochen.

Jeppe setzte sich auf und versuchte, nach der nächtlichen Niederlage aufzuwachen. Er schüttelte die Katzenhaare von seinen Sachen und schlich ins Badezimmer, um sich rasch zu duschen. Er fand kein Handtuch und trocknete sich schließlich mit seinem Hemd ab, dann zog er sich auf den Zehenspitzen stehend an, um keine nassen Füße zu bekommen. Marjun rief er einen hastigen Abschiedsgruß zu, ging zu seinem Wagen, ohne auf eine Antwort zu warten, die ohnehin nicht kommen würde, und fuhr an den Seen entlang zum Präsidium.

Als er sich Viertel nach acht die Nase putzte und seinen Mantel am Eingang zu den Büros der Mordkommission aufhängte, empfing ihn ein gewaltiger Lärm. Es klang, als würde eine größere Stomp-Tanzgruppe in einem der Büros eine Trommelnummer mit Mülleimern einüben. Jeppe versuchte, den Lärm zu lokalisieren, als die Tür zu Thomas Larsens Büro aufging. Ein untersetzter kleiner Mann in einer Thermojacke lief mit besorgtem Gesicht und einem Engländer in der Hand hastig an Jeppe vorbei und verschwand auf der Treppe.

Jeppe schaute ihm nach und trat dann in Larsens Büro. »Was ist denn hier los?«

Larsen pustete sich eine Stirnlocke aus dem Gesicht und lächelte Jeppe müde an.

»Da haben wir ja unseren Chef. Tja, sie versuchen, die Heizung zu reparieren. Ein Höllenlärm.« Larsen schaute indiskret auf die goldene Uhr, die locker an seinem braungebrannten Handgelenk hing. »PK hat unten mit der Pressekonferenz angefangen.«

Jeppe störte an Thomas Larsen vor allem – abgesehen von dessen jugendlichem Übermut – eine bestimmte Form von Egoismus, den andere aber nur selten bemerkten. Larsen war der Typ, der einfach seine Papierserviette wegfliegen ließ, wenn er im Freien aß. Er war der Typ, der die Rolle nicht wechselt, wenn er das letzte Blatt Toilettenpapier verbraucht hat. Der Typ, der von einem vollkommen verschmierten Restauranttisch einfach aufsteht, weil irgendjemand ja fürs Aufräumen und Saubermachen bezahlt wurde. Jeppe hatte seine Schwierigkeiten mit Larsen.

»Mach dir keine Sorgen, PK kommt gut ohne mich zurecht.« Er hatte keine Lust, sich provozieren zu lassen. »Wie läuft's?«

»Perfekt! Das heißt, wenn ich ganz ehrlich sein soll, bin ich ein bisschen müde. Ich habe eine neue Freundin. Sie ist fünfundzwanzig und fährt einen Porsche 718 Boxster. Anlagenberaterin. Saufrech. Sagte ich, dass sie fünfundzwanzig ist?«

Jeppe lächelte müde und überlegte, ob er seine vierundzwanzigjährige Freundin erwähnen sollte, ließ den Gedanken aber fallen. Heute hatte er nicht das Gefühl, als könnte er stolz darauf sein.

»Und der Fall?«

»Ach, der Fall!« Larsen grinste, als wäre er wirklich verlegen und hätte nicht versucht, mit seiner jungen, reichen Geliebten zu prahlen. »Ich habe mir mal sein Privatleben ein bisschen angesehen, aber da gibt's nicht allzu viel zu holen.«

»Was meinst du?« Jeppe setzte sich auf den Rand des Schreibtisches und ignorierte Larsens missbilligenden Blick auf seine Kaufhaushose.

»Das Opfer wohnte allein, keine Beziehung, keine Kinder, kein Haustier, es sei denn, man zählt eine ansehnliche Sammlung Kaktusse mit.«

»Kakteen.«

Larsen sah ihn unschlüssig an und fuhr dann fort. »Im Augenblick ist ein Trupp Techniker vom NKC in seiner Wohnung, aber laut den vorläufigen Meldungen ist alles sauber, ordentlich und unpersönlich. Wie ein Hotelzimmer. Sein Computer wird freigegeben, sobald sie mit ihren Untersuchungen fertig sind, spätestens im Laufe des Wochenendes. Sie schicken ihn direkt zu Saidani, und ich fahre in die Wohnung, sobald die Spurensicherung sie verlassen hat. Außerdem habe ich heute Nachmittag eine Verabredung mit Alphas Freundin Maria Ringsmose.«

»Gut.«

»Der Mann sieht aus, als sei er mit seiner Arbeit verheiratet gewesen. Sämtliche Leute, mit denen er verkehrte, waren Kollegen. Stylisten, Fotografen, Make-up-Spezialisten und so weiter.« Larsen schlug die Beine übereinander und strich sich mit der Hand durchs Haar.

»Und was genau hat er gemacht? Man kann ja nicht davon leben, prominent zu sein?«

»O doch. Fernsehauftritte, Kolumnen in Frauenzeitschriften, sogenanntes Styling von Modeschauen. Ich bin noch nicht sehr weit, aber der Mann war enorm umtriebig. Ein Unternehmer, der seine Finger in allem hatte, was mit Mode und Schönheit zu tun hat, vor allem, wenn er selbst in Erscheinung treten konnte. Er hatte nichts gegen seine Prominenz.«

»Ja, so etwas gibt es.« Jeppe konnte einen gewissen Sarkasmus nicht unterdrücken. Larsen schien es nicht zu bemerken. »Was ist mit seinen finanziellen Verhältnissen?«

»Der größte Teil seiner Einnahmen stammt aus projektbezogenen Honoraren. Jedenfalls bis er vor einem halben Jahr in die Hautpflegeserie A-Skin investierte. Ich habe gestern Alphas Assistenten vernommen, der mir von dem Projekt erzählt hat. Das sollte groß aufgezogen werden, es ist offenbar etwas, womit man viel Geld verdienen kann.«

»Muss man nicht Dermatologe oder wenigstens diplomierter Kosmetiker sein, um Cremes zu produzieren?«

»Nein, das Einzige, was man braucht, ist einen Namen. Einen bekannten Namen. Die Creme sollte in Bangkok produziert werden, die Verpackung wurde von irgendeinem Künstler entworfen. Es sah wirklich vielversprechend aus. Trotzdem ging A-Skin im Herbst pleite, bevor die Creme überhaupt auf den Markt gekommen war.« Larsen machte eine Kunstpause und sah Jeppe vielsagend an. »Einige Gläubiger haben massiv Geld verloren, und anschließend kam es offensichtlich zu Gezänk in der Mode- und Schönheitsbranche. Alpha Bartholdy war plötzlich unpopulär, um es mal vorsichtig auszudrücken.«

»So etwas geht offenbar aber auch schnell wieder vorbei – sie waren schließlich vorgestern Abend alle auf der Party.« Jeppe unterdrückte ein Gähnen. Er brauchte dringend einen Kaffee. Am besten einen, bei dem man nicht den Boden der Tasse sehen konnte. »Halte mich auf dem Laufenden, wenn du mehr herausfindest!« Er stand auf und klopfte Larsen widerstrebend auf die Schulter, bevor er in sein eigenes Büro ging.

Sara Saidani saß neben Anette auf seinem Stuhl, beide waren in ein Bild auf dem Display von Saidanis Notebook vertieft. Sie sagten nichts, sondern sahen sich lediglich das Foto an. Jeppe betrachtete Saidani von der Tür aus. Sie war nicht unbedingt eine hübsche Frau. Jedenfalls nicht im klassischen Sinn. Dazu waren ihre Nase ein bisschen zu gebogen und ihre Locken zu wuschelig. Und sie tat auch nichts, um attraktiver zu wirken; sie trug weite, praktische Sachen, weder Make-up noch Schmuck. Dennoch wusste Jeppe immer, wo sie sich befand. Als würde sie ein Signal aussenden, das er nicht ignorieren konnte. Aber sie hatte nie gezeigt, dass es ihr ebenso ging. Vielleicht war sie gerade deshalb so interessant. Dazu kam die Tatsache, dass sie unglaublich begabt war.

»Hej, Kørner, ich habe dich gar nicht kommen sehen.« Saidani sah ihn mit ihren dunkelbraunen Augen an. Die Wolken lichteten sich ein wenig.

Anette legte den Kopf zurück und blinzelte durch ihre

Brille, die auf ihrer Nasenspitze saß. »Saidani geht mit mir gerade durch, was sie in den sozialen Medien gefunden hat, damit wir sehen, wer persönlich vernommen werden muss. Ich gebe dir gleich eine Zusammenfassung. Kannst uns kurz alleine lassen?«

»Das ist mein Büro!«

»Setz dich doch so lange an Saidanis Platz.«

Jeppe wollte protestieren, hatte aber keine Lust dazu und ließ es bleiben. Stattdessen nahm er sein Notebook aus dem Archivschrank und ging über den dunklen Flur in Saidanis Büro. Deshalb gewinnt ihr Frauen immer! Weil wir unsere Zeit nicht damit verschwenden wollen, Bagatellen zu diskutieren. *Wo soll die Kommode stehen? Um welche Zeit müssen die Kinder abgeholt werden? Missionarsstellung oder Doggie-Style? Ist doch egal, Schatz, du bestimmst!*

Mit einem kleinen Seufzer schaltete er das Licht ein, setzte sich und fuhr den Computer hoch. Als er POLSAS aufrufen wollte, öffnete sich die Tür, und der Handwerker drängte mit einem schweren Werkzeugkasten unter dem Arm ins Büro. Grußlos legte er sich vor dem Heizkörper auf die Knie und begann, auf ihn einzuhämmern, hart und unerbittlich. Der Schreibtisch vibrierte. Ein früher Wintermorgen, ein neuer Fall und ein Handwerker aus der Hölle.

Jeppe zählte bis zehn und begann mit der Arbeit.

＊

Das Geräusch war unverkennbar ein über den Asphalt schrammendes Auspuffrohr. Verdammter Mist! Also hatte er es doch nicht ordentlich befestigt. Das war ja auch nicht so einfach, wenn man weder eine Hebebühne noch eine Grube in seiner Werkstatt hatte. Den Wagen für die Kundin heute noch zu reparieren war unmöglich. Hatte er ihre Telefonnummer notiert, damit sie nicht vergebens kam? Er musste das überprüfen, sobald er wieder in der Werkstatt war.

Mikkel Husted brüllte die Fensterscheibe an und schlug ein paarmal mit der Hand auf das Armaturenbrett, bevor er langsam wieder in Richtung Nørrebro fuhr. Diese Probefahrt konnte er abhaken. Auch die Klimaanlage funktionierte nicht, wie er sie auch einstellte, sie blies saunaheiße Luft in den Wagen.

Er tastete nach der Brusttasche seines Holzfällerhemds und zündete sich eine Zigarette an, dann fiel ihm ein, dass er nicht in seinem eigenen Auto saß. Er kurbelte das Fenster herunter und zog ein paarmal hektisch, bevor die Kippe auf dem Søndre Fasanvej landete. Wieder einmal war es nicht sein Tag.

Aus reinem Reflex bog er am Rathaus von Frederiksberg in die Smallegade. Es war ein Umweg. Er hätte bloß auf dem Fasanvej bis zur Nørrebro Station fahren müssen, aber die Hände am Lenker hatten offenbar ihre eigene Agenda. Der Auspuff schrammte über die vereiste Fahrbahn, er sah, wie die Leute den Wagen und ihren schwitzenden Fahrer anglotzten. Die Frontscheibe beschlug, er musste das Seitenfenster erneut öffnen und eiskalte Luft und skeptische Blicke ertragen. Es war jetzt mehrere Tage her, dass er anständig geduscht hatte; im Winter war in der Werkstatt kaum etwas anderes als eine Katzenwäsche möglich. Noch vor zwei Jahren war er mindestens einmal, oft auch zweimal am Tag unter die Dusche gegangen: vor dem Unterricht und nach den Gymnastikstunden.

Er bremste an der Möbelpolsterei und schaute hinauf zur Wohnung im ersten Stock des hellrot gestrichenen Hauses. *Ihrem* Haus. Er fuhr häufig hier vorbei, und manchmal hatte es sich sogar gelohnt, dann hatte er sie einen kurzen Augenblick gesehen. Oder richtiger: Vielleicht hatte er sie gesehen, vielleicht aber auch ihre Eltern, das war in der Eile nicht zu entscheiden. Jedes Mal hatte er ein Glücksgefühl verspürt, das sofort von totaler Hoffnungslosigkeit abgelöst wurde. Wie ein Kokainflash. Von der Seligkeit bis zum Selbstmord dauerte es nur eine Sekunde.

Als er an den Schaufenstern der Polstereiwerkstatt vorbeifuhr, kam sie aus einer der kleinen Seitenstraßen, die zum Frederiksberg Have führen. Mit einem Rucksack über der Schulter, offenen Haaren unter der Strickmütze und langen Stiefeln mit Pelzbesatz.

Mädchen in Winterkleidung hatten ihm schon immer gefallen, so ein Blick aus lächelnden Augen unter einer Mütze traf ihn normalerweise mitten ins Herz. Sie hatte sich kaum verändert, sie war ein bisschen rundlicher als damals und älter natürlich, reifer. Sie richtete die Augen starr auf den Fußweg, als hätte sie das Leben gelehrt, nicht den Kopf zu heben und aufzublicken. So war es ja auch. Sie ging in den Hof, als er auf der Smallegade in Richtung Møstings Hus weiterfuhr. Er hatte sie nur einen kurzen Moment gesehen. Aber er hatte sie gesehen. Und er liebte sie mit unverminderter Intensität und unverminderter Wut.

*

Jeppes Magen knurrte. Er konnte sich nicht konzentrieren, das ausgefallene Frühstück fehlte ihm. Er verließ das Klopfkonzert in Saidanis Büro und ging in die kleine Teeküche der Mordkommission, um sich eine Tasse Kaffee aus dem Automaten zu holen. Im Kühlschrank fand er eine Packung Roggenbrot und etwas Butter. Als er in Saidanis Büro zurückkam, war der Handwerker verschwunden. Vielleicht hatte er Glück, und der Mann hatte sich ausgehämmert.

Jeppe suchte nach einer Stelle, wo er den Teller und seinen Becher absetzen konnte. Schließlich stellte er beides auf einen nachlässig zusammengeschobenen Papierstapel. Dass sie in dieser Unordnung arbeiten konnte!

Das Problem mit dieser Art von Mord ist, dachte er, während er das Brot aus dem Kühlschrank verspeiste, dass vom ersten Kontakt zwischen Täter und Opfer bis zum Eintritt des Todes viel Zeit vergeht. Fundort und Tatort sind nicht identisch. Das machte alles so unauffällig, so vage. Wie kann man nach Zeugen suchen, wenn das Opfer lediglich einen Drink auf einer Party zu sich genommen hat? Mit mehr als dreihundert Menschen, die sich alle kennen und zusammenarbeiten, sich küssen und übereinander lästern.

Jeppe blätterte in den vorläufigen Zeugenaussagen. Niemand hatte gesehen, dass es Alpha Bartholdy nicht gutging, niemand hatte ihn begleitet, niemand wusste etwas. Jeppe trank einen Schluck Kaffee und stellte fest, dass er versehentlich heißen Kakao gezogen hatte. Überraschend, aber nicht unangenehm, er trank noch einen Schluck. Sie mussten den Fall anders angehen. Sie durften nicht die Zeugenaussagen in den Mittelpunkt stellen, sondern ein Motiv, sie mussten die Sache mit den Augen des Täters sehen.

Die Mordmethode war schmerzhaft, langwierig und sadistisch. Genoss es ein Täter, der auf diese Weise tötete, zuzusehen, wie sein Opfer starb? War es denkbar, dass der Täter Alpha folgte, als der das Fest verließ?

Das Telefon klingelte, als Jeppe den letzten Bissen seines Butterbrotes hinunterschluckte. »Kørner.«

»Guten Morgen, Nyboe hier. Störe ich …?« Es klang eher nach einer rhetorischen Frage.

»Ist okay, ich habe gerade gefrühstückt. Was gibt's denn?«

»Wir warten noch immer auf den toxikologischen Bericht von Alpha Bartholdys Obduktion, aber ich habe einige vorläufige Zahlen, die mich in die Lage versetzen, ein recht qualifiziertes Urteil über die Substanz abzugeben, die er eingenommen hat.«

»Ich würde dein qualifiziertes Urteil gern hören.« Jeppe zog sein Notizbuch aus der Tasche, das ihm als zweites Gedächtnis diente.

»Also gut. Wie du weißt, wies das Opfer Verätzungsverletzungen in der Mundhöhle, der Speiseröhre und im Magen auf. Kannst du dich an den tragischen Fall erinnern, der vor ein paar Jahren an der Technischen Hochschule passiert ist?«

»Nicht wirklich.«

»Einige junge Maurerlehrlinge hatten gewettet, und der Verlierer musste Sprudel mit Mörtel trinken. Nur ist der Kalk im Mörtel extrem ätzend. Einer von ihnen ist gestorben.«

»Pfui Teufel!«

»Genau. Wir haben ihn damals obduziert. Unser Fall erinnert in vieler Hinsicht daran, da die Verätzungen im Rachenbereich und in der Speiseröhre bedeutend ausgeprägter waren als im Magen. Das könnte darauf hindeuten, dass die Flüssigkeit basisch war und die Magensäure sie zu einem gewissen Grad neutralisiert hat. Kannst du mir so weit folgen?«

»Ja, ja.« Warum gingen Ärzte eigentlich per Definition davon aus, dass Laien schwer von Begriff waren?

»Eine der stärksten basischen Flüssigkeiten, die allgemein in Gebrauch und leicht zu beschaffen sind, ist Abflussreiniger. Er besteht aus so konzentrierten Dosen Kalium- und vor allem Natriumhydroxid, dass selbst relativ geringe Dosen zu erheblichen Verätzungsverletzungen führen können.«

»Wie viel müsste man zu sich nehmen, damit es kritisch wird?«

»Hm, ein paar Deziliter. Vielleicht weniger. Das hängt ein bisschen vom Mageninhalt und so weiter ab.«

»Aber schmeckt das nicht total widerlich?«

»Im Gegensatz zu anderen ätzenden Reinigungsmitteln, zum Beispiel chlorhaltigen, ist Abflussreiniger ziemlich duft- und geschmacksneutral. Wenn du ihn mit etwas kräftig Riechendem und Schmeckendem vermischst, bekommst du einen Cocktail, den die meisten bedenkenlos hinunterschütten würden.«

»Auch mit etwas anderem als Alkohol?«

»Ja, mit Kakao oder irgendeinem Saft zum Beispiel. Er darf nur nicht zu sauer sein. Die Säure würde das Natriumhydroxid neutralisieren, jedenfalls bis zu einem gewissen Grad.«

»Aber ist es nicht ziemlich schmerzhaft? Also, schon wenn man es trinkt?«

»Nicht unbedingt. Und schon gar nicht, wenn man Alkohol oder Drogen zu sich genommen hat. Amphetamin, zum Beispiel, ist ja schmerzdämpfend. Ist es denkbar, dass das Opfer unter Alkohol- oder Drogeneinfluss stand? Na ja, das wird sicher im toxikologischen Bericht stehen –«

»Das ist durchaus denkbar.«

»Das Opfer wird die Verätzungen zunächst als unangenehmes Gefühl wahrgenommen haben, wie Sodbrennen, wenn du so willst. Das Problem ist, dass er angeblich die Party verlassen hat, statt Hilfe zu suchen, nicht wahr?« Nyboes Stimme klang weit entfernt, als hätte er die Freisprechanlage eingeschaltet und würde sich mit irgendetwas am anderen Ende seines Büros beschäftigen, während sie sich unterhielten.

»Es gibt keine Zeugenaussage, in der es heißt, dass er sich unwohl fühlte oder um Hilfe gebeten hat, bevor er ging. Irgendwann zwischen 23:30 und 01:00 Uhr hat er das Fest verlassen, ohne sich bei irgendjemandem zu verabschieden. Niemand hat ihn gehen sehen, und die Garderobe war nicht mehr besetzt. Den genauen Zeitpunkt kennen wir also nicht.«

»Das hat ihn letztlich umgebracht. Sich zu erbrechen ist das Schlimmste, was man in einer derartigen Situation tun kann, denn so verätzt man das Ganze noch einmal. Tja, und dann ist er obendrein noch in den Schnee gefallen und hat sich eine heftige Unterkühlung zugezogen.«

»Aber gestorben ist er durch den Abflussreiniger?«

»Zu diesem Ergebnis komme ich, ja.«

»Wie kommt man auf die Idee, jemanden mit einem Reinigungsmittel umzubringen? Unmittelbar sieht das für mich nicht nach einer todsicheren Mordmethode aus.«

»Da irrst du dich. Wenn man das richtige Reinigungsmittel nimmt, kann das ausgesprochen wirksam sein, außerdem bekommt man es in jedem Supermarkt für weniger als zwanzig Kronen. Ich würde sogar so weit gehen und sagen, dass das richtige Reinigungsmittel die perfekte Mordwaffe sein kann.«

»Vorsätzliche Tötung? Also Mord?«

»Sogar ein ausgesprochen widerlicher, wenn du mich fragst.«

7

O du Internet-Prinzessin, tu das, was du am besten kannst! Wen vernehmen wir zuerst?« Anette kniff vor Sara Saidanis Laptop die Augen zusammen. Ihre Brille war verschmiert, aber sie hatte im Moment keine Lust, sie zu putzen.

Sara klickte das Foto an, auf dem Alpha Bartholdy zur großen Erheiterung der Umstehenden seine Zunge unter eine Flasche Champagner hielt. »Zunächst die Personen auf diesem Foto. Sie sind auf einer ganzen Reihe von Fotos bei Instagram zu sehen. Wie es aussieht, waren sie den größten Teil des Abends in Alphas Nähe. Søren Westi«, sie zeigte auf einen Mann mit gegelten Haaren unter einem Basecap, »Lulu Sui, Rolf Toklum, Cara Skriver und Johannes Ledmark.«

»Der noch immer verschwunden ist.«

Schweigend wechselten sie einen Blick. Eine offizielle Fahndung ließ sich nicht mehr lange umgehen. Jemand, der im Zusammenhang mit einem Mordfall verschwindet, hat nicht das Recht, allzu lange fortzubleiben.

»Was hast du gesagt, wie heißen die anderen?« Anette fummelte in ihren Haaren nach ihrer Brille, bis ihr einfiel, dass sie bereits auf ihrer Nase saß.

»Rolf Toklum, der Modedesigner. Und Søren Westi.«

»Und die Mädels? Die eine ist diese Sängerin, die kenne ich. Cara Skriver. Wie hieß die andere? Hulubulu?«

Sara Saidani warf ihr einen spitzen Blick zu. »Die andere *Frau* heißt Lulu Sui und ist Seherin und Heilerin.«

Anette erwiderte Saidanis skeptischen Blick. Lulu Sui. Was für eine merkwürdige Branche, was für merkwürdige Namen. »Was hast du über sie?«

»Augenblick, ich muss das schnell aufrufen. Lulu … s-u-i.« Sara buchstabierte laut, als sie den Namen eingab.

»hu-lu-bu-lu.« Anette kicherte und stieß Sara mit dem Ellenbogen in die Seite. Sara kommentierte es nicht.

»Okay, hier ist sie. Sie verbreitet ein gutes Karma, wenn jemand zum Beispiel einen neuen Nachtklub eröffnen will. Du weißt schon, die Heilerin und Hellseherin des Jetsets.«

»Nie von ihr gehört. Ist das die kleine Schwarzhaarige? Sie sieht aus, als wäre sie nicht älter als fünfzehn.« Anette beugte sich näher an den Bildschirm. Vielleicht sollte sie doch ihre Brille putzen.

»Vermutlich hält sie das ganze gute Karma jung.«

»Quatsch!«

»Sie ist ziemlich aktiv auf Instagram, postet beinahe täglich ein Foto mit einem erbaulichen Text. Schau mal, was sie zuletzt am Mittwochnachmittag geschrieben hat: *If you feel stuck in your life and don't know what to do: Take a leap of faith and let it carry you into the unknown –*«

»Was für ein Scheiß! Warum schreibt sie auf Englisch?«

»Vermutlich hat sie internationale Klienten, wie alle anderen auch.«

»Diese Branche geht mir auf die Nerven. Wie kann man es jeden Tag in diesem Milieu aushalten?«

»Weil es uns hier bei der Polizei so gutgeht, oder was?«

Anette schüttelte den Kopf. »Zumindest kommen wir an die frische Luft, das könnte diesen Leuten auch guttun … Was hast du noch?«

Sara Saidani, die lange nicht mehr an der frischen Luft gewesen war, rief mit harten Tastenschlägen ein neues Foto auf. Alpha Bartholdy stand im Vordergrund, er hatte dem Fotografen den Rücken halb zugekehrt und trank eine klare, rosafarbene Flüssigkeit mit Eiswürfeln. Vielleicht war es *das* Glas.

»Ich habe der Spurensicherung eine Vergrößerung geschickt, aber ich weiß nicht, ob das Foto zu gebrauchen ist.« Sara zoomte auf das Glas. »Sobald ich Zeit habe, überprüfe ich auch das Personal. Sie kommen von einer Agentur, die Beautiful People heißt.«

»Wer ist das da im Hintergrund? Das ist so verschwommen.« Anette nahm die Brille ab und rieb sie nachlässig an ihrem Ärmel.

Hinter Alpha Bartholdy stand Lulu Sui auf der Tanzfläche und umarmte einen großen Mann. Seine Stirn ruhte auf ihrer Schulter, die Arme hingen schlaff herab, er schien unglücklich zu sein. Es sah aus, als hielte Lulu Sui ihn aufrecht. Johannes Ledmark.

Anette spürte, wie sich die Haut im Nacken zusammenzog, ein kalter Hauch, der ein unfreiwilliges Kopfschütteln auslöste.

»Steht die Wahrsagerin auf der Vernehmungsliste? Mit Telefonnummer und Adresse?«

»Ja.« Sara bediente die Tastatur. »Ich habe dir eine Mail mit den Kontaktdaten von Johannes Ledmark, Søren Westi und Lulu Sui geschickt. Hm, Østersøvej, 2150 Fiskerihavnen, sieht so aus, als würde sie in dem Hippiefischerdorf im Nordhafen wohnen.«

»Sag mal, was ist bloß mit diesen Leuten los? Dem ersten Modetypen, der ganz normal in Vanløse wohnt und seine Kinder Thomas und Rikke nennt, gebe ich einen Hotdog aus!«

»Wie heißen eure Hunde noch mal?« Sara fragte, ohne den Blick vom Bildschirm abzuwenden. »Hauglot und Thor oder so, nicht wahr? Und der dritte?«

»Spar dir dein Grinsen, Prinzessin. Das ist nordische Mythologie, das ist etwas ganz anderes. Außerdem wohnen wir in Greve Strand. In einem Reihenhaus. Das hat nichts Versnobtes, klar?«

Sara Saidani trank lächelnd einen Schluck Tee und wandte sich wieder ihrem Computer zu.

*

Die Fenster des kleinen Fachwerkhauses, das dem Hausmeister des Observatoriums Østervold als Dienstwohnung diente, waren wie immer beschlagen von der schlechtzirkulierenden Luft des Heizlüfters. Das Haus war vernachlässigt, nicht isoliert und bei diesen eisigen Temperaturen kaum zu beheizen, aber Torben Hansen war ein einfacher Mann mit einfachen Ansprüchen. Er behielt den Mantel an und setzte Wasser für einen Plastikbecher mit Instantnudeln auf, sein bevorzugtes Mittagessen im Winter. Bis das Wasser kochte, hob er die Kleidungsstücke auf, die seine Tochter auf dem Weg zum Badezimmer auf dem Fußboden verstreut hatte, und sammelte ihre benutzten Tassen ein. Kleine Inseln der Nachlässigkeit. Er hatte nichts dagegen.

Sigrid schlief noch, und er bemühte sich, leise zu sein, um sie nicht zu wecken. Sein kleines Mädchen war groß geworden. Wo die Zeit nur blieb? Bisweilen kam ihm das Leben wie eine zugige Straße vor, auf die Menschen geweht und ebenso schnell wieder fortgetrieben wurden. Nur ein Windstoß, und schon war man wieder allein. Torben Hansen hatte begonnen, diesen Zustand zu akzeptieren, vielleicht sogar zu schätzen. Es war leichter, allein zu sein, jedenfalls leichter, als eine Familie zu haben.

Obwohl er keine Wahl gehabt hatte.

Er goss das Wasser über die Nudeln und rührte die beigefügten Kräuter und das Öl langsam und sorgfältig in die Suppe. Mühsam setzte er sich neben den kleinen Küchentisch auf einen Stuhl und streckte die Beine aus, seine Knie schmerzten. Alpha Bartholdy war auch weitergeweht worden. Für immer. Torben Hansen hatte die Zeitungen gelesen, er hatte jeden Artikel und jeden Nachruf gründlich studiert und dabei eine Unruhe in seinem müden Körper verspürt, wie er sie in den letzten fünf Jahren nicht mehr erlebt hatte.

Er pustete auf die Suppe und trank einen vorsichtigen Schluck. Er zwang sich, die unangenehmen Gedanken zu verdrängen, und ging stattdessen im Geist die Aufgaben des Tages durch. Zuallererst musste er das Observatorium für das Event am Dienstagabend vorbereiten, die Mondfinsternis. Ruhe und Frieden würden einmal mehr durch eine Schweinerei gestört, es war nur schwer zu ertragen. Geplant waren Vorträge von einem Astronomen und einem Experten, der erklären sollte, was in der Atmosphäre passierte, wenn die Erde einen Schatten auf den Mond warf. Danach eine Führung durch das Observatorium und – für die Glücklichsten – eine Mondfinsternis, die durch die Kuppel der Sternwarte beobachtet werden konnte. *Sekt und Blutmond* hieß die Veranstaltung in den Ankündigungen, es sollte billigen Prosecco und eine Rezitation von Hans Christian Andersens Gedicht *Herzensseufzer an den Mond* durch den Schauspieler Johannes Ledmark geben. Konnte man sich Schlimmeres vorstellen?

Torben Hansen war es einigermaßen egal, was sich zwischen Himmel und Erde abspielte. Er hatte mit seinen täglichen Aufgaben und Verrichtungen genug zu tun und keine Zeit, in die Luft zu gucken. Trotzdem hörte er hin und wieder zu, wenn Vorlesungen über Astrometrie, Kosmologie und optische Astronomie stattfanden und er im Auditorium etwas zu reparieren hatte. Das meiste war ihm zu hoch, aber zumindest hatte er dann etwas, worüber er mit seiner jüngsten Tochter reden konnte.

»Hej, Papa!«

Torben hob den Kopf. Sie sah ihrer Mutter so ähnlich! Ihre helle Haut hatte etwas beinahe Durchsichtiges, man hatte das Gefühl, das Blut in den Adern fließen zu sehen.

»Hej, Schatz. Wie schön! Ich dachte, du wolltest bei Louise übernachten?«

»Nein. Haben wir noch Brot?«

»Ich habe noch nicht eingekauft. Ich hatte nicht damit gerechnet, dass du nach Hause kommst.«

Sie öffnete den Kühlschrank und blieb davor stehen. Aus dem verwaschenen T-Shirt und den Boxershorts, in denen sie geschlafen hatte, ragten ihre dünnen Beine und Arme, und Torben spürte einen Stich im Herzen, weil er das Gefühl hatte, sich nicht genug um sie und ihre Schwester gekümmert zu haben.

»Soll ich zum Bäcker gehen? Dauert nur zehn Minuten.«

»Nein.« Sie schloss den Kühlschrank. »Ich muss los. Gehe nur gerade noch unter die Dusche.«

»Was hast du denn vor? Vielleicht können wir ja später noch etwas zusammen unternehmen?«

Die zufallende Badezimmertür verschluckte ihre Antwort. Wenn sie überhaupt geantwortet hatte. Er wartete einen Moment. Dann leerte er den Becher Nudeln, zog den Reißverschluss seiner Winterjacke zu und trat hinaus in das Frostwetter.

*

Es tutete fünfmal, und Jeppe wollte schon aufgeben, als er endlich Rodrigos heisere Stimme hörte.

»Hej, Jeppe. Er ist nach Hause gekommen.«

»Was?!« Jeppe erstarrte in einer Mischung aus Erleichterung und Ungläubigkeit. »Warum hast du nicht angerufen? Ich habe, ich weiß nicht wie oft, versucht dich zu erreichen –«

»Er ist vor zehn Minuten gekommen, okay?«

»Wir sind in einer Viertelstunde da.« Jeppe legte auf, er musste Anette holen. Johannes war zu Hause, er lag nicht tot im Schnee.

Anette blickte von ihrem Platz neben Saidani auf, und Jeppe sah, dass sie sofort begriff. »Ist er aufgetaucht?«

Jeppe nickte. »Er ist zu Hause. Wohlbehalten.«

»Na, dann los.« Anette stand auf, griff nach ihrem Mantel und verließ ohne weiteres das Büro. Jeppe folgte ihr, nickte jedoch davor Saidani noch kurz zu. Sie bedachte ihn mit einem kleinen Lächeln, das er nicht deuten konnte.

Er hoffte, dass es sich nicht um Mitleid handelte.

Im Autoradio lief Popmusik und Werbung. Anette konzentrierte sich auf den Verkehr, und Jeppe sah keinen Grund, sie in die chaotischen Gedanken einzuweihen, die ihm durch den Kopf gingen.

Rodrigo öffnete die Tür, noch bevor sie die Klingel gedrückt hatten. Jeppe nickte ihm zu und dachte überflüssigerweise, aber nicht zum ersten Mal, dass Rodrigo ein ungewöhnlich hübscher Mann war. Obwohl er mit geröteten Augen vor ihnen stand, sah er aus wie ein Männermodel aus der Parfumwerbung.

Johannes saß unnatürlich blass an dem langen Esszimmertisch und sah aus, als hätte er Schmerzen. Anette grüßte und stellte sich mit verschränkten Armen an die Wand. Ihre übliche *Sam-Spade*-Masche.

Jeppe zog einen Stuhl heran und versuchte, Blickkontakt zu Johannes zu bekommen.

»Geht's dir gut?«

»Was machst du hier, Jeppe?« Johannes antwortete, ohne ihn anzusehen.

»Ich frage vor allem als dein Freund.«

»Und wieso hast du sie dann mitgebracht?« Eine winzige Bewegung seines Kopfes wies in Anettes Richtung. Die Feindseligkeit in seiner Stimme war nicht zu überhören. Rodrigo stellte ihm nervös ein Glas Wasser und Kopfschmerztabletten hin, dann stellte er sich hinter ihn und legte Johannes die Hände auf die Schultern.

»Ich verstehe gut, dass es dir leidtut, dass … Alpha –«

»Verstehen?! Was verstehst du?« Johannes blickte Jeppe aus schmalen Augenschlitzen voller Verachtung an. »Du hast ja keine Ahnung!« Als würden sie sich nicht kennen. Als wären sie nicht seit Jahren befreundet.

»Johannes, es geht um Mord. Du warst mit dem Ermordeten bis kurz vor seinem Tod zusammen und bist hinterher verschwunden. Natürlich müssen wir mit dir reden.«

»Verdächtigt ihr mich?« Er spuckte die Worte regelrecht aus. »Musst du mich dann nicht über meine Rechte aufklären?«

Jeppe warf Anette einen Blick zu. Sie erwiderte ihn mit einem vollkommen neutralen Gesichtsausdruck; er wusste, dass sie sich allmählich große Sorgen machte.

»Kannst du uns nicht einfach sagen, wo du gewesen bist, dann lassen wir dich in Ruhe, bis du ausgeschlafen hast.«

»Ich schulde euch keine Erklärung, Jeppe.«

»Sauftour«, warf Rodrigo ein. »Er war auf einer Sauftour, nichts weiter. Okay? So etwas passiert.«

»Auf einer Sauftour? Aber warum hast du nicht angerufen? Oder bist ans Telefon gegangen?«

»Sein Telefon hatte keinen Saft mehr.« Rodrigo klang panisch, Johannes blickte auf seine Knie und sagte nichts.

»Was ist auf der Party zwischen dir und Alpha vorgefallen?« Anettes klare Stimme durchschnitt das Schweigen.

»Was geht dich das an, Anette?«, schleuderte Johannes ihr an den Kopf. Lähmende Stille breitete sich aus. Eine Stille wie bei Soldaten, die den Feind belauschen.

Anette brach das Schweigen. »Wer ist Søren Westi? Lulu Sui? Woher kennt ihr euch?«

Johannes betrachtete lächelnd seine Knie, bevor er antwortete.

»Und ihr sollt hier sein als meine *Freunde*? Ich muss euch beiden überhaupt nichts erzählen. Rein gar nichts!« Er stand abrupt auf. »Ich muss mich jetzt ausruhen. Danke für den Besuch.«

Johannes verließ das Esszimmer, und niemand sagte ein Wort. Rodrigo verbarg resigniert das Gesicht in den Händen. Jeppe signalisierte Anette, dass sie wohl besser abzogen.

»Rodrigo, wir lassen ihn jetzt ein bisschen schlafen. Ich rufe später noch mal an.« Jeppe klopfte ihm auf die Schulter und ging zur Tür.

*

Die beiden Ermittler sagten zunächst kein Wort, als sie auf dem Fußweg in der winterlichen Kälte standen. Der Schnee fegte über die Straßen und bedeckte die Stiefelspitzen und Mantelschöße mit einer feinen weißen Schicht.

»Wenn er nicht freiwillig mit uns reden will, müssen wir ihn mitnehmen.«

»Jetzt halt dich aber mal zurück, Anette!« Jeppe räusperte sich, dann hatte er sich wieder unter Kontrolle. »Gib ihm eine Chance. Er hat nicht geschlafen und steht unter Schock. Lass ihm ein wenig Zeit. Komm, lass uns ein paar Schritte gehen.«

Er setzte sich in Bewegung. Anette breitete die Arme auf

eine Weise aus, die jeden italienischen Taxifahrer hätte neidisch machen können, und folgte ihm.

Am Sønder Boulevard kamen sie an Bolzplätzen, Spielplätzen und Lokalen vorbei, die so aussahen, als wären es richtige Kneipen, obwohl sie davon lebten, ihrer jungen, hippen Klientel italienischen Kaffee und pochierte Eier zu servieren. Vesterbro war nicht mehr das Stadtviertel, das Jeppe kannte, es hatte sich verändert. Damals, als Jeppes Eltern sich scheiden ließen, hatte sein Vater eine Zeitlang in einer kleinen Zweizimmerwohnung in der Valdemarsgade gewohnt. Auf der Toilette gab es eine Handbrause, und seine Sachen musste der Vater in der Spüle in der Küche waschen; die ganze Wohnung hatte modrig gerochen. Ihr Abendessen holten sie aus einer Cafeteria in der Istedgade, es musste nur noch in der Mikrowelle aufgewärmt werden. In einem Anflug von Sentimentalität erinnerte sich Jeppe an die glatten, fast glasklaren Kartoffeln. Wieso werden selbst die Dinge, die wir eigentlich verabscheuen, erinnerungswürdig, wenn sie uns nach einer gewissen Zeit wieder einfallen? Die Cafeteria war jetzt eine Boutique. *Que sera, sera.*

Auf der Dybbelsbro blieben sie stehen und schauten auf die Bahngleise, die mit Graffiti bemalte Pumpstation und schmutzig graue Schneehaufen mit pissgelben Flecken. Tagsüber der Arbeitsplatz für Bahnangestellte, nachts für afrikanische Frauen.

»Wer ist der Nächste auf der Liste?« Jeppe spuckte auf die Schienen. »Lulu Sui?«

»Ja, so ist es –« Anette nickte nachdenklich. »Ein hübscher Kerl.« Offensichtlich war sie ebenfalls beeindruckt von Rodrigos Aussehen.

»Wenn du das sagst.«

»Man kann verstehen, warum Johannes ihn so gernhat. Führen sie eine offene Beziehung?«

Jeppe blickte seine Kollegin irritiert an. »Was meinst du? Weil sie homosexuell sind?«

»Ach, hör schon auf, Jeppe! Wären wir alle so empfindlich, ginge es nie vorwärts. Vorurteile sind nicht immer und grundsätzlich falsch.«

»Warum redest du so?« Jeppe sah seine Kollegin genervt an.

Sie zeigte mit ihrem Handschuhfinger auf ihn. »Könnte Johannes nicht mit Alpha gepennt haben?«

»Weil sie Freunde und beide schwul waren? Vor deinen krassen Normalo-Ansprüchen finden wohl nicht gerade viele Gnade.« Jeppe konnte sich ein Grinsen nicht verkneifen.

»Verlangst du jetzt von mir, dass ich mir verbiete, gewisse Überlegungen anzustellen? Wo kommen wir da hin? Polizeiarbeit muss doch ergebnisoffen sein.«

»So einen Standpunkt einzunehmen ist leicht, wenn man weiß und in Dänemark geboren ist. Wollen wir's dabei belassen? Einig werden wir uns nämlich nicht.« Irgendwann würde Jeppe diese Diskussionen mit seiner Partnerin hoffentlich nicht mehr führen müssen. »Weißt du, wo diese Lulu Sui wohnt?«

»Ist der Papst katholisch?« Anette ließ den Zündschlüssel um ihren Zeigefinger kreiseln. Sie gingen zurück zum Wagen.

Nach hundert Metern blieb Anette vor einem Kiosk stehen. »Ich brauche unbedingt einen Schokoriegel, da wir heute offenbar das Mittagessen ausfallen lassen. Du hast meine Frage noch immer nicht beantwortet.«

Jeppe gab es auf. »Ich weiß nicht, ob Johannes eine Affäre hatte. Soweit ich orientiert bin, leben er und Rodrigo monogam, aber man weiß ja nie, was in den Menschen vorgeht.«

Anette sah ihn forschend an und zuckte die Achseln.

»Sie machen einen glücklichen Eindruck. So wie du und Svend – du weißt schon, richtig glücklich. Aber genau weiß ich es natürlich auch nicht –«

Anette lächelte einen Moment wie ein verlegener Teenager. Dann nickte sie kurz und drückte die Türklinke des Kiosks. »Soll ich dir einen Schokokuss mitbringen?«

8

Wie ein baufälliger Fleck aus gestrichenem Holz und rostigem Eisen lag der Fischereihafen zwischen öden Industrieanlagen und dem Øresund. Ein Anachronismus, der aussah, als würde er allein aus wettergegerbter Standhaftigkeit überleben. Sogar die Möwen kreischten hier schriller, da es nichts gab, was sie hätte übertönen können.

Jeppe und Anette parkten den Wagen vor einem rotgestrichenen Fischerschuppen. Auf einem Holzschild an der Fassade waren die Worte *Hardy's Place* sorgfältig herausgeschnitzt. Eine gestreifte, stockfleckige Markise flatterte mit schmiedeeisernen Wetterhähnen um die Wette, während einige Bierdosen auf der Flucht vor den Müllhaufen zu sein schienen. Der Wind war eisig wie am Polarkreis.

Jeppe zog die Kapuze seiner Jacke über den Kopf und blinzelte in den milchweißen Himmel.

»Meinst du, dass noch mehr Schnee kommen wird?«

»Ist mir egal, ich werde dieses Jahr jedenfalls keinen Schnee mehr schippen. Man sollte einfach kein Eckgrundstück kaufen!«

»Welche Hausnummer hat ihre Wohnung?«

»Bei der Adresse steht keine Nummer. Nur ihr Name und dann Østersøvej. Ich versuche mal anzurufen.«

Anette zog die Handschuhe aus und holte ihr Telefon heraus.

Jeppe ging ein paar Schritte und betrachtete das Straßenschild der nächsten Seitenstraße.

»Sie nimmt nicht ab. Wir müssen uns durchfragen.«

»Wen willst du denn fragen? Hier ist kein Mensch.«

Anette sah sich um. »Dann klopfen wir eben an die Türen, bis wir jemanden finden.« Sie stapfte durch den Schnee auf das nächste Holzhaus zu, stieg die Stufen hinauf und klopfte. Nichts geschah. Jeppe blieb stehen und verfolgte, wie seine Kollegin von einem Holzschuppen zum nächsten ging. Sie standen neben Booten, die als Winterlager auf Holzgestelle gehievt und mit Persennings abgedeckt waren. Vogelhäuschen, Schrottskulpturen und Bänke mit aufgemalten Initialen zeugten davon, dass irgendjemand diesen Platz nutzte – bei dem Schnee und dem Wind wirkte er allerdings so unbewohnt wie ein Touristenort außerhalb der Saison.

Jeppe beobachtete, wie Anette stehen blieb und keuchte. Langsam wurde es wirklich ernst, sie war in letzter Zeit unglaublich schlecht in Form. Er musste ihr bei Gelegenheit ins Gewissen reden.

Er ging zum Kai und blickte über den Hafen. Es roch nach Diesel und Stiefelfett. Alte Fischkutter lagen am Kai, einige mit Aufbauten, die darauf hindeuteten, dass sie weniger dem Fischfang, sondern eher als Wohnung dienten. Von einem weißlackierten Fischkutter mit hellblauer Reling stieg eine feine Rauchsäule aus einem Metallschornstein hinter dem Steuerhaus. In den Bullaugen war Licht zu sehen. Er rief Anette und ging auf das Boot zu.

»Es heißt Luna, soweit ich sehen kann. Die Schrift ist ziemlich abgeblättert.«

»Ach, verdammt. Luna!« Anette keuchte wie ein Dudelsack, als sie endlich auftauchte. »Sie wohnt auf einem Schiff. Natürlich! Geht's noch hipper?«

Jeppe, dem gerade durch den Kopf gegangen war, dass es interessant sein könnte, auf einem Boot zu wohnen, betrat die kleine brüchige Planke, die vom Kai aufs Schiff führte, schielte nach unten und klopfte an die Tür des Steuerhauses. Als er durch die Vorderscheibe des Schiffes sah, bekam er unfreiwillig Blickkontakt mit einem Paar wassergrauer Augen, die zu ihm aufblickten. Er wandte den Blick ab, trat einen Schritt zurück und rief: »Entschuldigen Sie die Störung. Wir sind von der Kopenhagener Polizei. Dürfen wir Ihnen ein paar Fragen stellen?«

Die Tür des Steuerhauses ging auf, und in der Tür stand eine kleine junge Frau, die ein engsitzendes Trainingsoutfit trug und ihr rabenschwarzes Haar zu einem Pferdeschwanz gebunden hatte.

»Ich meditiere gerade. Können Sie einen Moment warten?« Die Stimme war sanft und weich, beinahe übertrieben gefällig durch all die Watte, die ihre Besitzerin um jedes Wort legte.

»Äh, nein, können wir nicht. Sie sind Lulu Sui, nicht wahr?«

»Ja, das bin ich.«

»Dürfen wir hereinkommen? Es ist ziemlich kalt hier draußen.«

Lulu Sui blieb einen Augenblick reglos stehen und schloss die Augen. Dann atmete sie tief durch, lächelte sie an und bat sie mit einer graziösen Armbewegung herein. Einer Eingebung folgend, reichte Jeppe seiner Kollegin eine Hand und half ihr an Bord. Er merkte, dass es notwendig war.

Die Kajüte unter Deck war niedrig und dunkel, aber auf den fünfundzwanzig Quadratmetern schien alles Notwendige vorhanden zu sein: eine Liege, ein gutgefüllter Kleiderständer, eine Teeküche, ein großer Spiegel und ein Ofen.

»Willkommen auf der Luna. Darf ich Ihnen eine Tasse Tee anbieten?«

»Nein danke!« Jeppe bekam momentan genügend Tee.

Auf dem Fußboden lag eine Yogamatte, auf die sich Lulu Sui im Schneidersitz setzte, während sie ihre Besucher lächelnd ansah. Jeppe und Anette mussten auf der Liege Platz nehmen.

»Ist das Ihr fester Wohnsitz?«, fragte Jeppe.

»Nein, das ist schließlich nicht erlaubt, oder?« Ihr Mundwinkel hob sich zu einem winzigen Lächeln. »Aber ich stamme aus einer Familie von Seeleuten und Fischern, und wir ertragen es nicht, allzu weit vom Meer entfernt zu sein.«

»Ah ja, okay.«

»Die Luna war der Kutter meines Großvaters. Er war Stellnetzfischer hier im Freihafen. Einer der Letzten, die es noch gab. Jetzt ist er tot.«

»Tja, das tut uns sehr leid –«

»Ich rede jeden Tag mit ihm. Er ist zu einem meiner Schutzengel geworden.«

Jeppe hielt dies für ein geeignetes Stichwort, um das Thema zu wechseln. »Wir sind hier wegen Alpha Bartholdys Tod. Können Sie bestätigen, dass Sie am Mittwoch-abend auf der Party von Le Stan waren?«

Sie stellte ihren Becher auf den Boden. »Ja, das stimmt.«

»Können Sie uns ein bisschen von dem Abend erzählen? Wann kamen Sie, wann sind Sie gegangen, mit wem haben Sie gesprochen und so weiter?«

Sie nickte langsam und schloss eine Minute die Augen. Es wurde sehr still auf dem Schiff. Jeppe und Anette sahen sich an. Eine schwere Verstopfung oder rapide nachlassende Geduld musste der Grund für Anettes Gesichtsausdruck sein.

Langsam änderte Lulu Sui ihre Körperhaltung und fing an zu sprechen.

»Ich bin mit Søren Westi zum Museum gekommen.«

»Søren Westi? Dem Geschäftsmann?«

»Er ist ein Freund von mir. Aber außer ihm waren da noch viele andere Bekannte, mit denen ich mich unterhalten habe. *Alle* waren da.«

»Kleine Branche?«

»Kleine Stadt.« Sie lächelte, als gehörten auch die beiden Ermittler dazu, und Jeppe wäre am liebsten sofort in die Innenstadt gezogen, um Teil dieser Szene zu werden.

»Haben Sie irgendetwas Ungewöhnliches bemerkt? Etwas, wovon Sie sich vorstellen könnten, dass es für unsere Ermittlungen relevant sein könnte?«

Sie rieb die Lippen gegeneinander. »Es war eine schöne Party. Gute Energien im Raum, es war wirklich lustig –«

»Ja, wir haben einige Fotos in den sozialen Medien gesehen.«

Lulu Sui hob ruckartig den Kopf, lächelte aber sofort

wieder so nett, dass Jeppe Zweifel kamen, ob er tatsächlich einen Anflug von Nervosität in ihren Augen gesehen hatte.

»Jedenfalls bis –« Sie wandte den Blick ab und fummelte an ihren dicken Socken, so dass kleine Wollfusseln sich auf der Yogamatte verteilten.

»Bis was?«

Sie räusperte sich und trank einen Schluck Tee. »Bis sie sich gestritten haben.«

»Wer hat sich gestritten?« Jeppes Stimme klang schärfer, als er es wollte.

Sie sah ihn ruhig an.

»Alpha und Johannes. Es war schnell wieder vorbei, aber es war ziemlich heftig.«

»Wissen Sie, worüber sie sich gestritten haben?« Jeppe hatte das Gefühl, als breitete sich etwas Kaltes in seiner Brust aus.

»Ja, das weiß ich.« Unschlüssig zog sie die Worte in die Länge.

»Nämlich?«

»Ich weiß nicht, ob ich es darf.«

»Es ist wichtig. Wir ermitteln in einem Mordfall.«

Lulu Sui nickte ernst. »Ich muss immer daran denken, dass ich es auch hätte sein können.«

»Warum sagen Sie das?«

»Ich war auf demselben Fest, ich habe mit Alpha Cocktails getrunken.« Sie schüttelte den Kopf, um zu zeigen, wie unfassbar die ganze Situation für sie war.

Jeppe führte zum Thema zurück. »Der Streit, worum ging es dabei?«

»Augenblick.« Lulu Sui verdrehte die Augen, atmete durch die Nase, schnaufte ein paarmal lautstark und nickte dann vor sich hin.

Wieder sahen sich Jeppe und Anette an. Nahm sie sie auf den Arm?

»Es ist okay. Ich habe die Erlaubnis bekommen, es Ihnen zu sagen.«

Zum Glück waren die höheren Mächte, die sie konsultierte, auf Seiten der Ermittler.

»Alpha und Johannes haben sich ... seit einer Weile getroffen. Natürlich heimlich. Letzten Mittwochabend drohte Alpha, die Presse über ihre Affäre zu unterrichten.«

In Jeppes Ohren sauste es. »Wissen Sie, warum?«

»Keine Ahnung. Alpha war es wohl leid, der heimliche Liebhaber zu sein.« Lulu Sui zog ihre schmächtigen Schultern hoch und ließ sie wieder fallen.

»Haben Sie gesehen, ob Johannes und Alpha nach dem Streit noch einmal miteinander geredet haben?« Jeppe hatte das Gefühl, allmählich seekrank zu werden.

»Sie meinen, ob sie sich in die Arme gefallen sind und zur Versöhnung ein Glas zusammen getrunken haben? Ich glaube kaum.«

»Wann hat es den Krach gegeben?« Jeppe weigerte sich, Anettes Blick zu erwidern, obwohl er ihre Augen auf seinem Gesicht spürte.

»Vielleicht gegen halb elf.«

»Und dann? Was geschah dann?«

»Die Party ging weiter. Alpha ging vermutlich an die Bar.«

»Und Johannes?«

»Johannes stand unter Schock. Er tobte! Ich habe ihn getröstet. Wir sind mit einem Taxi hierhergefahren, haben die Telefone weit weggelegt und geredet und meditiert, bis Johannes heute Morgen bereit war, nach Hause zu gehen.«

»Hier ist er gewesen?« Anette klang, als überraschte sie dieses Detail mehr als alles andere.

»Ja. Johannes brauchte Fürsorge, er musste eine Weile allein sein. Hier auf der Luna konnte ich ihm beides bieten. Ich reinigte die Energien um ihn herum, also –«

»Wann haben Sie und Johannes das Fest verlassen?« Anette behielt ihre Polizeinase im Wind.

»Kurz nach dem Streit. Wir gingen, ohne uns von irgendjemandem zu verabschieden.«

Jeppe murmelte etwas von einem Anruf und ging an Deck; er musste einen Augenblick allein sein und einen klaren Kopf bekommen. Er stützte sich auf die Reling und betrachtete seinen Atem, der aufstieg und zu einem Teil der Wolkendecke wurde. Es war so einsam und still um das Boot und im Hafen, dass er sich ebenso gut auf einem Vorposten in der Antarktis hätte befinden können.

Johannes und Alpha.

Ärger wallte in ihm auf. Was zum Teufel war passiert? Das Ganze passte einfach nicht zusammen. Jeppe ballte die Fäuste und trat gegen den schweren Ring einer Haltetrosse, als Anette die Treppe heraufkam.

»Was ist denn los?« Sie sah ihn verblüfft an.

Jeppe schüttelte den Kopf und versuchte den Schmerz in seinem klopfenden großen Zeh zu unterdrücken. Zumindest war er einen Augenblick abgelenkt.

Wenn ihnen bisher ein Motiv für den Mord gefehlt hatte,

so war es ihnen gerade serviert worden. Auf einem Silbertablett.

Sie verabschiedeten sich von Lulu Sui und stapften durch den Schnee zurück zum Auto. Jeppe hinter Anette.

Sie ließ den Motor an und drehte am Hafenkai. Als der Wagen an der Luna vorbeikam, sah Jeppe Lulu Sui im Steuerhaus stehen, halb beleuchtet und halb verborgen im Schlagschatten einer Lampe. Mit verschränkten Armen sah sie ihnen nach.

Ihr Gesicht lag fast gänzlich im Dunklen, aber Jeppe sah deutlich, dass sie verängstigt war.

*

Die Fahrt zum Präsidium verlief schweigend. Jeppe setzte ein paarmal an, um etwas zu sagen, brachte jedoch nur ein tiefes Seufzen zustande. Anette parkte in der Otto Mønsteds Gade, schaltete die Zündung aus und sah ihn an.

»Es muss andere Zeugen geben, die den Streit mitbekommen haben, wenn er so lautstark war, wie sie behauptet. Ich denke, ich gehe hoch zu Saidani und suche nach ihnen, wenn das für dich okay ist? Vielleicht erwische ich Sara noch, bevor sie nach Hause geht.«

Jeppe schaute beharrlich auf einen imaginären Punkt auf dem Bürgersteig. »Das hört sich nach einem guten Plan an. Ich … hänge die Schlüssel an ihren Platz.«

Sie stiegen aus und überquerten die Straße. An der kleinen Tür, die zur Treppe hinauf zur Mordkommission führte, gab Anette ihm die Autoschlüssel, damit er sie in der Fahrbereitschaft aufhängen konnte.

»Ich komme gleich, ich will nur noch –«

»Trinken wir nachher noch ein Bier im Oscar?« Anette meinte die Oscar Bar, ihren Feierabendtreffpunkt.

Jeppe murmelte etwas Unverpflichtendes und verschwand. Er fand Anettes Platz am Schlüsselbrett – PA Werner – und hängte die Autoschlüssel zwischen Funkgeräte, Inspektionshinweise und andere Schlüssel. Blind starrte er auf die große Tafel voller abgezirkelter Felder, Zeichen und Utensilien. So ordentlich, symmetrisch und aufgeräumt. Ein scharfer Kontrast zu seinem eigenen Zustand.

Johannes, die Affäre, der Streit, der Mord.

Jeppe bemerkte, dass er die Luft anhielt, er fuhr sich mit zwei Fingern unter den Hemdkragen. Doch das Gefühl, eingeschnürt zu sein, saß im Hals, nicht außen. Er brauchte Luft. In dem runden Innenhof des Präsidiums wurde der jungfräuliche Schnee in der frühen nachmittäglichen Dunkelheit von gelblichen Lampen erleuchtet. Aus irgendeinem Grund war der Hof stets der einsamste Ort des gesamten Präsidiums, hier musste er keine Störung befürchten. Jeppe steckte die Hände in die Taschen und ging den Säulengang im Uhrzeigersinn entlang, er konzentrierte sich und zählte jeden Schritt, bis sich das Chaos in seinem Kopf einigermaßen gelegt hatte. Als er die Runde vollendet hatte, konnte er wieder einen klaren Gedanken fassen.

Wie gut kannte er Johannes eigentlich? Wie gut kennt man überhaupt seine Nächsten?

An der Fredie-Pedersens-Show-Schule hatten sie sich kennengelernt, damals, als sie beide Schauspieler werden wollten. Johannes' Vater kam nie zu den Aufführungen, obwohl er es immer wieder versprach und Johannes schon damals ein Star war, zu dem alle aufblickten. Alle wollten so sein wie er. Sein Vater interessiere sich nicht fürs Theater, erklärte Johannes, trotzdem lud er ihn weiterhin ein.

Jeppes Vater kam immer als Erster zu den Vorstellungen. Er saß in der ersten Reihe, das Hemd schief geknöpft, die Kamera im Schoß. Er war stolz, klatschte laut Beifall und achtete nicht darauf, wie ihn alle anguckten. Jeppe schämte sich manchmal für ihn. Der plötzliche Tod seines Vaters vor zwei Jahren war denn auch fast eine Erleichterung gewesen. Gleichzeitig empfand er eine Trauer, von der er wusste, dass sie ihn den Rest seines Lebens begleiten würde.

Es fiel ihm bis heute schwer, Johannes' Enttäuschung zu verstehen. Aber er hatte sich offensichtlich nichts inniger gewünscht, als seinem Vater zu zeigen, wie gut er war.

Jeppe blieb stehen. Es gab keinen anderen Weg, er musste Johannes zu einer Vernehmung zwingen, egal, was das für ihre Freundschaft bedeutete. Er holte sein Telefon aus der Tasche und wählte Johannes' Nummer.

Es war dringend.

9

Die Gästeliste liegt ausgedruckt auf meinem Schreibtisch. Ich habe die Namen der Personen rot markiert, mit denen Alpha Bartholdy fotografiert wurde. Ruft die zuerst an.« Sara Saidani presste das Telefon noch mehr an ihr Ohr. Ihr ausgesprochen pädagogischer Tonfall fiel sogar ihr selbst auf.

»Schon klar, aber wie soll ich in dem Tohuwabohu auf deinem Schreibtisch irgendetwas finden?«

Sara hörte, wie Anette Werner Papiere durchblätterte. »Schau einfach zuoberst.«

»Verflucht, da liegen achttausend Papiere, das kann ... ah, da ist sie! Grüß Larsen.« Anette legte auf.

Sara steckte ihr Telefon in die Tasche und erwiderte Thomas Larsens fragenden Blick.

»Johannes Ledmark, einer der Gäste, hat sich während des Festes am Mittwochabend mit Alpha Bartholdy gestritten. Werner telefoniert, um Zeugenaussagen zu bekommen.«

»Okay. Das nenne ich eine interessante Entwicklung. Ist der nicht mit Kørner befreundet?« Larsen zog vielsagend die Augenbrauen hoch.

Sara entschloss sich, das Thema zu wechseln. »Vermutlich hat sie mehrmals in der Woche eine Putzfrau, oder?«

Sie sah sich beeindruckt in der kleinen Wohnung von Maria Ringsmose um. Larsen hatte Sara Saidani gebeten, ihn zu der Vernehmung zu begleiten, und sie hatte die Chance, den Schreibtisch zu verlassen, sichtlich mit Begeisterung ergriffen. Nun standen sie in dem farblich abgestimmten und extrem aufgeräumten Wohnzimmer, während Maria Ringsmose in der Küche Kaffee kochte.

»Wie kommst du darauf?« Larsen klang nur begrenzt interessiert.

»Ich finde es hier ungewöhnlich ordentlich. Fast wie in einem Hotel.«

Larsen sah sich unschlüssig um. »Ist das nicht ziemlich normal? Wie sieht's denn bei dir zu Hause aus?«

Bei Sara lagen über den ganzen Fußboden verstreut Legosteine und auf dem Doppelbett zerknüllte Kleidungsstücke, die in die Wäsche mussten. Sie vertiefte das Thema nicht weiter.

Maria Ringsmose trug ein Tablett mit drei Steinzeugbechern und einer kupfernen Thermoskanne ins Wohnzimmer. Sie war mit Jeans und T-Shirt bekleidet, nur war ihr Gesicht zu kunstfertig geschminkt, um natürlich hübsch auszusehen.

»Setzen Sie sich doch. Nehmen Sie Milch?« Sie stellte das Tablett auf einen orangefarbenen Plexiglastisch und goss den Kaffee ein. Sie hatte sich gerade die Nägel lackiert, das Wohnzimmer roch noch immer nach Azeton. Sie stellte das Nagellackfläschchen diskret beiseite und setzte sich mit einem vagen Lächeln.

»Wir wissen, dass Sie mit Alpha Bartholdy eng befreundet waren.« Larsen legte Mitgefühl in seine Worte.

»Ich verstehe es noch immer nicht. Vielleicht kommt das erst, wenn die Modewoche vorbei ist.« Ihr Gesicht glänzte, ihr Blick war traurig.

Larsen fuhr fort. »Haben Sie Ihre rechtliche Situation verstanden? Sie sind nicht verpflichtet auszusagen.«

Einen Moment sah Maria Ringsmose aus, als befände sie sich an einem ganz anderen Ort. Dann blinzelte sie und nickte. »Ja, das habe ich. Es ist im Augenblick einfach nur so unwirklich.« Sie blickte auf den Tisch.

»Das verstehen wir.« Larsen stützte die Ellenbogen auf die Schenkel, sie wechselten einen vertraulichen Blick. Unter anderen Umständen hätte Sara es für einen Flirt gehalten. »Wie Sie wissen, haben wir einige Fragen im Zusammenhang mit unseren Ermittlungen. Ich hoffe, Sie haben einen Moment Zeit.«

Sie nickte. »Ich habe in einer Stunde einen Termin bei einer Show im Hotel Nimb und muss mich noch umziehen.« Sie trank einen Schluck Kaffee und richtete sich auf.

»Wir haben gehört, dass es auf dem Fest von Le Stan einen Streit gab. Zwischen Alpha Bartholdy und Johannes Ledmark. Wissen Sie etwas darüber?«

»Ich habe es erst heute erfahren. Jemand im Büro hat geklatscht. An dem Abend habe ich nichts bemerkt.«

»Wissen Sie, worum es ging?«

Sie schaute betreten auf ihre frisch lackierten Fingernägel. »Alpha war in Johannes verliebt. Johannes allerdings nicht in Alpha, aber er genoss dessen Aufmerksamkeit. Ich denke, etwas in diese Richtung wird es wohl gewesen sein.« Sie räusperte sich hinter vorgehaltener Hand und blinzelte ein paarmal.

»Wie lange kannten Sie Alpha schon?«

»Seit ich vor zehn Jahren nach Kopenhagen gezogen bin. Ich habe als Assistentin bei der Illustrierten begonnen, für die er als Moderedakteur gearbeitet hat. Wir waren rund um die Uhr in der Redaktion, und am Wochenende haben wir gefeiert. Nach und nach wurden wir Freunde.« Sie lächelte. »In letzter Zeit haben wir uns allerdings nicht mehr so häufig gesehen.«

»Woran hat er gearbeitet? Wie hat er sein Geld verdient?«

»Er hatte sowohl feste als auch freie Jobs.« Maria Ringsmose sah diskret auf die Uhr, stand aber offensichtlich noch nicht unter Zeitdruck. »Er hatte eine feste Kolumne in einer Illustrierten und sollte demnächst noch häufiger in Fernsehsendungen auftreten.«

»Was ist mit A-Skin? Der Cremeserie. Können Sie uns dazu etwas sagen?«

Sie sah Larsen aufmerksam an. »Wie viel weiß die Polizei?«

»Wir wissen, dass es eine erhebliche Investition war und die Firma Konkurs ging, bevor die Produkte auf den Markt kamen. Bartholdy hat seinen guten Namen und seinen Ruf aufs Spiel gesetzt.«

»Er hat noch mehr aufs Spiel gesetzt.« Maria Ringsmoses Stimme klang plötzlich scharf. »Er hat sein gesamtes Erspartes in dieses Projekt investiert. Er hat sein Ferienhaus verkauft. Alles ging verloren.«

»Also hatte er nicht mehr allzu viel Geld, als er starb?«

»Nicht eine Øre.« Sie schüttelte den Kopf. »Ich habe ihn gewarnt. Alpha war kein Geschäftsmann. Viel zu leicht übers Ohr zu hauen.«

»Wollen Sie damit sagen, dass er von jemandem betrogen wurde?« Nun klang Larsens Stimme scharf. Sara schrieb *A-Skin* in ihr Notizbuch und unterstrich es zweimal.

Maria Ringsmose inspizierte noch einmal ihre frisch lackierten Fingernägel, bevor sie antwortete. »Ich weiß es nicht. Ich habe keine Ahnung, was schiefgegangen ist. Aber ich hatte kein Vertrauen zu den Investoren.«

»Den Investoren?«

»Alpha hat die Firma mit einem Hauptinvestor gegründet, der ebenfalls einen Riesenverlust erlitten hat. Der hatte das Geld für ein Warenlager vorgestreckt, doch aus irgendeinem Grund kamen die Produkte nie nach Dänemark und in die Läden.«

»Kennen Sie den Namen dieses Investors?«

»Søren Westi.« Sie verzog ihren Mund zu einem schiefen Lächeln. »Der Champagnermann. Ein lustiger Bursche. Aber man sollte ihn nicht unterschätzen, er ist ein gewiefter Geschäftsmann.«

»Vielleicht ein bisschen zu gewieft?«

»Was weiß ich. Ich kenne ihn nur flüchtig. Aber die Verpackungen und das gesamte Marketingmaterial waren fertig, sie hatten die Serie bereits an eine Drogeriekette und mehrere Kaufhäuser verkauft. Allerdings wollte Alpha nicht darüber reden.«

»Dann hat Westi auch eine Menge Geld verloren?«

Maria Ringsmose zuckte die Achseln und sah erneut auf die Uhr. »Vermutlich ... Hören Sie, ich muss mich jetzt umziehen.« Sie lächelte entschuldigend und erhob sich.

Sie bedankten sich für den Kaffee, wurden von ihr zu dem modernen Fahrstuhl des Gebäudes begleitet und fuhren hinunter zur neuen, mondänen Hafenfront von Islands Brygge.

Thomas Larsen zog ein Paar teuer aussehende Lederhandschuhe an und nickte Sara zufrieden zu.

»Interessant, oder? Ich fahre zurück zum Präsidium und sehe mir diesen Westi mal ein bisschen näher an. Kommst du mit?«

Sara schüttelte den Kopf und fluchte innerlich. »Ich muss die Kinder abholen. Die Betreuung schließt in einer Viertelstunde.«

Larsen lächelte nachsichtig, als seien Kinder eine peinliche Geschlechtskrankheit, über die man nicht laut spricht. »Na gut, wir sehen uns morgen!«

Sara winkte kurz und ging zu ihrem Christiania-Fahrrad, das am Kai im Schnee stand, schloss es auf und setzte es langsam und schwerfällig in Bewegung. Die Mädchen waren oft die Letzten, die aus dem Kindergarten und dem Freizeitheim abgeholt wurden. Aber was sollte sie tun? Sie hatte keinen Partner, der es ihr hätte abnehmen können, und als Ermittlerin bei der Kopenhagener Polizei konnte man nicht einfach so um 15 Uhr nach Hause gehen, wenn es einen wichtigen Fall zu lösen gab. Und das war der Alltag. Verbrecher machten keine Pause, wenn andere gern Feierabend hätten, und als unflexible Alleinversorgerin wurde man nicht Ermittlungsleiterin. Immer wieder wurde Sara mit der Schreibtischarbeit betraut: Listen, Internetrecherche, soziale Medien. *Das kannst du doch am besten!* Sie konnte es nicht mehr hören.

Sie blickte über die Schulter und hob die Hand, um zu signalisieren, dass sie links abbiegen wollte. Das Christiania-Fahrrad war ohnehin recht schwerfällig, aber im Winter war es fast unmöglich, damit zu fahren. Sie musste in der Werkstatt überprüfen lassen, ob wieder Wasser in die Hohlräume eingedrungen war. Jedes Mal kostete es zweitausend Kronen.

Man müsste Geld haben. Richtig viel Geld. So viel Geld wie Westi. Genug, um sich keine Sorgen mehr machen zu müssen. Eine dieser tennisspielenden, oberflächlichen Erfolgsgeschichten sein, die im Café Victor herumhingen, mitten am Tag in der Sonne sitzen, Austern essen und sich gepflegt langweilen. Man müsste ein richtiger Kopenhagener sein.

Ein Kopenhagener! Sara musste über ihre eigenen Vorurteile lachen. Sie war schließlich seit bald drei Jahren selbst Kopenhagenerin, Helsingør gehörte der Vergangenheit an. Amina und Meriem würden als Kopenhagenerinnen aufwachsen, auf die Christianshavns Skole gehen, überall mit dem Fahrrad hinfahren und auf die Menschen aus den Vororten herabblicken. Allerdings sollten sie wissen, wo Sara aufgewachsen war. Eines Tages würde sie sie mitnehmen in die Vorstadt von Tunis, in der sie die ersten acht Jahre ihres Lebens verbracht hatte. Ihre Mädchen hatten keine Ahnung, wie einfach und ärmlich es dort war.

Sara zog das Rad auf den Bürgersteig vor der Christianshavn Skole und winkte ihren beiden Töchtern zu, die hinter dem Drahtzaun auf sie warteten.

*

»Sollen wir Darts spielen, oder was hast du dir gedacht?«
Jeppe sah sich missbilligend in dem verrauchten Lokal um.
Die Wände rund um die verschmierte Theke waren mit rohen Holzplanken und selbstgebastelten Fotocollagen verkleidet, der Teppichfußboden war grün und die Stimmung lautstark, wie man es aus Kneipen kannte, die den ganzen Tag geöffnet hatten. Die Bodega McKluud in der Istedgade war kein Ort, in dem er und Johannes normalerweise verkehrten.

»Du wolltest mich doch unbedingt sehen. Hierher kommen die Leute, um zu trinken, sie kümmern sich nur um sich selbst. Hier lässt man uns in Ruhe.« Johannes' Blick flackerte zwischen Furcht und Aggression. Er trug ein Basecap und hatte die Kapuze seines Hoodies darübergezogen, er wollte nicht erkannt werden. Jeppe war es gewohnt. Die verschwitzte Stirn über den großen Pupillen war allerdings etwas Neues. Ebenso wie Johannes' hochgezogene Schultern und seine verschlossene Art.

Jeppe blieb an der Theke neben einem jungen Mann mit einem ledernen Cowboyhut stehen, während Johannes einen Tisch in der Ecke besetzte. Kurz darauf balancierte Jeppe zwei randvolle Biergläser an den Tisch und stellte sie erleichtert ab, beinahe ohne etwas zu verschütten.

»Das ist lange her, dass wir ein Bier zusammen getrunken haben.« Jeppe hörte selbst, wie plump sein Versuch war, die Stimmung aufzulockern.

»Ja, weil Tunten kein Bier mögen, oder?«

»Ich bin auch nicht sonderlich scharf auf Bier … beruhig dich!«

Schweigend tranken sie.

»Johannes, was ist los? Du musst mir schon ein bisschen auf die Sprünge helfen, ich begreife überhaupt nichts.«

Johannes warf ihm einen misstrauischen Blick zu, als stünden sie sich in einem Krieg gegenüber. Jeppe spürte, wie seine Unsicherheit sich allmählich in Wut verwandelte.

»Sieh mich nicht so an! Im Moment solltest du froh sein, einen Polizisten zu kennen, der mit dir in einer Kneipe reden will. Sonst würdest du längst in einem Vernehmungszimmer im Präsidium sitzen.«

Johannes wandte sich ab, ohne etwas zu erwidern, und betrachtete sich in einem Spiegel an der Wand. Jeppe sah, wie er die Nase schmal werden ließ, wie auf seinen Fotos. Eitel bis in die Fingerspitzen, selbst jetzt noch.

»Was ist an dem Abend passiert?«

Er riss sich von seinem Spiegelbild los und erwiderte Jeppes Blick. »Was passiert ist? Alpha und ich haben uns gegen neun am Nørreport getroffen und sind zu dieser Party gegangen. Wir wurden fotografiert, tranken, feierten.«

»Okay. Und worüber hast du dich mit Alpha gestritten?«

Johannes warf ihm einen kindlichen *Was-glaubst-du-denn*-Blick zu. »Das weißt du vermutlich bereits, wenn du so fragst.«

Jeppe nickte widerwillig.

Johannes blickte unter dem Schild seiner Mütze hervor, blass und schweißglänzend. »Ich muss dich wohl nicht bitten, den Mund zu halten, oder?«

»Was ist passiert? Hat er dir gedroht?«

»Können wir nicht das Thema wechseln? Mein Sexualleben geht niemanden etwas an.« Johannes konnte seine Wut nur mühsam zurückhalten.

Jeppe stieß hörbar die Luft aus. »Du verstehst es noch immer nicht, nicht wahr? Wie schlimm es für dich aussieht?«

»Glaubt die Polizei – glaubst du –, ich hätte was mit Alphas Tod zu tun?«

»Hast du?«

»Nein. Obwohl ich ihn bis gestern weiß Gott in die Hölle gewünscht habe. Das ist im Übrigen noch immer so.« Johannes war lauter geworden und sah sich um, ob er die Aufmerksamkeit von irgendjemandem erregt hatte.

Jeppe versuchte, seinen Blick festzuhalten. »Wir sind gezwungen, dich offiziell zu verhören. Das verstehst du doch, oder? Du *musst* mit uns zusammenarbeiten!«

Johannes trank einen Schluck, ohne zu antworten.

»Wer hatte Grund, Alpha zu schaden, was glaubst du?«

»Ich weiß es nicht. Tatsächlich hatte ich keine Ahnung, dass ihm etwas zugestoßen ist, bis ich heute Morgen nach Hause kam und Rodrigo es mir erzählt hat. Kurz bevor ihr hereingestürmt seid.«

»Hast du nichts davon gehört, als du bei Lulu Sui warst?«

»Ich bin nicht bei ihr gewesen, um Zeitung zu lesen, Jeppe. Hör mal, Alpha war skrupellos. Er konnte amüsant und charmant sein, aber vor allem war er enorm egoistisch.«

»Also gibt es wahrscheinlich jemanden, der ihm schaden wollte.«

Johannes schloss zur Zustimmung kurz die Augen.

Jeppe trank einen Schluck Bier und überlegte seinen nächsten Zug. »Ich wusste nicht, dass du und Rodrigo … so eine Beziehung habt.«

»Also eine, die offen ist für unsere Seitensprünge, statt zu lügen wie Therese?«

»Vielen Dank, dass du mich daran erinnerst!«

Johannes rieb sich mit den Knöcheln die Augen.

»Entschuldige, Jeppe. Ich bin grade hypersensibel. Aber ja, Rodrigo und ich dürfen auch mit andern schlafen, solange wir uns an ein paar Spielregeln halten. Allerdings war die Sache mit Alpha nicht unbedingt ganz astrein.«

»Bist du deshalb verschwunden?«

»Schlechtes Gewissen, meinst du? Vielleicht.«

»Aber nicht nur?«

»Ging es dir nie so, als du mit Therese verheiratet warst, dass du einfach mal die Pausentaste drücken wolltest? Nur um dich einen Augenblick … ich weiß nicht … frei zu fühlen?«

»Frei wovon?«

»Einfach nur frei. Unabhängig. Niemandem Rechenschaft schuldig sein. Jung, zum Teufel! Nicht ständig erwachsen und verantwortungsbewusst.«

»Ich wünschte, ich könnte ja sagen, aber –«

»Aber mir geht es so! Ach, vergiss es, ist egal.«

»Wo gehst du dann hin?«

»Es ist egal, wohin, solange ich niemandem davon erzählen muss und mein Telefon abschalten kann. Zu Freunden und Bekannten, Liebhabern in der Stadt. Hör auf, mich so anzusehen!«

Jeppe trank von seinem Bier und versuchte zu verdauen, was Johannes ihm gerade beichtete. Sogar diejenigen, denen wir uns am nächsten fühlen, haben Geheimnisse vor uns.

»Er hat mich mit seiner Hepatitis angesteckt, der Scheiß-
kerl.«

Jeppe fasste sich an den Kopf. »Und Rodrigo?«

Johannes zögerte. »Ebenfalls angesteckt.«

»Was bedeutet das? Ich meine, wie schlimm ist es?«

Johannes massierte sich ein wenig die Stirn, wo sich eine
einsame Falte sehen ließ. »Sie nennen die Hepatitis-C-Be-
handlung eine Mini-Chemotherapie.«

»Johannes, ich –«

»Ich, oder besser wir, werden Montag auch auf HIV getestet.« Er rieb sich erneut die Augen und trank einen großen Schluck Bier.

Damit lag alles ganz anders, als Jeppe vermutet hatte. Die
Frage ging ihm über die Lippen, bevor er noch darüber
nachdenken konnte.

»Bist du gestern in mein Haus eingebrochen?«

»Was? Zum Teufel, was meinst du damit?« Johannes'
Augen waren wieder schmal vor Verachtung. Er sah auf die
Uhr. »Ich muss jetzt gehen. Ich habe noch eine Verabre-
dung.«

»Mit wem?« Jeppe bedauerte seine Nachfrage sofort.

Johannes stand auf und nickte vor sich hin. Dann klopfte
er Jeppe einige Male auf die Schulter.

»Bis bald!« Er zog den Schirm seines Basecaps tief in die
Stirn und ging, ohne sich umzusehen.

Jeppe blieb sitzen und trank sein Bier, bis er sicher war,
dass seine Beine ihn trugen.

*

Es war überhaupt nicht schwer, Hauptsache, man wusste, wie es ging. Ein halber Liter Abflussreiniger in einer neutralen Wasserflasche ist ebenso wenig eine Mordwaffe wie eine Nagelfeile oder eine Schachtel Kopfschmerztabletten. Abgesehen davon, dass es sich tatsächlich um eine Mordwaffe handelte. In den richtigen Händen war die unschuldige Flasche tödlich. Schmerzhaft und tödlich.

Langsam füllte sich die Bar des Hotels Nimb. Drinks und Wangenküsse. Der Modeschöpfer Rolf Toklum empfing seine Gäste in einer Smokingjacke aus der eigenen Kollektion. Er küsste, blinzelte und lächelte herzlich. Der wichtigste Teil einer Modeschau spielt sich ab, bevor die eigentliche Show beginnt.

Dies galt heute mehr als je zuvor.

Aufblitzender Schmuck und blanke Lippen, Gelächter und fröhliche Rufe des Wiedersehens. In den großen Barbereich strömten schöne Menschen mit teuren Taschen, die diskret nachsahen, wo sie platziert waren und wer noch geladen war. Und mit einem Mal war *sie* da. Bekleidet mit einem Hosenrock aus roter Seide und einem so komischen Hut, dass er ultramodern sein musste. Lächelnd, küssend, charmant. Allerdings durfte man sich nicht auf sie einlassen. Christel Toft war von einer unglaublichen Rücksichtslosigkeit.

Sie wurde von zwei Frauen begleitet, die für ihre kurzen Röcke und flirtenden Blicke zu alt waren. Hysterisch lachend, lächerlich betrunken. Sie kippten ihre Drinks, zeigten sich Fotos von kleinen, fetten Babys und legten abwechselnd die Köpfe in den Nacken, um in lautstarkes, gekünsteltes Gelächter auszubrechen. Rolf Toklum gesellte sich zu ihnen und lachte mit, während er so tat, als würden ihn ihre Babygeschichten interessieren. Christel leerte ihr Glas und suchte einen Platz, um es abzustellen. Nun würde es nicht mehr lange dauern. Eine Runde im Raum, nur um sich die Zeit zu vertreiben; statt Sekunden Schritte zählen. Ein Schritt, fünf, zehn, fünfundzwanzig. Dann kam der Schrei.

Christel Toft sank direkt vor Rolf Toklum auf die Knie. Ihr Glas zerbrach am Boden, aus der Handtasche rollten Puderdose und Lippenstift zwischen Stilettos und Designer-turnschuhe.

»Was ist los? Was fehlt ihr denn?«

Ihr Jammern hielt an und entwickelte sich zu einem Schmerzensschrei, der sämtliche Gespräche verstummen ließ. Allerdings nur für einen Moment. Dann brach das Chaos los. Alle liefen und redeten durcheinander, holten Wasser und versuchten zu helfen.

Sie lag auf den Knien, die Hände am Mund, wie bei einem Gebet. Aber es war zu spät. Die basische Flüssigkeit war durch ihre Speiseröhre gelaufen, zersetzte nun die Magenwände und gelangte in die Blutbahn, um ihre Existenz von innen aufzufressen, so wie sie die Existenz anderer vernichtet hatte.

Christel Toft fiel auf die Seite. Sie blutete aus dem Mund, die hellen Holzdielen der Bar saugten das Blut auf. Die Leute wichen zur Seite, machten Platz für den Arzt mit der Tasche. Das vereinzelte Murmeln verstummte, als die Rettungssanitäter sie auf eine Bahre legten und zum Ausgang trugen.

Zwei am Boden, zwei, die noch blieben.

Hej Süße. Entschuldige, dass ich erst jetzt schreibe. Noch bei der Arbeit. Schaffe es heute Abend nicht. Stattdessen morgen? Kuss!

Hannah hatte im Laufe des Tages mehrfach geschrieben, und nun speiste er sie mit einer satten Lüge ab. Zumindest gehörte er nicht zu denen, die einfach verschwanden. Er schaltete das Licht im Flur ein, ging durch alle Zimmer und überprüfte sämtliche Türen, bevor er seinen Mantel auszog. Er war nicht sonderlich gern zu Hause, aber hier lebten wenigstens keine verrückten Katzen oder polemische Vierundzwanzigjährige. Für heute Abend reichte es. Der Makler hatte eine Nachricht hinterlassen, dass der Besichtigungstermin gut verlaufen wäre. So etwas hatte Jeppe zwar schon mal gehört, aber zumindest war es ein Hoffnungsschimmer. Er öffnete das Fenster zum Garten und atmete die kalte Abendluft ein.

Es war sternenklar, der Große Wagen stand direkt über seinem Kopf, über dem Dachfirst des Nachbarn war der Mond weiß und fast rund zu sehen und bereitete sich auf die komplette Finsternis am Dienstag vor.

Jeppe setzte sich auf die Fensterbank und dachte darüber nach, was Johannes über das Verschwinden gesagt hatte und das Gefühl, sich frei von allen Verpflichtungen zu fühlen. Johannes war skrupellos in seinem Drang, er selbst zu sein. Wie skrupellos? Jeppe konnte Johannes' Gedanken nicht folgen. Noch lange nach seiner Scheidung hatte die Angst vor dem Alleinsein Jeppe beinahe krank werden lassen. Zum Glück war es vorbei. In gewisser Hinsicht fühlte er sich jetzt weniger allein als damals in seiner Ehe.

Auf dem Küchentisch vibrierte das Telefon. Ihm ging

durch den Kopf, dass er Hannah jetzt nicht ertragen würde. Sofort schämte er sich.

Es war Anette.

»Ja, Anette, was gibt's?«

»Es hat gerade einen Zwischenfall bei der Modeschau im Nimb gegeben. Es könnte sich durchaus um einen weiteren Mordversuch handeln.«

»Wer?«

»Christel Toft, die Sängerin. Sie ist auf dem Weg in die Intensivstation, ich weiß nichts über ihren Zustand.«

»Im Hotel Nimb, sagst du? Ich gehe davon aus, dass alle Anwesenden festgehalten wurden.«

»Treffen wir uns dort?«

»In einer Viertelstunde.«

10

Wer ist sie?«

Jeppe legte sein Notizbuch auf die Bar und versuchte, keine Fingerabdrücke auf deren spiegelglatter Oberfläche zu hinterlassen. Warum liebte diese Branche solche unpraktischen glänzenden Gebrauchsgegenstände? Immerhin erleichterte es die Arbeit der daktyloskopischen Spurensicherung erheblich. Der erste Kriminaltechniker vom NKC war bereits dabei, Fingerabdrücke mit klarer Plastikfolie, Tape und Pulver abzuheben. Jeppe verspürte ein unangenehmes Schaudern, das ihm jedes Mal den Rücken hinunterlief, wenn er einen Fingerabdruckexperten bei der Arbeit sah. Die Mordserie des vergangenen Sommers hatte Spuren in ihm hinterlassen.

Anette zog den Reißverschluss ihrer Jacke auf und legte sie auf den mit Plastikfolie abgedeckten Teil der Bar.

»Bei dem Opfer handelt es sich, wie gesagt, um die vierunddreißigjährige Christel Toft, verheiratet mit dem Musikproduzenten Joakim Lykke. Sie haben einen sechs Monate alten Sohn. Sie hat mehrere Alben eingespielt und daneben in diversen Shows und Fernsehprogrammen mitgewirkt, außerdem schreibt sie einen dieser unzähligen Blogs, die inzwischen alle verfassen. Wohnt in Vesterbro.«

»Wie ist ihr Zustand?«

»Kritisch. Rachen und Speiseröhre sind schwer verätzt. Möglicherweise hat es sie gerettet, dass sie sich nicht mehr übergeben konnte. Aber noch wissen sie es nicht.«

»Also die gleiche Vorgehensweise wie bei Alpha Bartholdy.«

»Sieht so aus.«

Jeppe sah sich in dem Raum um. Aufgebrachte Menschen, die das Nimb nicht verlassen durften, standen in Grüppchen beieinander und warteten auf ihre Vernehmung. Beamte sprachen mit schockierten Zeuginnen in spitzen Schuhen. In regelmäßigen Abständen stand jemand auf und führte ein hektisches Telefonat, bevor er sich resigniert wieder setzte.

»Wir sind uns einig, dass es sich um ein und denselben Täter handelt, oder?« Jeppe wandte sich an Anette.

»Zweifellos.« Sie antwortete, ohne zu zögern.

»Dann kann es Johannes nicht gewesen sein.«

Anette blickte ihn fragend an.

»Zunächst einmal ist er nicht hier. Und außerdem war ich noch vor ein paar Stunden mit ihm im McKluud.«

»Was warst du?« Ihr Blick durchdrang ihn bis ins Rückenmark. »Du bist mit einem Verdächtigen in deinem eigenen Mordfall in einer Kneipe gewesen?«

»Ich sage doch, er ist nicht länger verdächtig. Hör schon auf, Anette, wir sind Freunde, seit wir Teenager waren. Was soll ich denn deiner Meinung nach tun?«

Anette wischte ein paarmal über das Display ihres iPads und antwortete schließlich leise: »Du weißt schon, dass man dir den Fall eigentlich wegnehmen sollte, oder?« Sie blickte ihm in die Augen. »Du bist befangen. Aber da ich keine Lust habe, mit einem anderen Kollegen an dem Fall zu arbeiten, werde ich dein Treffen mit Johannes nicht an die große Glocke hängen.«

Jeppe schaute betroffen zu Boden und schwieg. Dann wechselte er das Thema, indem er sich so sachlich wie möglich gab.

»Eine verdammt unheimliche Art und Weise zu töten.« Er zog die Jacke aus und sah sich nach einer Garderobe um.

»Und grausam.« Sie klang noch immer verärgert, aber wenigstens sprachen sie wieder miteinander.

»Wenn die Tat aus dem gleichen Motiv heraus geschah, müssen wir uns fragen, was den Opfern gemeinsam ist.«

»Hm, Alpha Bartholdy ist Modedesigner und Stilberater, Christel Toft hat einen Blog mit gesponserten Modebeiträgen. Beide treten im Fernsehen und im Radio auf. Und beide wohnen in Kopenhagen.«

»Wir müssen sie uns morgen näher ansehen.«

»Ich bitte Saidani darum. Nachher bekomme ich die heutige Gästeliste, Sara kann sie dann mit der Liste von Mittwoch abgleichen. Vielleicht war Christel Toft auch bei Le Stans Fest. Vielleicht findet sich da ja eine Verbindung.«

»Möglicherweise. Was ist mit dem Personal? Wer ist für die Show verantwortlich, für das Catering, die Kellner und so weiter?«

»Ich bitte sie, auch das zu recherchieren.«

Anette wandte sich mit einem konzentrierten Gesichtsausdruck wieder ihrem Tablet zu. Jeppe legte seinen Mantel auf die Bar und mischte sich unter die Leute.

In einem gepolsterten Sessel saß der Modeschöpfer Rolf Toklum mit einer kleinen Gruppe Anhänger. Einer von ihnen hatte ihn bei der Schulter gefasst und schenkte ihm Wein ein. Jesper erkannte Søren Westi am Basecap und dem halblangen Haar. Er wusste, dass sowohl Larsen wie Saidani unzählige Male versucht hatten, ihn zu erreichen, Westi war weder ans Telefon gegangen, noch hatte er zurückgerufen. Nun saß er hier und sah so aus, als könnte er kein Wässerchen trüben.

»Guten Abend. Ich bin Polizeiassistent Jeppe Kørner, darf ich mich zu Ihnen setzen?«

Rolf Toklum nickte, eine Frau im Sessel neben ihm erhob sich und machte Jeppe Platz. Er erkannte Lulu Sui erst, als sie fortging. An diesem Abend trug sie einen goldenen Turban, knallroten Lippenstift und eine blaue Lederhose. Es war nicht so einfach, das ungeschminkte Mädchen, mit dem er am Nachmittag auf dem Boot geredet hatte, mit der Femme fatale in Verbindung zu bringen, die nun auf hohen Stilettos davonwackelte.

»Soweit ich verstanden habe, fand der Vorfall statt, während die Gäste eintrafen? Bevor die Modeschau angefangen hatte.«

»Bevor die Modeschau *nicht* angefangen hat, meinen Sie.«

»Ein Mordversuch kommt selten gelegen. Bin ich richtig informiert, dass Sie direkt neben Christel Toft standen, als sie zusammenbrach?«

»Mordversuch?« Rolf Toklum japste schockiert. »Wir redeten über ihr Baby, als sie plötzlich zusammensank und ein Geräusch wie aus einer anderen Welt von sich gab. Es war fürchterlich.« Seine Freunde schnaubten zustimmend.

»Haben Sie gesehen, was sie getrunken hat? Eventuell, von wem sie den Drink bekam?«

»Vielleicht von einem dort drüben. Ich habe nicht gesehen, was sie bekam –« Er zeigte auf eine Handvoll junger Kellner, die an der Bar standen. Anette war gerade dabei, ihre Namen zu notieren. »Die Gäste kamen, und plötzlich herrschte ein einziges Chaos. Vermutlich haben fünfzig Menschen gleichzeitig einen Krankenwagen gerufen.«

»Woher kennen Sie Christel Toft?«

»Aus der Branche. Sie kommt in meine Modeschauen und bringt ein bisschen Prominentenglimmer mit. Nettes Mädchen. Kein Ärger mit ihr.«

»Ärger?«

»Nun ja, sie ist nett und weiß sich zu benehmen. Nicht eine von denen, die erwarten, dass man sie mit Klamotten überhäuft ... Sie wissen schon, nur weil sie prominent sind.« Rolf Toklums Freunde nickten zustimmend. »Wie geht es ihr denn jetzt?«

»Ich weiß es nicht. Sie ist jedenfalls in guten Händen.«

Jeppe wandte sich an seinen Nebenmann. »Könnte es sein, dass Sie Søren Westi sind? Ich würde gern mit Ihnen unter vier Augen sprechen.«

Westi lächelte lakonisch. »Tja, dann los.« Sie standen auf, und Jeppe führte ihn in einen leeren Flur, wo ihre Schritte von einem dicken Teppich in kräftigen Farben gedämpft wurden.

»Ich möchte Sie darauf aufmerksam machen, dass Ihnen zur Last gelegt werden könnte –«

»Was ist los?«

»Sie werden nicht verdächtigt, aber Sie müssen wissen,

dass es möglich ist und dass Sie das Recht haben, sich nicht zu äußern.«

Westi sah Jeppe mit einem finsteren Blick an. Dann hob er das Kinn zu einem ebenso bestätigenden wie herablassenden Nicken.

»Haben Sie gesehen, wie Christel Toft übel wurde?«

»Nein, ich war gerade gekommen, ich hatte sie noch nicht einmal begrüßt.« Er hatte die Angewohnheit, beim Sprechen zur Seite zu blicken.

»Stimmt es, dass Sie am Mittwochabend auf einem Fest im Geologischen Museum waren?«

»Ja.«

»Hatten Sie im Laufe des Abends Kontakt zu Alpha Bartholdy?«

»Nein.« Das Gespräch schien ihn zu langweilen.

»Nein? Sie hatten den ganzen Abend keinen Kontakt mit ihm?« Jeppe versuchte vergeblich, ihm in die Augen zu sehen.

»Die Antwort lautet nein, egal, wie oft Sie noch fragen. Ich habe ihn überhaupt nicht gesehen.«

»Sie gingen zusammen mit Lulu Sui zu der Party?«

Westi zog einen Mundwinkel zu einem Lächeln hoch, das viel bedeuten konnte.

»Und kamen Sie auch heute zusammen mit Lulu Sui?«

»Zusammen mit einigen anderen, ja. Aber es gab Chaos bei der Platzvergabe, obwohl ich ausdrücklich vereinbart hatte –«

»In welcher Beziehung stehen Sie zu ihr?«

»Meine Beziehung? Geht das irgendjemanden etwas an?«

Jeppe erwischte endlich seinen Blick und hielt ihn fest, ohne zu antworten. Ein alter Trick, wirkte immer.

»Sie ist eine gute Freundin. Und meine Seherin.«

Als wäre es das Natürlichste auf der Welt, eine persönliche Seherin zu haben. »Und was ist der Grund Ihrer Anwesenheit hier?«

»Ich helfe Rolf Toklum bei seinem Business. Was Geschäfte angeht, ist er ein hoffnungsloser Fall, wie die meisten Künstler. Ich schaffe Verbindungen zu wichtigen Leuten und Märkten und steuere auch ein wenig bei.« Er steckte die Hände in die Taschen und lächelte selbstzufrieden.

»Sie sind also so eine Art Investor?«

Er lachte. »In diesem Fall ist wohl eher die Rede von einem Sponsoring als von einer eigentlichen Investition.«

»Und was haben Sie davon?«

»Ich habe Kontakte zu vermögenden Geschäftsleuten, die gute Geschichten brauchen, um sich zu *branden*. Ich sammle gute Geschichten. Für Kunst, Mode, Wohltätigkeit, Gastronomie.«

»Stimmt es –«, Jeppe überflog seinen Block, auf der er Thomas Larsens Informationen notiert hatte, »dass Sie in Alpha Bartholdys Hautpflegeserie investiert haben … A-Skin? Eine recht bedeutende Summe, die verloren ging, als die Firma Konkurs anmelden musste?«

Westi sah nicht aus, als würde er sich noch immer amüsieren. »Wenn wir über Geschäfte reden wollen, würde ich gern meinen Anwalt hinzuziehen.«

»Im Augenblick handelt es sich lediglich um eine generelle, einleitende Befragung, die –«, versuchte Jeppe zu beschwichtigen. Es funktionierte nicht.

Westi verschränkte die Arme. »Ohne meinen Anwalt sage ich kein Wort mehr.«

Jeppe notierte sich, Westi im Laufe des Wochenendes zu einer offiziellen Vernehmung einzubestellen, sein Anwalt durfte dann die doppelten Gebühren berechnen. Dann verabschiedete er sich mit einem reservierten Nicken und ging zu Anette an die Bar.

»Hast du mit Lulu Sui geredet?« Jeppe sprach gedämpft, dicht an ihrem Ohr, damit die Umstehenden nichts von ihrem Gespräch mitbekamen.

»Ich wusste gar nicht, dass sie hier ist!«

Anette zeigte auf die Kellner vor ihnen.

»Diese jungen Menschen haben den Gästen die Drinks serviert. Sie arbeiten normalerweise nicht im Nimb, sondern wurden für diese Veranstaltung von einer Agentur angeheuert.« Sie schnipste ein paarmal mit den Fingern, um deren Aufmerksamkeit zu erlangen. »Hej, wer von Ihnen hat Christel Toft einen Drink serviert, bevor sie zusammenbrach?«

Seitenblicke und langes Zögern. Niemand meldete sich.

»Und wer stand an der Bar?«

Ein braungebrannter junger Mann mit langen blonden Haaren über seinem gestärkten weißen Hemdkragen hielt die Hand hoch. »Ich habe die Drinks mit Fiona gemixt.« Er zeigte auf eine hübsche Frau mit geschminkten Katzenaugen und einem kräftigen dunklen Zopf, der ihr den Rücken hinunterhing. »Sie spricht nur Englisch.«

Anette räusperte sich: »*Do you know what the injured person got to drink?*« Anettes Englisch war nicht wirklich überzeugend. Sie klang eher wie Yvonne von der Olsenbande bei dem Versuch, auf einer Pauschalreise Getränke zu bestellen.

»*Everybody had the same thing.*« Die Barkeeperin Fiona sprach mit einem unnatürlichen Schmollmund. »*Drinks pre-made with vodka and ice tea lemon or ice tea peach.*«

»Eine *feisty bitch*?« Zerstreut gab Anette bei ihrer Nachfrage irgendetwas auf dem iPad ein.

»Einen Eistee mit Pfirsich.« Der männliche Barkeeper übernahm. »Allen Gästen wurde Wodka mit Eistee serviert. Das war so abgemacht mit dem Sponsor. Die Firma lanciert das als neuen Modedrink. Zuckerfrei.«

»Okay. Und niemand erinnert sich, wer Christel Toft bedient hat?«

Eine Gruppe Kellnerinnen steckte die Köpfe zusammen und flüsterte wie Schulmädchen im Sportunterricht. Eine von ihnen, ein dünnes junges Mädchen, hob zögernd die Hand.

»Vielleicht, aber ich bin nicht sicher.« Ihre Stimme war so schüchtern, dass Jeppe ihr die Antwort eher von den Lippen las, als dass er sie hörte. »Als wir die Tabletts bekamen, waren die Drinks schon eingeschenkt, wir haben sie den Leuten lediglich gebracht.« Die Stimme des Mädchens war kaum noch zu hören.

»*Nobody saw anythings out of the ordinary? Anythings at all?*« Anette sah die Barkeeper fragend an, die bedauernd die Achseln zuckten und den Blick abwandten.

Es wurde still. Jeppe sah sich mutlos in der Bar um, in der es von Gästen, Servicepersonal und Models wimmelte. Die Chance, dass sich der Täter unter ihnen befand, war groß. Direkt vor ihrer Nase. Er hatte immer behauptet, einen siebten Sinn zu haben. Nun wünschte er sich einen Röntgenblick.

Jeppe schaute über die Menge, schlug eine leere Seite in seinem Notizbuch auf und ging auf die nächste Gruppe von Gästen zu.

Samstag, 30. Januar

Am Samstagvormittag gab es am Peblinge Dossering feste Rituale. Obwohl Esther und Gregers beide pensioniert waren, war das Wochenende etwas Besonderes. Einige Angewohnheiten legte man nicht so einfach ab. Gregers stand früh auf und kaufte beim Bäcker in der Blågårdsgade Brötchen und Weißbrot. Esther nahm währenddessen ein langes Bad, danach trafen sie sich zum Frühstück an Esthers Esstisch. Sie redeten nicht viel, lasen lediglich Zeitung und plauderten über das Wetter und die unverschämten Gewerbetreibenden in Nørrebro.

Kurz vor neun wurde Gregers unruhig, und spätestens zwei Minuten vor neun erhob er sich und schlurfte in sein Zimmer, um im Radio *Mads & das Monopol* zu hören. Für Gregers war die Sendung, in der eine buntgemischte Prominentenrunde über menschliche Probleme und Dilemmata diskutierte, der Höhepunkt der Woche. Für ihn und anderthalb Millionen weiterer Hörer – er war nicht allein mit seiner Begeisterung.

Esther las in der Regel weiter Zeitung, trank eine ganze Kanne Kaffee und blickte hin und wieder auf die Seen. Am Wochenende nahm sie sich die Zeit, eine Tages- und eine Wochenzeitung zu lesen, und aus irgendeinem Grund fand sie es noch immer frivol. Sie legte die Füße auf den Stuhl neben sich und tauchte in die Artikel und Kommentare ein. Heute war die Ruhe allerdings nur von kurzer Dauer. Um zehn nach neun kam Gregers mürrisch zurück, setzte sich an den Tisch und begann, ratlos im Feuilleton zu blättern.

»Hast du keinen Empfang, Gregers?«

Er schüttelte den Kopf. »Es ist eine Wiederholung. Ich habe die Sendung schon mal gehört.«

»Das ist ja ärgerlich. Warum fällt die Sendung denn aus?«

»Wegen der Morde.« Gregers überflog die Rückseite der Zeitung.

»Der Morde? Was meinst du?«

»Gestern Abend gab es offenbar einen neuen Mordversuch. An Christel Toft.« Er faltete die Zeitung zusammen und legte sie beiseite.

»Und deshalb senden sie heute nicht?«

»Ja, das ist wieder mal typisch. Jede Entschuldigung ist gut genug, um sich einen freien Tag zu gönnen.« Gregers sah Esther an, als hätte sie daran Schuld.

»Aber was haben die Morde denn mit *Mads & das Monopol* zu tun?«

»Na ja, beide saßen doch in der Expertenrunde. Deshalb gibt es heute keine Sendung. Aus Respekt. Man schickt Christel alle guten Wünsche ins Krankenhaus.«

Esther hörte die Sendung normalerweise nicht. Sie hatte ihre Schallplatten, und wenn sie Radio hörte, dann Kultursendungen. »Alpha Bartholdy und Christel Toft gehörten beide zur Diskussionsrunde?«

»Liebe Esther, *Mads & das Monopol* besteht aus wechselnden Expertenrunden von jeweils drei Prominenten.« Gregers versuchte gar nicht erst, seine Ungeduld über ihre

Unwissenheit zu verbergen. »Mit dem Moderator, Mads Steffensen – *ihn* wirst du ja wohl kennen –, beraten sie Menschen, die nicht wissen, was sie in einer gewissen Situation tun sollen. Manchmal handelt es sich um ein kleines, lustiges Dilemma, bisweilen geht es aber auch um große und ernste Probleme. Alpha Bartholdy und Christel Toft gehörten hin und wieder zu der Runde.«

»Das ist ja eigenartig.«

»Na ja, es nehmen viele bekannte Leute daran teil, Sänger und Schauspieler, aber auch Geschäftsleute und Politiker. Unser Forschungsminister war dreizehn Jahre dabei. Glaub bloß nicht, das Ganze sei nur Unterhaltung!«

»Aber dann liegt es doch auf der Hand, heute nicht zu senden. Es wäre ja geradezu respektlos.«

»Anstelle einer dämlichen Wiederholung hätten sie doch auch etwas anderes bringen können.«

Esther dachte einen Moment nach. »Sind beide in der Sendung dabei, die gerade ausgestrahlt wird?«

»Liebe Esther, genau das versuche ich dir doch zu erklären. Sag mal, hörst du mir überhaupt zu?«

Esther stand auf und ging zu ihrer Anlage. »Welcher Sender?«

»Im vierten Programm.«

Esther schaltete den Sender ein, und Mads Steffensens unverkennbare Stimme ertönte. Er las eine Mail von einem Hörer vor, dessen Nachbarn den ganzen Tag lautstarken Sex hatten, nun sollte die Diskussionsrunde zu einer Reihe von Lösungsmöglichkeiten Stellung nehmen. Esther fand die Antworten ziemlich frech, vermutlich musste man sich erst einmal an dieses Format gewöhnen.

»Weißt du, ob die beiden häufiger gemeinsam an der Sendung teilgenommen haben?«

»Bestimmt. Mads Steffensen stellt verschiedene Promi-Gruppen zusammen. Die Gruppen diskutieren dann eine ganze Weile in der jeweiligen Konstellation.«

Esther griff zu ihrem Smartphone und rief die Podcast-App auf. Sie rief die Programmübersicht von *Mads & das Monopol* ab. Alpha Bartholdys und Christel Tofts Namen tauchten mehrfach im Programm auf.

»Na«, erklärte Gregers und stand auf, »ich habe jedenfalls keine Lust, mir die Sendung noch einmal anzuhören.«

»Okay, Gregers. Sag Bescheid, wenn du spazieren gehen willst.«

Esther schaltete das Radio aus und räumte den Tisch ab. Sie packte die Butter ein und legte die restlichen Brötchen zurück in die Tüte, füllte die Spülmaschine und wischte über den Tisch. Konnte es Zufall sein? Sie inspizierte den Kühlschrank und überlegte, was sie zum sonntäglichen Abendessen einkaufen sollte, zu dem sie Gregers eingeladen hatte. Gepökelte Rinderbrust mit Meerrettichsoße vielleicht, darüber würde er sich freuen.

Nachdem sie eine Weile in den halbleeren Kühlschrank gestarrt hatte, schloss sie ihn resolut, ging ins Wohnzimmer zu ihrem Smartphone und legte sich Papier und Stift zurecht. Sie setzte die Kopfhörer auf und begann, sich die Sendungen mit Alpha und Christel anzuhören.

*

Die Intensivtherapiestation 4131 des Rigshospitals lag im dritten Stock eines flachen Zwischengebäudes, das sich zwischen zwei hohen Türmen versteckte. Die leitende Krankenschwester Malene Williams begrüßte Jeppe und Anette mit festem Händedruck. Sie hatte einen zarten, fast unsichtbaren Schnurrbart, der ein wenig ablenkte, wenn sie sprach – Jeppe zwang sich, ihr in die Augen zu sehen. Anette und er folgten der energischen Frau.

Vor der offenen Tür eines Zimmers standen eine mit einem Kittel bekleidete Frau, ein jüngerer Mann mit Basecap und geblümtem Hemd und eine ältere Dame mit einem Säugling auf dem Arm. Flankiert wurden sie von zwei uniformierten Beamten, die Jeppe aus dem Innenstadtrevier kannte. Eine Krankenschwester bot der Gruppe Kaffee in kleinen Plastiktassen an, nur die Beamten griffen zu.

»Oberärztin Nellemann informiert die Familie gerade über den weiteren Behandlungsverlauf. Sie dürfen Christel Toft gern sehen, aber nicht zu lange. Ihr wurde eine Sonde durch die Speiseröhre gelegt, um zu verhindern, dass sie vom Narbengewebe verschlossen wird. Das ist leider das Einzige, was wir momentan tun können. Basische Verätzungen sind schlimm, weil sie so nachhaltig sind und wir nichts dagegen unternehmen können. Im Augenblick schläft sie, wir mussten ihr etwas zur Beruhigung geben. Es gibt an mehreren Stellen Nekrosen und Perforationen, und wir beobachten sie auf Läsionen im Ventrikel.«

Jeppe wollte schon bestätigend nicken, doch sie durchschaute ihn: »Sie hat ernsthafte Verletzungen im Rachen und Magen. Es besteht die Gefahr, dass ein Loch in die Speiseröhre geätzt wurde, so dass es zu Entzündungen in der Brusthöhle kommt, und außerdem –« Sie sah ihn mit einem ernsten Gesichtsausdruck an und fuhr mahnend fort: »Durch die Verätzungen in ihrer Mundhöhle und im Hals ist es ihr unmöglich, zu schlucken oder zu sprechen, also, selbst wenn sie aufwacht, können Sie sie nicht befragen. Nicht bevor ihr Zustand sich nicht signifikant verbessert hat. Die Infektionsgefahr ist hoch, daher bitte ich Sie, sich die Hände zu waschen und Kittel über Ihrer Kleidung zu tragen. Machen Sie es kurz, und bleiben Sie einen Meter vom Bett entfernt.«

Anette und Jeppe wurden zwei gelbe Papierkittel mit den dazugehörenden Hauben ausgehändigt. Die leitende Krankenschwester begleitete sie in das Zimmer, in dem Christel Toft lag. Das offene dunkle Haar war auf dem Kissen ausgebreitet, um die geschlossenen Augen sah man noch Make-up-Reste. Die Haut sah unnatürlich gelblich grau aus.

Erst als sie einen Meter vor dem Bett standen, bemerkte Jeppe die Sonde in der Nase und das Metall zwischen den Lippen. Eine Art Schiene zwang den Gaumen der Sängerin auseinander. Ihm drehte sich der Magen um, als er in den offenen Mund blickte. Die geschwollene Zunge war von einer weißlichen Schicht überzogen, an den Innenseiten ihrer Wangen waren dunkle Flecken von verätztem Fleisch zu erkennen, die Zähne hatten eine merkwürdige Nuance von durchsichtigem Grau.

Schweigend betrachteten sie die schlafende Frau. Eine Sängerin, Ehefrau und Mutter. Eine Frau wie so viele andere, abgesehen davon, dass jemand sie umbringen wollte.

Auf dem Korridor stand Christels Mann, Joakim Lykke, zusammen mit seiner Schwiegermutter, jetzt hatte er das

Baby im Arm. Lykke glich einem rotwangigen Schuljungen, der den Säugling am liebsten den Erwachsenen überlassen hätte, um mit seinem Skateboard davonzufahren.

»Hej, Joakim, ich bin Polizeiassistent Jeppe Kørner, und das ist meine Kollegin, Polizeiassistentin Anette Werner. Dürfen wir Ihnen ein paar Fragen stellen?«

Joakim Lykke reichte das Kind vorsichtig der Großmutter und begleitete die beiden Ermittler ein Stück auf dem Korridor, bis sie sich in Ruhe unterhalten konnten.

»Es tut uns sehr leid, was Ihre Frau durchmachen muss.« Eine kleine Pause, ein kurzes Nicken. »Wir vermuten eine Verbindung zu dem Tod von Alpha Bartholdy vorgestern. Daher ermitteln wir wegen Mordversuchs. – Stimmt es, dass Ihre Frau sich gestern Abend die Modeschau im Nimb ansehen wollte?«

Joakim Lykke nahm langsam das Basecap ab, vielleicht hielt er die Unterhaltung für zu ernst, um sie mit Kappe zu führen, und nickte geistesabwesend.

»Sie war da zusammen mit zwei Freundinnen, Malena Angelova und Cara … äh, Skriver, ja, so heißt sie. Beide sind Sängerinnen. Ich bin im Moment … ein bisschen durcheinander.«

»Verständlich. Wir machen es kurz. Waren Sie auch dabei?«

»Nein, mein Ding ist die Musikproduktion, nicht der rote Teppich. Sie war noch kurz nach Hause gekommen, um nach Verner zu sehen und sich umzuziehen. Eine Stunde, bevor es passiert ist. Ich verstehe es noch immer nicht.« Er fummelte ratlos an seiner Mütze.

»Hatte sie vor, im Nimb einen Drink zu nehmen?«

»Ja, bestimmt.« Er schüttelte den Kopf beim Reden, ganz leicht, eine konstant verneinende Geste. Nur sein Kinn bewegte sich dabei wenige Millimeter von einer Seite zur anderen. »Sie hat gerade abgestillt, durfte also auch etwas trinken. Tatsächlich war sie schon ein bisschen angesäuselt, als sie von zu Hause aufbrach.« Joakim Lykke lächelte entschuldigend. »Sie hatte ja eine ganze Weile keinen Alkohol mehr getrunken, daher brauchte es nicht viel.«

»Was trank sie gewöhnlich?«

»Keine Ahnung, irgendetwas mit Wodka vielleicht …« Joakim Lykke zögerte. Jeppe versuchte, seine Gemütsverfassung einzuschätzen. Er schien wirklich unter Schock zu sein, mit schwerer Zunge und flackerndem Blick.

»Wie Ihnen die Ärzte wahrscheinlich gesagt haben, hat sie mit ihrem Getränk vermutlich ein stark ätzendes Reinigungsmittel zu sich genommen. Die Chemiker sind noch immer dabei, ihren Mageninhalt zu analysieren, aber wir gehen vorläufig davon aus. Haben Sie irgendeine Idee, wer ein Motiv haben könnte, Ihre Ehefrau zu vergiften?«

Joakim Lykke sah ihn verständnislos an und schüttelte dann heftig den Kopf. »Nein! Ganz einfach nein!«

»Okay, in Ordnung.« Jeppe versuchte es mit einer neutraleren Frage. »War sie auch auf dem Fest von Le Stan am Mittwochabend?«

»Nein, sie war bei einer anderen Party auf Refshaleøen und kam früh nach Hause. Noch vor Mitternacht.«

»Und es gab niemanden in ihrem Umgangskreis, der wütend auf sie war? So wütend, dass er auf die Idee kommen könnte, ihr etwas anzutun? Ein ehemaliger Liebhaber vielleicht?«

Joakim Lykke verschränkte wie zum Schutz die Arme vor der Brust. Ihn beschäftigten ganz andere Gedanken: »Was passiert jetzt mit uns? Wenn ihre Stimme ruiniert ist? Davon leben wir doch. Und Verner auch. Was ist, wenn sie stirbt?«

Anette fasste ihm mit einem festen, beruhigenden Griff an die Schulter. »Die Ärzte sind heutzutage tüchtig. Sie ist in besten Händen.«

Joakim Lykke nickte, nicht wirklich überzeugt.

»Es tut mir leid, noch einmal darauf zurückkommen zu müssen, aber können Sie sich jemanden vorstellen, der ihr etwas antun wollte?« Wenn sie sich Mühe gab, konnte Anettes Stimme durchaus weich und herzlich sein.

Joakim Lykke schüttelte den Kopf und wischte sich mit kleinen gereizten Bewegungen die Augen aus. Er atmete tief durch. »Christel ist der netteste, liebevollste und verantwortungsbewussteste Mensch, der mir je begegnet ist. Der Gedanke, dass jemand ihr schaden will, ist absurd.«

»Ein Fan? Gab es Probleme mit aufdringlichen Fans?«

Er lachte auf, ein trauriges kleines Geräusch, das innerhalb von wenigen Sekunden abbrach und erstarb.

»Eine alte Liebe vielleicht? Sie hat ja vermutlich vor Ihnen andere Liebhaber gehabt.« Anette klang ausnahmsweise einigermaßen taktvoll.

»Nichts Ernstes. Bevor wir ein Paar wurden, hatte sie eine Liebschaft, aber das war nichts Ernstes. Sie haben nicht zusammengelebt und sind bis heute befreundet.« In seiner Stimme schwang kein Unwille mit. Nicht mehr, als man bei einem Mann erwarten konnte, dessen Frau mit zunehmend zerfressenen Organen nebenan im Zimmer lag.

»Kennen Sie seinen Namen?«

»Søren Westi.«

Jeppe und Anette sahen sich an. Dieser Mann tauchte überall auf.

Jeppes Telefon brummte, er blickte aufs Display. Esther de Laurenti. Er trat einige Schritte beiseite, um das Gespräch anzunehmen.

»Kørner.«

»Hej Jeppe, hier ist Esther. De Laurenti.«

»Die einzige Esther, die ich kenne.«

»Du, ich komme gleich zur Sache. Ich weiß nicht, ob ich vollkommen verrückt bin, aber ich habe etwas gefunden, was die beiden Opfer verbindet.« Ein Krankenpfleger, der an Jeppe vorbeiging, gab ihm zu verstehen, dass er hier nicht mit einem Handy telefonieren durfte, indem er sich mehrfach mit dem Zeigefinger über die Kehle fuhr. Subtil.

Jeppe ging auf den Ausgang zu.

»Esther, wovon um alles in der Welt redest du? Brauchst du Hilfe bei irgendeiner Recherche?«

»Ich rede vom Mord an Alpha Bartholdy und dem Mordversuch an Christel Toft. Ich habe eine Verbindung zwischen den beiden gefunden. Willst du es hören?«

Aus den Augenwinkeln sah Jeppe Anette winken. Er hielt zwei Finger in die Luft, um ihr zu signalisieren, dass er gleich so weit sei, aber sie schüttelte den Kopf und winkte erneut. Hektisch.

»Entschuldige, Esther, aber ich bin mitten in einem Fall. Kann ich zurückrufen?«

»Ja. Oder du kommst einfach vorbei, wenn du Zeit hast.«

Jeppe murmelte ein zurückhaltendes »okay« und beendete das Gespräch.

Anette redete bereits, als er noch ein paar Meter von ihr entfernt war. »Kørner, weißt du, wen Christel Toft auf dem Weg zum Nimb besucht hat? Nachdem sie sich zu Hause umgezogen hatte?«

Jeppe zuckte irritiert die Achseln. Ratespielchen waren eigentlich nur für den Fragesteller amüsant.

Anette stach Joakim Lykke unhöflich mit einem Zeigefinger in die Brust.

»Sagen Sie es!«

Joakim Lykke zögerte verlegen. »Na ja, also wie gesagt, sie hatte sich Dienstagabend eine Jacke geliehen. Es ist typisch für sie, dass sie sich trotz der Minusgrade nicht warm genug anzieht.«

»Und von wem hat sie sich die Jacke geliehen? Bei wem ist sie auf dem Weg zum Nimb vorbeigefahren? Fünf Minuten zu Fuß vom Hotel entfernt?« Jeppe bemerkte die pochende Ader an Anettes Hals. »Johannes Ledmark. Er hat ihr am Dienstagabend sein Jackett bei einem Abendessen im Rathaus geliehen. Er hatte einen Mantel dabei, so dass er das Jackett nicht brauchte.«

Unter Jeppes Füßen gab der Boden nach. Anettes Stimme klang wie eine Metallsäge in seinen Ohren, während er nach Worten für eine Frage suchte, die ihm nicht einfallen wollte.

*

»Ich habe um ein Eiweißomelett gebeten, nicht um Rühreier. Verflucht, können die hier denn gar nichts richtig machen?«

Westi knallte die silberne Cloche auf den Teller, raffte seinen Morgenmantel enger um sich und setzte sich gereizt auf den gepolsterten Stuhl am Esstisch der Juniorsuite Deluxe. Er hatte keine Lust, den Zimmerservice zu rufen, jetzt musste er das verfluchte Ei so essen. Er würde sich beschweren, wenn er auscheckte. Und er musste daran denken, mit Amex zu bezahlen und nicht mit einer seiner dänischen Kreditkarten.

Die Aussicht über den schneebedeckten Kongens Nytorv hob seine Laune ein wenig. Dafür störten ihn die morgendlichen Yogaübungen seiner Begleiterin erheblich. Søren Westi warf ihr einen diskreten Blick zu und versuchte sich zu erinnern, wie sie hieß. Ida, Emma? Irgendein Name, der auf a endete … es fiel ihm nicht ein.

Gestern Abend hatten sie spontan ein Zimmer im Hotel D'Angleterre gebucht. Westi wollte nicht bis Taarbæk fahren, nachdem die Polizei ihm endlich gestattet hatte, das Nimb zu verlassen, und Ida-Emma hatte nichts gegen eine kleine Nachfeier zu zweit einzuwenden. Er hatte ein Gramm Koks und eine Magnumflasche Krug gekauft, um bis tief in die Nacht Spaß zu haben. Leider hatte Ida-Emma sich als ziemlich bieder erwiesen, fast schon als prüde. Nicht unbedingt sein Typ.

Er tauchte ein Buttercroissant in seinen Kaffee und betrachtete sie ungeduldig. Hübscher Körper, fest und jung, und eigentlich auch ein ganz schnuckeliges Gesicht. Im Moment schaute sie allerdings sehr ernst drein, während sie ihren Körper zu einer Yogaposition zusammenfaltete, die nicht sonderlich sexy war.

»Was machst du denn da? Es gibt Frühstück.«

»Mich strecken«, erwiderte sie, als sei das nicht ganz offensichtlich, und rollte sich auf den Bauch.

Westi beachtete sie nicht weiter und schlug stattdessen die *Berlingske Tidende* auf. Selbstverständlich zuerst den Finanzteil. Er blätterte die Zeitung zufrieden durch, wischte sich Marmelade vom Kinn und vertiefte sich in einen Artikel über die Stufen der Inkompetenz des Peter-Prinzips.

Des einen Inkompetenz, des anderen Brot. Er schmunzelte. Alpha hatte nie begriffen, was tatsächlich passiert war. Erst, als es bereits zu spät war. Alpha war solidarisch, er hatte sich über den Konkurs geradezu geschämt und sich verantwortlich gefühlt. *Ich bin aber auch ein Unglücksvogel, natürlich brennt ausgerechnet unser Lager.* Westi indes wusste, dass es Gewinner und Verlierer gab und Freundlichkeit sich nicht auszahlte, wenn die Verlierer heulen. Er hatte das alles schon einmal erlebt. Da gab es nur eins: sich zusammenzureißen und den Kampf wiederaufzunehmen.

Westis Morgenmantel glitt auseinander, er sah sich seinen starken, funktionalen Gewinnerkörper an, der ihn durch ein komfortables Leben trug. Ein gutes Gefühl. Er musste sich keine Sorgen mehr machen. Nun konnte sich sein Geschäftspartner nicht mehr beschweren, wenn er ihm die Schuld zuschob. Und das würde er tun. Denn natürlich würde es weitere Fragen geben. Eigentlich wunderte sich Westi, dass sie nicht längst gestellt worden waren.

Der Gedanke störte seine gute Laune.

Er legte die Zeitung beiseite und warf der jungen Frau,

die gerade mit den Beinen über dem Kopf auf dem Rücken lag, erneut einen Blick zu.

»Es ist Samstagvormittag, wir sind in einem vornehmen Hotel, und hier steht das Frühstück auf dem Tisch. Musst du jetzt unbedingt deine gymnastischen Übungen machen? Kannst du nicht stattdessen eine Tasse Kaffee mit mir trinken?«

Sie setzte sich mit geröteten Wangen auf. »Das sagt der Richtige – Mister Crossfit dreimal die Woche! Zumindest hast du das gestern behauptet.«

Westi grinste. Er erzählte gern von seinem Training. Ihm gefielen auch ihre roten Wangen.

»Bewegung ist gut, aber alles zu seiner Zeit, Schatz. Komm, nimm dir ein Brötchen oder etwas Joghurt oder was dir sonst schmeckt –«

Sie blieb auf dem Boden sitzen und sah ihn mit großen runden Augen an. »Du hast Alpha doch auch gekannt. Hast du irgendetwas gehört –«

Wenn es ein Thema gab, über das Søren Westi im Moment überhaupt nicht reden wollte, dann war es Alpha Bartholdy, und schon gar nicht mit jemandem, der ihn gekannt hatte. Er setzte ein ernstes Gesicht auf. »Schreckliche Geschichte. Aber das Beste, was wir tun können, ist, die Polizei bei ihrer Arbeit zu unterstützen. Setz dich jetzt an den Tisch und lass mich in Ruhe Zeitung lesen, Schätzchen.« Das Thema war für ihn damit vom Tisch.

Westi nahm sich einen anderen Teil der Zeitung. Doch ausgerechnet hier war ein großes Foto von Alpha Bartholdy abgedruckt. Und ein Nachruf.

Ida-Emma schlug gegen die Zeitung. »Was ist eigentlich

mit A-Skin passiert? Wieso ist die Firma in Konkurs gegangen?« Sie stand direkt vor ihm und sah aus, als suchte sie die Konfrontation.

»Wovon redest du?« Er hörte selbst, wie überrascht er war.

Sie verschränkte die Arme und sah ihn ernst an.

Westis Gedanken galoppierten. Wie viel wusste sie? Er war so vorsichtig gewesen, hatte mit niemandem geredet und sämtliche Spuren beseitigt.

»Jetzt hör mir mal zu ...« Er riskierte es. »... Ida, ich verstehe nicht –«

»Maria! Ich heiße Maria, hast du das vergessen?« Sie sah ihn mit offenem Mund an, überrascht und abschätzig.

Westi senkte den Kopf, sein Blick fiel auf die Titelseite der Zeitung – MODEMÖRDER NOCH IMMER AUF FREIEM FUSS! Auf seinen Armen zeigten sich kleine unangenehme Anzeichen von Gänsehaut. Er musste das Mädchen loswerden.

12

Verstehst du?«

Jeppe betrachtete die Hunde, die auf dem Isfahan-Teppich schliefen. Es war bald elf, und Anette hatte ihn an der Peblinge Dossering abgesetzt. Nun war sie auf dem Weg ins Präsidium, um die Ermittlungen gegen Johannes wiederaufzunehmen. Er mochte sich daran nicht beteiligen. Im Gegenteil, er wollte das Zauberwort finden, durch das sämtliche Vorwürfe gegen Johannes Ledmark obsolet wurden. Im Moment hatte er allerdings das Gefühl, einen Schnellzug mit einem Bindfaden festhalten zu wollen.

Es gab keinen besonderen Grund, Esther zu besuchen, aber im Augenblick wusste er nicht, was er sonst tun sollte. Er zwang sich, das Gespräch weiterzuführen.

»Okay, beide Opfer sind zusammen beim Radio aufgetreten und kannten sich beruflich. Aber es fehlt noch immer ein Motiv.«

»Das Motiv findest du in dem Radioprogramm, das ist der springende Punkt. Zumindest solltet ihr dieser Möglichkeit nachgehen.« Esther stand an einem kleinen Schreibtisch, der übersät war mit Büchern und Papieren. Ihr Gesicht mit den vielen feinen Lachfältchen betonte jedes einzelne Wort.

Jeppe trank seinen Kaffee. Er war heiß und stark, und

plötzlich hätte er gern einen längeren Skiurlaub angetreten. Weit weg. »Erklär mir noch einmal, was du genau meinst.«

»Gut. Du kennst *Mads & das Monopol*, nicht wahr? Ein Moderator und drei prominente Teilnehmer, die jeden Samstag kleine oder große Probleme gewöhnlicher Menschen diskutieren.«

»Wir haben es oft gehört. Therese liebte es.« Jeppe konnte sich noch genau an ihre Samstage mit Radio und Putzen, Zukunftsplänen und Zweisamkeit erinnern.

»Offensichtlich hat das Programm wirklich sehr viele Zuhörer ... Nun gut. Die weitaus meisten Probleme sind eher Bagatellen, in der Art *Ich bin zu einer Goldenen Hochzeit und gleichzeitig zu einem Fußballspiel auf Lanzarote eingeladen, was soll ich machen?*, aber einige sind auch richtig knifflig. In jedem Programm wird mindestens ein wirklich ernstes Problem behandelt. Allerdings kenne ich noch nicht allzu viele Sendungen, hin und wieder habe ich auch mal vorgespult, aber so scheint das Programmschema zu sein.«

»Ein ernsthaftes Problem?«

»Mach nicht so ein skeptisches Gesicht, Jeppe Kørner, ich habe schon mal recht behalten.«

»Das stimmt.« Gegen seinen Willen musste er lächeln.

»Und wenn nun ein Hörer über den Ratschlag der Runde richtig wütend ist und sich rächen will?«

»Rache wegen eines schlechten Rats im Radio?«

»Ja, ja, ich weiß, es ist erst eine vage Spur. Ich sage nur, dass sie sich mit ernsthaften Themen befassen. Das Motiv ist möglicherweise in einem der Konflikte zu suchen, die vom Monopol diskutiert wurden. Ein psychisch gestörter

Hörer oder ein Angehöriger, der sich rächen will …« Esther griff nach ihrem Smartphone. »Hör dir beispielsweise dieses Thema an. Es ist vom November letzten Jahres.« Sie schaltete ein, und Mads Steffensen übernahm.

Ja, liebe Hörer, ich habe hier eine Mail von … nennen wir ihn Preben.

Lieber Mads, liebes Monopol,

ich bin einundzwanzig Jahre alt und homosexuell; ich habe es immer gewusst und mich nie damit schwergetan. Nun aber leidet mein Vater seit längerem an Krebs, und gerade haben wir erfahren, dass er nicht mehr lange leben wird. Ich habe meinem Vater nie erzählt, dass ich schwul bin. Er weiß es nicht. Und jetzt liegt er im Sterben. Soll ich es ihm sagen oder nicht? Mein Vater und ich waren immer die besten Freunde, er ist der netteste Mensch auf der Welt, und ich will ihn auf keinen Fall verletzen. Aber er ist in einer Zeit aufgewachsen, als Homosexualität noch als unnatürlich und falsch galt, und ich glaube, es würde ihn sehr traurig stimmen, wenn er erfahren würde, dass ich schwul bin. Meine Mutter weiß es und hat kein Problem damit.

Ich hätte es ihm bestimmt irgendwann gesagt, aber nun haben sich die Dinge aufgrund seiner Krankheit beschleunigt und verkompliziert. Einerseits traue ich mich nicht, davon zu reden, denn er ist sehr geschwächt, und ich möchte nicht dafür verantwortlich sein, dass es ihm noch schlechter geht. Andererseits möchte ich nicht den Rest meines Lebens denken, dass er es doch hätte wissen müssen.

Also: Soll ich den Mund halten und ihm seine letzten Wochen nur beistehen oder soll ich ihm erzählen, dass ich schwul bin, und riskieren, dass er in der Zeit, die ihm noch bleibt, unglücklich ist? Ich weiß nicht, was ich tun soll.

Freundliche Grüße

Preben

»Preben?«

»So nennen sie alle männlichen Teilnehmer, die anonym bleiben wollen«, erklärte Esther. »Ich habe mich anfangs auch gewundert.« Sie legte das Telefon beiseite und sah Jeppe an. »Wir müssen uns nicht die ganze Diskussion anhören. Ich kann dir sagen, dass die Runde Preben rät, zu seiner Sexualität zu stehen und dem Vater zu erzählen, dass er homosexuell ist.«

»Okay, gleich von Anfang an?« Jeppe spürte, dass er Kopfschmerzen bekam.

»Nein. Sie diskutieren zunächst, wie wichtig die Sexualität für unsere Identität ist, und ob es wirklich nötig ist, einen alten, kranken Mann zu betrüben. Aber sie kommen zu dem Ergebnis, dass es die verdammte Pflicht der Eltern ist, ihre Kinder in allem vorbehaltlos zu unterstützen – mal abgesehen von kriminellen Handlungen, natürlich.«

»Damit könnten sie recht haben.« Jeppe schloss die Augen. Nur einen Augenblick Pause, dann wäre er wieder klar.

Esther klatschte in die Hände. »Absolut! Aber es ist ja nicht gesagt, dass jeder so denkt.«

»Verfolgen sie normalerweise nicht, was aus den Problemen geworden ist? Ich meine, mich an Folgegeschichten zu erinnern.« Jeppe erhob sich und strich sich Hundehaare von seiner Hose. Er wollte langsam los.

»Ja, aber nur bei einigen wenigen ausgewählten Problemen. Diesem sind sie nicht nachgegangen. Was mag wohl passiert sein?«

Jeppe horchte in sich hinein, ob an der Idee etwas dran sein könnte, aber er wurde von einer Schar Möwen abgelenkt, die durch das grelle Licht über dem Peblingesø flogen. Und von der Tatsache, dass sein bester Freund immer tiefer im Treibsand versank.

»Hör mal, wenn ihr bereits einen Verdächtigen und ein klares Motiv habt, dann sag es, dann halte ich den Mund. Ich weiß, es klingt schon ein bisschen verrückt, aber wenn ihr keine anderen Spuren habt …«

Im Moment hatten sie eher zu viele Spuren. Johannes hatte sich mit Hepatitis angesteckt, man hatte ihm mit einer öffentlichen Bloßstellung gedroht. Außerdem hatte er sich zum Tatzeitpunkt in der Nähe beider Opfer befunden. Auf Rache sinnende Rundfunkhörer in der Krise schienen nicht unbedingt die naheliegendste Alternative zu sein. Trotz allem aber eine Alternative.

*

Verfluchte oberflächliche Scheißtypen!

Der nagelneue Mercedes-Benz E-Klasse stank dermaßen nach Parfum, dass Mikkel Husted einige Minuten alle vier Fenster offen stehen lassen musste, bevor er wieder normal atmen konnte. Er hatte die Mode-Blogger an einer Halle auf Amager zu einem Mittagessen-Event abgesetzt, das offensichtlich direkt neben dem Obdachlosenheim Sundholm stattfinden sollte. Die drei Frauen, die er seit acht Uhr morgens herumgefahren hatte, waren in ihren hochhackigen Schuhen, die sicher aus dem Leder vom Aussterben bedrohter Tiere gefertigt waren, ausgestiegen und hatten die Säufer fotografiert, die ihrer perfekt gestylten Welt einen exotischen Touch gaben.

Er lockerte den Schlips, auf dem die PR-Agentur bei den Fahrern der Modewoche bestand, und sah auf die Uhr am Armaturenbrett. Zwölf. Noch gute zwei Stunden, bis er den Wagen in der Garage abliefern musste, da blieb ihm noch genügend Zeit.

Er schaltete das Navi ein und fuhr in Richtung Herlev, eine Route, die er gut kannte. Auf der Fahrt durch die Stadt zum Bispeengbuen rechnete er aus, wie viele Stunden er in den letzten paar Tagen gearbeitet hatte. Der Fahrerjob war hart, aber dafür auch gut bezahlt. Er hätte nichts dagegen, ein bisschen öfter zu fahren, nicht nur ein paarmal im Jahr.

Als er an einer roten Ampel am Grøndalcenter halten musste, klappte Mikkel die Sonnenblende herunter und betrachtete sich im Spiegel. Raucher-Robert – der Freund, der ihn bei der PR-Agentur empfohlen hatte – hatte ihm geraten, etwas gepflegter aufzutreten, wenn er sich Hoffnung auf mehr Arbeit machen wollte. Heute hatte er sein Bestes gegeben. In der Badeanstalt in der Sjællandsgade hatte er sich rasiert und die Haare gewaschen, seine Augen waren allerdings noch immer rotgerändert und verrieten die täglichen Joints. Aber das war nur ein Übergang, eine Phase. Wenn das Schlimmste überstanden war, würde er sich schon wieder in den Griff bekommen.

Mikkel parkte in einem Industrieviertel hinter dem Herlev Hospital. Vor dem einstöckigen Haus mit einem bunten Banner über dem Eingang stand ein drei Meter großer Pappmaché-Teddy als Türsteher. Mikkel nahm den Schlips ab und zerwühlte sich ein wenig das Haar, damit es nicht so flach am Kopf anlag. Wie immer trat ihm der Schweiß auf die Oberlippe. Er musste nur durch den Eingang kommen, dann konnte er sich entspannen. Er griff nach der Flasche Wasser, die in der Ablage an der Seitentür lag, nahm das Handbuch aus dem Handschuhfach und steckte sich die zusammengerollte Fahrerjacke unter den Arm. Dann atmete er tief durch und stieg aus dem Auto.

Das Mädchen am Schalter sah ihn kaum an, als er um Eintrittskarten für sich und seine Tochter bat. Mikkel schaute an ihr vorbei in die Spiellandschaft und rief: »Asta! Asta! – Na, jetzt ist sie schon hineingelaufen. Die Kinder können's ja kaum abwarten, Sie kennen das bestimmt.«

Das Mädchen druckte die Tickets aus, nahm das Geld entgegen und wies ihn darauf hin, dass er die Schuhe ausziehen und die Socken anbehalten sollte. Sie hätte kaum gleichgültiger auf den jungen Vater und seine fiktive Tochter reagieren können.

Mikkel lächelte freundlich und stellte seine Schuhe in die Garderobe, bevor er die Spiellandschaft betrat, noch immer mit dem Handbuch des Wagens und der zusammengerollten Jacke unter dem Arm. Eltern kommen nie mit leeren Händen.

Die Spiellandschaft war eine große Halle mit gelben Backsteinwänden, Fototapeten von Nadelwäldern und einem roten Linoleumfußboden, auf dem Hüpfburgen und Rutschbahnen standen und Areale zum Ballspielen abgeteilt waren. Wie immer war es samstags voll, aber das gefiel ihm. So konnte er in der Menge sockentragender und frittenessender Eltern verschwinden. Er fand einen Platz an einem der kleinen Tische mit grünkarierten Tischdecken, setzte sich mit einem freundlichen Lächeln zu den anderen Eltern und fing an, unkonzentriert in dem Handbuch zu blättern.

Er zwang sich, zehn Minuten ruhig sitzen zu bleiben. Wichtig war, sich erst als gelangweilter Vater zu geben. Dann hatte man seine Ruhe. Als er sicher war, dass ihn niemand beachtete, legte er das Handbuch in den Schoß und lehnte sich im Stuhl zurück. Um ihn herum tobten Kinder in allen Altersstufen, von ganz kleinen Jungs mit Windeln unter ihren Cargohosen bis hin zu Schulmädchen mit geflochtenen Zöpfen und Jerseykleidern. Milchzähne, Lachgrübchen, Ponys, herausgestreckte Bäuche. Er faltete die Finger über der Jacke im Schoß und betrachtete lächelnd die Kinder.

*

Die Kopfschmerzen waren schlimmer geworden, als Jeppe sein Team mittags zu einem Briefing versammelte. Alle wirkten müde und frustriert, da ihnen dieser Fall wie ein Stück Seife aus den Händen zu gleiten schien. Jeppe informierte sie kurz über Christel Tofts Zustand, die Umstände des Mordversuchs vor der Show im Nimb am Vortag und die Tatsache, dass sie mit Søren Westi liiert gewesen war. Er betonte, dass sie den Fall als Mordversuch behandeln würden, vermutlich von demselben Täter ausgeführt, der für den Mord an Alpha Bartholdy verantwortlich war. Nach eingehender Überlegung erwähnte er auch Esther de Laurentis Hinweis, dass beide Opfer bei *Mads & das Monopol* mitgewirkt hatten. Es interessierte niemanden.

Thomas Larsen regte an, Westi zu einer formellen Vernehmung ins Präsidium einzubestellen, er wollte ihn zu seiner Investition bei A-Skin und seiner Beziehung zu den beiden Opfern befragen. Larsen war der Ansicht, gut mit Geschäftsleuten umgehen zu können.

Sara Saidani war kurz angebunden, sie benötigte vor allem die versprochene Hilfe, um mit den telefonischen Befragungen der Gäste auf dem Le-Stan-Fest weiterzukommen; noch arbeitete sie allein daran. Es war Samstag, und sie musste bald nach Hause, um ihre Mutter abzulösen, die auf ihre Töchter aufpasste. Jeppe versprach, ihr zur Hand zu gehen.

Er sprach auch kurz Johannes Ledmarks Verhalten an, von der Party am Mittwochabend bis zum gestrigen Besuch im McKluud, er erwähnte sein Verschwinden, den Streit mit Alpha Bartholdy und die Tatsache, dass Christel Toft ihn besucht hatte, kurz bevor sie im Nimb zusammenbrach. Dann übergab er Anette das Wort und verließ den Raum.

Es war absolut unhaltbar. Ein Ermittlungsleiter konnte nicht der beste Freund eines Verdächtigen sein. PK würde ihn sofort vom Fall abziehen, wenn sie davon erfuhr. Aber er wollte weiterarbeiten, bis man ihn stoppte, egal welche Konsequenzen es für seine Karriere hatte. Jeppe wusch sich auf der Toilette zweimal die Hände, trocknete sie unter dem Händetrockner und suchte unwillkürlich nach der Schachtel mit den Oxynorm-Kapseln, bis er sich daran erinnerte, dass er damit aufgehört hatte. Stattdessen holte er sich in der Kantine einen Kaffee und ging an der geschlossenen Tür des Besprechungszimmers vorbei, wo sein Team noch immer diskutierte. Nervös setzte er sich an seinen Schreibtisch. Ohnmächtig. Nachdem er den Kaffee getrunken und sich fünf Minuten selbst bemitleidet hatte, drückte er den Plastikbecher zusammen und griff zum Telefon.

Er konnte sich nur ein Beispiel an seiner Kollegin nehmen und sich zusammenreißen.

»Danmarks Radio.«

»Guten Tag. Bitte verbinden Sie mich mit der Redaktion von *Mads & das Monopol*.«

»Augenblick bitte.«

Das Telefon klingelte lange. Jeppe wollte schon auflegen, als sich eine eifrige Frauenstimme meldete. »Hallo?«

»Guten Tag, Polizeiassistent Kørner von der Kopenhagener Polizei. Bin ich mit der Redaktion von *Mads & das Monopol* verbunden?«

»Ja.«

»Und mit wem spreche ich?«

»Mein Name ist Margit. Ich bin die Redakteurin der Sendung.«

»Haben Sie einen Moment Zeit?«

»Eigentlich war ich auf dem Weg ins Wochenende. Aber ein paar Minuten, natürlich.« Sie klang effektiv, nicht unfreundlich.

»Gut, es geht um Alpha Bartholdy. Ich gehe davon aus, dass Sie gehört haben –«

»Ja, natürlich.« Sie klang betroffen.

»Und vermutlich wissen Sie auch, dass es gestern zu einem Mordversuch an Christel Toft kam?«

»Sie hätte heute zum ersten Mal nach ihrer Niederkunft wieder an der Runde teilnehmen sollen. Glauben Sie mir, ich weiß Bescheid.«

»Gut. Uns interessiert vor allem die Tatsache, dass sowohl Alpha Bartholdy als auch Christel Toft zum Monopol gehörten. Ich weiß nicht, ob es wichtig ist, aber wir müssen bei unseren Ermittlungen alle Aspekte mit einbeziehen.« Jeppe zog sein Notizbuch aus der Schublade und hielt einen Kugelschreiber bereit, während er redete.

»Natürlich.«

»Haben Sie Reaktionen von Hörern oder Beteiligten bekommen, die über den Rat des Monopols enttäuscht waren?«

Sie lachte müde. »Wir haben ein Programm mit anderthalb Millionen Hörern jede Woche und behandeln Themen, die sehr emotionsgeladen sind. Natürlich erhalten wir eine Menge wütender Zuschriften.«

»Wie intensiv verfolgen Sie die vorgestellten Probleme nach der Sendung?«

»Jede Woche berichten wir über den Fortgang eines Falles der Vorwoche. Außerdem kommt es bisweilen zu einer zusätzlichen Nachfrage, wenn ein Thema besonders spannend und unterhaltsam war.«

»Aber sonst nicht?«

»Nein, dafür bleibt keine Zeit. Möglicherweise hält man uns für eine große Redaktion, aber sie besteht tatsächlich nur aus Mads und mir. – Augenblick!« Sie hielt eine Hand über den Hörer und rief jemandem im Hintergrund etwas zu. »So, jetzt bin ich wieder da.«

»Wenn wir einigen ausgewählten Problemen nachgehen

wollten, könnten Sie mir helfen, die Identität der Leute zu ermitteln, damit wir sie finden können?« Jeppe bemerkte, dass er Schnörkel in sein Notizbuch zeichnete.

»Wir garantieren den Hörern, dass sie anonym bleiben, wenn sie sich an uns wenden.«

»Hier geht es um Ermittlungen in einem Mordfall.«

»Das muss ich mit unserer juristischen Abteilung klären. Ich kann das nicht selbst entscheiden. Um welche Sendung geht es denn?«

Jeppe fand die Seite in seinem Notizbuch, auf der er sich die Woche und die Jahreszahl aufgeschrieben hatte. »Da ging es um einen jungen Mann, der gefragt hat, ob er seinem sterbenden Vater erzählen soll, dass er homosexuell ist.«

»Daran kann ich mich gut erinnern. Das war ein Problem, das uns alle sehr beschäftigt hat. Wir haben den Fall tatsächlich weiterverfolgt, es dann aber nicht gesendet.«

»Und warum nicht?«

»Hm, das war nicht besonders … *feel-good*.«

»Wieso?«

Sie zögerte, bevor sie antwortete. »Ich brauche grünes Licht von der Rechtsabteilung, bevor ich mehr sagen kann.«

»Okay. Aber ich hoffe doch, dass es gut ausging?«

»Nein. Enorm ärgerlich, natürlich, aber so kann's gehen. Wir können ja nicht steuern, wie die Leute mit dem Rat der Runde umgehen oder wie die Konflikte enden.«

»Sie rufen doch gerade an, weil sie im Zweifel sind –«

»Dem Monopol ist sehr daran gelegen, die Probleme zu beleuchten, die Diskussion ist das Entscheidende. Sie diskutieren den Konflikt, sie diktieren keine Konsequenzen.«

»Wo ist der junge Mann heute?«

»Das weiß ich nicht.«

»Wie schnell wissen Sie, ob Sie mir seine Identität verraten dürfen?«

»Die Frage ist, ob ich heute noch jemanden erwische.«

»Die Frage ist, ob es möglicherweise schneller geht, wenn ich mir einfach einen Gerichtsbeschluss besorge? Dann können Sie Ihr Wochenende allerdings vergessen.«

Es wurde still am anderen Ende der Leitung, vermutlich überlegte sie, ob der korrekte Dienstweg oder ihr Wochenende wichtiger war. Dann hörte er, wie sie eine Tastatur bediente. »In zwei Minuten haben Sie eine Mail mit der Adresse.«

13

Das breiige Packeis schrammte unter dem Geschrei der Möwen wie ein monotones Bassgeräusch gegen den Rumpf. Lulu Sui hörte die Natur um sich herum; als sie ausatmete, bildete sich eine dichte Wolke vor ihrem Gesicht. Sie zog einen Pullover an. Das Boot wurde allmählich zu kalt und zu eng, sie musste sich etwas anderes suchen. Aus mehreren Gründen. Es war aus dem Ruder gelaufen, das wusste sie genau. Doch wie stoppt man eine Woge des Hasses, die sich viele Jahre aufgestaut hat und immer größer geworden ist?

Lulu Sui hatte einen Heulton im Ohr. So fing es immer an. Ein Summen in den Fingerspitzen der rechten Hand und ein Heulen in den Ohren. Ihr Herz begann zu klopfen, die Atmung verlagerte sich unters Schlüsselbein, auf dem Rücken breitete sich Schweiß aus.

Sie schloss die Augen und wartete. Das unangenehme Gefühl beherrschte einen kurzen Moment alles, dann war es vorbei.

Lulu Sui ging in die Hocke und strich mit der Hand über den kleinen Hausaltar des Bootes, um sich zu beruhigen. Er war mit Kerzen, einer Schale Maismehl und einem Messingtalisman geschmückt, den ihr ein *Bocor,* ein Voodoo-Magier in Christiania, geschenkt hatte. Die Energie der bevorstehenden Mondfinsternis vibrierte in ihr, eine alchimistische Hochzeit zwischen der Sonne und dem Mond, eine Metamorphose, Tod und Wiedergeburt.

Nach ein paar Minuten stand sie wieder auf. Es war Zeit zu handeln, nicht zu heilen. Sie musste zielgerichtet vorgehen und sehr schnell ihre Außenstände anmahnen.

Lulu Sui überprüfte die Summen in ihrem ledergebundenen Kalender. Sie überlegte, ob sie Rolf Toklum an ihr Honorar erinnern durfte, entschied aber, es zu lassen. Man konnte zu Recht bezweifeln, dass es ihr gelungen war, aus dem Nimb die negativen Energien zu vertreiben. Doch es gab andere, die ihr Geld schuldeten. Für Segenssprüche und für andere inoffizielle Leistungen. Lulu Sui überprüfte das rote Lackschächtelchen, das in einem Versteck des Hausboots lag. Hier bewahrte sie ihre Wertsachen auf, darunter sorgfältig gebündeltes Bargeld. Es war viel Geld. Aber reichte es?

Noch einmal überflog sie ihren Kalender. Sah sich die Liste ihrer Kunden an. Sie wusste einiges, kannte viele Geheimnisse. Wenn sie in den wenigen Tagen, die ihr blieben, mehr Geld beschaffen wollte, musste sie die Samthandschuhe ausziehen.

*

Schnee fiel in dichten Flocken auf Kopenhagen, die Straßen waren glatt, daher beschlossen Anette und Jeppe, die S-Bahn zu nehmen. An der Nørrebro Station stiegen sie aus. Der Bahnsteig war derart überfüllt, dass sie sich ständig entschuldigen mussten, als sie sich zu den Treppen am Ausgang durchdrängten. Überall standen Kinderwagen und versperrten den Zugang zu den Zügen – sie vermuteten das Treffen einer Müttergruppe, vielleicht war es aber auch der Ausflug einer Kinderkrippe. Über den Dächern strahlte die türkisfarbene Kuppel der Imam-Ali-Moschee in einem ansonsten ganz und gar grauen Universum.

»Hast du schon zu Mittag gegessen?«, erkundigte sich Anette ganz beiläufig.

Jeppe hatte im Präsidium nicht nur zu Mittag gegessen, er hatte auch gesehen, wie Anette vor weniger als zwei Stunden drei dickbelegte Smørrebrød gegessen hatte, aber er erbarmte sich ihrer.

»Du denkst doch nicht etwa an Harry's Place?«

»Ich gebe ein Würstchen aus!« Anette lief den Nordre Fasanvej hinunter zu Kopenhagens berühmtestem Würstchenwagen. Jeppe überlegte, warum Anette eigentlich mitgekommen war, denn sie hatte die Fahrt als lächerliche Verschwendung von Steuergeldern bezeichnet. Vielleicht zur moralischen Unterstützung? Der Gedanke war ebenso nett wie unwahrscheinlich. Vermutlich lag es nur am Würstchenwagen.

Er lehnte das Würstchen dankend ab, so dass Anette nur für sich eins und dazu eine Kakaomilch bestellte. Hier waren sie unter sich.

Auch Jeppe trank eine Kakaomilch, während er zusah, wie Anette mit imponierendem Appetit eine gigantische Wurst verdrückte.

»Hast du ihm Bescheid gegeben, dass wir kommen?« Mit einem Viertel des Würstchens im Mund glich Anette einem Hamster.

Normalerweise hätte Jeppe sie gebeten, nicht mit vollem Mund zu sprechen, aber dazu fehlte ihm heute die Energie. Er überprüfte die Mail mit der Adresse, die Margit Baunehøj von Danmarks Radio ihm widerstrebend geschickt hatte. »Ja, er erwartet uns.«

Anette rülpste leise und verdrehte die Augen, als Jeppe ihr ein antiseptisches Feuchttuch reichte, mit dem sie sich die Finger abwischen konnte. Dann gingen sie den Frederikssundsvej hinunter, vorbei an dreistöckigen Wohnhäusern aus gelben und roten Backsteinen, mit sprossenlosen Fenstern und leeren Balkonen. Sie bogen in den Mågevej ein und wichen vor einem Wirtshaus den abgestellten Fahrrädern aus. Am Klingelschild der Hausnummer 9 fanden sie im zweiten Stock rechts den Namen, den sie suchten, Gustav Jebro Jensen. Sie klingelten.

Das Türschloss summte, eine graugesprenkelte Terrazzotreppe führte in die zweite Etage. Gustav stand in der offenen Tür.

»Guten Tag, kommen Sie rein.«

»Guten Tag. Polizeiassistent Jeppe Kørner.« Jeppe sah sich nach Anette um. »Danke, dass Sie sich so kurzfristig mit uns treffen können.«

»Ist schon okay, ich muss fürs Studium etwas lesen und bin froh über jede Unterbrechung. Darf ich Sie bitten, die Schuhe auszuziehen?«

Jeppe schnürte schon seine Stiefel auf, als Anette doch noch keuchend die letzten Treppenstufen bewältigte.

»Vielleicht solltest du die Würstchen durch eine Runde Joggen ersetzen? Nur ein guter Rat.«

»Danke, gute Ratschläge liebe ich über alles, fast so sehr

wie Hämorrhoiden und ähnliche schöne Dinge.« Anette grinste außer Atem. »Guten Tag, Polizeiassistentin Anette Werner.« Sie streckte dem jungen Mann an der Tür die Hand entgegen und zog ebenfalls die Schuhe aus. Dann betraten sie die kleine dunkle Wohnung, die in den siebziger Jahren sicher einmal modern gewesen war.

Gustav war ein dicklicher junger Mann mit vereinzelten Bartstoppeln, einer dicken Brille und ungepflegt auf dem Kragen seines Pullovers liegendem Nackenhaar.

»Was studieren Sie?«

»Physiotherapie. Im ersten Jahr. Anatomie ist ziemlich schwer. Damit beschäftigte ich mich gerade.«

Anette trat ins Wohnzimmer, und einen Moment sagte niemand ein Wort, bis Jeppe mit einem fragenden Blick auf einen Stuhl zeigte.

»Ach ja, setzen Sie sich. Ich trinke leider keinen Kaffee, daher kann ich Ihnen gar nichts anbieten.«

»Vollkommen in Ordnung.« Jeppe setzte sich auf einen weißen Klappstuhl.

»Wir sind hier aufgrund einer Ermittlung, und ich muss Sie zunächst über Ihre Rechte informieren. Das ist Vorschrift.«

»Okay.« Die Hände über dem Bäuchlein gefaltet, sah er Jeppe unschuldig an.

»Sie werden nicht beschuldigt, aber Sie müssen wissen, dass Sie in dem Fall beschuldigt werden könnten und daher nicht verpflichtet sind, sich zu äußern. Okay?«

Der junge Mann hob die Hände nervös vor den Mund und nickte. Dann setzte er sich an den Tisch und bat Jeppe fortzufahren.

»Wie ich bereits am Telefon sagte, sind wir hier wegen Ihrer Frage an *Mads & das Monopol* vor etwas über einem Jahr.«

Zwischen Gustavs Augenbrauen tauchte eine Falte auf.

»Sie haben damals gefragt, ob Sie Ihrem sterbenden Vater von Ihrer Homosexualität erzählen sollen oder nicht. Die Runde riet Ihnen, ehrlich zu sein. Darf ich Sie bitten, uns zu sagen, wie es ausgegangen ist?«

»Ich –« Der junge Mann sah aus, als fiele es ihm noch immer schwer, darüber zu sprechen. »Ich habe es ihm gesagt.«

»Und weiter?«

»Er hat mir von da an die kalte Schulter gezeigt.« Gustav fegte ein paar Krümel vom Tisch und blickte in seine Handfläche, bevor er die Hände mit einer hastigen, hektischen Bewegung abwischte. »Es hat ihm das Herz gebrochen. In den letzten Wochen seines Lebens haben wir uns nicht mehr gesehen. Am Tag vor seinem Tod flehte meine Mutter ihn an, mich zum Abschied ins Krankenzimmer zu lassen, aber er hat sich geweigert.«

»Das klingt furchtbar.« Jeppes Bemerkung war überflüssig, der junge Mann war mehr als bereit, ihnen sein Herz auszuschütten.

»Meine Mutter und ich haben nicht mehr sehr viel Kontakt. Sie hat mich sonst immer unterstützt, aber die Krankheit und der Tod meines Vaters waren einfach zu viel für sie.«

»Das tut mir leid.«

»Danke. Eigentlich lag es nicht daran, dass mein Vater Schwule hasste. Er kannte nur niemanden, der schwul war. Außerdem stand er in seinen letzten Wochen und Monaten unter dem Einfluss der Medikamente, glaube ich. Er war immer weniger … er selbst.« Gustavs Kinn zitterte.

»Man könnte also sagen, dass der Beschluss, den Sie trafen, sehr ernste Folgen für Ihr Leben hatte?« Jeppe hörte selbst, wie suggestiv seine Frage war, doch er ignorierte Anettes stechenden Blick.

Gustav senkte den Kopf und ließ seinen Tränen freien Lauf. Seine Schultern bebten bei jedem Schluchzer, dann wischte er sich mit den Fingerspitzen die Augen aus. Anette holte eine Rolle Toilettenpapier und reichte sie ihm.

Mit einem dankbaren Lächeln putzte er sich die Nase.

»Wo waren Sie am Mittwochabend?« Jeppe gab sich Mühe, einen beiläufigen Tonfall anzuschlagen.

»Mittwoch?« Wenn ihn die Frage überraschte, verbarg er es gut. »Lassen Sie mich im Kalender nachsehen.« Er griff nach seinem Telefon, schniefte noch einmal und wischte ein paarmal über das Display. »Ah ja, da habe ich gearbeitet.«

»Wo?« Jeppe zog sein Notizbuch heraus.

»In Paludans Buchcafé in der Fiolstræde, kennen Sie das? Ich hatte mit zwei Kollegen die Abendschicht.«

»Und wann hatten Sie Feierabend?«

»Wir schließen um zehn, aber ich musste noch aufräumen und war erst gegen elf fertig. Warum wollen Sie das wissen?«

Also war er nicht in der Nähe des Modefestes im Geologischen Museum gewesen. Abgesehen davon, dass Gustav Jebro Jensen nicht aussah wie jemand, der bei einem Mode-Event eingelassen wurde.

»Ach, das sind lediglich Routinefragen in Verbindung mit … na ja, das ist etwas schwierig zu erklären. Schreiben

Sie mir bitte den Namen Ihres Chefs auf, damit wir es überprüfen können.«

Gustav schrieb langsam und krakelig, wie so viele seiner Generation war er nicht mehr gewohnt, mit der Hand zu schreiben. Als Jeppe sein Notizbuch zurückbekam und aufstand, begleitete er sie in den Flur.

»Ich glaube, ich muss noch etwas richtigstellen.«

Jeppe blickte von seinen Stiefelschnürbändern auf und sah den jungen Mann fragend an.

»Also das, was Sie über die Rolle des Monopols in dem Konflikt gesagt haben. Es mag sein, dass es unangenehme Folgen hatte, weil ich den Rat befolgt habe, aber für mich ist das Wichtigste, dass ich mir treu geblieben bin. Wenn ich es ihm nicht gesagt hätte, hätte ich es den Rest meines Lebens bereut.«

Es wurde still in dem kleinen Flur. Jeppe spürte einen Kloß im Hals, aber ob der Grund der junge Mann oder Johannes war, der immer mehr allein im Scheinwerferlicht stand, hätte er nicht sagen können.

Anettes Frage riss ihn abrupt aus diesen Überlegungen.

»Kannten Sie Alpha Bartholdy? Den Modemann?«

Gustav Jebro Jensen sah ebenso überrascht aus wie Jeppe. Warum fragte sie danach?

»Der gerade gestorben ist? Nicht wirklich. Oder … vielleicht doch. Ich bin nicht ganz sicher.«

»Was heißt das?«

Der Ernst in Anettes Stimme ließ ihn zusammenzucken.

»Na ja, also, ich meine, ich gehe nur hin und wieder auf solche Feste, wo –«

»Feste?« Jetzt hatte er ihre volle Aufmerksamkeit.

»Na ja, ich gehe zum Schwulen-Volleyball, und manchmal gibt's da auch Feten. Vielleicht war er bei einer dabei.«

»Aber Sie sind sich nicht sicher?«

»Es ist dunkel, wenn wir feiern. Ganz dunkel.« Er errötete wie ein Schuljunge. »Und es sind immer ziemlich viele da. Ich habe da mal seinen Namen gehört. Alpha Bartholdy. Aber ich bin ihm nie richtig begegnet.«

Jeppe warf Anette einen Blick zu. Ihre Augen leuchteten schadenfroh.

»Ach so, diese Art von Feten! Sieh mal einer an. Kopenhagen ist eine kleine Stadt. Wenn Ihnen einfällt, dass Sie ihm vielleicht doch mal *richtig* begegnet sind, dann rufen Sie diese Nummer an. Danke, dass Sie sich Zeit für uns genommen haben!«

Anette reichte ihm ihre Visitenkarte. Gustav Jebro Jensen nahm sie entgegen, ohne den Kopf zu heben.

Sie gingen zurück zur Nørrebro Station. Die Straßen waren voller Männer mit langen Bärten und Kitteln, Familien mit Kindern und Einkaufstüten, Studenten mit teuren Fahrrädern. Ein bunter Stadtteil.

»Er sah eigentlich gar nicht aus wie ein Schwuler, oder?« Anette sah einer Gruppe junger Handwerker in Arbeitskleidung nach.

»Du meinst, er hätte eine Federboa und ein Schild um den Hals tragen sollen?«

»Oh, entschuldige, ich vergaß, dass ich mit dem Schutzengel der Schwulen *par excellente* unterwegs bin.«

Jeppe versuchte, nicht höhnisch aufzulachen, es gelang ihm nicht. »*Par excellence.*«

»Ojemine.«

»Vergiss deine Abneigungen, bis du wieder zu Hause bei Svend bist. Der hält das vielleicht besser aus als ich.«

»Heute bist du aber besonders nett, was?« Anette blieb vor der Treppe zum Bahnsteig stehen, um den Reißverschluss ihrer Daunenjacke zuzuziehen.

Jeppe drehte sich reumütig zu seiner Partnerin um. »Es ist nur ... einfach nicht gerade leicht. Mit Johannes und dem Fall –«

Anette klopfte ihm auf die Schulter und ging die Treppe hinauf. Die Entschuldigung war offenbar akzeptiert.

Jeppe folgte ihr auf den nun halbleeren Bahnsteig und blickte auf die Schienen. Der Schnee fiel noch immer dicht, und sie mussten die Augen zusammenkneifen, um keine Flocken ins Auge zu bekommen. Anette brach als Erste ihr Schweigen.

»Na, das war möglicherweise nicht die griffigste Theorie?«

»Vielleicht nicht. Oder wir haben einfach nicht die richtige Sendung erwischt.«

»Hm, mag sein. Ich rufe in der Buchhandlung an und überprüfe der guten Ordnung halber sein Alibi. Aber mir fällt es ehrlich gesagt schwer, mir vorzustellen, dass Gustav oder ein Hörer der Sendung für irgendetwas Rache genommen hat. Auch wenn Gustav mit dem Opfer in einem Darkroom gevögelt hat.«

»*Wenn* er es getan hat.«

Anette schüttelte grinsend den Kopf. »Ja, *wenn* er es getan hat –« Das Grinsen verschwand, sie räusperte sich. »Jeppe, wir müssen dringend über die Rolle deines Freundes Johannes reden. Er weigert sich, mit uns zu sprechen, er reagiert auch nicht auf unsere Anrufe. Und wir müssen auch über deine Rolle in diesem Fall reden.«

Jeppe überprüfte sein Mobiltelefon und wischte sich eine Schneeflocke von der Wange.

»Tja, das werden wir wohl müssen.«

*

Søren Westi störte sich weniger daran, an einem Samstagnachmittag zur Vernehmung im Polizeipräsidium erscheinen zu müssen. Auch nicht daran, dass er dazu von irgendeinem Praktikanten der Anwaltskanzlei Lundsteen und Holck begleitet wurde, weil sein eigener Anwalt im Skiurlaub war. Ja selbst dass er schon wieder das samstägliche Tennisspiel und das anschließende Steak mit den Jungs verpasste, nervte ihn nur mäßig, auch die anderen seines vielbeschäftigten Freundeskreises waren nicht immer alle dabei. Nein, wirklich sauer machte ihn, dass er überhaupt vorgeladen worden war. Er hatte doch verdammt noch mal aufgepasst. In all den Jahren als kreativer Geschäftsmann hatte er noch nie etwas mit der Polizei zu tun gehabt. Er empfand es als Niederlage in einer ununterbrochenen Serie von Siegen, als Schandfleck auf seinem blütenweißen Lebenslauf. Hauptsache, es war schnell überstanden.

Hilfreich war auch nicht, dass der zuständige Ermittler, Polizeiassistent Thomas Larsen, die gleiche Uhr trug, wie Westi auf den ersten Blick sah, noch, dass Larsen ihn mit einer Arroganz behandelte, die Westi durchaus nicht fremd war.

Der Vernehmungsraum war kalt und roch muffig, der

Ermittler servierte Automatenkaffee im Plastikbecher. Westi wischte einen abscheulichen Behördenstuhl mit der Hand ab und setzte sich. Der Rechtsanwalt-Praktikant ließ sich neben ihm nieder und wühlte in seiner übervollen, peinlich abgewetzten Aktentasche.

Westi sah den Beamten fragend an und lehnte sich zurück. Seine Hände lagen im Schoß. Nichts zu verbergen, keine Nervosität.

»Ich mache Sie darauf aufmerksam, dass diese Vernehmung aufgezeichnet wird. Ich bin Polizeiassistent Thomas Larsen. Der Name des Zeugen ist Søren Westi, anwesend ist außerdem sein juristischer Beistand, der Anwaltsbevollmächtigte Steffen Jakobsen. Es ist Samstag, der 30. Januar, 13:24 Uhr, die Vernehmung findet im Vernehmungsraum 4 des Kopenhagener Polizeipräsidiums statt. Bestätigen Sie bitte, dass der zu Vernehmende auf die rechtliche Situation hingewiesen wurde, weil wir nicht ausschließen können, dass es im weiteren Verlauf des Falles zu einer Anschuldigung kommen kann.«

»Wird hiermit bestätigt.« Der Praktikant hatte eine Fistelstimme. »Ich erinnere in diesem Zusammenhang daran, dass mein Klient nicht verpflichtet ist auszusagen.«

»Wir gehen natürlich davon aus, dass Ihr Klient daran interessiert ist, uns bei der Aufklärung des Mordes an einem seiner Geschäftspartner zu unterstützen. Zunächst möchte ich Ihren Klienten bitten, uns darzulegen, wo er sich am Mittwochabend ab neunzehn Uhr befand?« Thomas Larsen blickte ihn an. Westi spürte die Selbstzufriedenheit, die der Ermittler ausstrahlte, sie machte ihn nervös.

»Ich habe im Restaurant Kong Hans zu Abend gegessen,

mit meiner Freundin Lulu Sui und ein paar ihrer Freundinnen, an deren Namen ich mich ehrlich gesagt nicht erinnern kann. Katja vielleicht … nein, ich weiß es nicht mehr. Gegen 21 Uhr wurden wir von unserem Chauffeur abgeholt und ins Museum zum Fest von Le Stan gefahren.«

»Und dann?« Eine gehobene Augenbraue, ein kleines Lächeln.

»Dann haben wir gefeiert.« Westi erwiderte das Lächeln.

»Wir?«

»Ja, alle, die auf dem Fest waren, haben gefeiert. Wir haben getrunken, geraucht und getanzt. Ich habe niemanden umgebracht, und es wurde auch niemand umgebracht, jedenfalls nicht, solange die Party lief. Es war ein ganz normales Fest, ein wirklich gutes Fest.« Westi legte die Hände auf den Tisch, um zu signalisieren, dass es dazu nichts weiter zu sagen gab.

»Haben Sie auch mit Alpha Bartholdy gefeiert?« Noch immer dieses kleine, besserwisserische Lächeln.

»Nicht soweit ich mich erinnern kann, nein.«

Thomas Larsen öffnete eine Aktenmappe und legte das Foto von Westi und Alpha Bartholdy auf den Tisch. Verdammte Manie der Leute, inzwischen immer alles fotografieren zu müssen!

»Hm, daran kann ich mich nicht entsinnen. Ich muss betrunken gewesen sein.«

»Überhaupt keine Erinnerung an diesen Teil des Fests?« Larsen krempelte seine Hemdsärmel irritierend langsam auf, die Kälte des Raums schien ihn nicht im Geringsten zu stören.

Westi breitete bedauernd seine Arme aus.

»Ich frage«, fuhr Larsen fort, »weil ich mich wundere, dass Sie und Alpha Bartholdy sich so gut verstanden. Für mich sieht das aus, als würden Sie sich königlich amüsieren.«

Westi trank einen Schluck von dem hellbraunen Gebräu in dem Becher und räusperte sich. »Und?«

»Es ist doch noch nicht lange her, dass Sie eine größere Summe bei einem gemeinsamen Projekt mit Alpha Bartholdy verloren haben. Ein Projekt, das, soweit ich informiert bin, Konkurs ging. Aber das hat Ihrer Freundschaft nicht geschadet?«

Westi atmete ruhig und kontrolliert. Sie wussten nicht mehr als erwartet.

»Geschäft ist Geschäft. Es tut mir leid, dass ich Sie enttäuschen muss, aber ich bin niemand, der seinen Kollegen und Partnern deshalb die Freundschaft aufkündigt.«

»Es ist also nur Geld?« Larsen sah ihn spöttisch an. »Was sind schon zwölf Millionen unter Freunden?«

Der Praktikant räusperte sich. »Ich rate meinem Klienten, keine Fragen zu beantworten, in denen es um seine Geschäftstätigkeit und seine wirtschaftlichen Verhältnisse geht.«

Endlich kam er in die Spur, dieser Amateur. Das Geld, das seine bloße Anwesenheit kostete, hätte Westi auch gleich aus dem Fenster werfen können.

»Sie haben meinen juristischen Beistand gehört. Noch etwas, das Sie wissen möchten, bevor wir gehen?« Westi widerstand dem Impuls, auf die Armbanduhr zu sehen. Verdammt, nein, er würde diesem Ermittler nicht zeigen, dass beide in derselben Liga spielten, wenn es um Uhren ging.

»Christel Toft. Sie waren anwesend, als ihr gestern im Hotel Nimb übel wurde.«

Westi schüttelte bedauernd den Kopf. »Mir fällt es noch immer schwer zu begreifen, was da passiert ist. Ist sie wieder wohlauf?«

Es entstand eine kleine Pause, in der Larsen versuchte, irgendeine Reaktion bei Westi zu erkennen. »Wir wissen es noch nicht. Sie ist noch immer im Krankenhaus. Haben Sie im Nimb etwas bemerkt, das eventuell für unsere Ermittlungen von Interesse sein könnte? Im Zusammenhang mit Christel Toft, irgendetwas Ungewöhnliches, Verdächtiges?«

»Leider nein.«

»Sie sind mal liiert gewesen –«

»Entschuldigung, aber war das eine Frage?« Westi wusste, dass er nicht provozieren sollte, es war dumm und überflüssig, aber etwas an der Arroganz des jungen Ermittlers reizte ihn.

»Wann waren Sie mit ihr zusammen? Und wie lange?«

»Christel und ich haben uns vor zwei, drei Jahren eine Weile gesehen. Ich weiß nicht, ob wir wirklich liiert waren, aber wir waren uns ein halbes Jahr lang sehr verbunden. Nettes Mädchen, attraktiv. Es war amüsant.«

»Wer hat die Beziehung beendet?« Thomas Larsen erhob sich und stützte sich auf den Tisch.

Westi kannte das Machtspiel und ließ sich nichts anmerken. »Das war eine gemeinsame Entscheidung. Ganz undramatisch. Wir wollten jeder etwas anderes. Sie wollte mit mir zusammenziehen und Kinder haben wie so viele Frauen – das ist das Lästige an jungen Freundinnen. Aber es ist die Mühe wert.«

Thomas Larsen schaute Westi mit einem merkwürdigen Gesichtsausdruck an, den Westi nicht entschlüsseln konnte. Ein Ausdruck, der Verständnis und Abscheu zugleich zeigte.

Westi lächelte ihn an. Er hatte das Heft wieder in der Hand.

14

Ich verstehe es immer noch nicht, Esther – hast du die Sendungen aufgenommen?«

Esther überlegte, ob ein Dreiundachtzigjähriger unbedingt verstehen musste, was ein Podcast ist. Er könnte auch ohne dieses Wissen leben.

»Ja, Gregers, genau das habe ich getan.«

»Warum hast du das nicht gleich gesagt? Ich wusste gar nicht, dass dir *Mads & das Monopol* gefällt?«

»Doch, doch. Schau mal, in der Programmübersicht sieht man, wer in welcher Woche an der Prominentenrunde teilgenommen hat. Wir müssen selbstverständlich mit den Sendungen anfangen, in denen Alpha Bartholdy und Christel Toft zusammen aufgetreten sind. Glücklicherweise waren sie nur sechs Jahre dabei, wir müssen also nicht allzu weit zurückgehen.«

»Ich kann gar nichts erkennen. Warum muss das eine so kleine Schrift sein? Und wieso bewegt es sich ständig?«

»Keine Sorge, Gregers. Ich werde die Übersicht lesen und auswählen. Wenn ich die relevanten Sendungen gefunden habe, hören wir sie uns zusammen an und wählen die wirklich ernsten Probleme aus.«

»Woher weiß man, ob etwas ernst ist? Die Leute bringen sich doch wegen der verrücktesten Kleinigkeiten um.«

»Das stimmt nicht, Gregers. Die Leute bringen sich um, weil sie Streit haben oder wegen etwas Wichtigem wütend sind, nicht weil die Nachbarn beim Sex zu laut stöhnen.«

»Ja, danke. Habe ich verstanden.«

»Es muss nicht unbedingt ein todernstes Thema sein, aber es muss ein dramatisches Potential haben, wenn du verstehst, was ich meine.«

»Ich weiß schon, was Potential bedeutet.«

Esther zählte im Stillen langsam bis zehn. »Gut, dann fangen wir an. Hast du den Tisch gedeckt? Ich könnte währenddessen den Coq au vin vorbereiten.«

»Sag mal, hat dein Freund von der Polizei uns gebeten, für ihn zu arbeiten? Haben die Einsparungen inzwischen dazu geführt, dass sie keine Zeit mehr für Ermittlungen in einem Mordfall haben?«

»Das ist doch jetzt egal.« Esther stand auf, allzu lange konnte sie wegen der Schmerzen in ihrer Hüfte nicht in einer Position sitzen bleiben. »Also, die erste Sendung mit den beiden ist sechs Jahre alt, die letzte war die, die gestern wiederholt wurde –«

»Das war die, wo der Bursche sich nicht getraut hat, es seinem sterbenden Vater zu erzählen.«

»Genau. Die Sendung ist etwas älter als ein Jahr. Wir haben mit anderen Worten ungefähr fünf Jahre zu durchforsten. Ich schlage vor, wir fangen mit der jüngsten Sendung an. Ich könnte mir vorstellen, dass das Motiv und der Mord zeitlich dicht beieinanderliegen.«

Gregers kratzte sich hinterm Ohr und sah nicht aus, als würde er zuhören.

»Gregers, einverstanden?«

»Ja, ja, ich höre doch zu.«

»Die vorletzte Sendung, bei der beide dabei waren, ist anderthalb Jahre alt, aber die habe ich mir bereits angehört, da ist nichts zu finden. Jedenfalls nicht genug, um zu töten, die können wir überspringen. Die Sendung davor ist zwei Jahre alt. Der dritte Teilnehmer der Runde ist Dan Irgendwas, ein Fernsehmoderator, den ich nicht kenne … Bist du bereit?«

Gregers nickte, und Esther startete den Podcast. Mads Steffensens Stimme sorgte sofort für eine gemütliche Stimmung im Wohnzimmer. Während er die Gäste begrüßte und vorstellte, ging Esther in die Küche, nahm eine doppelte Portion Coq au vin aus dem Gefrierfach und stellte sie zum Auftauen in den Ofen. Im Regal stand eine Flasche Shiraz, sie ließ sie stehen und füllte stattdessen eine Kanne mit Wasser und eine Schale mit Cashewnüssen.

»Und worum geht's?«

»Na ja, ein Mädchen ist in einen Jungen verliebt, der häufig an Marathonläufen teilnimmt. Sie findet das langweilig.«

»Wir spulen vor.« Esther griff zum Telefon.

»Das ernsteste Problem ist normalerweise der dritte Fall in der Sendung.« Gregers versorgte sich mit Nüssen.

»Okay, das müsste ungefähr hier sein.«

Hier habe ich eine Mail von einer Hörerin, die sich Louise nennt. Sie schreibt:

Lieber Mads und liebe Runde,

mein Sohn ist in einer Kinderkrippe, in der eine der Betreuerinnen Sex mit mehreren Vätern aus der Gruppe hat. Ich kenne die Erzieherin seit vielen Jahren, sie ist verheiratet und hat zwei Kinder, aber sie hat offensichtlich großen Spaß an Sex mit verschiedenen Partnern, vielen verschiedenen Partnern. Offenbar ist sie weder sonderlich wählerisch bei den Männern, noch hat sie irgendwelche Schuldgefühle ihrem Mann gegenüber. Immerhin muss man ihr zugutehalten, dass es kaum jemand weiß, und das ist an und für sich schon eine Leistung, wenn man wie wir auf dem Land lebt.

Natürlich darf jeder tun, was er für richtig hält. Eigentlich will ich mich da nicht einmischen, aber die fünf Männer, mit denen sie Sex hatte, sind lauter verheiratete Väter von Kindern aus der Krippe meines Sohnes. Die Erzieherin schickt den Vätern SMS und sucht sich auf diese Weise ihre »Opfer« aus. Das geht meines Erachtens zu weit. Jeder weiß doch, dass eine Beziehung in der Zeit, in der die Kinder klein sind, besonders labil und gefährdet ist.

Ich bin mit einer der Frauen dieser Männer im Vorstand der Krippe, und ich habe jedes Mal ein schlechtes Gewissen, wenn ich ihr begegne. Aber soll ich mich einmischen? Habe ich die Verpflichtung, etwas zu tun, da ich von der Situation weiß? Ich habe Angst, dass es zu Konflikten und einer schlechten Stimmung führt, wenn ich die Betreuerin mit meinem Wissen konfrontiere. Soll ich der Leitung oder den übrigen Müttern etwas sagen? Habe ich die moralische Pflicht oder soll ich mich heraushalten?

Mit allen guten Wünschen

Louise

»Könnte das etwas sein?« Esther stoppte den Podcast und sah Gregers an.

»Also, als ich jung war, war so etwas undenkbar – *vollkommen* undenkbar –, dass eine Frau auf diese Weise einen Mann zum Sex auffordert. So etwas tat allenfalls eine Prostituierte.« Gregers sprühte Nusskrümel über den Tisch.

»Schöne neue Welt, Gregers. Trink einen Schluck Wasser.«

»Ja, ja.«

»Ich glaube, das könnte etwas sein. So etwas kann zu schweren Konflikten in der Familie und am Arbeitsplatz führen.«

Schweigend hörten sie sich die Sendung weiter an, das einzige Begleitgeräusch kam von Esthers Füller, wenn sie Notizen auf einen Block kritzelte, und Gregers gelegentlichem Knacken der Nüsse.

Als Mads Steffensen die Diskussion über das Problem mit der Kinderbetreuerin beendete, stoppte Esther den Podcast erneut.

»Okay, fassen wir zusammen: Alpha und Christel sind einer Meinung. Sie haben Verständnis für das Problem und für Louises Standpunkt, finden aber gleichzeitig, dass Louise sich heraushalten sollte. Die Betreuerin hat ja im Grunde nichts wirklich Falsches getan – was sie tut, ist unklug, aber es geht andere nichts an. Louise sollte die Angelegenheit vergessen und nicht im Schlafzimmer anderer Leute herumschnüffeln.«

»Ich finde, diese Erzieherin sollte auf dem Rathausplatz an den Pranger gestellt werden, damit die Leute sie bespucken können.«

»Wie ärgerlich, dass du nicht an der Runde teilnehmen kannst.« Esther betrachtete ihren Mitbewohner mit einem sarkastischen Lächeln, das er nicht bemerkte.

»Der Meinung bin ich auch jeden Samstag.«

»Der Fernsehmoderator machte sich am meisten Sorgen um die Kinder und schlug Louise vor, der Betreuerin einen anonymen Brief zu schreiben: *Finger weg von den Vätern!*«

»Und was glaubst du, wer Gift in Alpha und Christels Getränke geschüttet hat? Die Erzieherin? Ein verschmähter Vater? Einer der Hörer?«

»Das weiß ich noch nicht, aber genau das müssen wir untersuchen!«

»Soll ich etwa mit dem Rollator Detektiv spielen?«

»Hör schon auf, Gregers. Vorläufig kann ich erst einmal ein paar Dinge im Netz nachsehen und ein bisschen telefonieren. Mal sehen, wie weit wir kommen. Wir müssen zuallererst herausfinden, was danach passiert ist. Du kannst ja währenddessen weiterhören!«

Gregers stand mühsam auf und schlurfte in seine Zimmer. »Ich lege mich noch mal hin. Weck mich, wenn wir essen.« An der Tür drehte er sich noch einmal um. »Sag mal, Esther, findest du nicht, dass du wieder anfangen solltest, Kriminalromane zu schreiben?«

*

Christianshavns Torv, ein spiegelglatter Platz mit gefrorenen Schneehaufen, vergessenen Fahrrädern und Menschen, die den Samstag feuchtfröhlich begonnen hatten. Die Dunkelheit begünstigte offensichtlich den Wochenendrausch am frühen Nachmittag. Jeppe hatte vorgeschlagen, bei Sara Saidani zu Hause an den Gästelisten weiterzuarbeiten. Sie war mit dem Fahrrad vorausgefahren, er kam zu Fuß hinterher. Der Spaziergang auf den glatten Bürgersteigen hatte seine Laune erheblich verschlechtert. Scheißwinterwetter, das nicht aufhören wollte, Scheißermittlung mit lauter Gespenstern und Scheißfreundschaft mit Johannes.

Jeppe stellte sich in einer Patisserie in die Schlange und informierte Esther mit einer SMS, dass die Sendung mit dem jungen Homosexuellen und dessen sterbendem Vater eine falsche Fährte gewesen war. Sein Alibi war wasserdicht. Zurück auf Start. Auch Hannah schickte er eine SMS, in der er ihr mitteilte, dass er sich auf ihre Verabredung freute. Das war nicht einmal gelogen, sagte er sich, während er mit einem Auge die Anzeigentafel im Blick behielt, auf der die Nummern der Kunden aufgerufen wurden. Meine hübsche, junge Freundin, was habe ich doch für ein Glück.

Ein Klick auf die Onlineausgaben der Boulevardzeitungen brachte ihn sehr schnell zurück in die Realität. Wie erwartet, suhlte man sich in Fotos von Alpha Bartholdy und Christel Toft, die aus den sozialen Plattformen heruntergeladen worden waren. Bikinibilder und Fotos, auf denen gelächelt und geküsst wurde, wetteiferten mit phantastischen Spekulationen und dramatischen Überschriften. An manchen Tagen war die Menschheit ein Verein, in dem man nur ungern Mitglied war.

Jeppe versuchte, seine schlechte Laune zu vergessen, als er an der Tür von Sara Saidanis Wohnung in der Burmeistersgade klingelte.

»Hej, alles okay? Ich hab ein paar Stückchen mitge-bracht.« Als er ihr die fettige Papiertüte überreichte, schoss ihm durch den Kopf, wie gesund Sara sich immer ernährte, und bereute den Kauf. Sie nahm die Tüte jedoch dankend entgegen, schnitt das Gebäck auf und arrangierte es auf einer Platte. Ihre beiden Töchter kamen aus dem Neben-zimmer, wo ein Disneyfilm lief, und stürzten sich auf den Kuchen.

»He, ihr beiden, ein Stückchen für jeden! Und auf einem Teller. Und jetzt kommt erst einmal her und sagt meinem Chef guten Tag.«

Die Mädchen gaben Jeppe artig die Hand. Gut dressiert, dachte er lächelnd, während er den ernsten Kindergesich-tern zunickte.

»Komm, wir setzen uns hierher. Mädchen, wir machen die Tür zu, um in Ruhe zu arbeiten. Und keine Krümel auf den Teppich!«

Saidani schloss die Flügeltüren zu dem Fernsehzimmer. Auf dem Esstisch lagen Blätter mit Namen und Fotos. Sie stellte die Kuchenplatte beiseite, dann setzten sie sich.

»Dies ist die Gästeliste des Le-Stan-Fests am Mittwoch-abend. Die Liste ist nicht komplett, denn viele waren mit Begleitung eingeladen, und einige Gäste sind auch nicht er-schienen. Daneben liegt die Gästeliste von Rolf Toklums Show gestern im Nimb. Bisher habe ich mich auf die Perso-nen konzentriert, die an beiden Veranstaltungen teilgenom-men haben. Wann kamen sie, wann gingen sie? Wer hat sie begleitet? Haben sie den Streit mitbekommen, hatten sie Kontakt zu Alpha oder Christel, haben sie sonst irgend-etwas Verdächtiges bemerkt?«

»Irgendwelche Resultate?« Jeppe überflog das oberste Blatt des Stapels, der vor ihm lag.

»Bisher nichts, was wir nicht schon wussten.«

»Larsen hatte im Übrigen vorhin Besuch von Westi.« Jeppe zeigte auf ein Foto auf dem Tisch. »Leider war es nicht sonderlich ergiebig. Er kam mit seinem Anwalt und antwortete nur auf Fragen, die er beantworten musste, es kam nicht viel dabei heraus. Er ist ausgesprochen zurückhaltend, wenn es um seine wirtschaftlichen Verhältnisse geht.«

»Das muss ein Mann wie er wohl auch sein.« Sara biss in ein Stück Kuchen und zog ein paar Blätter aus einem der Stapel.

»Ich habe auch eine verhältnismäßig komplette Liste des Personals beschafft, das bei der Party am Mittwoch gearbeitet hat. Es hat eine Weile gedauert.« Sie reichte Jeppe die Liste.

»Wow, das sind nicht wenige.«

»Ja, und das sind nur die Kellner. Alle Bühnentechniker, Models und so weiter stehen auf einer anderen Liste. Aber ich habe mit denen angefangen, die den leichtesten Zugang zu Abflussreinigern haben, das heißt mit denen, die im Laufe des Abends mit der Küche zu tun hatten.«

»Meinst du nicht, wir sollten uns zunächst auf die Gäste konzentrieren?« Jeppe schaute auf die beiden Stapel und legte die Hand auf einen. »Auf die Gäste, die Alpha kannten und an dem Abend mit ihm zusammen waren?«

»Du hast recht, konzentrieren wir uns zunächst auf die Gäste, die an beiden Veranstaltungen teilgenommen haben und mit Alpha und Christel näher zu tun hatten. Das sind in erster Linie Søren Westi, Lulu Sui und …« Saidani warf ihm einen raschen Seitenblick zu. »… Johannes Ledmark. Rolf Toklum können wir meines Erachtens ausschließen. Er war im Nimb zu beschäftigt und konnte sich mit Christel nur kurz unterhalten, bevor sie zusammenbrach. Dasselbe gilt für Cara Skriver, die heute Morgen übrigens für fünf Tage nach Budapest geflogen ist, um einen Werbefilm zu drehen.« Saidani stand auf und stellte die Kuchenteller zusammen. »Wusstest du eigentlich, dass Abflussreiniger so gefährlich ist? Ich habe nie darüber nachgedacht.«

»Hm, vermutlich sind Reinigungsmittel generell gefährlich.«

»Ja. Aber Abflussreiniger ist schlimmer als manches andere, weil er so basisch ist. Das hat mir gestern ein Chemielehrer erklärt, den ich kenne. Abflussreiniger ist extrem stark und schmeckt nach nichts. Der Täter hat vermutlich genau gewusst, was er nehmen muss. Eine Person mit gewissen chemischen Grundkenntnissen.«

»Wie auch immer, jedenfalls hat er oder sie Blut geleckt und beschlossen, den Feldzug fortzusetzen.«

»Vermutlich … du, ich muss das Abendessen für die Mädchen vorbereiten. Willst du mitessen?«

Später konnte Jeppe nicht erklären, warum er in diesem Augenblick nicht einfach dankend abgelehnt hatte. Er hatte versprochen, Hannah ins Kate's Joint in der Blågårdsgade einzuladen, und wollte sich mit ihr um acht treffen. Der Tisch war reserviert.

»Ja, danke. Klingt super. Kann ich irgendetwas tun?«

»Such weiter nach den Kontaktdaten der Gäste, ich gehe in die Küche. Es gibt aber nur etwas Einfaches.«

»Klingt gut.«

»Möchtest du ein Glas Wein?«

»Klingt noch besser.« Jeppe beugte sich lächelnd über die Gästeliste und überlegte sich eine Entschuldigung für Hannah. Er hatte einfach Lust zu bleiben, er wollte nicht gehen. So fängt es immer an, ging ihm durch den Kopf. Als eine scheinbar unschuldige Impulsentscheidung, eine winzig kleine Lust, die dann sämtliche Prinzipien und Verabredungen außer Kraft setzt. Schließlich war es nicht einmal eine Lüge, dass sie arbeiteten und sich die Arbeit hinzog. Es war die reine Wahrheit. Im Großen und Ganzen.

Jeppe arbeitete dort weiter, wo Saidani aufgehört hatte, ermittelte über Google und Facebook die Adressen und Telefonnummern der Gäste und druckte sie aus. Er sah auf die Uhr, es war zu spät, um jetzt noch anzurufen und Befragungen durchzuführen, das musste bis morgen warten. Er würde die Polizeikommissarin an die zusätzlichen Kräfte erinnern, die sie versprochen hatte. Saidani hantierte in der Küche mit Töpfen. Vielleicht sollte er anfangen, sie Sara zu nennen?

In der Wohnung breitete sich ein Duft nach gebratenen Zwiebeln und einem Gewürz aus, das er nicht einordnen konnte. Er trank einen Schluck Weißwein und spürte, wie sich ein überraschendes Wohlbehagen in seinem Körper ausbreitete. Zum ersten Mal seit langer Zeit wollte er nicht einfach zum nächsten Punkt der Tagesordnung übergehen.

Er verdrängte sämtliche Gedanken und versuchte gar nicht erst, seine Gefühle zu verstehen, er genoss es einfach. Der Film war zu Ende, und Saras Töchter kamen ins Wohnzimmer, um zu spielen. Halbherzig googelte er weiter und genoss ihr Plaudern und die kleinen Streitereien im Hintergrund.

Sara brachte einen Stapel Teller, und Jeppe deckte den Tisch, nachdem er die Listen auf die Fensterbank gelegt hatte. Sie trug zwei Schüsseln herein, eine mit etwas, das aussah wie ein Reisgericht mit Gemüse – Sara nannte es Maqluba –, und eine Schüssel mit Salat. Sie setzten sich und aßen. Wie eine Familie, dachte Jeppe verschämt, weil ihm der Gedanke gefiel. Der jüngeren Tochter – hieß sie Meriem? – schmeckte es nicht, sie wollte lieber einen Burger, dann erzählten die Mädchen, was sie vormittags mit ihrer Großmutter unternommen hatten. Jeppe bekam Koriander zwischen die Zähne und musste es mit dem Zeigefinger herauspulen, worüber die Kleine aus irgendeinem Grund laut lachte.

Sie räumten ab, und plötzlich war Jeppe verlegen. Die Situation war ungewohnt. Sara räumte das Geschirr in die Spülmaschine und wrang einen Lappen aus.

»Ich muss jetzt die Mädchen zu Bett bringen.«

»Ja, natürlich … ich gehe dann mal.« Er nahm seinen Mantel von der Garderobe.

»Du kannst gern bleiben und warten … wenn du magst.«

Jeppe blieb stehen und sah sie an. Ihre braunen Augen strahlten. Hatte er sie wirklich irgendwann einmal nicht für bildschön gehalten? In Jeans und einem locker sitzenden Sweatshirt, mit ihren Locken, die sie zu ihrem üblichen nachlässigen Knoten gebunden hatte; eine Mutter von zwei Töchtern, die Geschirr in die Spülmaschine räumte, bevor sie ihren Kindern die Zähne putzte – in diesem Moment war sie der schönste Anblick, den Jeppe je gesehen hatte.

Schöner als die Sonnenuntergänge im Westen Australiens und junge Haut mit Sommersprossen. Schöner als die Freiheit.

Er hängte seinen Mantel zurück an die Garderobe und lächelte sie an.

Sonntag, 31. Januar

15

I'm like a kid on the beach, when you hurl a new sun over me. Your love is an entheogen, I can run wild in ...

Der Freudensong von Hymns from Nineveh hob ihn aus seinen Träumen. Ein Sonnenstrahl fiel durch die gardinenlosen Fenster auf das Bett, in dem er lag. Er war ein Katzenjunges, ein Kind. Alles war hell, warm und leicht. So muss es sein, wenn man stirbt, dachte er, kurz bevor er erwachte.

Something that was inevitably lost could be found ...

Sie sang in der Küche mit, es duftete nach Kaffee und Toastbrot. Jeppe schloss die Augen, um dieses Gefühl zu bewahren und bis in alle Ewigkeit hinauszuziehen.

»Mama?«

Mist!

Jeppe zog die Bettdecke über den Kopf und lag ganz still. Die kleine Meriem krabbelte aufs Bett und zog an der Decke, bis er in ihre großen braunen Augen blickte.

»Mama. Dieser Mann von deiner Arbeit liegt in deinem Bett!«

Jeppe versuchte es mit einem heiseren »guten Morgen«.

»Willst du auch Honig Pops?« Sie sprang aus dem Bett, bevor Jeppe antworten konnte. Hastig suchte er nach seiner Unterhose und fand den Rest seiner Sachen am Fußende des Betts auf dem Boden.

Scheiße, Scheiße, Scheiße!

Sie hatten vereinbart, dass er nachts herausschleichen sollte, aber entweder hatte Sara ihn nicht geweckt oder er zu tief geschlafen. Jeppe knöpfte die Hose zu und fuhr sich mit den Händen durchs Haar. Er hörte Sara und die Mädchen in der Küche frühstücken und überlegte, ob er die Wohnung heimlich verlassen konnte. Er wollte diese peinliche Situation am liebsten ausradieren. Nicht der Mann sein, der seiner Lust nachgegeben und seine Freundin betrogen hatte. Der Gedanke, Sara jetzt in die Augen zu sehen, war unerträglich. Garantiert hatte sie schon geduscht, und er stand hier mit schlechtem Atem und nach Sex riechend in den Klamotten von gestern und wusste weder ein noch aus.

Jeppe atmete tief durch, öffnete entschlossen die Schlafzimmertür, ging direkt ins Wohnzimmer, um seine Tasche zu holen, und rief auf dem Flur, eine Hand bereits auf der Klinke der Wohnungstür: »Okay, ich muss nach Hause. Super, dass wir so viel geschafft haben. Und nochmals danke fürs Abendessen!«

Sara hielt einen vollen Brotkorb in den Händen und sah ihn entgeistert an. Ihre Oberlippe kräuselte sich, sie war ganz rot von all den Küssen.

»Ich wünsche euch einen schönen Tag!«, fügte Jeppe noch hinzu, dann warf er die Tür hinter sich zu, zu fest und ohne eine Antwort abzuwarten. Auf der Treppe ballte er die Faust und schlug sich vor Frustration selbst vor die Stirn. Wieso war er auf diese Weise gegangen? Noch dazu vor ihren Kindern? Als er über den Christianshavns Torv ging, fiel ihm ein, dass er gestern auch vergessen hatte, Hannah abzusagen.

Mist!

Er checkte sein Telefon. Drei Nachrichten aus dem Kate's Joint, eine wütender als die andere. War es Hannah zu verargen? Bekam er denn überhaupt nichts auf die Reihe? Jetzt hatte er endlich die lockere Beziehung gefunden, nach der er sich gesehnt hatte, eine junge, hübsche und interessante Frau, und dann vermasselte er es.

Es war Sonntagmorgen, und er stand bei Minustemperaturen an der Statue des grönländischen Fischers und wusste nicht, wo er hingehen sollte.

Er brauchte eine Tasse Kaffee. Die Schlange in der Patisserie war ihm zu lang, er ging an der nächsten Ecke in einen 7-Eleven-Kiosk. Der Kaffee war miserabel, aber heiß, und er bekam ihn schnell serviert. Im Moment hatte er nichts dagegen, sich die Zunge zu verbrennen. Der Kaffee war so heiß, dass er damit bis zur Knippelsbro kam.

Er stellte sich an einen der giftgrünen Brückentürme und schaute übers Wasser auf die Oper, das Schauspielhaus und die schwachsinnige Fußgängerbrücke, deren Bau aus irgendeinem Grund mehrere Jahre gedauert hatte. Etwas ging immer schief. Nur gestern nicht. Tatsächlich konnte Jeppe sich kaum an etwas erinnern, was sich richtiger angefühlt hatte. Sie war aus dem Kinderzimmer gekommen und hatte ihn mit strahlenden Augen angelächelt, während sie ihr Sweatshirt auszog und eine glatte hellbraune Haut enthüllte, so weich, wie nur eine Frau sie haben konnte.

Ihre Augen hatten ihn in den Kuss geradezu hineingezogen. Erst abwartend, ein vorsichtiges Tasten nach Bestätigung. Dann offen, feucht und fordernd. Haut an Haut, ihre weichen Brüste an seinem Bauch, in seinen Händen, in seinem Mund. Der Duft von warmer Haut und Jasmin. Ihre Geräusche, kleine Seufzer, die sie nicht zurückhalten konnte, und die er gierig verschlang, bis er wieder ihre Zunge spürte. Pochend, gleitend, glühend, lüstern. Bei der Erinnerung daran verspürte er ein Zucken im Zwerchfell.

Ihre langen, festen Beine – wer hätte gedacht, dass sich solche Beine in ihren Schlabberhosen verbargen? Bei dem Gedanken an ihre Knöchel ließ er versehentlich den Becher fallen und verschüttete den Rest Kaffee auf dem Fußweg. Verlegen sammelte er den Becher auf, lehnte sich über das Geländer und sah hinunter in das eisige Wasser unter der Brücke. Er atmete mehrfach tief durch, verlangsamte seinen Herzrhythmus, schloss die Augen und beruhigte sich allmählich.

Er verspürte ein Gefühl, als würde ihm jemand sanft übers Handgelenk streicheln. Ohne Vorwarnung war das Metallarmband seiner Taucheruhr gerissen, sie verschwand im dunklen Wasser.

Jeppe blieb einen Augenblick reglos stehen, zu überrascht, um zu verstehen, was gerade passiert war. Sein nagelneues, sauteures, noch nicht versichertes Stück Abenteuer, mitgebracht als Erinnerung und Statussymbol. Weg innerhalb weniger Sekunden. War das irgendeine kranke kosmische Strafe? Er legte die Stirn gegen das eiskalte Geländer und fluchte aus Ärger und Wut. Dann richtete er sich auf und lief beschämt und wütend zum Präsidium.

*

Esther erwachte um acht, was unerhört früh war für einen Sonntag, und setzte sich sofort im Morgenmantel und mit einer Tasse Nescafé an den Schreibtisch.

Die Redaktion von *Mads & das Monopol* hatte seinerzeit auf ihrer Facebook-Seite eine Diskussion über die sexbesessene Erzieherin losgetreten, und es hatte achthundert erregte Kommentare gegeben. Die meisten waren wie Gregers der Ansicht, dass sie gesteinigt oder alternativ auf den Mars gejagt werden sollte. Esther notierte sich die Verfasser der wütendsten Kommentare.

Die Liste war endlos, im wahrsten Sinn des Wortes unüberschaubar. Unglaublich, dass Promiskuität die Menschen im 21. Jahrhundert noch so aufbringen konnte. Hilflos blickte sie auf die vielen Namen und sah ein, dass sie es anders angehen musste. Sie musste das Feld eingrenzen.

Wenn jemand aufgrund eines in der Sendung thematisierten Problems gemordet hatte, war es entweder die Hauptperson selbst oder jemand, der eine enge Beziehung zu dem Betroffenen hatte. Man konnte davon ausgehen, dass Menschen in der Regel nur morden, wenn sie persönlich involviert sind.

Sie musste also die Hauptperson des Kinderkrippenproblems finden – die Frau, die sich Louise nannte – und Kontakt zu ihr aufnehmen. Genau wie Jeppe Kørner es mit dem jungen Mann gemacht hatte, dessen Vater gestorben war.

Esther öffnete noch einmal die Facebook-Seite von *Mads & das Monopol* und rief die zwei Jahre alten Einträge auf. Diesmal überprüfte sie jedoch, wer die positiven Kommentare *gelikt* hatte, und dort fand sie einen Namen, der immer wieder auftauchte. Eine Johanne Lund.

Es dauerte nicht lange, und sie hatte ihre Telefonnummer herausgefunden. Esther rief an und gab sich als Journalistin aus, die den langjährigen Erfolg von *Mads & das Monopol* in einer Artikelserie, vielleicht sogar in einem Buch dokumentieren wollte.

Tatsächlich erwies sich Johanne Lund als identisch mit *Louise* und war gern bereit mitzuwirken. Esther lächelte ins Telefon. Eines der größten Vergnügen des Älterwerdens war, dass man nach und nach all seine Hemmungen verlor.

Leider stellte sich rasch heraus, dass sich das Problem leicht lösen ließ. Die Erzieherin hatte kurz nach der Sendung in der Krippe gekündigt und war aus Johanne Lunds Leben verschwunden. Ob die Kündigung etwas mit der Sendung zu tun gehabt hatte, wusste sie nicht, aber sie war über den Lauf der Dinge froh und erleichtert.

Esther erfand ein paar banale Zusatzfragen, bedankte sich vielmals und legte enttäuscht auf. Sie lehnte sich in ihrem Mahagonistuhl zurück und überlegte ernsthaft, das Projekt fallenzulassen. Außer ihr interessierte sich ja doch niemand dafür.

Das Bellen der Hunde riss sie aus ihren Gedanken. Es war schon halb zehn, und die Möpse waren noch nicht draußen gewesen. Hastig zog Esther einen Pullover und ihren Lammfellmantel an und nahm Dóxa und Epistéme an die Leine.

Sorgfältig sah sie sich nach Radfahrern um, bevor sie den Weg zum See überquerte. Todesfahrer nannte Gregers sie zu Recht. Schon öfter war sie auf dem Weg beinahe hingefallen, wenn einer auf dem Rad angeschossen kam und sie die Hunde zurückhalten musste. Allerdings war es auch schön, den Aufregungen des Lebens so nah zu sein. Das weinende Baby der Nachbarn, Leute, die auf dem Bürgersteig nicht rechts gingen, kleine Kinder mit Schirmen und Menschen, die erst ihr Portemonnaie zückten, wenn sie direkt vor der Kasse standen. Esther liebte die Energie, die in den alltäglichen Irritationen steckte. Wenn man Ruhe und Frieden wollte, sollte man aufs Land ziehen. Oder sterben.

Sie ging zum Seeufer und begrüßte die heranschwimmenden Schwäne, die um Brot bettelten, ja, es regelrecht einforderten, während die Hunde hinter ihr an einer Bank schnüffelten. Inzwischen hatte sie sich annähernd vierzig Fälle angehört, die Themen schwirrten ihr durch den Kopf, und sie hatte keine Ahnung, welches für ihre Untersuchungen relevant war. Sie war jedenfalls überzeugt, dass es eine Verbindung zwischen den Mordversuchen und den Diskussionen von *Mads & das Monopol* gab. Jeppe Kørner glaubte nicht daran, und sie konnte es auch nur mit ihrem Bauchgefühl erklären, aber da sie nicht bei der Polizei arbeitete, konnte sie tun und lassen, was sie wollte.

Ein einziger Fall, der eigentlich leicht lösbar zu sein schien, ging ihr nicht aus dem Kopf. Es ging um ein Problem, bei dem selbst sie keinen Rat gewusst hätte. Vielleicht sollte sie diesem Fall nachgehen?

Esther zog die Hunde heran, ging rasch nach Hause und rief den Podcast auf.

Liebe Hörer, das Monopol besteht heute aus Christel Toft, Anja Poulsen und Alpha Bartholdy. Und nun hören Sie gut zu:

Wir sind von zwei jungen Krankenschwestern angeschrieben worden, Anne und Josephine. Im September flogen sie zu einem zweimonatigen Segeltörn in der Karibik und Mittelamerika. Sie freuten sich darauf, von Insel zu Insel zu segeln, zu tauchen und an Sandstränden unter dem Sternenhimmel zu schlafen – kurzum: ein Abenteuer zu erleben. Leider ging nach wenigen Tagen der Motor ihres Schiffs kaputt, die Mädchen strandeten und mussten schließlich ihre Reise über Land fortsetzen. Nach einem Monat lernten sie einen amerikanischen Segler kennen, Steve, einen Mann, der mit seinem hübschen Segelboot die Welt umsegelte. Die Mädchen freundeten sich mit Steve an und amüsierten sich mit ihm bei Ausflügen und Tauchgängen.

Wir haben jetzt Josephine am Telefon, sie ruft uns aus Panama an: »Hej, Josephine, wie geht's?«

»Hej, Mads. Gut, danke. Wir sind schon fast auf dem Weg zum Flughafen, auf dem Weg nach Hause, nach Dänemark.«

»Und wo ist das Problem?«

»Nun ja, Steve hat uns gefragt, ob wir ihm helfen wollen, sein Boot über den Atlantik zu segeln, von Panama nach Portugal. Das ist eine Reise von mehreren Monaten, und wir haben das Gefühl, dass unser Segeltraum doch noch in Erfüllung gehen könnte.«

»Und was sollen wir diskutieren?«

»Wir brechen ja einige Brücken hinter uns ab, wenn wir so viel später nach Hause kommen. Wir riskieren unsere Jobs. Und dann ist da noch Steve –«

»Der liebe, nette Steve – ja, man weiß nicht, worauf er in Wahrheit aus ist …«

»Genau!«

»Also, ihr wollt nun, dass wir Stellung nehmen, ob ihr heim-kommen oder euer Abenteuer fortsetzen sollt. Ist das richtig?«

»Ja, danke!«

»Josephine und Anne, hängt auf, wir klären es!«

Esther ging die Reaktionen des Monopols wieder und wie-der durch. Einstimmig erklärten sie, dass die beiden die Chance ergreifen und ihr Abenteuer fortsetzen sollten. *Ihr seid zwei starke junge Frauen. Selbst wenn Steve romanti-sche Hintergedanken hegt, könnt ihr mit ihm zurechtkom-men. Brecht auf! Man findet immer einen neuen Job, aber solch einzigartige Chancen gibt es nicht oft im Leben. Man sollte nie nein sagen zu einem guten Abenteuer.*

Keiner von ihnen will die langweilige Stimme der Ver-nunft sein, dachte Esther. Natürlich rät die Runde ihnen aufzubrechen, das würde ich auch tun, wenn man mir eine solche Frage gestellt und ich ein Publikum von anderthalb Millionen Hörern hätte. Aber würde ich meiner eigenen Tochter auch dazu raten?

Im Vorspann zur Sendung der folgenden Woche berich-tete Mads Steffensen, dass die Mädchen die Seereise tatsäch-lich angetreten hätten. Er hatte sie gebeten, eine Mail zu schicken, wenn sie wieder in Dänemark waren, und den Hörern etwas von ihren Abenteuern zu erzählen.

Esther suchte auf der Facebook-Seite des Monopols. Sie fand das korrekte Datum und blätterte sich durch die Bei-träge und Kommentare. Die beiden jungen Krankenschwes-tern waren zu einer zweimonatigen Seereise mit einem weitgehend fremden Mann aufgebrochen. War sie die Ein-zige, die das etwas riskant fand?

Esther suchte weiter, einen Monat später, zwei Monate später, aber sie fand keine Fortsetzung. Sie kannte nur die Vornamen der Frauen und ihren Beruf, und sie wusste, wann die Reise stattgefunden hatte.

Mads & das Monopol Krankenschwester Reise. Sie schrieb die Stichworte ins Browserfeld und wurde mit zehn Seiten Treffern belohnt. Ein Link führte sie zu einem anderthalb Jahre alten Artikel auf der Homepage einer Boulevardzeitung.

Erinnern Sie sich an die beiden jungen dänischen Krankenschwestern, die bei Mads & das Monopol *anriefen, um zu fragen, ob sie einen abenteuerlichen Segeltörn antreten sollten? Sie hätten es nicht tun sollen –*

Esther griff zu einem Kugelschreiber und einem einigermaßen leeren Blatt Papier. Der Artikel nannte weder Namen noch Details, aber es war offensichtlich, dass die Reise alles andere als angenehm verlaufen war und die Krankenschwestern den Törn auf den Kapverdischen Inseln abgebrochen und die vorzeitige Rückreise nach Dänemark angetreten hatten. Keine der beiden hatte sich zu dem Verlauf äußern wollen, die sparsamen Informationen, auf die sich der Journalist in seinem Artikel berief, stammten aus anonymen Quellen, die den Frauen *nahestanden,* wie es hieß. Vielleicht war irgendetwas so schiefgegangen, dass es einen Grund zur Rache gab? Ein leichtsinniger Rat, der zu einer Katastrophe geführt hatte? Jedenfalls war es die Sache wert, untersucht zu werden. Nur schaffte sie es nicht allein.

Esther rief Jeppe Kørner an.

*

In der Parterrewohnung in der Skydebanegade war es ungewöhnlich still. Der Sonntagvormittag war gewöhnlich all den Aktivitäten vorbehalten, von denen Familien mit Kindern nur träumen können: Normalerweise standen langes Duschen, selbstgebackene Brötchen, Sex und ungestörtes Zeitunglesen auf dem Programm, bevor Rodrigo und Johannes sich eine Ausstellung ansahen, ins Kino gingen oder sich mit Freunden zum Mittagessen trafen. Ein angenehmes Leben, komfortabel, aber nicht konform.

An diesem Sonntag war Johannes gar nicht erst aufgestanden, und Rodrigo saß ohne Appetit allein am Frühstückstisch. Nicht einmal den Kaffee brachte er hinunter. Der Abend und die Nacht waren mit gegenseitigen Vorwürfen vergangen. Rodrigo war müde und verletzt.

In den letzten beiden Tagen hatte Johannes seine Untreue und seine Lügen gestanden und ihre Beziehung damit grundsätzlich in Frage gestellt. Rodrigo kam einfach nicht darüber hinweg. Außerdem machte er sich Sorgen um seine Gesundheit, denn Johannes war zu blöd, ein Kondom zu benutzen, wenn er geil war.

Rodrigo schüttete den Kaffee in die Spüle und sah zu, wie die bräunliche Brühe in den Abfluss sickerte. Er drehte das Wasser auf und ließ es laufen, bis es eiskalt war, hielt die Hände darunter und spritzte es sich ins Gesicht. Gern hätte er etwas zerschlagen, was sich nicht mehr reparieren lassen würde.

Wann und wo hatte Johannes ihn sonst noch belogen?

Er setzte sich an den Computer und rief ihr gemeinsames Bankkonto auf – nichts. Über ihr gemeinsames Giro- und Sparkonto hinaus hatte Johannes ein gewöhnliches Gehaltskonto und zwei Geschäftskonten, mit denen Rodrigo normalerweise nichts zu tun hatte, obwohl sie im Grunde beide von diesen Guthaben lebten. Er loggte sich mit Johannes' Passwort ein, schließlich hatten sie Vertrauen zueinander.

Es überraschte ihn jedes Mal wieder, dass ein Schauspieler so vermögend sein konnte. Die Leute waren offensichtlich bereit, Unsummen für den sogenannten Johannes-Ledmark-Effekt auszugeben.

Jeden Monat wurde ein fester Gehaltsbetrag für Johannes abgebucht, dazu kamen die Agenturhonorare und Steuervorauszahlungen. Das Einkommen variierte, doch die Ausgaben waren jeden Monat identisch. Allerdings waren vor drei Monaten einhunderttausend Kronen auf ein anderes Konto überwiesen worden, und vor einem Monat weitere einhunderttausend. Bei den Überweisungen war kein Verwendungszweck ausgewiesen, auch wurde kein Begünstigter genannt.

Rodrigo klickte auf *Details anzeigen,* um den Inhaber des betreffenden Kontos zu ermitteln. Rodrigo saß mit verschwitzten Handflächen vor dem Rechner. Er kannte die Antwort bereits.

Innerhalb der letzten drei Monate hatte Johannes zweihunderttausend Kronen an Alpha Bartholdy überwiesen.

Er ging ins Schlafzimmer und betrachtete seinen schlafenden Gatten.

Jetzt nur nicht die Beherrschung verlieren! Im Flur zog er Johannes' Geldbörse aus dessen Mantel. Er stutzte einen Moment. Es steckte noch etwas in der Manteltasche, ein Telefon. Natürlich, Johannes hatte zwei Telefone, das erleichterte das Lügen und Betrügen erheblich. Rodrigo verspürte einen Anflug von Übelkeit, als er das Telefon einschaltete und das Display aufleuchten sah. Der Bildschirmschoner zeigte einen Gaultier-Matrosen mit nacktem Oberkörper. Über fünfzig unbeantwortete Anrufe und SMS-Anfänge. Ein Irrtum war ausgeschlossen.

Hej Alpha, wir ziehen weiter zu

Weiter kam er nicht ohne den Zugriffscode des Telefons. Allerdings musste er nicht mehr lesen, um zu begreifen, dass er Alpha Bartholdys Telefon in der Hand hielt. Warum war es in Johannes' Tasche?

16

Jeppe beendete das Gespräch und versuchte, seine Gedanken zu ordnen. Er wusste nicht, was er von Esther de Laurentis Theorie halten sollte. Seine Intuition – dieses verdammte unzulängliche Bauchgefühl – sagte, dass durchaus etwas dran sein könnte, vielleicht stand dahinter aber auch simpel der Wunsch, dass Johannes unschuldig war. Trotzdem hatte er gerade Margit Baunehøj, die Redakteurin der Sendung, auf dem Mobiltelefon angerufen und sie um die Kontaktdaten der Krankenschwestern gebeten. Esther konnte dann damit machen, was sie wollte.

In der kleinen Kantine der Mordkommission standen die Stühle auf dem Tisch. Jeppe saß allein in dem leeren Raum und aß ein Sandwich, das er in einer Bäckerei am Gammel Strand gekauft hatte. Bei einem Mordfall mussten Ermittler auch sonntags arbeiten. Larsen war unterwegs, Sara arbeitete daheim – im Augenblick eine Erleichterung –, und Anette war nach dem Mittagessen in die Stadt gefahren, ohne ihn zu fragen, ob er mitkommen wollte.

All by myself, don't wanna live all by myself lief als irritierende Endlosschleife in seinem Kopf, inklusive einiger lächerlicher Phrasierungen, die nie hätten gesungen werden dürfen. Es war der Stress, das wusste er, nur stellte diese Erkenntnis das Geräusch leider nicht ab. Seine früheren

Versuche, die Unruhe mit Oxynorm unter Kontrolle zu bringen, hatten im Grunde die Angstsymptome nur verstärkt. Tatsächlich hatte er seit seiner Reise nach Perth nicht eine Kapsel genommen. Ich werde noch zu einem tugendhaften Menschen, ging Jeppe durch den Kopf.

Wir werden keine Tugendbolde! Ein wehmütiges Lächeln huschte über sein Gesicht, als er an das alte Versprechen dachte, das sich Johannes und er gegeben hatten.

Jeppe schrieb Hannah eine SMS. Die Feiglingmethode.

ENTSCHULDIGUNG, *Süße! Es tut mir so leid, dass ich dich gestern versetzt habe. Der Fall spitzt sich zu und nimmt meine gesamte Zeit in Anspruch. Es ist komplex, ich werd's dir erklären. Kuss J*

Hannah antwortete umgehend und überraschend milde. Es sei ihr klar, dass man bei solchen Ermittlungen eine Zeitlang andere Prioritäten setzen müsse. Für Jeppe war so viel Verständnis allerdings tausendmal schlimmer als der Wutanfall, den er erwartet hatte.

Er knüllte das Sandwichpapier zusammen und widerstand der Versuchung, einen Weitwurf in den Mülleimer zu wagen. Er wusste, dass er nicht treffen würde, und momentan hatte er kein Interesse an weiteren Niederlagen.

Er wusch sich zweimal die Hände und arbeitete weiter an der Überprüfung von Alpha Bartholdys Freunden.

Thomas Larsen kümmerte sich um Westi, Jeppe hatte versprochen, sich Lulu Suis Background näher anzusehen. Lulu Sui war als Louise Søborg Hansen zur Welt gekommen, zweiundzwanzig Jahre alt und in Südseeland aufgewachsen. Gymnasium von Vordingborg, eine abgebrochene Ausbildung als Modedesignerin, einige spirituelle Kurse und Reisen nach Indien. Er klickte sich durch Fotos von Umarmungen und Sonnenuntergängen, exotischen Gerichten auf Bananenblättern und selbstbewusstem Lächeln. Das Internet verriet großzügig die intimsten Verhältnisse, nichts war geheim und schon gar nicht heilig.

Welche Beziehung hatte sie zu Johannes? Johannes war ein pragmatischer Mensch, hochintelligent und erklärter Atheist. Es stellte sich also die Frage: Warum suchte er Zuflucht bei einer fast zwanzig Jahre jüngeren Heilerin?

Saras Name tauchte auf dem Display seines Telefons auf. Das kurze Glücksgefühl verflog augenblicklich, als er ihre Nachricht las.

Christel Toft gerade gestorben. Septischer Schock.

Bedrückt legte Jeppe das Telefon beiseite. Jetzt ermittelten sie in zwei Mordfällen.

Und im Gegensatz zu Alpha Bartholdy hinterließ Christel Toft eine Familie: einen Säugling, der ohne Mutter aufwachsen würde, und einen Ehemann, der plötzlich allein zurechtkommen musste. Offensichtlich waren heftige Gefühle im Spiel, anders war die bestialische Art und Weise, eine junge Mutter zu töten, nicht zu erklären. Es *musste* sich um Gefühle handeln. Kein finanziell motivierter Mord würde so riskant und gleichzeitig so sadistisch ausgeführt.

Wer entwickelte einen solchen Hass?

*

»Gut, dass du so schnell kommen konntest, Anette. Danke.«

Rodrigo küsste Anette auf die rechte Wange, und sie ertappte sich, dass sie die Galanterie genoss.

»Ist doch klar, ich war ohnehin nach der Mittagspause unterwegs.« Sie hatte Jeppe nicht erzählt, wen sie besuchen wollte, das brauchte Rodrigo jedoch nicht zu wissen. Offenbar gab es einen Grund, warum er sie und nicht Jeppe angerufen hatte.

Anette setzte sich vorsichtig auf das ramponierte Sofa, das unangenehm weit entfernt von dem Kaffeehaustischchen stand. Rodrigo saß mit übereinandergeschlagenen Beinen in einem ebenso unmöglichen Sessel. Sie würde sich nie an die Einrichtung dieser hippen Vesterbro-Cafés gewöhnen!

Rodrigo wollte nur Kaffee, und sie erklärte, sie hätte bereits zu Mittag gegessen, obwohl das gelogen war. Ausnahmsweise hatte sie keinen Hunger und bestellte lediglich eine Schokolade.

Er legte ein Telefon in einer durchsichtigen Plastiktüte auf den Tisch und drückte durch das Plastik auf eine der Tasten. Das Display leuchtete auf und zeigte eine Unzahl unbeantworteter Anrufe und SMS.

»Ich habe es angefasst, als ich es fand, ich habe es auch aufgeladen, aber sonst habe ich es nicht weiter berührt.«

»Ist es das, was ich glaube?«

Er nickte.

»Wo hast du es gefunden?« Anette kannte die Antwort bereits, bevor Rodrigo den Mund öffnete. Johannes!

Sie hatte es die ganze Zeit über gewusst. Die Frage war nur, warum Rodrigo ihr das Telefon gab.

»Es geht hier nicht um Rache«, sagte er, als könnte er ihre Gedanken lesen. »Ich käme nie auf die Idee, mich zu rächen, nur weil ich verletzt bin.« Er schob die Vase auf dem Tisch exakt in die Mitte. »Aber hier … hier geht es um Mord. Und ich bin nicht mehr sicher, ob Johannes nichts mit Alphas Tod zu tun hat.« Rodrigo sprach, als hätte er Glasscherben im Mund. Anette konnte nicht recht abschätzen, ob er eher traurig oder wütend war. Sie zog das Telefon aus der Tüte. Es ließ sich nicht vermeiden, dass sie die Tastatur berührte, aber damit mussten sich die Fingerabdruckexperten abfinden. Sie musste es einfach ausprobieren.

1 – 2 – 3 – 4.

Mit einem kleinen digitalen Klicken akzeptierte Alpha Bartholdys Telefon den Code. Anette zwinkerte Rodrigo zu, die Leute waren einfach zu berechenbar. Einen Augenblick betrachteten sie schweigend das leuchtende Display.

»Wie viel weißt du? Oder besser: Hast du dir überlegt, wie viel du wissen willst? Vielleicht ist es keine so gute Idee, wenn du –«

»Ich weiß bereits zu viel, um nicht alles wissen zu wollen.« Rodrigo zögerte einen Moment. »Außerdem kann ich vielleicht ein paar nützliche Zusatzinformationen liefern.« Er hob auffordernd das Kinn.

Anette notierte sich auf ihrem Tablet die Telefonnummern der Anrufe und SMS, die Alpha in seinen letzten Tagen getätigt und empfangen hatte. Unmittelbar nichts Aufsehenerregendes. Meist Absprachen über Mode-Events und Crossfit-Termine, die bestätigt oder abgesagt wurden, Kundengespräche und Smileys. Es gab auch eine Nachricht von Søren Westi, der ihn nächste Woche zu einem Mittagessen ins Bistro Boheme einlud.

»Schau in die Mails, da findest du alles.«

»Meinst du die Korrespondenz mit Johannes? Hast du ihre Mails gelesen?«

Anette tippte auf das Mail-Icon, suchte Johannes Ledmark und fing an, die Beweise seines Betrugs durchzugehen. Nachdem sie fünf Minuten gelesen hatte, schaltete sie das Telefon ab, schob es zurück in die Tüte und steckte es in ihre Tasche. Dann tätschelte sie Rodrigos Hand.

»Wie es aussieht, hat Johannes gute Gründe gehabt, Alpha das Telefon abzunehmen. Das ist ziemlich kompromittierendes Material. Wann hat er das wohl gemacht?«

Rodrigo zuckte die Achseln, ohne den Blick vom Tisch abzuwenden.

»Ich –« Er hielt inne, suchte nach Worten. »Da ist noch etwas. Johannes hat große Beträge auf Alphas Bankkonto überwiesen. Zweihunderttausend Kronen in den letzten drei Monaten.«

»Er weigert sich weiterhin, mit uns zu sprechen. Wir werden ihn zum Reden zwingen müssen.« Anette schob ihre Schokolade beiseite, sie schmeckte plötzlich eigenartig.

»Ich werde ein paar Tage bei einer Freundin wohnen. Ich halte es zu Hause nicht mehr aus. Es ist zu viel …«

»Mist? Zu viel Mist?« Anette nickte verständnisvoll.

»Zu viel Unsicherheit. Ich weiß nicht mehr, woran ich bei Johannes bin. Er ist –« Rodrigo machte eine Pause, trank einen Schluck aus dem Wasserglas und wischte sich das Kinn mit einer wütenden Bewegung ab. »Wir müssen morgen zum HIV-Test, *Dios me ayude*! Und ich bin immer so vorsichtig gewesen!«

»Das wird schon, Rodrigo. Dir fehlt bestimmt nichts.«

Anette glaubte selbst nicht an ihre Worte. Und sie sah Rodrigo an, dass er ebenso wenig beruhigt war.

*

In diesem Jahr gab es ungewöhnlich viele Vögel im Botanischen Garten. Der eisige Winter zwang sie in die Stadt, um Futter zu finden, in den Bäumen war das Trillern von Zaunkönigen zu hören. Torben Hansen hängte Meisenknödel in die Nadelbäume an der Holzbrücke, fegte den Schnee von den Futterbrettern und stellte Schalen mit warmem Wasser auf, damit sie etwas zu trinken hatten. Es gehörte eigentlich nicht zu seinem Aufgabenbereich, aber er mochte das Zwitschern der Vögel.

»Verflucht noch mal.«

Mühsam bückte er sich. Vier Tage nach dem Modefest fand er noch immer Flaschen, Zigarettenstummel und sogar gebrauchte Kondome im Schnee. Wenn die Museumsleitung wollte, dass der Garten und das Museum bis zu der *Blasen-und-Blutmond*-Veranstaltung von übermorgen präsentabel waren, hätten sie diesen Affenzirkus der Le-Stan-Party nicht genehmigen sollen.

Torben spuckte aus. Er wusste, warum er so schlechte Laune hatte. Es war die Angst. Allerdings änderte diese Erkenntnis nichts an seinem Zustand.

Er richtete sich auf, es knackte in den Schultern. Ihm blieb nichts anderes übrig, als weiterzuarbeiten. Meisenknödel und Aufräumen. Aber heute ging ihm die Arbeit langsamer von der Hand als sonst. Die ungewohnten Gedanken ermüdeten ihn, außerdem hatte er Gliederschmerzen und musste wegen einer Wunde an der Hand ständig einen Handschuh ausziehen, er fror.

Torben sah sich die Verletzung an. Es war eher eine Schürfung als eine wirkliche Wunde, nicht sonderlich tief, aber trotzdem tat es höllisch weh. Er musste vorsichtiger sein.

Er trat im Schnee gegen einen Ast und ging mit dem Müllsack weiter. Es tat gut, sich zu beschäftigen, oft langweilte er sich sonst an den Sonntagen.

Torben trat gegen einen weiteren dunklen Fleck im Schnee. Diesmal war es kein Ast, sondern eine Plastikflasche, die jeder zufällige Spaziergänger hätte finden können. Sie hatte hier nichts zu suchen. Er warf sie in den Müllsack. So schnell, wie seine Knie es zuließen, ging er zurück zum Observatoriumshügel, während er im Geist blitzschnell die Möglichkeiten durchging. Am Fuß des Hügels blieb er stehen. Hier verliefen die Rohre zwischen dem alten Institut für Chemie und Mineralogie und der überwucherten Heizzentrale unter dem Observatoriumshügel. Torben ging in die schmale, bunkerähnliche Passage bis zur Metalltür, dem Eingang zur Heizzentrale. Selbst im Winter stank es hier nach Pisse. Es mussten die Füchse sein, wer sollte sich sonst hierher verirren und seine Notdurft verrichten?

Er fummelte an seinem Schlüsselbund. Obwohl die Lampe über der Tür kaputt war, fand er das Schlüsselloch und konnte in die trockene Hitze der Heizzentrale treten – eine zwei Stockwerke tiefe unterirdische Welt aus Kesseln, Rohren, Leitern und Kolben.

Glücklicherweise funktionierte hier das Licht. Vor Torben erschien ein Gewirr aus staubigen, weißgestrichenen Rohren. Früher hatte man das Palmenhaus und die übrigen Gebäude des Botanischen Gartens mit Kohle aus dem Kesselhaus geheizt, jetzt kam die gesamte Wärme von hier.

Eine Metalltreppe führte hinunter in das unterirdische Gangsystem, Torben musste sich unter den Rohren und der niedrigen Decke ducken. Er war nicht allein aufgrund der Anstrengung außer Atem. An einem kleinen Waschbecken stand eine Kiste mit Reinigungsmitteln und sonderte einen die Augen reizenden Dunst aus Salmiakspiritus und Chlor ab. Eine weitere Glühbirne war kaputt, das Ende des Ganges lag im Dunkeln.

Wie immer brannte Feuer in dem Kessel. Torben öffnete die Inspektionsklappe und warf den Müllsack in die Flammen. Das schmelzende Plastik erfüllte die Luft mit Rauch, aber er sah so lange zu, bis er sicher sein konnte, dass die Flasche verbrannt war.

*

»Gibt's eigentlich niemanden, der um Alpha Bartholdy trauert? Christel Toft hinterlässt eine Familie und jede Menge Freunde, die Blumen vors Nimb legen und öffentlich ihren Tod beweinen. Aber Alpha – ist es nicht tragisch, dass ein Mensch auf diese Weise so plötzlich stirbt und keinerlei Angehörige hinterlässt?« Jeppe blickte von seinem Computer auf und sah Anette an, die gerade mit roten Wangen ins Präsidium gekommen war. Sie zog ihren Mantel aus. Darunter trug sie ein in Jeppes Augen höchst unpassendes Sweatshirt, auf dem quer über ihrer Brust in neonpinken Buchstaben der Slogan *My husband has an awesome wife* stand.

»Doch, seine Mutter trauert. Und diese Freundin.« Anette hängte den Mantel an den Haken hinter der Tür und legte zwei Finger an ihren Hals, offenbar wollte sie ihren Puls fühlen.

»Ja, aber niemand sonst. Da möchte man doch auf der Stelle fünf Kinder haben.«

»O nein!« Anette hustete höhnisch. »Wenn ich erst einmal tot bin, ist es mir egal, ob mich jemand vermisst. Und wenn man unbeliebt ist, gibt es eben niemanden, der heult, egal ob man zur direkten Verwandtschaft gehört oder nicht.«

»Da ist sicher was dran.« Jeppe schüttelte schmunzelnd den Kopf.

Anette lachte nicht mit.

»Jeppe, ich habe schlechte Neuigkeiten.« Sie setzte sich und warf ihm einen düsteren Blick zu. »Johannes hat Alpha Bartholdys Telefon. Ober besser gesagt, er hatte es. Jetzt ist es auf dem Weg zum NKC, um untersucht zu werden.«

Jeppe spürte einen Stich im Herzen. »Wie?«

»Rodrigo hat es in Johannes' Manteltasche gefunden und mir gegeben.«

»Aber –« Jeppe hielt inne. Es gab viele Unbekannte, nur war das Ergebnis immer dasselbe, egal, wie man die Dinge drehte und wendete. Johannes war gerade zum Hauptverdächtigen im Mordfall Alpha Bartholdy geworden. Wenn er es nicht ohnehin schon längst war. »Ich begreife nicht, warum Johannes Alphas Telefon an sich nehmen sollte?«

»Weil es kompromittierende Fotos von ihm darauf gibt. Fotos, die ein reizendes Bild der Untreue ergeben und Johannes' Image gewaltig schaden können.« Anette griff sich ans Handgelenk.

»Aber wie hat er es bekommen?«

»Das erklärt er uns am besten selbst. Wir müssen ihn zu einer Vernehmung einbestellen.« Anette hielt einen Moment den Atem an. »Und wenn er sich weiterhin weigert, sind wir gezwungen, ihn festzunehmen.« Sie wartete auf eine Reaktion.

Jeppe begnügte sich mit einem Nicken, selbstverständlich musste Johannes verhört werden, notfalls gegen seinen Willen.

Anette fuhr mit besorgter Stimme fort: »Du weißt, was die naheliegendste Erklärung ist, oder? Er hat dem toten Alpha das Telefon aus der Tasche gezogen.« Sie fummelte noch immer an ihrem Handgelenk herum. »Alpha hat ihn mit Hepatitis angesteckt und Geld von ihm erpresst –«

»Sag mal, was machst du da eigentlich? Hast du Angst zu sterben oder warum fühlst du dir ständig den Puls?«

Anette ließ sofort ihr Handgelenk los. »Wenn überhaupt, dann sterbe ich an meinem Hunger auf Süßigkeiten. Hast du was zum Naschen da?«

»Die Schublade ist leer.« Jeppe versuchte zu lächeln, es gelang ihm nicht. »Glaub mir, ich kenne Johannes. Er hat niemanden ermordet, egal, wie viele Motive und Möglichkeiten er hatte. Außerdem, was für ein Motiv sollte er bei Christel Toft gehabt haben?«

»Das weiß ich noch nicht. Aber ehrlich gesagt, halte ich das für ein Detail. Er könnte ihr leicht Abflussreiniger in irgendeinem Getränk verabreicht haben, kurz bevor sie ins Nimb fuhr.«

»Aber warum? Was sollte Johannes gegen Christel Toft haben?«

»Vielleicht wusste sie etwas. Er kann es uns ja erzählen.«

»Ich rufe ihn an.« Jeppe versuchte es. Vergeblich. »Okay, ich schreibe ihm eine SMS.«

Du musst zu einer Vernehmung kommen! Sonst kann ich dir nicht helfen. J

Jeppe spürte Anettes fragenden Blick. Zwischen ihnen herrschte angespanntes Schweigen. Übermannt von einer plötzlichen Wut, schlug er unvermittelt mit der Faust auf den Schreibtisch. Der Schlag tat weh.

»Ja, es sieht finster aus, Jeppesen.«

Er hasste es, wenn Anette ihn Jeppesen nannte, er fühlte sich dann immer wie ein Statist in einem schlechten Polizeifilm aus den Siebzigern. Außerdem hasste er Situationen, in denen er hilflos war, egal, was er unternahm.

Anette stand auf. »Ich werfe mich mal betend gen Mokka, vielleicht stillt das meinen Hunger auf Süßes. Willst du auch einen Becher?« Sie blieb an der Tür stehen und sah ihn abwartend an.

»Nein, aber warte mal! Oder doch, danke, nur eins noch: Sind wir uns einig, dass an der Kosmetik-Geschichte etwas faul ist? A-Skin. Was, wenn Søren Westi Alpha Bartholdy reingelegt hat?«

Anette zuckte die Achseln. »Dann hätte Westi ein Motiv gehabt. Reden wir mit Larsen, er hat Westi doch vernommen. Willst du Milch in den Kaffee oder bist du Veganer geworden?«

»Vergiss den Kaffee! Ich geh zu Larsen.«

Jeppe lief den Flur hinunter, plötzlich voller neuer Energie. Verdammt noch mal, nein, er würde nicht zulassen, dass seine Kollegen Johannes festnahmen, ohne dass sie alle anderen eventuellen Verdächtigen überprüft hatten.

Er klopfte an die Tür von Larsens Büro und trat ein, ohne eine Antwort abzuwarten.

Das hätte er besser nicht tun sollen. Polizeiassistent Thomas Larsen saß auf seinem Schreibtischstuhl, allerdings saß eine junge Frau in einer sehr engen Hose, die ihn gerade sehr leidenschaftlich küsste, breitbeinig auf ihm.

Jeppe räusperte sich unnötigerweise, das Pärchen hatte den Kuss bereits beendet. Langsam. Offensichtlich hielten sie es für ihr gutes Recht, während der Arbeitszeit im Präsidium ein Schäferstündchen abzuhalten.

»Kørner, darf ich dir meine Freundin Mette vorstellen. Sie wollte mich mal besuchen, weil ich auch an dem einzigen freien Tag in der Woche arbeiten muss.«

Die Anlageberaterin!

Mette strecke Jeppe die Hand hin, ohne sich von Larsens Schoß zu erheben. Er bekam einen unerwartet festen Händedruck. Eine richtige Verkäuferin. Allerdings wollte er heute definitiv nichts kaufen.

»Bedauere die Störung. Larsen, mich interessieren ein paar Dinge im Zusammenhang mit der Person, die du gestern vernommen hast.«

»Westi meinst du? Gut, dass Mette hier ist. Sie kennt ihn und weiß ein wenig Bescheid über seine Geschäftsmethoden. Spring runter, Schatz, wir machen später weiter.«

Die Anlageberaterin erhob sich geschmeidig und setzte

sich mit einem zärtlichen Blick auf Larsens Schreibtisch. Sie war jung, sah auf eine seltsam künstliche Weise gut aus und hatte unverhältnismäßig viel Make-up aufgelegt. Dadurch wirkte sie ein wenig transsexuell.

»Na gut, was wollt ihr wissen?« Sie sah Jeppe herausfordernd an. Ihre Brauen sahen aus, als würden zwei Waldschnecken über ihre Stirn kriechen.

Der zögerte einen Moment. War es eine gute Idee, Larsens Geliebte zu involvieren? Sie sah nicht sonderlich kompetent aus. Im Augenblick konnte er es sich jedoch nicht leisten, wählerisch zu sein.

»Ist es vorstellbar, dass Søren Westi Alpha Bartholdy reingelegt hat?«

»Warum sollte Westi ihn reinlegen?« Sie legte die Fingerspitzen aneinander.

»Ich weiß es nicht genau. Westi scheint der Verlust seines Geldes überhaupt nichts auszumachen. Müsste jemand, der mehrere Millionen durch einen Konkurs verloren hat, nicht eigentlich toben?«

»Ich weiß nicht viel über den konkreten Fall – so gut kenne ich den Mann auch wieder nicht –, aber theoretisch, ja. Es gibt viele Möglichkeiten, wie er Alpha beschissen haben könnte.« Sie kniff die Augen zusammen.

»Zum Beispiel?« Jeppe setzte sich.

»Er könnte bei dem Konkurs seine Finger im Spiel gehabt haben. Ja, er könnte die Produktion und den Brand nur inszeniert haben, um von Anfang an das gesamte Geld in die eigene Tasche zu stecken.«

Okay. Ganz inkompetent war sie offenbar nicht. »Und das geht einfach so?«

»Hundert Prozent! Das ist nicht schwer!« Die Anlage-beraterin sprang vom Schreibtisch und ging in dem kleinen Büro dozierend auf und ab.

»Westi musste nur mit realen Szenarien operieren, das heißt, der notwendige Rahmen musste physisch existieren. Es ging um eine Creme-Produktion, oder?«

»Ja, und die Fabrik lag in Thailand.« Jeppe beobachtete sie. Aus den Augenwinkeln bemerkte er Larsens stolzes Lächeln.

»Das ist echt abgefahren! Wer produziert denn Cremes ausgerechnet in Thailand?« Sie lachte höhnisch. »Na, okay, also, es geht darum, eine Homepage zu haben, ein Logo, die Verpackung und so weiter, man muss Produkte erfinden und natürlich eine Fabrik haben. Und wenn die so weit weg liegt, wird der Partner – in diesem Fall also Alpha Bartholdy – vermutlich nicht dorthin fliegen, aber Westi müsste trotzdem in der Lage gewesen sein, ihm Fotos und Videos von einer vermeintlichen Produktion zeigen zu können.«

»Mehr braucht es nicht?« Jeppe merkte, wie ein mögliches Motiv in seinem Kopf Gestalt annahm.

Sie verzog einen Mundwinkel zu einem lilafarbenen schiefen Lächeln. »Nee. Man muss dann nur noch die fiktive Fabrik bis auf die Grundmauern niederbrennen lassen, so dass angeblich sämtliche Produkte vernichtet sind. Das regelt man mit ein paar Fotos einer Brandstelle. Und schwups, Konkurs. Das Geld, das Alpha in die Produktion gesteckt hat, ist offensichtlich verloren, aber in Wahrheit steckt Westi es in die eigene Tasche.«

»Und weil er angeblich selbst noch mehr Geld verloren hat, gibt es keinerlei Forderungen an ihn … Mit anderen

Worten, es ist nicht schwer, Menschen um eine Menge Geld zu bringen?«

»Nein. Schwierig wird es erst, wenn die Leute mitkriegen, dass sie beschissen wurden. Dann muss man sie auf die eine oder andere Weise zum Schweigen bringen. Das ist bei der Planung natürlich zu berücksichtigen.«

Hatte Søren Westi genau das getan? Alpha Bartholdy zum Schweigen gebracht?

17

Ihr Sitznachbar roch unausstehlich nach einem billigen Parfum, und Esther rückte näher ans Fenster der Buslinie 5A. Vor der schmutzigen Scheibe verlor die Amagerbrogade immer mehr an Farbe, bis sie am Sundbyvester Plads schließlich vollkommen grau war – der Platz stand an der Spitze von Esthers privater Liste der Orte in Kopenhagen, die man einebnen und komplett neu bebauen sollte. Sie drückte das Haltesignal, stieg aus und fluchte einmal mehr über die spiegelglatten Bürgersteige, die nun seit sieben Wochen den Menschen das Leben schwermachten.

Zwischen einem Kiosk und einer Spielhalle fand sie den richtigen Hauseingang und klingelte bei Josephine K. Andersen im vierten Stock. Kein Aufzug, na gut, sie war Treppen gewohnt. An einer grauen Tür stand eine blonde junge Frau mit breiten Schultern und muskulösen Beinen in pinkfarbenen Leggings. Sie war ganz der Typ »dänische Seglerin«: gesund ernährt und voller Lebensmut.

»Hej. Willkommen auf Amager! Ich hoffe, es war nicht allzu schwer zu finden?« Die Stimme passte zum Aussehen: kräftig und unbekümmert. Sie bat Esther in eine schlicht eingerichtete Wohnung. Möbel von IKEA, weißgestrichene Wände, eine davon übersät mit Reisefotos. Auf den meisten Bildern war sie selbst zu sehen, mit unterschiedlichen Begleitern stand sie vor Naturphänomenen und touristischen Zielen aus der ganzen Welt.

Sie setzten sich an einen weißen Esstisch mit Buchenholzbeinen. »Danke, dass ich Ihnen ein wenig von Ihrer Zeit stehlen darf.«

»Na ja, so eine Artikelserie, das klingt doch interessant. Außerdem habe ich diese Woche sowieso Abendschicht, es passt also gut.«

»Arbeiten Sie noch immer als Krankenschwester?«

Sie nickte. »In Herlev. Ich bin erst seit einem halben Jahr dort. Ich war ziemlich viel unterwegs, aber es war zum Glück nicht schwer, eine neue Stelle zu finden, als ich zurückkam.«

»Ja, und zu Ihren Reisen würde ich Sie gern befragen. Genauer gesagt zu der Reise, die Sie und Ihre Freundin Anne unternahmen, nachdem Sie bei *Mads & das Monopol* angerufen hatten. Das war vor etwas über einem Jahr, nicht wahr?«

Josephines offener Gesichtsausdruck veränderte sich, sie sah jetzt wachsamer aus. »Tatsächlich habe ich oft daran gedacht, Kontakt zu euch aufzunehmen, damit ihr wisst, wie es ausgegangen ist, aber –«

»Ich muss etwas klarstellen: Ich bin nicht vom dänischen Rundfunk. Ich bin freie Journalistin, das heißt, ich arbeite nicht für *Mads & das Monopol*.«

»Das ist vielleicht auch gar nicht so wichtig. Ich finde nur, die Leute sollten die ganze Geschichte kennen.«

Esther nahm ihren Notizblock aus der Tasche. »Warum erzählen Sie mir nicht einfach, was genau auf der Reise passiert ist?«

Die junge Krankenschwester spielte ein wenig an ihrem Pferdeschwanz, dann begann sie zu berichten. »Es ist noch immer ziemlich unangenehm, daran zurückzudenken oder darüber zu reden. Aber ich würde die Geschichte gern loswerden. Möglicherweise ist es anderen Mädchen eine Warnung, die ähnlich naiv sind wie wir.«

»Es ging also schief?«

»Das kann man wohl sagen. Steve – dem das Boot gehörte und der uns eingeladen hatte – erwies sich als vollkommen verrückt, jedenfalls als absolut unberechenbar. Dabei war er auf den Tauchtouren so nett gewesen. Eigentlich war er es auch weiterhin, aber leider nicht immer. Wenn wir irgendetwas falsch machten, also irgendetwas, was in seinen Augen falsch war, flippte er komplett aus und verweigerte uns das Abendessen. Außerdem durften wir dann nicht schlafen. Aber wir waren ja noch nie bei irgendjemandem mitgesegelt und wussten nicht immer, was wir zu tun hatten.«

»Wurde er gewalttätig?« Esther schrieb *gewalttätig* auf die leere Seite.

»Nicht physisch. Aber seine Stimmungsschwankungen waren so heftig, dass man fast von psychischer Folter reden könnte. Er weckte uns manchmal mitten in der Nacht und brüllte uns an. In einer Nacht zog ein Sturm auf, und Anne hatte offenbar ein paar Schoten falsch festgemacht, jedenfalls nicht so, wie er es wollte. Sie musste die ganze Nacht im Badeanzug am Steuer stehen – während des Sturms! Es war fürchterlich.«

»Klingt grotesk! Wie sind Sie entkommen?«

»Als wir die Kapverdischen Inseln anliefen, suchten wir

Zuflucht im dänischen Konsulat von Santa Maria. Wir mussten den größten Teil unserer Sachen auf dem Boot lassen. Als das Konsulat endlich Kontakt mit der Polizei aufnahm, war Steve längst über alle Berge. Wir haben nie wieder von ihm gehört. Aber das Konsulat half uns, zurück nach Dänemark zu kommen.«

»Was für ein unangenehmes Erlebnis. Das hat Sie sicher noch lange beschäftigt, oder?« Esther hob den Kopf und blickte in die blanken Augen der Krankenschwester.

»In der Tat. Anne ist bis heute nicht ganz darüber hinweg. Wir haben beide psychologische Hilfe in Anspruch genommen, aber Anne ist noch immer stressbedingt krankgeschrieben. Ich selbst erlebe auch immer wieder Tage, wo das Ganze hochkommt.«

»Eine traumatisierende Reise, so kann man das getrost nennen. War der Rat des Monopols entscheidend für Ihren Entschluss?«

»Nein, das würde ich nicht sagen.«

»Aber es muss Ihnen doch schwerfallen, auf *Mads & das Monopol* nicht sauer zu sein, da sie Ihnen doch so eindeutig geraten haben, die Reise anzutreten?« Esther bemerkte, dass sie ihre gesamte Muskulatur bei der Frage anspannte.

Die Krankenschwester dachte nach, bevor sie antwortete. »Ich weiß nicht, ob sauer der richtige Ausdruck ist, aber ich würde nicht zögern, der Runde zu erzählen, was damals passiert ist, damit sie beim nächsten Mal ihren Rat ein bisschen vorsichtiger geben.«

»So etwas kann weitreichende Folgen haben –«

»Genau. Und darüber denken sie möglicherweise nicht immer nach.« Sie blinzelte und blickte aus dem Fenster.

»Ich verstehe gut, dass Sie wütend auf sie sind.«

Josephine sah überrascht aus. »Ich bin wütend über das, was passiert ist, aber doch nicht auf die Prominentenrunde. Es war unsere eigene Entscheidung, diese Reise anzutreten, wir wussten genau, dass damit ein Risiko verbunden war. Ich möchte, dass die Runde erfährt, was passiert ist, nichts weiter.«

»Und was ist mit Anne? Ist sie wütend?«

Josephine zögerte, bevor sie antwortete. »Ich weiß nicht, ob sie wirklich wütend ist. Zeitweise hat sie Depressionen. Sie wohnt in Taastrup, wir sehen uns nicht mehr so häufig. Aber ich kann mir nicht vorstellen, dass sie *Mads & das Monopol* für die Ereignisse verantwortlich macht.«

Esther war anderer Ansicht. Sie bedankte sich und legte den gefährlichen Fußweg zur Bushaltestelle mit kurzen, eifrigen Pinguinschritten zurück. An der Haltestelle schrieb sie Jeppe eine SMS: *Möglicherweise haben wir etwas! Hast du Zeit für einen Ausflug nach Taastrup?*

*

Auf dem Weg nach Taastrup fragte Jeppe sich einmal pro Minute, was er hier eigentlich tat. Johannes hatte endlich eingewilligt, sich vernehmen zu lassen, er war auf dem Weg zu Anette und Larsen in den Vernehmungsraum 6. Anette hatte Jeppe mit einem Blick klargemacht, dass er sich sofort verkrümeln musste, er durfte als Freund nicht bei der Vernehmung dabei sein. Deshalb ging er jetzt dieser falschen Fährte in Taastrup nach. Eine gute Kollegin aus der Abteilung für internationale Wirtschaftskriminalität hatte er zuvor noch gebeten, im Archiv nach Fällen zu suchen, in die Søren Westi möglicherweise involviert war; und solange sie sich nicht meldete, hatte er nichts Besonderes zu tun.

Eine langsame, schleppende Version von *You're the One That I Want* wetteiferte mit dem Verkehrsfunk. Allerdings kam die Musik nicht aus dem Autoradio, sondern wurde von einem Punkt unter Jeppes Schläfen erzeugt.

Anne Rasmussen wohnte an einer Einfallstraße von Taastrup in einem von einem rostigen Metallzaun umgebenen Bungalow. Die Platten auf dem Weg zur Haustür wackelten unter Jeppes Füßen. Das Haus instand zu halten war ganz offensichtlich nicht Anne Rasmussens Sache. Er drückte auf den Klingelknopf und wartete eine Weile, bis ihm klar wurde, dass die Klingel kaputt war. Als er klopfte, wurde die Tür umgehend geöffnet. Die Kette lag vor.

»Kann ich Ihren Ausweis sehen?«

In seinen fast zwanzig Jahren bei der Polizei hatte Jeppe diese Frage höchstens fünf- oder sechsmal gehört. Niemals, wenn er vorab angerufen und ein Treffen vereinbart hatte. Jeppe zog die grüne Legitimationskarte der Kopenhagener Polizei aus dem Lederetui.

Die Frau hinter der Tür beugte sich vor und sah sich den Ausweis an. Sie trug Freizeitkleidung, und man durfte sie wohl als vollschlank bezeichnen. Ihr Haar war in mehreren Farben gefärbt, grau, rosa und blau, und zu einem Pferdeschwanz gebunden. Sie hakte die Kette aus, öffnete die Tür und drückte ihm dann schlapp die Hand.

»Kommen Sie herein. Wir setzen uns ins Wohnzimmer.« Jeppe folgte ihr in ein Zimmer, das aussah, als hätte es eine weitaus ältere Frau eingerichtet. Auslegeware auf dem Fußboden, ein Glastisch, ein Kunstledersofa in einer entsetzlichen Diarrhoe-Farbe. An der Wand hing ein Wechselrahmen mit dem Foto einer jüngeren und schlankeren Anne Rasmussen mit funkelnden Augen. Sie war kaum wiederzuerkennen.

»Möchten Sie eine Cola?«

Jeppe bedankte sich, er brauchte etwas Aufmunterndes. Sie brachte ihm ein kalkmattes Glas mit der zuckerfreien Variante. Sie trug das Glas mit den Fingern am Rand, und Jeppe musste sich beherrschen, um den Rand nicht abzuwischen, bevor er trank.

»Ist das Ihr Haus?«

»Es gehört meiner Großmutter. Ich wohne hier nur mittelfristig.« Ihr Tonfall war seltsam monoton.

Jeppe hob das Glas an den Mund, so dass die Bläschen ihm in die Nase stiegen, dann setzte er das Glas wieder ab.

»Ich muss Ihnen zunächst erklären, dass Sie nicht verpflichtet sind auszusagen. Okay?«

Sie nickte.

»Wie gesagt, ich bin gekommen, um mich nach der Reise zu erkundigen, die Sie und Ihre Freundin vor gut einem Jahr unternommen haben.«

»Josephine.«

»Genau. In jenem Oktober sind Sie über den Atlantik gesegelt, mit … Steve?«

Sie nickte.

»Soweit ich es verstanden habe, war es keine besonders schöne Reise?«

Anne Rasmussen verzog ihren Mund zu einem Lächeln –

doch Jeppe merkte nach einer Weile, dass es vielmehr eine unfreiwillige Grimasse war.

»Haben Sie Steve gefunden?«

»Nein. Soweit ich weiß, wird aktuell auch nicht nach ihm gefahndet. Mein Interesse an dem Fall ist eher indirekt.«

»Okay.« Das Grinsen zeigte sich erneut und verschwand ebenso schnell wie zuvor.

»Erzählen Sie mir ein wenig von dem Segeltörn. Was ging schief?« Jeppe beugte sich vor und hoffte, dass es wie die vertrauenerweckende Geste eines Zuhörers aussah.

»Es war einfach nur hart. Nicht das, was wir erwartet hatten.« Sie wischte sich einen Tropfen Cola vom Kinn und steckte beide Hände unter ihre Oberschenkel.

»Was meinen Sie?«

Sie zuckte die Achseln und biss sich auf die Lippe. Jeppe wartete vergeblich auf eine Antwort.

»War er unangenehm? Dieser Steve?«

»Ja. Fand ich jedenfalls. Ziemlich oft.«

»Fällt es Ihnen schwer, darüber hinwegzukommen?«

»Ich bin noch immer krankgeschrieben. Stress. Wäre es PTBS, würde die Versicherung zahlen.«

»Was halten Sie von dem Rat, den Sie von *Mads & das Monopol* bekamen?« Jeppe war es unangenehm, in Anne Rasmussens Vergangenheit zu wühlen. Sie hatte ganz offensichtlich nicht genügend Unterstützung erhalten, um wieder auf die Beine zu kommen.

»Hm, ich weiß nicht … Wahrscheinlich wären wir sowieso mitgesegelt, egal, was die gesagt hätten?« Sie formulierte die Antwort als Frage. Als hätte sie Zweifel, was er hören wollte.

»Sie haben also nicht das Gefühl, dass Ihre … derzeitige Situation etwas mit dem Ratschlag zu tun hat?«

»Es ist ja nicht deren Schuld, dass Steve sich so benommen hat.« Anne begann, vor sich hin zu summen, hielt aber abrupt inne, als sie Jeppes prüfenden Blick bemerkte.

»Wo waren Sie letzten Mittwochabend?«

Sie trank einen Schluck Cola, bevor sie antwortete. »In Vork Bakker. Ich bin erst gestern von einem Jugendlager nach Hause gekommen; freiwillige kirchliche Jugendarbeit. Sie können anrufen und sich erkundigen. Oder auf die Facebook-Seite gehen, da gibt's ein paar Bilder von der Fahrt.«

»Pfadfinder?« Jeppe war so erleichtert, von ihren sozialen Kontakten zu hören, dass er nicht einmal enttäuscht war, weil sie mit dem Fall nichts zu tun haben konnte. Er hatte auch nicht ernsthaft damit gerechnet.

Sie lächelte vorsichtig. »Es war kalt an dem Abend! Wir mussten ein Lagerfeuer anzünden!«

»Können Sie sich vorstellen, dass irgendjemand in Ihrem Umfeld wegen des Rats des Monopols verärgert ist und meint, die Teilnehmer müssten zur Verantwortung gezogen werden? Ihre Eltern, ein Freund?«

Der Blick, den sie ihm zuwarf, ließ ihn verlegen werden. In einer Millisekunde vermittelten ihm Anne Rasmussens Augen, wie undenkbar es war, dass irgendjemand aus ihrem Umfeld sich für sie engagieren würde.

Jeppe verabschiedete sich von der jungen Frau und beschloss, demnächst keine Zeit mehr mit Esther de Laurentis phantasievollen Theorien zu vergeuden. Er hatte zu viel zu tun, um den Seelsorger für Menschen zu spielen, die bei irgendeiner wichtigen Entscheidung ihres Lebens *Mads &*

das Monopol um Rat gefragt hatten. Er musste sich auf Søren Westi und den Fall konzentrieren.

Im Auto blickte Jeppe auf die Uhr des Armaturenbretts und vermisste seine Taucheruhr. Es war fünf, und er war müde. Müde und ohne jede Idee. Jeppe stellte Valby im Navi ein und fuhr schweren Herzens nach Hause.

18

Anette schüttete den Rest der dritten Tasse Automatenkaffee an diesem Nachmittag in den Ausguss. Sie fühlte sich unpässlich. Allerdings war sie weder erkältet noch müde, diese Formen des Unwohlseins kannte sie, es war eine neue Art von Unpässlichkeit, die sie nicht recht einzuordnen wusste. Sonst war sie immer fit, sobald sie die Augen aufschlug, nun war sie den größten Teil des Tages erschöpft. Ihr Zustand erinnerte sie an die Zeit, als sie mit Svend drei Tage lang die Sägemehltapete von den Wänden ihres Hauses gekratzt hatte. Damals hatte sie sich in dem Dunst von aufgelöstem Leim und unendlichen Tapetenbahnen ebenso ausgelaugt und schwindlig gefühlt. Vielleicht sollte sie einfach weniger Kaffee trinken.

Anette bereute, dass sie das neue Blutdruckmessgerät unter die Sommerkleidung in die unterste Schublade ihrer Kommode gelegt hatte. In diesem Moment hätte sie gern gewusst, wie schlimm es um sie stand.

»Er ist da. Allein! Ohne Anwalt. Ich habe ihn in Nummer 6 gesetzt.« Larsen stand an der Tür und lächelte ihr zu. »Ich gehe schon mal rein und bereite das Aufnahmegerät vor.«

Anette nickte fahrig und packte ihre Sachen zusammen. iPad, Telefon, Papier und Kugelschreiber für eventuelle Geständnisse.

Die Vernehmung von Johannes Ledmark würde nicht angenehm werden. Zwar hatte sie nicht vor, ihn einem Kreuzverhör zu unterziehen, andererseits hielt sich ihr Mitleid beim Verdacht auf vorsätzlichen Mord in Grenzen.

Johannes Ledmark sah miserabel aus. Hohlwangig und bar seines normalerweise so einnehmenden Charmes. Larsen erklärte ihm gerade seine Rechte, als Anette sich neben ihn an den Tisch setzte. Johannes ließ sie nicht aus den Augen.

»Hej, Johannes, wie geht's dir?«

»Ging mir nie besser.« Er verzog keine Miene. »Nur als ich den Silbernen Bären gewonnen habe.«

Anette entschloss sich, seinen Sarkasmus großzügig zu überhören. »Johannes, lass uns mit Freitagnachmittag und Freitagabend beginnen. Also vorgestern, Freitag, den 29. Januar. Wo warst du wann und mit wem?«

»Du meinst, nachdem du und Jeppe zu Besuch wart?« Er sah sie aufmerksam an. »Erst habe ich ein paar Stunden geschlafen. Dann habe ich mich mit meinem Ehemann unterhalten, geduscht und ein bisschen gegessen. Später traf ich mich mit Jeppe im McKluud. Das war um fünf.«

»Sei so freundlich und bestätige, dass es sich dabei um den Ermittlungsleiter Jeppe Kørner gehandelt hat.« Anettes Puls pochte im Hals, sie glaubte, ihn zwischen ihren Worten hören zu können.

»Ja, Jeppe Kørner.« Johannes sah sie misstrauisch an, als würde sie versuchen, ihm einen Gebrauchtwagen zu verkaufen. »Aber es war ein privates Treffen.«

Larsen rutschte unruhig auf seinem Stuhl hin und her, Anette warf ihm einen warnenden Blick zu. Diesen Punkt mussten sie jetzt nicht diskutieren, Larsen hatte sich da nicht einzumischen.

»Wie lange habt ihr im McKluud gesessen?«

»Eine Stunde, höchstens. Ich war gegen sechs wieder zu Hause. Darf ich um ein Glas Wasser bitten?« Johannes räusperte sich. Larsen goss ihm Wasser aus einer Kanne ein und schob den Plastikbecher über den Tisch.

Johannes trank einen Schluck und verzog das Gesicht zu einer Grimasse. Das Wasser im Präsidium schmeckte nach den alten Eisenrohren, aus denen es kam.

»Und dann? Hast du dich zu Hause mit irgendjemandem getroffen?«

Johannes sah sie verblüfft an, aber nur einen Moment.

»Ja, wie du vermutlich bereits weißt, kam Christel Toft mit einem Jackett vorbei, dass sie sich am Dienstagabend von mir geliehen hatte. So gegen sechs, wie vereinbart. Es ist ein Jackett von Ferragamo, ich wollte es gern zurückhaben.«

Larsen gab ein beifälliges Geräusch von sich.

Anette schmunzelte. Männer! »Wie lange blieb sie?«

»Nur zwei Minuten. Sie lieferte das Jackett ab, fragte, wie es mir gehe, sagte irgendetwas Rührseliges über Alpha und verschwand wieder. Wir standen nur an der Tür. Sie kam nicht herein, weil sie auf dem Weg zu einer Modenschau war, total aufgedonnert.«

Anette nickte. »Sie hat nicht noch einen kleinen Schluck zu trinken bekommen? Ein Glas Wasser –«

»Nein. Ich sage doch, sie hat nur das Jackett abgeliefert und ist gegangen. Möglicherweise wollte sie noch ein bisschen bleiben, aber mir war nicht nach Gesellschaft.«

»War Rodrigo zu Hause? Könnte er es bestätigen?«

»Nein.« Johannes seufzte. »Rodrigo war fort, als ich aus dem McKluud nach Hause kam. Ein langer Spaziergang, hat er gesagt. Er war nicht da, als Christel kam.«

Anette änderte den Kurs. »Erzähl uns von Alpha. Wie war eure Beziehung?«

Johannes Ledmark bekam einen roten Kopf. Keine hübschen rosa Wangen aus schüchterner Verlegenheit, sondern eine dunkle, ungesunde Farbe, die sich vom Hals aus rasch über das gesamte Gesicht ausbreitete. Für Anette sah es ganz nach Schamesröte aus.

»Alpha war mein Lover, und das schon seit einiger Zeit. Das wisst ihr ja bereits, es gibt also keinen Grund, es zu verschweigen oder weiter darauf herumzureiten. Es war Spaß, tiefere Gefühle waren nicht im Spiel. Ich würde es sehr schätzen, wenn das unter uns bleibt und die Presse keinen Wind davon bekommt.«

»Ihr seid am Mittwochabend zusammen zu dem Fest gegangen?« Anette hielt es für das Beste, die Vernehmung einfach fortzusetzen. »Zeugen bestätigen, dass ihr gegen 22:30 Uhr einen Streit hattet. Worum ging es dabei?«

»Zeugen!« Er ließ sich das Wort auf der Zunge zergehen, lächelte traurig. »Ich habe wirklich keine Lust, euch das zu erzählen. Es ist privat. Und Alpha ist nicht mehr da, daher … können wir es nicht einfach dabei belassen, dass es sich um einen Streit zwischen Freunden gehandelt hat? Ein Zerwürfnis. Es hatte nichts mit seinem Tod zu tun.«

Es wurde still im Raum. Durch die einfache Verglasung der alten Fenster hörte man die Bremsen eines Busses. Larsen öffnete eine Aktenmappe, warf Anette einen Blick zu und las laut vor.

»Verflucht, Johannes, das ist doch nur geliehen. Du weißt, dass ich es zurückzahle. Aber ich BRAUCHE es jetzt! Zwing mich nicht, von uns zu erzählen. So tief will ich nicht sinken. Aber ich tue es, wenn ich dazu gezwungen bin. Nur hundert K. Du bekommst sie wieder. A.«

Larsen klappte die Mappe zu.

»Dies ist eine Abschrift einer SMS von Alpha Bartholdy an Sie. Vom 23. Januar dieses Jahres. Erkennen Sie es wieder?«

»Was soll ich eurer Meinung nach dazu sagen?« Johannes' Augen wurden schmal und stechend. »Dass ich Alpha ermordet habe, weil er mich erpresst hat? Das hat er getan. Aber ich habe ihm nie auch nur ein Härchen gekrümmt, obwohl ich ihm hin und wieder gern eins aufs Maul gegeben hätte. Kapiert ihr das endlich?« Er beugte sich vor und wiederholte langsam und deutlich: »Eins – aufs – Maul.«

Johannes Ledmark lehnte sich zurück und knetete sein Kinn. Dann senkte er den Kopf und jaulte leise auf. Als er den Kopf wieder hob, sah er gefasst aus. »Aber ich habe es nicht getan. Im Gegenteil. Ich habe ihm, wie ihr sicher auch längst wisst, gegeben, was er verlangte.«

»Wie kam Alpha Bartholdys Mobiltelefon in Ihre Manteltasche?« Larsen schob die Aktenmappe beiseite und faltete die Hände auf dem Tisch.

»Keine Ahnung. Ich erinnere mich nur verschwommen an den Abend. Wir waren betrunken und … nachdem wir uns gestritten hatten, bin ich mit Lulu Sui zu ihrem Boot gefahren und blieb dort. Ja, aber das wisst ihr ja auch schon. Ich weiß nicht, warum ich Alphas Telefon hätte nehmen sollen.«

»Um dafür zu sorgen, dass er niemanden um Hilfe rufen konnte?«

Die Worte blieben in der Luft hängen. Johannes Ledmarks Augen flackerten. »Ich weiß nicht, was ich sagen soll. Ich kann nur sagen, dass ich das Telefon nicht genommen habe. Da müsst ihr andere fragen. Was ist mit Rodrigo? Er hat es doch schließlich gefunden.« Die letzten Worte spuckte er regelrecht aus. Er zog die Hände vom Tisch, schwitzte, suchte ganz offensichtlich nach einem Loch, in das er sich verkriechen konnte.

Anette betrachtete ihn ruhig. Unterstellte er Rodrigo, ihn in Misskredit bringen zu wollen? Brauchte es wirklich nur ein paar Tage, um eine perfekte Ehe zu zerstören?

»Hast du Alpha bei dem Fest am Mittwochabend ein Getränk mit Abflussreiniger verabreicht? Nach dem Streit?« Anette war überrascht über ihre nüchterne und feste Stimme, wo doch ihr Blut mit mehreren hundert Stundenkilometern durch ihre Adern brauste.

»Nein.«

»Hast du Christel Toft am Freitagnachmittag Abflussreiniger gegeben, als sie vorbeikam?«

»Nein. Wie oft soll ich es denn noch sagen? Nein, nein, NEIN, ich habe sie nicht ermordet!« Johannes verschränkte die Arme vor der Brust.

»Weißt du etwas über … Unregelmäßigkeiten im Zusammenhang mit Alpha Bartholdys und Søren Westis Zusammenarbeit?« Anette blätterte in ihren Unterlagen. »Stichwort A-Skin?«

»Ich habe nichts mehr zu sagen.«

»Weißt du, ob es sich möglicherweise um Betrug gehandelt haben könnte?« Anette wusste nicht genau, worauf sie hinauswollte, aber wenn man auf Widerstand stößt, ist das in der Regel ein Grund fortzufahren.

Johannes antwortete nicht.

»Willst du mit uns nicht über A-Skin reden?«

Johannes starrte nur in die Luft, sein Mund war ein schmaler, verächtlicher Strich.

»Willst du überhaupt nicht mehr mit uns reden?«

Wieder wurde es still im Vernehmungsraum 6. Anette hatte das Gefühl zu ersticken. War es die Atmosphäre oder ihr Blutdruck, der ihr zu schaffen machte? Sie erhob sich.

»Der Zeuge weigert sich, die Vernehmung fortzusetzen. Larsen, beendest du es? Wir unterhalten uns noch, Johannes. Bitte sei so nett, im Moment die Stadt nicht zu verlassen. Und geh ans Telefon, wenn wir anrufen.«

Sie verließ den Raum, bevor noch irgendjemand etwas sagen konnte, und schloss die Tür hinter sich. Nach ein paar Metern auf dem Flur blieb sie stehen und stützte sich an der Wand ab. Verdammtes Herz, warum hämmerte es so? Sie fand die Haken ihres BHs unter der Bluse und öffnete ihn mit zitternden Fingern. Sie hatte das Gefühl, als befreie sie sich aus einer Zwangsjacke, ihr Puls verlangsamte sich sofort. Vorsichtig ging sie durch den hallenden Flur in ihr Büro. Sie schloss die Tür und setzte sich mit einem erleichterten Seufzen.

Erpressung, Ansteckung mit einer chronischen Krankheit, ein offener Konflikt. Anette konnte sich nicht erinnern, wann ein einzelner Verdächtiger je so viele Motive für einen Mord hatte. Sie musste Jeppe überzeugen, Johannes zu verhaften. Sicher, es fehlte noch die rauchende Pistole, aber die Indizien waren längst nicht mehr zu übersehen.

Ihr Stuhl knarrte mit dem vergeblich gluckernden Heizkörper um die Wette, sie fror an den Füßen, hatte aber unangenehm heiße Wangen. Das eigenartige Gefühl, das sie bei Johannes Ledmark gehabt hatte, war zu einem deutlichen Verdacht geworden. Der Mann war gefragt und verdiente vermutlich gut, aber in Dänemark gab es – abgesehen von Mads Mikkelsen – nicht viele Schauspieler, die richtig wohlhabend waren. Woher hatte Johannes sein Geld? War es denkbar, dass auch er in Westis Betrug verwickelt war?

Anette versuchte aufzustehen, musste aber nach der Schreibtischkante greifen, um die Welt zu stabilisieren. Ihr Herz klopfte bis zum Hals, ihr wurde übel. Ihre beiden Eltern waren innerhalb eines Jahres an einem Herz-Kreislauf-Syndrom gestorben: die Mutter an einer Thrombose im Gehirn, der Vater an schleichendem Herzversagen. Der Verlauf beider Krankheiten war abscheulich und unwürdig gewesen. Anette hatte sich nach den Begräbnissen geschworen, von einer Brücke zu springen, sollte sich herausstellen, dass sie die Familienschwäche geerbt hatte.

Was sollte sie Svend sagen, wenn es ernst war? Sie versuchte sich vorzustellen, wie sie ein solches Gespräch anging, während er am Herd stand und in den Töpfen rührte. Sie verdrängte den Gedanken und holte stattdessen die Einkaufsliste heraus, die er ihr für den sonntäglichen Einkauf mitgegeben hatte: Weißbrot, Nackenkamm, dunkles Bier, Sahne, Kartoffeln und etwas Süßes zum Abendkaffee. Der Gedanke an dicke Soßen und Schweinefleisch brachte die Übelkeit zurück.

Als sie sich einigermaßen erholt hatte, setzte sie sich ins Auto und fuhr zum Greve Midtby Center. Wenn sie sich beeilte, schaffte sie es vielleicht, einen Bericht der Vernehmung an Jeppe zu schicken und mit den Hunden Gassi zu gehen, während Svend das Abendessen vorbereitete.

*

Jeppes Kollegin von der Abteilung für Wirtschaftskriminalität rief an, als er auf der Autobahn nach Valby fuhr. Er nahm das Gespräch an, und ihre Stimme kam dunkel und heiser aus der Lautsprecheranlage des Wagens.

»Hej, Kørner, habe ich dich beim Abendessen gestört?«

»Ich sitze im Auto, es passt gut.«

»Bist du allein?«

Jeppe wurde hellhörig, sie hatte etwas gefunden. »Ja, bin ich. Und was du mir jetzt erzählst, habe ich nicht von dir.«

»Gut. Es laufen derzeit ein paar Untersuchungen, aber wir unterliegen der Schweigepflicht. Du weißt, wie das ist.«

»Vertrau mir! Was hast du?« Jeppe blinkte und bog auf die Vigerslev Allé, er versuchte, nicht allzu eifrig zu klingen.

»Du hast nach A-Skin gefragt. Eine Schönheits- und Hautpflege-Firma, gegründet von Alpha Bartholdy und Søren Westi am 1. August des letzten Jahres. Konkurs am 17. November mit großen Verlusten für beide Investoren.«

»Richtig.«

»Abgesehen davon, dass genau das nicht passiert ist. Der Konkurs war fingiert, die Produkte wurden vermutlich niemals hergestellt, und der angebliche Brand hat nie stattgefunden.«

»Wir haben's geahnt! Søren Westi hat Alpha Bartholdy um seinen Anteil betrogen!« Jeppe kniff die Augen zusammen, um die Straßenschwellen nicht zu übersehen, die sich unter dem Schneematsch verbargen.

»Nicht ganz. Jedenfalls nicht nur. Der Betrüger ist Søren Westi, so weit hast du recht, aber tatsächlich wurden weit mehr als Alpha Bartholdys fünfhunderttausend Kronen investiert. Ein zweistelliger Millionenbetrag ist verlorengegangen.«

»Jetzt bin ich auch verloren.«

Sie lachte heiser. »Das verlorene Geld gehörte nicht ihnen, oder besser, es gehörte nicht Søren Westi.«

»Wem sonst?«

»Westi hatte einen potenten stillen Teilhaber, der offenbar wünschte, anonym zu bleiben. Und der hat bei dem fingierten Konkurs seine gesamte Investition verloren.«

»Ist so etwas möglich?« Jeppe rollte in die Einfahrt und stellte den Motor ab.

»Es geht nur darum, jemanden zu finden, der genügend Geld und den nötigen Glauben an ein Projekt hat.«

Jeppe unterbrach sie. »Aber ganz konkret, wie bekommt man das Geld eines Investors? Er wird doch Bilanzen und Belege sehen wollen, bevor er die Brieftasche zückt?«

»Nicht, wenn dieser Investor aus irgendeinem Grund nicht möchte, dass das Geld auftaucht. Dann kommt es zu einem Gentlemen's Agreement. Die Absprachen bleiben geheim, und man vermeidet schriftliche Vereinbarungen.«

»Also Steuerhinterziehung?«

»Genau.«

»Wer ist der Investor, der sein Geld verloren hat?« Es

hatte wieder angefangen zu schneien, die Schneeflocken bedeckten langsam die Frontscheibe des Wagens und sperrten die Welt aus.

»Das wissen wir noch nicht. Das Geld steckt in einem Fonds – woher es kommt, ist nicht ersichtlich.«

»Aber Westi hat also sowohl Alpha Bartholdy als auch diesen Investor betrogen?«

»Er lebt gefährlich. Willst du noch etwas wissen? Sonst würde ich jetzt nämlich mit meiner Familie zu Abend essen, es gibt einen richtig altmodischen Rinderbraten.«

»Tu das. Ich gebe die Informationen an Polizeiassistent Larsen aus meinem Team weiter, verrate aber nicht, woher ich sie habe. Danke!«

Jeppe blieb noch einen Moment in der Dunkelheit des Wagens sitzen. Als hätte er sich in einem Winterquartier eingerichtet, gemütlich und beengt zugleich.

Betrug auf hohem Niveau. Mussten Alpha und Christel deshalb sterben? Aber warum? Streng genommen hätte Alpha Bartholdy eher ein Motiv gehabt, Westi umzubringen, als umgekehrt. Und wie passte Christel Toft in diese Theorie?

Verzweifelt versuchte er, die neuen Informationen zu verarbeiten und eine Verbindung zu ihren bisherigen Erkenntnissen herzustellen. Es gelang ihm nicht. Irgendetwas passte nicht zusammen.

Sein nacktes Handgelenk erinnerte ihn daran, dass seine Uhr mit zerrissenem Armband im Kanal lag. Aber egal, wie spät es war, er beschloss, seine halbherzige Verabredung mit Hannah platzen zu lassen. Er konnte ihr einfach nicht in die Augen sehen. Sein schlechtes Gewissen lag ihm wie ein

Teigklumpen im Magen, und dieser Klumpen war umso unverdaulicher, als er noch immer an die Nacht mit Sara denken musste. Jedes Mal, wenn sein Körper sich an ihre nackte Haut und den leicht geöffneten Mund erinnerte, pochte es im Schritt.

Don't dip your pen in company ink, wie Johannes immer sagte, obwohl er sich auch nicht an diese Regel hielt. Dennoch stimmte sie.

Jeppe warf die Wagentür zu und ging durch den Garten zur Kellertür. Er leuchtete mit seinem Telefon zu Boden: keine Fußspuren im Schnee. Er ging die vier Stufen hinunter und griff nach der eiskalten Klinke. Die Tür ging auf. Er ließ das Licht über den Rahmen und das Schloss gleiten, diesmal gründlicher, dann fand er die Ursache. Der Riegel hatte sich verklemmt, die Tür ließ sich überhaupt nicht abschließen.

So viel zu Einbruchsphantasien.

Er beschloss, vor dem Abendessen eine Runde zu joggen. Nichts beseitigte wirre Gedanken und fleischliche Lust besser als unmittelbare physische Anstrengung. Das Haus war kühl, Jeppe behielt den Mantel an, als er seine Joggingsachen aus dem Wäschetrockner holte. Das Traurige am Alleinleben war, dass die Dinge sich immer dort befanden, wo man sie hinterlassen hatte. Niemand legte Wäsche zusammen oder kaufte ein. Auch die Unordnung verschwand nicht von selbst.

Ganz hinten in der Schublade mit den Socken lag die Omega seines Vaters. Die Ziffernblatt war vergilbt und der Lederriemen zu zerschlissen, um noch als Vintage durchzugehen – auch hatte er die Uhr größer in Erinnerung.

Jeppe versuchte sie aufzuziehen, aber irgendetwas klemmte. Er musste sie zu einem Uhrmacher bringen. Als er mit dem Finger über die Uhr strich, hatte er das Gefühl, als hielte er die Hand seines Vaters. Ein unerwartetes Gefühl von Geborgenheit.

Jeppe legte die Uhr auf den Küchentisch und suchte mit Hilfe seines Smartphones nach einem Uhrmacher. Dann schrieb er eine kurze, aber liebevolle Nachricht an Hannah. Er überprüfte seine Mails und überflog den stichwortartigen Bericht, den Anette ihm von Johannes' Vernehmung geschickt hatte. Johannes hatte kooperiert, zumindest bis zu einem gewissen Punkt. Gott sei Dank.

Die Beine fühlten sich ungewöhnlich schwer an, als er durch den Schnee lief. Si-sy-phos, Si-sy-phos, murmelte er vor sich hin, eine Silbe bei jedem Schritt, um zu vermeiden, dass seine innere Jukebox wieder ansprang. Jeppe konzentrierte sich auf seinen Körper, auf den Rhythmus der Muskeln, die rasche Atmung, auf sein pumpendes Herz.

Sein Vater war extrem unsportlich gewesen. Er konnte weder schwimmen noch Fahrrad fahren, er hatte es als Kind nie gelernt und es auch als Erwachsener nicht für nötig gehalten. Ein merkwürdiges Handicap, mit dem er durchs Leben ging, allerdings hatte sein Vater es selbst nie als Problem empfunden. Er hatte ein Leben als Kopfmensch geführt, ein reiches und neugieriges Leben, auf Spaziergängen durch sein geliebtes Kopenhagen oder träumend im Sessel, mit einem Buch im Schoß.

Im Sessel hatte er die ganze Welt bereist und China, Italien, Schottland, ja, praktisch alle Länder der Erde in Wort und Bild erlebt. Wäre er tatsächlich dorthin gereist, hätte er nicht begeisterter sein können. Ein Leben im Kopf, bei dem der Geist von seinem vernachlässigten Körper unabhängig war. Schließlich hatte der Körper aufgegeben, und das Herz war von einem Augenblick auf den anderen stehengeblieben.

Jeppe lief schneller. Seine Lungen brannten bereits, die Beine schrien. Das große Herz, herzlich, aber schwach.

Montag, 1. Februar

19

Normalerweise hatte der Checkpoint Kopenhagen der Aids-Hilfe nur ein paar Abende in der Woche Sprechstunde. Für Johannes Ledmark war es jedoch kein Problem gewesen, über seinen Agenten eine diskrete Vereinbarung für einen HIV-Test am frühen Montagmorgen zu treffen.

Es war kurz nach acht, als Johannes und Rodrigo auf eine unscheinbare Haustür der Vestergade zugingen, der Abstand zwischen ihnen betrug einen Meter. Rodrigo ging voran, er hatte den Mantelkragen hochgeschlagen. Hätte Johannes auch nur ein Wort gesagt, er wäre ihm an den Hals gesprungen!

Rodrigo klingelte, stieg die mit Linoleum belegten Treppenstufen zu einem weißgestrichenen Wartezimmer voller Reklamedisplays und unbequemer Stühle hinauf und schlug Johannes die Tür vor der Nase zu.

Ein Mann mit Metallbrille und Checkpoint-T-Shirt bat sie, einen Fragebogen auszufüllen. Rodrigo kreuzte die Kästchen an und schrieb ja und nein in die dafür vorgesehenen Zeilen. Als er fertig war, legte er den Kugelschreiber beiseite und starrte in die Luft, ohne auf Johannes' suchenden Blick zu reagieren. Schweigend saßen sie nebeneinander und warteten, bis der Mitarbeiter der Aids-Hilfe zurückkam.

Es gab so viel zu sagen, dass sie nicht darüber sprechen konnten.

»Wer will zuerst?« Der Mitarbeiter schlug jovial die Hände zusammen und lächelte sie an.

Sofort stand Johannes auf und folgte ihm ins Nebenzimmer. Die Tür wurde geschlossen. Klassische Körpersprache von Johannes, die signalisieren sollte, dass er die Verantwortung übernahm: »Ich gehe zuerst und begegne dem Feind allein.« Rodrigo starrte verbittert auf die gefalteten Hände in seinem Schoß.

Ein paar Minuten später ging die Tür wieder auf, und Johannes setzte sich neben ihn.

»Negativ. Aber wir sollen noch einen zweiten Test machen – um ganz sichergehen zu können.« Johannes stieß die Luft aus, ein kurzer kontrollierter Stoß, mit dem er zugleich Erleichterung und Besorgtheit zum Ausdruck brachte.

Rodrigo erhob sich, ohne es zu kommentieren, ging ins Nebenzimmer und schloss die Tür hinter sich.

»Hej, Rodrigo, setz dich.« *Wodwigo.* Immer so ausgesprochen, als hätten sie eine Kartoffel im Mund, wann würden die Dänen es endlich lernen?

Er setzte sich auf den Rand eines grünen Plastikstuhls und streckte die Hand aus. »Bist du bereit?«

»Ja.«

Der eigentliche Test war schnell überstanden. Ein Stich in den Mittelfinger, ein paar Tropfen Blut in den Testbecher, dann kam der schwierige Teil: das Warten auf das Testergebnis. Rodrigo blickte auf eine Broschüre, die auf dem Tisch zwischen ihnen lag. *Kondome – wir haben auch eins für dich.*

Nach ein paar Minuten räusperte sich der Mann von der Aids-Hilfe. »Das Resultat ist eindeutig: negativ.«

Rodrigo nickte, ohne von der Broschüre aufzublicken.

»In drei, vier Wochen musst du noch mal zur Untersuchung kommen, erst dann kannst du sicher sein, dass du dich nicht angesteckt hast. Aber immerhin, der erste Test ist gut ausgegangen!«

Rodrigo stand auf und streckte die Hand aus. »Danke für deine Hilfe.«

Dann öffnete er die Tür zum Wartezimmer, wo Johannes auf ihn wartete, nahm seinen Mantel vom Garderobenständer und verließ den Raum, ohne ein Wort zu seinem Ehemann zu sagen. Rodrigo hörte, wie Johannes ihm nachging, im Moment konnte er ihn jedoch nicht ertragen. Vielleicht nie mehr.

An der Haustür holte Johannes ihn ein.

»Rodrigo, wir müssen miteinander reden. Die Dinge sind schwierig, aber es gibt doch Hoffnung. Zumindest sind wir nicht krank.«

Rodrigo drehte sich um und sah ihn an. Seinen hübschen, bleichen, verlogenen Mann.

»Doch, sind wir. Wir haben Hepatitis, schon vergessen? Kränker als wir kann man nicht werden. Es ist, als hätten wir Krebs im vierten Stadium.«

Er öffnete die Tür mit einer Entschlossenheit, wie er sie seit Jahren nicht mehr verspürt hatte, und setzte sich in Bewegung. Aus den Augenwinkeln sah er, wie Johannes festgenommen und zu einem wartenden Polizeiwagen geführt wurde. Rodrigo ging weiter, ohne sich umzudrehen.

In ganz Kopenhagen gab es nur einen Uhrmacher, der alte Omega-Uhren reparierte. Das Geschäft lag laut Google am Gammel Kongevej und öffnete bereits um neun. Jeppe wollte auf dem Weg ins Präsidium vorbeifahren, obwohl er sich dadurch verspäten würde.

Der morgendliche Verkehr rollte wegen des Schnees zäher als sonst, die Autofahrer waren alle entnervt. Es fiel schwer, sich von dieser Stimmung nicht anstecken zu lassen. Erstaunlicherweise fand Jeppe einen Parkplatz, in den er rückwärts einparkte, ohne sich von den übrigen ungeduldigen Verkehrsteilnehmern allzu sehr stressen zu lassen.

Der Uhrmacher hatte seinen Laden in der Hausnummer 86. Erst jetzt realisierte Jeppe, dass es genau das Haus war, in dem sein Vater die letzten fünfzehn Jahres seines Lebens gewohnt hatte. Jeppe blieb auf dem Bürgersteig stehen und legte instinktiv eine Hand auf die Omega in seiner Tasche. Ein Mann mit einem Rollkoffer rempelte ihn an, Jeppe trat ein paar Schritte zur Seite. Gab es hier etwas, das er verstehen sollte? Dass die Zeit begrenzt und das Leben kurz ist?

Das war Jeppe allerdings bereits klargeworden, als sein Vater im Alter von nur neunundsechzig Jahren an einem Herzstillstand gestorben war.

Zeichen, Zeichen, Zeichen – er würde noch wahnsinnig werden. Das Leben wäre so viel leichter, würde man sie nicht überall sehen. Jeppe beneidete Anette oft um ihre Tatkraft und Bulldozer-Energie. Es musste großartig sein, durchs Leben gehen zu können, ohne so viel zu zögern und zu zweifeln! Er versah alles mit Fragezeichen und überprüfte es wieder und wieder. »Sensibelchen« hatte Therese ihn oft genannt. Möglicherweise war eine gewisse Sensibilität aber auch gleichzeitig der Grund für seine Fähigkeiten als Ermittler? Man ließ die Welt zu sich sprechen, und die Intuition hörte zu, nicht nur der Kopf.

Jeppe betrat das Uhrmachergeschäft und lieferte die Omega seines Vaters ab. Die Reparatur würde ein paar Tage dauern, sagte die Uhrmacherin, die Ersatzteile müssten aus Italien angefordert werden. Sie sprach langsam, mit einer sanften Stimme, passend zur Atmosphäre im Laden. Konnte die Zeit bei einem Uhrmacher stehenbleiben? Jeppe merkte plötzlich, dass er sich über den Verlust seiner teuren Taucheruhr nicht wirklich ärgerte. Alles hatte seinen Sinn, auch ein Verlust.

Der Klingelton seines Telefons schreckte ihn aus seinen Gedanken. Anette, natürlich. Jeppe nahm die Quittung entgegen und schenkte der Uhrmacherin sein herzlichstes Lächeln, als er das Telefon ans Ohr legte.

»Was ist? Ich bin unterwegs.«

»Warum kommst du heute so spät? Du hast die morgendliche Besprechung verpasst.« Sie klang aufgebracht.

»Was ist passiert?«

»Johannes wurde festgenommen.«

Jeppe blieb mit der Hand an der Autotür stehen. »Was heißt das? Er kam doch gestern freiwillig zur Vernehmung!«

»Ihm werden die Morde an Alpha Bartholdy und Christel Toft vorgeworfen, er wird nachher dem Haftrichter vorgeführt. Es tut mir leid, Jeppe.«

»Wer hat die Entscheidung getroffen?«

»PK. Nach einem Gespräch mit mir.«

»Und warum wurde ich nicht hinzugezogen? Ich bin der

Teamleiter. Zum Teufel, was soll das?« Jeppe schlug mit der flachen Hand aufs Autodach. Es schmerzte heftiger, als er gedacht hatte.

»Du bist befangen, und du weißt es, Jeppe!«

»Ich komme jetzt. Wo ist er?«

»In Untersuchungshaft.«

»Sind im Laufe der Nacht neue Beweise aufgetaucht, von denen ich noch nichts weiß?«

»Es gibt zu viele Fragen, die er nicht beantworten will, Jeppe. Insgesamt ist die Einschätzung, dass die Kombination aus Motiv und Möglichkeit zusammen mit seinem anschließenden Verschwinden schwer genug wiegt, um Anklage zu erheben.« Anette drückte sich vorsichtig aus, ihre Fürsorge machte es jedoch nur noch schlimmer.

»Motiv? Welches Motiv?«

»Alphas Erpressung, die Drohung, an die Presse zu gehen. Es gibt möglicherweise auch ein finanzielles Motiv. Ja, uns fehlt noch ein Motiv für den Mord an Christel Toft, aber … hör mal, es ist einfacher, wenn wir weiterreden, wenn du hier bist. Jeppe?«

Er hatte bereits aufgelegt, das Telefon auf den Rücksitz geworfen und den Wagen angelassen.

*

Nur der gelbliche Terrazzoboden sorgte in der Zelle für ein Minimum an Unruhe. Weiße, ausdruckslose Wände, dunkelgraue Metalltüren, eine schmale Liege, ein Hocker, ein Klapptisch an der Wand. Neutral und ungefährlich, eingerichtet, um Menschen zu beruhigen, aber auch, um Geständnisse hervorzulocken. Als würden die leeren Flächen die Zelleninsassen dazu anregen, sie auszufüllen.

Johannes saß auf der Pritsche, das Gesicht in den Händen verborgen. Er hatte Jeppe nicht gehört, zumindest hob er nicht den Kopf. Jeppe blieb einen Augenblick stehen und betrachtete ihn im morgendlichen Licht, das durch die vergitterten Fenster fiel. Dieses Fenster, das Licht auf sämtliche Geheimnisse und Verbrechen warf, das Fenster zur Freiheit, mit der es nun vorbei sein sollte. Kaum vorstellbar, dass ein Leben so schnell zerbröckeln konnte. Vierzig Jahre, um eine Persönlichkeit aufzubauen, eine Karriere, einen Freundeskreis, ein Zuhause, und dann verschwand alles im Laufe weniger Tage.

Vorsichtig trat er näher und legte seine Hände auf Johannes' Schultern. Jeppe umarmte Johannes, er sollte spüren, dass er nicht allein war. Dann zog er den Hocker heran, so dass sie sich direkt gegenübersaßen. Johannes konnte ihm nicht in die Augen sehen.

»Ich bin es, Johannes. Und ich verurteile dich nicht, okay?«

»Ich glaube, diese ganze Geschichte bringt mich um. Ich kann nicht mehr.«

»Du stirbst nicht, jedenfalls nicht daran. Im Moment hast du vielleicht das Gefühl, aber das geht vorbei. Beiß die Zähne zusammen und versuch gar nicht erst, mehr als eine Stunde vorauszudenken. Okay?«

»Okay.«

»Gut.« Jeppe schob den Hocker ein Stück zurück und zog sein Notizbuch heraus. »Ich frage dich jetzt ein paar Dinge, ganz inoffiziell, als dein Freund. Keiner darf wissen, dass ich hier bin. Nachher, wenn dein Anwalt da ist, wirst du dem Haftrichter vorgeführt. Hast du verstanden?«

Johannes nickte, schluckte und richtete sich auf der Pritsche auf. Jeppe schaute ihn durchdringend an.

»Ich frage nur einmal und erwarte eine ehrliche Antwort. Sonst kann ich nichts für dich tun. Ich will dir helfen, aber ich muss wissen, um was es geht. Schwör bei den Gräbern unserer Väter.«

Johannes hob die Hand und verzog das Gesicht zu einem schiefen Lächeln. »Ich schwöre, die Wahrheit zu sagen.«

»Hast du Alpha Bartholdy und Christel Toft ermordet?«

»Nein! Ein kategorisches Nein! Ich habe in meinem Leben noch nie jemandem körperlich etwas angetan.«

»Gut, dann ist das geklärt«, erklärte Jeppe, ohne eine Miene zu verziehen. »Nimmst du wieder Drogen?«

Johannes schlug die Augen nieder wie ein verlegener Teenager, der sich für die Frage schämt, die er beantworten muss. Nach einem Moment nickte er mürrisch und ignorierte Jeppes verdrehte Augen.

»Johannes, verflucht noch mal –« Jeppe atmete tief durch. Es gab im Augenblick wichtigere Themen. »Wieso hast du sein Telefon an dich genommen?«

»Habe ich nicht.«

»Und wie ist es in deine Manteltasche gekommen?«

»Keine Ahnung. Warum hätte ich es denn nehmen sollen?« Johannes versuchte, sich nicht aufzuregen.

»Um zu verhindern, dass gewisse kompromittierende Fotos veröffentlicht werden?«

»Das ist doch Unfug, Jeppe! Alle Fotodateien werden doch heute im Netz synchronisiert. Diese Fotos sind nicht nur auf Alphas Telefon, sie sind in seiner digitalen Cloud. Was hätte es genützt, ihm sein Telefon wegzunehmen?« Er schüttelte gereizt den Kopf.

»Aber wie ist es dann in deine Tasche geraten?«

»Ich sage doch, ich weiß es nicht!« Johannes wurde laut. Er erhob sich und lief eine Runde durch den kleinen Raum. Dann setzte er sich wieder. »Entschuldige.«

Jeppe sah ihn mit einem ernsten Gesichtsausdruck an. »Du weißt, dass meine Kollegen dich nicht unbedingt mit Samthandschuhen anfassen werden. Da nützt es nichts, dass du auf diese Weise explodierst, das macht alles nur komplizierter.«

Johannes nickte verlegen.

»Etwas anderes: Hast du irgendetwas mit Alphas Hautpflegeserie zu tun?«

»Mit A-Skin? Nein. Da habe ich mich nicht eingemischt.«

»Du hast niemals Geld investiert oder geholfen, Alpha einen Investor zu vermitteln?« Jeppes Lippen klebten an den Zähnen, so trocken war sein Mund.

»Bist du wahnsinnig? Das hätte ich nie gewagt. Ich habe einen Finanzberater, der für mich investiert, ich habe von Geschäften keine Ahnung. Das weißt du doch! Ich sehe mir nicht einmal die monatlichen Berichte an, die er mir schickt, und soweit ich weiß, investiert er nur in solide Firmen wie Vestas und Mærsk. Nicht in Traumtänzer mit wirren Ideen.«

»Und du kannst dir wirklich nicht vorstellen, wer Alpha und Christel umgebracht haben könnte?«

Johannes schüttelte den Kopf.

Jeppe merkte, dass seine Hoffnung schwand wie die Luft

aus einem Ballon. Wie sollte er Johannes helfen, wenn alle Wege ins Nichts führten? Er klappte sein schwarzes Notizbuch zu und steckte es wieder in die Tasche.

»Woher kennst du eigentlich Christel Toft? Ich habe dich nie von ihr sprechen hören.«

»Christel? Ich kenne sie seit vielen Jahren. Sie hatte eine Rolle in diesem verrückten Musical im Bellevue Theater, in dem ich auch mitgespielt habe. Allerdings kannte ich sie nicht besonders gut. Aber sie war nett. Es ist traurig –«

»Ja, das ist es.«

Jeppe ging zur Tür, klopfte ein paarmal und versuchte es mit einem kleinen Lächeln, das allerdings nicht Johannes' Augen erreichte.

»Kennengelernt habe ich sie allerdings bei *Mads & das Monopol*.«

Jeppe zuckte zusammen. »Was sagst du da? Du warst bei *Mads & das Monopol*?«

»Äh, ja, ich war einmal in der Prominentenrunde, aber das ist ewig her. Fünf Jahre, glaube ich. Ich habe mich oft darüber geärgert, dass Mads Steffensen mich nicht noch mal eingeladen hat.«

Jeppe spürte, wie sich sein Puls beschleunigte. Er ging drei Schritte auf Johannes zu, zog ihn von der Pritsche auf die Beine und umarmte ihn.

»Ich werde dich hier rausholen! Alles wird gut, ich verspreche es!«

Jeppe ließ ihn los und lief an dem Beamten vorbei, der die Tür geöffnet hatte. Das Geräusch seiner Schritte wurde von den kühlen Wänden des Zellentraktes zurückgeworfen. Er musste sofort Esther de Laurenti anrufen.

20

Esther de Laurenti musste zweimal fest an die Tür ihres Mitbewohners klopfen, bevor Gregers reagierte.

»Was ist denn los? Brennt es? Komm doch herein!«

Esther öffnete die Tür. Gregers saß in seinem Sessel, im Radio lief in voller Lautstärke ein Lied von Sting, der sang, man solle seinen Liebsten freigeben. Ein guter Song, der niemanden störte. Gregers mochte solche Musik.

»Wir müssen arbeiten, Gregers.«

Sie sah ein kurzes Aufflackern von Begeisterung in den Augen des alten Mannes, bevor er anfing zu nörgeln. »Arbeiten, sagst du? Soweit ich weiß, wird man fürs Arbeiten bezahlt.«

»Komm schon, Jeppe Kørner hat angerufen. Die Polizei braucht unsere Hilfe.«

»Gut, gut, weil du es bist.« Mühsam erhob er sich und schaltete das Radio aus. »Was sollen wir machen?«

Esther ging in ihr Wohnzimmer, sie hatte Kaffee gekocht, den Computer aufgebaut und Notizblöcke bereitgelegt. Gregers schlurfte leise schimpfend hinter ihr her und setzte sich an den Esstisch.

»Ich begreife nicht, wie du diese grässlichen Stühle erträgst. Ich habe noch nie so unbequem gesessen.«

»Möchtest du eine Tasse Kaffee, Gregers?«

»Nein danke, ich habe gerade … oh, es gibt auch was Süßes, na, dann nehme ich doch eine halbe Tasse.«

Esther goss den Kaffee ein und stellte ihm einen Teller mit Hefeteigkringeln hin. Erst als er den ersten Bissen im Mund hatte, erklärte sie ihm ihre Aufgabe.

»Die Polizei war ja bisher skeptisch gegenüber meiner … unserer Theorie, dass es einen Zusammenhang zwischen den Morden und *Mads & das Monopol* gibt. Aber jetzt hat sich herausgestellt, dass Johannes Ledmark mit den beiden Opfern in einer Sendung war. Jeppe Kørner ist auf dem Weg zu uns, er hat uns gebeten, die Sendung zu finden und sie uns anzuhören.«

Gregers aß seinen Kringel mit gerunzelter Stirn. »Ich verstehe kein Wort, was soll ich tun?«

»Wir hören uns noch eine Sendung zusammen an, Gregers. Sie ist fünf Jahre alt. Ich habe sie bereits herausgesucht, und du sollst mir bei der Entscheidung helfen, welches Problem sich wirklich ernst anhört.«

»Sag das doch gleich. Stell das Tonband an und lass uns anfangen. Hast du noch ein Stückchen?«

Esther ließ den Podcast laufen und legte Gregers noch einen Kringel auf den Teller, während Mads Steffensen die drei Gäste der Expertenrunde vorstellte und die Zuschriften der Hörer vorlas.

Nach dem ersten Thema stoppte Esther die Aufzeichnung, um mit Gregers zu diskutieren, ob es genug Stoff für einen größeren Konflikt bot. Während das zweite Problem geschildert wurde, klingelte Jeppe. Er grüßte Gregers, der lediglich kurz angebunden nickte, goss sich eine Tasse Kaffee ein und nahm sich einen Block.

Zwei Stunden später saßen sie vor einer Liste:

1. Oskar ist Legastheniker und weiß nicht, ob er es bei Vorstellungsgesprächen sagen soll.

2. Tina und Bo wissen nicht, ob sie ein zweites Kind wollen, da das erste erst ein Jahr alt ist.

3. Die sechzehnjährige Laura bekommt ein Kind von ihrem Freund, der eigentlich die Diagnose hatte, unfruchtbar zu sein, und nun weiß sie nicht, ob sie das Kind abtreiben soll oder nicht.

4. Sonjas Kollege löscht sie ständig von der Freundesliste bei Facebook.

5. Thea hat herausgefunden, dass ihre Mitbewohnerin und gute Freundin, bei der sie ihr Zimmer gemietet hat, einen deutlich überhöhten Preis für das Zimmer verlangt.

6. Tina ist verheiratet und hat zwei Kinder mit Preben, aber sie hat sich in ihren Kollegen verliebt. Soll sie ihrer Liebe folgen oder bei ihrem Mann bleiben?

7. Lisas Freund hat sich einen Vollbart wachsen lassen. Lisa findet das unglaublich abtörnend.

8. Preben ist Referendar in einer Grundschulklasse und duscht nach dem Sportunterricht zusammen mit den Schülern. Seine Kollegen sind allerdings der Ansicht, dass er sich dadurch dem Vorwurf des sexuellen Übergriffs aussetzen könne.

9. Pernille und Jespers neunzehnjährige Tochter kam kürzlich mit aufgespritzten Lippen nach Hause, und sie wissen nicht, wie sie damit umgehen sollen.

»Gut«, begann Jeppe. »Fangen wir an. Ich glaube, die ersten beiden Probleme können wir ausschließen. Niemand mordet, weil er Legastheniker ist oder es um das zweite Kind geht. Das erste Thema, das wirklich problematisch ist, ist das dritte. Einverstanden?«

Esther nickte, und Gregers pulte ein Stückchen Glasur von seinem Hefeteilchen und steckte es in den Mund.

»Hören wir uns doch das dritte Problem einmal an und überlegen dann, wie es weitergeht.«

»Okay. Schalt ein.«

Im Monopol sind heute: Alpha Bartholdy, die Sängerin Christel Toft und, zum ersten Mal in der Gästerunde, der Schauspieler Johannes Ledmark.

Und nun hören Sie gut zu: Ich habe eine Mail von einer Hörerin namens Laura bekommen:

Liebe Mads & Monopol,

ich stehe vor einem Dilemma und weiß wirklich nicht, wie ich damit umgehen soll. Ich bin schwanger. Mein Freund und ich sind seit einem Jahr zusammen, und es läuft phantastisch. Ich liebe ihn und möchte nichts anderes, als Kinder mit ihm zu haben und den Rest meines Lebens mit ihm zusammen zu sein.

Das Problem ist, dass ich erst sechzehn Jahre alt bin. Ich gehe aufs Gymnasium, mein Freund ist sechs Jahre älter als ich, zweiundzwanzig. Trotz des Altersunterschieds passen wir aber perfekt zusammen. Mein Freund erfuhr vor kurzem bei einer ärztlichen Untersuchung, dass er keine Kinder auf natürlichem Weg bekommen kann, die Chance sei unter fünf Prozent. Er war verzweifelt.

Aber nun ist es also passiert: Ich bin schwanger.

Eigentlich hatte ich vor, das Gymnasium zu beenden und eine Designerausbildung anzuschließen – ein Baby war in meinen bisherigen Planungen nicht vorgesehen. Aber der Arzt nennt meine Schwangerschaft ein Wunder, es sei garantiert die einzige Chance für meinen Freund, ein Kind auf natürlichem Weg zu bekommen.

Mein Freund versteht mein Dilemma gut – ich bin ja noch sehr jung –, und er würde mich auch unterstützen, wenn wir uns für eine Abtreibung entscheiden. Gleichzeitig ist sein größter Traum ein Kind.

Soll ich mich für eine Abtreibung entscheiden, obwohl das bedeuten würde, dass wir ein Kind adoptieren oder einen Samenspender hinzuziehen müssten, wenn wir irgendwann Kinder wollen? Oder soll ich das Kind bekommen und jetzt schon eine Familie gründen?

Ich habe Angst, meine Beziehung zu gefährden, wenn ich mich falsch entscheide. Was soll ich tun? Ich hoffe, Sie können mir einen Rat geben.

Laura

Zum ersten Mal seit Jeppes Ankunft meldete Gregers sich zu Wort. »Sie sind alle der Meinung, dass sie abtreiben soll. Ein unverantwortlicher Rat, finde ich.«

»Wäre es nicht ebenso unverantwortlich, ihr zu raten, das Kind zu behalten?«

Gregers warf Jeppe einen skeptischen Blick zu. »In meiner Jugend war es ganz normal, früh Kinder zu bekommen. Sie hat doch einen erwachsenen Freund, der sie und das Kind will. Wo ist das Problem?«

»Vielleicht ist es ganz normal, dass die beiden kinderlosen Homosexuellen ihr zur Abtreibung raten«, empörte sich Esther, »aber dass eine Frau –«

»Christel Toft hatte zum damaligen Zeitpunkt noch kein Kind«, warf Jeppe ein.

»– mit den Männern übereinstimmt, überrascht mich. Alle sind für die Abtreibung. Wenn es einmal geklappt hat, könnte es irgendwann, wenn es gelegener kommt, auch wieder klappen, behaupten sie. Ich finde es sehr schwierig, hier einen Rat zu geben. Ein wirklich heikles Thema.«

»Ich bin ganz deiner Meinung.« Jeppe umkringelte Problem Nummer 3. »Ich frage die Redaktion nach Lauras Kontaktdaten und ob sie den Fall weiterverfolgt haben. Was haben wir noch?«

Esther überflog die Liste. »Es fällt mir schwer, bei den beiden nächsten Problemen ein Mordmotiv zu sehen. Facebook und zu hohe Miete.«

»Ich könnte mir schon vorstellen, einen gierigen Vermieter umzubringen«, murmelte Gregers.

»Wer würde denn dann deine Sachen waschen?« Esther redete unbeirrt weiter. »Die Frage Nummer 6 scheint mir ernst zu sein. Ehebruch weckt immer starke Emotionen.«

Na, spitzen Sie schon die Ohren? Jetzt kommt ein wirklich ernster Fall. Wir haben eine Mail von Tina bekommen. Sie schreibt:

Lieber Mads, liebes Monopol,

ich bin achtunddreißig und glücklich verheiratet mit einem netten Mann – wir können ihn Preben nennen. Wir sind seit unserer Zeit als Teenager ein Paar. Wir haben zwei wunderbare Kinder, betreiben ein schönes Hotel und führen im Großen und Ganzen ein angenehmes Leben. Wir sind gute Partner und respektieren einander.

ABER – vor zwei Monaten hat es mich bei unserem Sommerfest erwischt. Einer unserer Angestellten erklärte mir, er sei seit langem in mich verliebt. Und plötzlich spürte ich, dass ich auch etwas für ihn empfand. Ich hatte nie – NIE – Interesse an anderen Männern als Preben, aber nun ist alles anders. Ich gehe mit klopfendem Herzen an die Arbeit und freue mich, ihn zu sehen, ich denke praktisch nur noch an ihn. Wir treffen uns heimlich und haben wohl so etwas wie eine Affäre. Er ist wirklich in mich verliebt, will keine Heimlichkeiten und sagt, ich müsse mich entscheiden: entweder er oder mein Mann.

Und ich bin gespalten: Auf der einen Seite liebe ich meine Familie und ertrage den Gedanken nicht, dass sie auseinandergerissen würde. Andererseits bin ich so verliebt, dass ich nicht weiß, ob ich ohne meinen Geliebten weiterleben kann. Er hat mich wieder zum Leben erweckt, ich fühle mich hübsch, jung und neugierig. Darf ich dieses Gefühl wirklich ersticken? Muss ich es?

Von dieser Frage hängt meine ganze Existenz ab. Ich hoffe wirklich, Sie können mir helfen, die richtige Wahl zu treffen.

Liebe Grüße

Tina

Esther, Gregers und Jeppe lauschten den Argumenten der Runde. Als das Thema fertig besprochen war, schalteten sie auf Pause. »Hier sind sie sich wieder einig –«

»Das sind sie oft«, unterbrach Gregers.

»– sie soll sich von ihrem Mann und den Kindern trennen.« Jeppe sah die beiden mit einem ernsten Gesichtsausdruck an. »Obwohl es schwierig ist.«

»Sie geben aber auch zu, dass es ein ernstes Problem ist, bei dem man nur sehr schwer einen guten Rat geben kann. Und dass letztendlich nur sie selbst entscheiden kann«, fasste Esther die Meinung der Gästerunde zusammen.

»Aber sie interpretieren die Mail so, als sei ihre Ehe tot und sie kreuzunglücklich.« Jeppe trank einen Schluck Kaffee und bekam etwas vom Satz in den Mund.

»War es Alpha, der gesagt hat, *das Rad dreht sich, aber der Hamster ist tot*?«

»Ja, und Johannes ergänzte, sie solle *ihrem Herzen folgen, denn das Leben ist kurz und das Glück ein seltener Vogel*. Christel äußert sich nach dem Motto *never give up on something that you can't go a day without thinking about* – sie war zu dieser Zeit selbst noch nicht verheiratet.« Esther markierte das Stichwort *seltener Vogel* auf ihrem Block. »Gleichzeitig ist ihnen aber auch klar, dass es sehr hart ist, die Familie aufs Spiel zu setzen. Es ist schlimm für die Kinder, aber sie soll dem Ruf ihrer Liebe folgen. Meine Güte, das ist brutal.«

Gregers tätschelte ihr mit einem nachsichtigen Lächeln die Hand. Esther vermied es, Gregers an seine eigenen erwachsenen Kinder zu erinnern, zu denen er seit Jahren keinen Kontakt hatte.

»Ich glaube, Tina hätte eine etwas nuanciertere Antwort bekommen, wenn an diesem Samstag in der Runde auch nur eine Mutter oder ein Vater gesessen hätte. Es ist leicht, den Leuten zu raten, der Liebe und dem Abenteuer zu folgen, wenn man selbst nicht weiß, was es heißt, Familie zu haben.« Esther hob Dóxa auf ihren Schoß und kraulte die kleinen Nackenfalten des Hundes.

»Was ist mit den letzten drei Problemen?«

»An Vollbärten und aufgespritzten Lippen ist noch niemand gestorben.« Esther warf Gregers einen warnenden Blick zu, bevor er irgendeinen Witz reißen konnte. »Jedenfalls nicht dass ich wüsste. Aber die Sache mit dem Lehrer in der Dusche könnte nicht unproblematisch sein. Pädophilie ist vermutlich einer der schlimmsten Vorwürfe.«

»Einverstanden.«

Okay, ihr drei, gut zuhören. Ich bin gespannt, was ihr zum nächsten Problem sagt. Es ist kurz, aber brisant:

Preben hat angerufen. Er ist Referendar an einer Grundschule in Kopenhagen, an der er Sport, Dänisch und Englisch unterrichtet. Nach dem Sportunterricht duscht er zusammen mit seinen Schülern. Preben findet das völlig normal, die Schüler sollen lernen, entspannt mit Nacktheit umzugehen. Aber nun fragen sich einige seiner Kollegen, ob das in Ordnung ist. Sie fürchten, dass Preben – und damit die Schule – der Pädophilie bezichtigt werden könnte. Preben hält das für Hysterie und fragt nun das Monopol, ob er auch weiterhin mit den Schülern duschen oder dem Druck nachgeben soll.

Was meint ihr?

»Ich finde das eine Ferkelei! Warum sollen sich die armen Kinder denn einen nackten Mann ansehen?« Gregers schnaubte und biss in seinen dritten Kringel.

Esther bedeutete ihm, er solle still sein, damit sie sich die Diskussion anhören konnte.

»Das Monopol gibt dir recht«, stellte Jeppe schließlich fest, als Esther wieder auf Pause gedrückt hatte. »Alle drei. Kategorisch. Sie meinen, Preben soll aufhören, mit seinen Schülern zu duschen.« Jeppe zuckte die Achseln, er konnte sich nicht recht entscheiden, was er selbst davon hielt.

»Aufhören? Natürlich soll er damit aufhören, dieses Schwein!« Gregers' Wangen bekamen Farbe. »In meiner Kindheit kam es vor, dass wir von den Lehrern eine Ohrfeige bekamen, wenn wir frech waren, aber nackt haben wir sie nie gesehen!«

»Ich finde aber, Preben liegt auch nicht ganz falsch, wenn er meint, dass Kinder ein entspanntes Verhältnis zu ihrem Körper bekommen sollen.«

»Ja, liebe Esther, das kommt daher, dass du in den siebziger Jahren jung warst. Das kommt von der Frauenbewegung und all diesen Sachen.« Gregers verzog angewidert das Gesicht. »Wo soll das bloß alles hinführen?«

Jeppe erhob sich. »Wir sind uns einig, dass wir uns mit diesen drei Problemen beschäftigen müssen. Ich fahre ins Funkhaus und sehe zu, was ich herausfinde. Ruft an, wenn euch noch etwas einfällt oder ihr neue Ideen habt.«

Esther begleitete ihn zur Tür.

»Sag mal, Jeppe, ist das nicht alles ein bisschen weit hergeholt?«

»Doch.« Auf seinem Gesicht zeigte sich ein schiefes Lächeln. »Aber im Moment können wir nichts Besseres tun.«

*

Unruhig wartete Anette im Wartezimmer der Gemeinschaftspraxis am Rathausplatz auf den Beginn ihrer Untersuchung. Ihre Mittagspause war fast vorbei, und allzu lange durfte sie nicht überziehen. Sie musste zurück ins Präsidium, wo Johannes Ledmark darauf wartete, dem Haftrichter vorgeführt zu werden.

Sie blätterte in einer vier Jahre alten Illustrierten, die sie auf dem Tisch gefunden hatte. Lesertipps für Kartoffeldruck, den Transport nasser Regenschirme und lustige Mitbringsel für die Gastgeberin. Anette empfand eine verlegene Neugierde, genauso, wie wenn sie von Bondage-Pornographie oder dem Verein der Serviettensammler hörte. Was es nicht alles gab. Und man konnte sich sogar mit all diesen Leuten verbunden fühlen, besonders wenn man mit klopfendem Herzen auf einen Untersuchungstermin wartete und Angst vor dem Tod hatte.

In Anettes dreiundvierzigjährigem Leben hatte diese Angst bisher kaum eine Rolle gespielt, und genau genommen hatte sie auch jetzt keine Todesangst. Nur wenn ihr Herz plötzlich Amok lief, fiel es ihr schwer, nicht einen Finger an die Halsschlagader zu legen und den Puls zu fühlen; sie dachte an überlastete Blutgefäße, die sich verengten und platzten. Was sollte aus Svend und den Jungs werden, wenn sie plötzlich umfiel?

Die Musikberieselung im Wartezimmer wechselte von

Achtzigerjahre-Pop zu den Lokalnachrichten. Der Sprecher klang, als erlebe er einen entscheidenden historischen Augenblick:

Die Kopenhagener Polizei bestätigt, dass im Mordfall Alpha Bartholdy eine Person festgenommen wurde und derzeit im Kopenhagener Polizeipräsidium dem Haftrichter vorgeführt wird. Alpha Bartholdy starb am Mittwochabend nach einem Fest auf der Kopenhagener Modewoche, angeblich, nachdem er ein vergiftetes Getränk zu sich genommen hatte.

Johannes hatte sich weiterhin für unschuldig erklärt und behauptet, weder etwas mit dem Mord noch mit dem gestohlenen Telefon zu tun zu haben. Anette setzte keine großen Hoffnungen in den Haftrichter und stellte sich darauf ein, Johannes am Nachmittag auf freien Fuß setzen zu müssen. Sie würden an ihrem Verdacht festhalten, aber wenn er nicht bereit war zu kooperieren, waren sie gezwungen, Zeugenaussagen oder Beweise zu beschaffen, die ihren Verdacht erhärteten.

Die Polizei geht davon aus, dass ein Zusammenhang mit dem Mord an der Sängerin Christel Toft besteht, die am Freitagabend bei einer Modenschau vergiftet wurde, kann aber noch nicht bestätigen, dass es sich um denselben Täter handelt. Die Ermittlungen werden fortgesetzt, der zentrale Ermittlungsleiter ist derzeit zu keinen weiteren Kommentaren bereit.

»Anette Werner?«

Ein jüngerer Mann in einem Kittel sah sich im Wartezimmer um. Die Brille hatte er über seine blauen Augen in die Stirn geschoben, aus seinen kurzen Hemdsärmeln ragten muskulöse Arme. Er sah außergewöhnlich gut aus, fand Anette, als sie aufstand und ihm die Hand gab. Der Arzt führte sie in ein Untersuchungszimmer und bat sie, Platz zu nehmen; der Stuhl knarrte, als sie sich setzte.

»Was kann ich für Sie tun?«

Eine Menge, dachte Anette und schenkte ihm ein keckes Lächeln. Es irritierte sie, dass sie jemandem von ihren gesundheitlichen Beschwerden erzählen sollte, der wie die Inkarnation von Stärke und Gesundheit aussah.

»Na ja, ich habe das Gefühl, als würde mein Herz zurzeit ein bisschen zu schnell schlagen. Und ich meine nicht nur jetzt im Moment –«

Er öffnete eine Schublade und bemerkte nicht, wie sie ihm zublinzelte. »Messen wir mal den Blutdruck. Machen Sie bitte den rechten Arm frei.«

Anette streckte den Arm aus. Er legte ihr routiniert die Manschette an und pumpte. Während der Apparat arbeitete, nahm er ein Maßband aus der Schublade. Ein Piepton ertönte, er las das Display ab.

»Hundertsechsundsiebzig zu hundertdreiundzwanzig. Sie haben Hypertonie, Ihr Blutdruck ist eindeutig zu hoch. Fühlen Sie sich gestresst?«

Anette schüttelte den Kopf. »Nicht mehr als normal.«

»Gefühllosigkeit in den Fingern? Schwindel? Atemnot?«

»Ja, hin und wieder –«

»Sind Sie schon mal auf Diabetes untersucht worden?«

»Zuckerkrank? Nein. Ist das nicht eine Krankheit, die alte Männer bekommen?«

»Diabetes mellitus Typ 2 ist aufgrund unserer Lebensweise eine der meistverbreiteten Krankheiten, die wir hierzulande haben, an ihr leiden Männer wie Frauen. Rauchen Sie?«

»Ja, ich bin so eine Art Gesellschaftsraucherin.«

»Alkohol?«

»Nicht mehr als die meisten. Das Leben ist doch einfach lustiger, wenn man sich hin und wieder etwas gönnt, oder?«

Er schob die Brille vor seine sympathischen blauen Augen und sah sie scharf an. »Ich würde Ihnen raten, diese Symptome ernst zu nehmen. Tachykardie kann ein Zeichen von Vorkammerflimmern sein, das zu einer Hirnthrombose führen könnte, es ist also kein Scherz. Und schon gar nicht, wenn man familiär bedingt mit Herzkrankheiten vorbelastet ist?« Er hob fragend die Brauen.

Anette senkte den Blick.

Der Arzt erhob sich und bat sie, ebenfalls aufzustehen. Bevor sie sich widersetzen konnte, hatte er ihr das Maßband um den Leib gelegt und die Zahl abgelesen.

»Einhundertacht Zentimeter Taillenumfang. Das deutet darauf hin, dass Sie zu viel Organfett mit sich herumschleppen. Wir nehmen heute ein paar Blutproben, um Ihre Cholesterinwerte und so weiter zu überprüfen. Rufen Sie morgen an, dann haben wir die Ergebnisse und können den weiteren Verlauf besprechen. Ich gebe Ihnen einige Broschüren zu gesunder Ernährung und Lebensweise mit, und ich rate Ihnen, sie aufmerksam zu lesen. Außerdem schreibe ich Ihnen ein Rezept für Kalziumblocker, damit wir zunächst den Blutdruck in den Griff bekommen.«

Der Arzt begleitete Anette ins Wartezimmer und achtete darauf, dass sie von der Arzthelferin die richtigen Broschüren ausgehändigt bekam. Das ganze Wartezimmer war still, als er ihr eine letzte Ermahnung mit auf den Weg gab: »Kein Kaffee, keine Zigaretten, kein fettes Essen. Lange Spaziergänge und Ruhe.«

Anette lief mit ihren Broschüren in der Hand die Treppe hinunter und ging schlechtgelaunt zurück ins Präsidium. So attraktiv war er nun auch wieder nicht gewesen.

21

Ich habe einen Termin mit Margit Baunehøj.« Jeppe beugte sich an die Glasscheibe, um die Aufmerksamkeit der Empfangsdame zu erregen. Sie drückte auf einen Knopf, und ihre mechanische Stimme ertönte aus einem Lautsprecher irgendwo über seinem Kopf.

»Sie müssen sich auf das Kreuz stellen, sonst kann ich Sie nicht hören.«

Jeppe schaute auf den Boden und sah einen halben Meter hinter sich ein weißes Kreuz. Pflichtschuldig trat er zurück.

»Ist es jetzt besser?«

»Ja.«

»Ich habe einen Termin mit Margit Baunehøj.«

»Haben Sie sich eingetragen?« Die Frau zeigte auf ein paar Bildschirme links vom Empfang. Jeppe verlor die Geduld und zog seinen Polizeiausweis aus der Innentasche.

»Ich komme von der Kopenhagener Polizei und habe es eilig.«

Die Empfangsdame betrachtete ihn über den Rand ihrer Brille. Dann hob sie den Telefonhörer und drückte wieder auf den Knopf.

»Sie werden von ihr abgeholt. Gehen Sie bitte durch die erste Schleuse, dann gebe ich Ihnen einen Besucherpass.

Achten Sie darauf, dass Sie nicht zu nah an die Schwingtüren treten.«

Jeppe ging durch die Schleuse und bekam von der Frau am Empfang ein selbstklebendes Besucherschild, das er sichtbar tragen sollte, solange er sich im Gebäude aufhielt. Verflucht seien die Muhammed-Karikaturen und alles, was sie nach sich gezogen haben, ging Jeppe noch durch den Kopf, als eine kleine brünette Frau mit Locken und Schildpattbrille lächelnd auf ihn zukam.

»Guten Tag. Ich bin Margit. Willkommen. Bitte folgen Sie mir hier entlang.« Sie gab ihm rasch und energisch die Hand und ging mit eiligen Schritten auf eine Rolltreppe zu, ihre knielange Strickjacke wogte um ihren kompakten Körper. Im Arm hielt sie einen Laptop, mehrere Aktenmappen und eine Plastikschüssel mit einem gesund aussehenden Mittagessen, die beinahe zu Boden gefallen wäre, als sie sich beim Sprechen zu ihm umdrehte. Jeppe konnte kaum mit ihr mithalten. Er trat auf die Rolltreppe und ließ sie reden.

»In der Redaktion ist es wie im Bienenstock, ich hoffe, Sie haben nichts dagegen, wenn wir uns in die Glaslounge setzen. Ich muss ein bisschen was zu Mittag essen, und es gibt da ein Café, wo Sie sich auch etwas kaufen können, wenn Sie mögen.«

Jeppe hob abwehrend die Hände. Er hatte noch nicht zu Mittag gegessen, aber ihm war der Gedanke unangenehm, jemanden zu befragen und dabei ein Sandwich in der Hand zu halten.

»Es gibt auch Kaffee oder Wasser, was Sie wollen. Meist findet man eine Ecke, wo man sich in Ruhe unterhalten kann.«

Die Rolltreppe führte zu einem hohen, gläsernen Bereich, der das Hauptgebäude mit dem Konzertsaal im ersten Stock verband. Margit grüßte zwei Kollegen und steuerte dann zielbewusst auf ein paar rote Sessel an der Glaswand zu. Sie setzte sich, legte die Aktenmappen auf einen kleinen Cafétisch und fing sofort an, aus ihrer Plastikschüssel zu essen. Erst als Jeppe sich in den anderen Stuhl gesetzt hatte, blickte sie auf und lächelte entschuldigend.

»Ich bin seit dem frühen Morgen im Büro, und jetzt habe ich richtig Hunger.«

»Verständlich. Ist immer so viel los?«

»Immer!« Sie biss auf irgendetwas laut Knirschendes. »Wir arbeiten alle an mehreren Sendungen gleichzeitig, quer durch die Abteilungen, dadurch gibt's keinen Leerlauf. Aber man gewöhnt sich an das Multitasking.« Sie klappte ihren Laptop auf und fing mit einer Hand an zu schreiben, während sie eine Gabel voller Bohnensprossen zum Mund balancierte.

»Ich habe die Sendung gefunden, um die Sie gebeten haben, außerdem die Fortsetzung, die wir von zwei Problemen gesendet haben. Das ist gar nicht so einfach bei so alten Sendungen. Fünf Jahre sind in der Medienbranche eine Ewigkeit!« Sie lachte, um zu zeigen, dass sie es nicht so ernst meinte. »So, ich muss mich nur noch einloggen ... das Netz ist hier draußen wirklich miserabel. Etwas absurd für einen Medienbetrieb, sollte man meinen.«

Sie tippte etwas ein, stellte die halbleere Plastikschüssel ab und legte die Gabel auf den Tisch. »So, endlich. Schauen wir mal. Beginnen wir mit der sechzehnjährigen Laura, die im Zweifel war, ob sie ihr Kind wollte oder nicht.«

»Wie ist es ausgegangen?«

»Sie hat abgetrieben.« Margit Baunehøj trank einen Schluck Wasser, durch die dicken Wände der Glasflasche bekam sie einen lustigen kleinen Clownsmund.

»Wissen Sie, was danach passiert ist?«

»Nein. Wir haben nur eine einzige Fortsetzung gesendet, drei Wochen später, und da hat Laura berichtet, dass sie sich für die Abtreibung entschieden hätte. Deshalb haben wir die Sache nicht weiterverfolgt. Es gab nicht mehr viel zu erzählen. Hätte sie das Kind behalten, hätte man vielleicht noch eine nette Geschichte in einer späteren Sendung bringen können, aber –«

»Ist der Wohlfühlfaktor bei Abtreibungen nicht hoch genug?«

»Hej, wir machen hier kein sozialrealistisches Dokumentarradio! *Mads & das Monopol* ist ein Unterhaltungsformat, und danach wählen wir aus und redigieren.«

»Ist Laura ihr richtiger Name?«

»Ja, Laura Aamann. Sie wohnte damals noch zu Hause, ich habe also nur die Adresse und die Telefonnummer der Eltern. Ich schicke sie Ihnen direkt per Mail. Ich habe die Eltern vorgewarnt, dass sich die Polizei mit ihnen in Verbindung setzen wird.«

Margit Baunehøj bediente die Tastatur, fluchte noch einmal über die Netzabdeckung und fuhr sich mit der Hand durch ihre Locken, dabei fiel ihre Brille zu Boden, die sie in die Haare gesteckt und vergessen hatte.

Jeppes Telefon brummte, er sah sich die Mail an. Smallegade 41 in Frederiksberg. Erfreulich nah, er konnte direkt dorthin fahren, sobald er hier fertig war.

»Was ist mit dem anderen Problemfall? Die Mutter, die sich in ihren Kollegen verliebt hat?«

»Sie hat die Familie verlassen, daran kann ich mich noch genau erinnern. Wir hatten in der Redaktion sogar gewettet. Die meisten meinten, sie würde bei ihrem Mann und den Kindern bleiben. Sie hatten doch ein gemeinsames Hotel, das war also ein gewaltiger Schritt. Das sind Scheidungen ja immer, aber wenn zwei Kinder und gemeinsame geschäftliche Interessen im Spiel sind, wird es noch schwieriger. Man muss schon verdammt unglücklich sein, wenn man sich entschließt, seine Familie zu verlassen.«

Sie warf einen Blick auf ihren Salat, ließ ihn aber stehen und konzentrierte sich stattdessen auf den Bildschirm ihres Computers.

»Hier, sehen Sie, wir haben zwei Monate nach der Sendung Kontakt zu ihr aufgenommen, und da war sie bereits ausgezogen. Christina Søborg Hansen, richtig, genau so hieß sie. Hm, es sei schwer gewesen, hat sie gesagt, aber sie wirkte sehr erleichtert, dass sie es gewagt hatte, ein neues Leben zu beginnen. Erst nach der Trennung von ihrem Mann habe sie begriffen, wie unglücklich sie viele Jahre gewesen war. Die Fortsetzung haben wir als Intro zu einer Sendung vor den Sommerferien gebracht ... ja, das muss vor vier, fünf Jahren gewesen sein.«

»Ist ja auch eine interessante Story«, meinte Jeppe, dem gerade seine Frau durch den Kopf ging. »Was ist danach passiert?«

»Das weiß ich nicht. Normalerweise verfolgen wir die Geschichten nicht weiter. Wenn sich weitere Probleme für die Ratsuchenden ergeben, müssen sie sich von sich aus noch einmal melden, dann gibt es allenfalls eine Fortsetzung. Ich schicke Ihnen jetzt mal die Adresse von Christina Søborg Hansen, es ist allerdings die alte, weil sie ja noch mit ihrem Mann zusammenwohnte, als sie bei uns anrief.« Mit einem entschuldigenden Lächeln schnappte sie sich eine Bohne aus der Plastikschüssel.

»Ich denke, wir werden sie finden. Das können wir ziemlich gut.«

Sie sah ihn an, als wollte sie feststellen, wie sarkastisch das gemeint war. Jeppe lächelte freundlich zurück.

»Was ist mit dem letzten Thema? Die Sache mit dem nackt duschenden Referendar?«

Sie schnippte mit beiden Händen, als hätte er sie an etwas erinnert, was ihr schon den ganzen Tag nicht hatte einfallen wollen.

»Der junge Sportlehrer, ja, richtig. Das ist gar nicht so einfach. Wir haben den Fall damals nicht weiterverfolgt und auch auf unserer Facebook-Seite nicht darüber geschrieben. Ich habe leider nichts über ihn.«

»Aber seinen Namen können Sie mir geben, oder?«

Sie verzog das Gesicht zu einer entschuldigenden Grimasse. »Im Moment nicht. Bestimmt haben wir seine Daten irgendwo im Archiv, aber es ist mir bisher nicht gelungen, sie zu finden. Soll ich weitersuchen?« Sie fragte, aber es war offensichtlich, dass sie gern ein Nein von Jeppe gehört hätte.

»Ja bitte, und möglichst noch heute.«

»Heute?« Sie lachte auf. »Ich habe noch einen kleinen Melodie Grand Prix zu planen. Reden Sie mit dem Unterhaltungschef und erklären ihm, warum ich es nicht rechtzeitig schaffe?«

»Dann eben so schnell wie möglich. Danke!« Jeppe versuchte es mit einem entwaffnenden Lächeln. »Können Sie uns sonst noch irgendetwas sagen? Etwas, das uns bei unseren Ermittlungen helfen könnte?«

»Ich möchte Sie noch einmal daran erinnern, dass die Leute ihre eigene Wahl treffen. Wir betonen vor, während und nach der Sendung, dass die Teilnehmer des Monopols ausschließlich ihre persönliche Meinung vertreten und die Hörer ihre eigene Entscheidung fällen müssen.«

»Das habe ich begriffen. Dann bedanke ich mich für Ihre Hilfe und lasse Sie jetzt weiterarbeiten.« Jeppe stand auf.

»Ich muss sagen, ich verstehe immer noch nicht recht, warum unsere Sendung Anlass zu Ermittlungen gibt. Ehrlich gesagt, klingt das alles ziemlich weit hergeholt.«

Sie erwiderte Jeppes Händedruck, ohne sich von ihrem roten Sessel zu erheben. Als er die Rolltreppe hinabfuhr, sah er, wie sich Margit schon wieder über ihren Computer gebeugt hatte.

Jeppe gab Laura Aamanns Telefonnummer auf dem Weg zum Ausgang ein und nickte der Empfangsdame in ihrem Glaskasten zu.

Sie reagierte nicht.

*

Laura Aamann war inzwischen einundzwanzig Jahre alt und wohnte überraschenderweise noch immer bei ihren Eltern, die sich bereit erklärten, in einer halben Stunde mit Jeppe zu sprechen. Sie hatten eine eigene Firma im Erdgeschoss ihres Hauses, so dass ein Gespräch während der Arbeitzeit problemlos möglich war. Jeppe musste allerdings einen Kollegen hinzuziehen, damit er potentiell Verdächtige nicht allein vernahm.

Vom Auto aus rief er die zentrale Nummer der Mordkommission an. Sara Saidani ging ans Telefon. Natürlich. Sein Herz klopfte, als er ihre Stimme hörte. Seit er gestern Morgen aus ihrer Wohnung geflohen war, hatten sie nicht miteinander gesprochen. Er hoffte, dass ihr erster Kontakt nicht allzu unbeholfen ablief.

»Hej, ach, du bist es? Wie geht's dir?«

»Hej, Kørner. Alles gut.« Ihre Stimme war neutral und leicht distanziert. Professionell. Ein gutes Zeichen.

»Ich dachte ... was ich sagen wollte, war –«

»Wir haben hier eine Menge zu erledigen. Johannes Ledmark sitzt noch immer in U-Haft, und ich versuche, jemanden zu finden, der an Christel Tofts Obduktion teilnehmen kann –« Sie war nicht nur reserviert, sie war wütend. Natürlich.

»Gut. Ich bin auf dem Weg, einen Zeugen in der Smallegade 41 zu vernehmen, und brauche Verstärkung. Könntest du vielleicht –«

»Ich schicke Larsen.« Sie legte auf.

Als Jeppe vom Amagerfælledvej in Richtung Langebro abbog, spürte er ein dumpfes Gefühl in der Brust. Natürlich hatte das erste Gespräch nach dieser Nacht schiefgehen mussen. Ihm blieb nichts anderes übrig, als die Zähne zusammenzubeißen, bis sich ihr Verhältnis irgendwann wieder normalisiert hatte.

Die Smallegade bestand aus einer Mischung aus alten Villen, Mehrfamilienhäusern und modernen Betonklötzen.

Die Möbelpolsterei von Laura Aamanns Eltern lag im Erdgeschoss eines gedrungenen hellroten Hauses mit einem
großen sanierungsreifen Mansardendach. An vielen Stellen
war der Putz abgebröckelt, die Fensterrahmen sahen ange-
schlagen, an einigen Stellen sogar regelrecht verrottet aus.
Offensichtlich wollte der Besitzer nichts mehr in das Haus
investieren, sondern nur noch absahnen.

Jeppe fand einen Parkplatz im Virginiavej vor einem pit-
toresken Gartenrestaurant, das im Sommer bestimmt sehr
gemütlich war. Als er die Handbremse anzog, sah er, dass
Thomas Larsen schon auf ihn wartete.

Jeppe stieg aus und ging auf Larsen zu.

»Hej, Kørner. Es ist der Eingang da drüben.« Larsen
führte ihn durch einen kleinen Hof und klingelte an einer
weißlackierten Haustür.

Rasmus und Susanne Aamann empfingen sie in ihrem
dunkelrot gestrichenen Flur, sie standen nebeneinander, als
hätten sie lange in dieser Position verharrt. Sie trugen iden-
tische viereckige Brillen, dieselbe mittelbraune Nichtfrisur
und dieselben unförmigen Jeans. Sie sahen aus wie ein lange
verheiratetes Paar, das eine Symbiose eingegangen war und
nicht länger aus eigenem Antrieb existierte.

Jeppe und Larsen wurden in ein überraschend stromlini-
enförmig eingerichtetes Wohnzimmer mit Designersofa,
Stabparkett und Aussicht auf die Straße geführt. Aus einer
metallicfarbenen Stelton-Kanne wurde dünner Kaffee angeboten, und bis Jeppe das Wort ergriff, übertönte nur das
Geräusch des Eingießens den Verkehrslärm. Dem ersten
Eindruck nach schien die Familie Aamann nicht sonderlich
gesprächig zu sein.

»Danke, dass Sie uns so kurzfristig empfangen. Wie bereits am Telefon gesagt, ermitteln wir in einem Mordfall und haben Grund zu der Annahme, dass das Problem, mit dem sich Ihre Tochter vor ungefähr fünf Jahren an *Mads & das Monopol* gewandt hat, etwas damit zu tun haben könnte. Dass es einen Zusammenhang gibt, ist keineswegs gesagt, aber wir sind gezwungen, allen Spuren nachzugehen.« Jeppe erwartete eine Reaktion, es kam keine. Die Eltern sahen ihn nur abwartend an.

»Laura wohnt noch immer zu Hause?«

Rasmus Aamann räusperte sich vernehmlich. »Ja, aber im Moment ist sie in der Schule. Auf der Akademie für Modedesign. In der Nørregade.«

»Dann würden wir jetzt gern zuerst Sie befragen, dann sehen wir, ob wir noch mit Laura sprechen müssen.« Jeppe schlug sein Notizbuch auf und ignorierte das Bild von Saras hellbraunem Bauch, das vor seinem inneren Auge auftauchte. »Wären Sie so freundlich, uns zu schildern, was nach der Sendung passiert ist? Wozu hat Laura sich entschlossen, und wie ist es mit ihr und ihrem Freund weitergegangen?«

Die Eltern schwiegen. Susanne Aamanns Gesichtsausdruck war kontrolliert, doch die roten Flecken, die sich auf ihrem Hals ausbreiteten, verrieten ihre Nervosität. Rasmus Aamann nahm ihre Hand, ohne sie anzusehen, und fing an zu erzählen.

»Es fällt uns noch immer nicht leicht, darüber zu reden, obwohl es jetzt schon so lange her ist. Es war eine sehr schwere Zeit für unsere Familie. Viele Träume und Hoffnungen sind geplatzt. Für uns alle. Die Schwangerschaft war an und für sich ja schon eine Art Unglücksfall, denn die beiden hatten es ja nicht für möglich gehalten, dass sie schwanger werden könnte. Möglicherweise waren sie deshalb auch unvorsichtig gewesen. Er hat sich so gefreut.«

Seine Frau nickte bestätigend. Rasmus drückte ihr die Hand und fuhr fort.

»Wir waren natürlich nicht sonderlich begeistert von der Aussicht, dass unsere Tochter im Alter von sechzehn Jahren Mutter werden sollte, aber auf der anderen Seite: Sie mochten sich so, und wir konnten uns keinen besseren Schwiegersohn vorstellen. Ein Kind war ihr größter Wunsch.«

Er trank einen Schluck Kaffee und räusperte sich erneut – laut und vernehmlich. Susanne Aamann warf ihm einen Seitenblick zu, und Jeppe vermutete eine Art ehelichen Zwist, der nur wegen der Gäste nicht ausgetragen wurde. Obwohl er sie nicht ansah, registrierte Rasmus Aamann offensichtlich den missbilligenden Blick seiner Frau, entschloss sich aber, ihn zu ignorieren.

»Allerdings entschied sich Laura für eine Abtreibung.« Rasmus Aamann blinzelte ein paarmal. »Ihr Freund war am Boden zerstört. Vermutlich war das seine einzige Chance, ein eigenes Kind zu bekommen.«

»Anfangs neigten beide dazu, das Kind behalten zu wollen.« Susanne Aamanns Stimme war unerwartet schrill. »Wir sagten natürlich, egal, wie sie sich entscheiden, wir würden hinter ihnen stehen und sie nach Kräften unterstützen. Aber Laura änderte plötzlich ihre Meinung und fasste ihren Entschluss allein. Sie wollte nicht mehr darüber reden.« Die Mutter trank hastig einen Schluck Kaffee und blickte auf den karierten Wollbezug des Sofas.

»Wie hat ihr Freund das verkraftet?«, erkundigte sich Larsen.

»Nicht gut.« Wieder ergriff der Vater das Wort. »Er akzeptierte Lauras Entscheidung, war aber sehr, sehr traurig darüber. Er hat sein Studium aufgegeben und sein Zimmer im Studentenwohnheim verloren. Und als Laura dann einige Monate später eine … ja, es war wohl so eine Art Post-Abtreibungsreaktion bekam, fiel alles auseinander, und sie trennten sich. Es war so schade. Laura war viel zu jung, um mit einem solchen Trauma umzugehen, das hat der Psychologe auch gesagt. Sie hatte eine regelrechte Depression und musste das Gymnasium verlassen.«

»Das klingt hart«, sagte Jeppe zögernd.

»Es war schrecklich, anders kann man es nicht ausdrücken. Zusehen zu müssen, wie die eigene Tochter, ein fröhliches und in jeder Hinsicht patentes und beliebtes Mädchen, das gut in der Schule war, wochenlang auf dem Sofa liegt, sediert von Psychopharmaka, einsam und voller Selbsthass. Es gab eine Zeit, in der wir uns darauf einstellten, sie notfalls in eine …« Rasmus Aamann räusperte sich erneut. »Glücklicherweise wurde es besser. Jetzt hat Laura mit einer Ausbildung begonnen. Mode und Bekleidung.«

»Und ihr Freund?« Jeppe überflog sein Notizbuch. »Mikkel?«

Die Eltern sahen sich an, bevor der Vater antwortete: »Wir haben keinen Kontakt mehr zu ihm. Er war eine Weile sehr verbittert. Ich glaube, er fährt Taxi oder so etwas. Er hatte immer etwas mit Autos zu tun.«

Rasmus Aamann trank seinen Kaffee und sah seine Frau an, die vorsichtig nickte.

»Mein Mann hat damals wieder angefangen zu rauchen.«
Susanne Aamann strich über den Sofastoff und blickte zu
Boden, während sie sprach. »Er hat nicht geraucht, seit ich
mit Laura schwanger war. Als wir nach ihrem Schwangerschaftsabbruch aus dem Krankenhaus kamen, ging er sofort
runter zum Kiosk und hat sich ein Päckchen gekauft.«

»Ich habe wieder aufgehört.« Rasmus Aamann lächelte
seine Frau an, die ihm über die Schulter strich, kurz, aber
zärtlich.

»Wo waren Sie letzte Woche am Mittwochabend?«

»Also am 27. Januar?« Rasmus Aamann stand auf und
holte einen Spiralkalender aus einem Sekretär in der Ecke
des Wohnzimmers. Er blätterte darin, während er sich wieder neben seine Frau aufs Sofa setzte. »Mittwochabend? Da
waren wir zu Hause.«

»Den ganzen Abend?« Jeppe trank einen Schluck von
dem dünnen Kaffee und bereute es sofort.

»Ja.« Die Antwort kam ohne Zögern.

»Und Freitagnachmittag und Freitagabend?«

Rasmus Aamann blätterte eine Seite in seinem Kalender
um. »Ebenfalls zu Hause. Wir schließen das Geschäft am
Freitag erst um 18:30 Uhr. Anschließend haben wir etwas
gegessen und ferngesehen.«

»War Laura zu Hause?«

»Ja.« Ihr Vater klappte den Kalender zu und legte ihn
beiseite.

»Beide Abende?«

»Sie geht nicht sehr viel aus. Manchmal kellnert sie, aber
letzte Woche nicht.«

»Okay. Würden Sie ihr mitteilen, dass wir gern mit ihr

sprechen möchten? Und können Sie uns ihre Handynummer geben?«

Erneut stand der Vater auf und ging zu dem Sekretär, um die Telefonnummer mit einer krakeligen Schrift auf einem Zettel zu notieren. Jeppe und Larsen nahmen ihn entgegen, bedankten sich für den Kaffee und verließen die Aamanns. Sie gingen den Virginiavej hinunter, bis sie außer Hörweite waren, und blieben im Schnee stehen.

»Was denkst du?«, wollte Jeppe von Larsen wissen.

»Sie wirken nicht wie Leute, die bei Modepartys auftauchen und Abflussreiniger in Cocktails mischen. Aber man weiß ja nie.« Er zog einen Pflegestift aus der Tasche und cremte sich die Lippen ein.

Jeppe wandte sich verlegen ab.

»Weißt du, wie es mit Johannes beim Haftrichter gelaufen ist?«

Larsen schüttelte den Kopf, während er die Lippen aufeinanderpresste. »Es hat noch nicht angefangen, die Vernehmung ist auf 16 Uhr anberaumt.«

»Okay.« Jeppe zögerte. »Ich finde, wir sollten Laura Aamanns Exfreund aufsuchen. Er hätte das stärkste Motiv, er hat wirklich etwas verloren, und möglicherweise hat er es bis heute nicht verkraftet.«

»Einverstanden!« Larsen nickte mit glänzenden Lippen.

»Gut, übernimmst du ihn?«

»Hast du etwas dagegen, wenn wir ihn Saidani überlassen? Ich bin dem Investor auf der Spur.«

»Dem Investor?« Jeppe ging seine inneren Karteikarten durch und landete bei Søren Westi.

»Ja, genau! Ich habe Kontakt zum Vorstandsvorsitzenden dieser Fondsgesellschaft. Natürlich will er die Investition in die Hautpflegeserie weder bestätigen noch entkräften und auch nicht verraten, wer der tatsächliche Investor ist. Aber Mette, meine Freundin, hat mir ein paar Dinge verraten, mit denen ich ihn unter Druck setzen kann.« Larsen sah ihn mit einem zufriedenen Lächeln an.

»Gut. Dann verfolgst du diese Spur weiter. Was ist mit Westis Beziehung zu Christel Toft, kommen wir da weiter?«

Larsen schüttelte den Kopf. »Bisher haben sowohl ihre Schwester wie ihre Freundinnen bestätigt, dass die Beziehung offen und die Trennung unkompliziert gewesen sei.«

»Okay, das hat ihr Mann ja auch gesagt. Gut, setzt du Saidani auf den Exfreund an?«

Larsen salutierte ironisch und schritt selbstsicher zu seinem Auto. Jeppe sah ihm nach, Gedankenfetzen gingen ihm durch den Kopf. Ein unbekannter Investor. Die Abtreibung eines jungen Mädchens. Die Verhaftung von Johannes. Eine verheiratete Frau, die sich in einen anderen verliebt. Alpha Bartholdys blutender Mund. Saras weicher Mund. Lippenpomade?!

Jeppe versuchte, irgendetwas festzuhalten, aber Kälte und Frustration waren die einzigen Signale, die er empfing. Er steckte die Hände in die Taschen und berührte die Kastanie, die er im Herbst an den Seen aufgesammelt hatte. Sein Vater hatte behauptet, dass man nicht krank würde, wenn man im Winter eine Kastanie in der Manteltasche hatte. Nachdem er sie eine Weile in der Hand gehalten hatte, fühlte sie sich warm an. Jeppe schloss die Augen, hob den Kopf und fühlte den fallenden Schnee im Gesicht.

22

Der Wasserstrahl traf auf das Sieb der Saftpresse, und die grünlichen Fruchtreste verschwanden im Abfluss. Ein Duft von Grapefruit und Brokkoli breitete sich in der kleinen Teeküche der Mordkommission aus. Sara Saidani füllte ein Glas mit Eisstückchen und goss den Saft ein. Es war zu einem festen Nachmittagsritual geworden, dass sie eine Pause zwischen Mittagessen und Feierabend einschaltete. Kaffee schmeckte ihr nicht, und außerdem lag ihr daran, ein wenig gesünder zu leben als die meisten ihrer Kollegen.

Zwei Polizisten aus Ostjütland, die in Kopenhagen bei irgendeiner Bandengeschichte aushalfen, kamen herein, um sich einen Kaffee zu holen. Sie betrachteten den Saft und ihren Körper mit unverhohlenem Interesse. Beide hatten die klassische Polizistenstatur: 1,90 Meter groß, Oberarme wie Baumstämme, kurzgeschorenes Haar. Sara verließ die Küche mit einem neutralen Nicken.

Sie war nicht sonderlich stolz auf ihre Präferenzen, wenn es um das andere Geschlecht ging. Ihr Geschmack war so stereotyp maskulin, dass sie sich fast dafür schämte: Ein Mann hatte groß zu sein, mit breiten Schultern und der Kinnpartie eines Nussknackers, sonst kam er von vornherein nicht in Frage.

In dem Computerspieler-Milieu, in dem sie ihre Teenagerjahre verbracht hatte, hatte es überwiegend bebrillte und picklige junge Nerds gegeben. Sara machte erst, als sie mit einundzwanzig die Polizeischule begann, ihre ersten sexuellen Erfahrungen, ein spätes Debüt, was aber durchaus nicht ungewöhnlich war für eine schüchterne junge Frau, die ursprünglich aus Tunesien kam.

Sie setzte sich mit ihrem Saft an den Schreibtisch und versuchte sich einen Überblick über die weiteren Aufgaben zu verschaffen. Es fiel ihr schwer, sich zu konzentrieren. Ach ja, da war Laura Aamanns letztendlich doch nicht ganz so unfruchtbarer Freund. Sara gab seinen Namen im Suchfeld ein und verdrängte den Gedanken, dass sie die Aufgaben erledigte, zu denen die anderen keine Lust hatten. So war es, nur konnte sie nicht viel dagegen unternehmen. Ihre Kollegen waren ausgeschwärmt, sie saß an der Tastatur. Wie gewöhnlich.

Mikkel Husted, geboren 1990 in Kopenhagen, gemeldet bei seinen Eltern in Brønshøj. Bis vor vier Jahren Lehramtsstudium, jetzt Inhaber einer Autowerkstatt in Nørrebro. Auf seiner Facebook-Seite gab es ein Foto von ihm im Fußballtrikot. Groß und muskulös.

Schon komisch, dachte Sara, Jeppe ist überhaupt nicht mein Typ. Er ist groß und hat auch nicht gerade schmale Schultern, aber er ist dünn, und seine Gesichtszüge sind eher fein geschnitten. Kein Muskelpaket mit breitem Kinn. Ihr letzter Liebhaber – oder wie sollte man einen Mann bezeichnen, mit dem sie gelegentlich geschlafen, den sie ihren Kindern aber nie vorgestellt hatte – war ein Handwerker mit riesigen Händen gewesen. Es war absolut unmöglich, mit ihm ein Gespräch zu führen, und nach relativ kurzer Zeit waren auch seine großen Hände uninteressant.

Vielleicht hatte es ja etwas mit dem Alter zu tun? Ein etwas anspruchsvollerer Geschmack, was Männer anging? Hoffentlich. Obwohl das natürlich nichts mit ihrem Verhältnis zu Jeppe zu tun hatte. Sara trank von ihrem Saft und versuchte sich auf die Arbeit zu konzentrieren.

Bedrückt blickte sie über ihren Schreibtisch. Das NKC hatte gestern Alpha Bartholdys Computer geschickt, und sie hatte den größten Teil des Vormittags damit verbracht, seine Mails zu lesen und auszudrucken. Einige von ihnen waren ziemlich unverblümt, und das galt nicht nur für die Korrespondenz mit Johannes Ledmark. Alpha Bartholdy hatte zwar allein gelebt, aber er hatte ein beeindruckend aktives Sexualleben geführt.

Alle Mails, in denen es um A-Skin ging, landeten in einem eigenen Ordner. Aber unmittelbar sah es nicht danach aus, als sei an dem Mailverkehr zwischen Alpha und Søren Westi irgendetwas ungewöhnlich.

Sara wandte sich wieder der Suche nach Mikkel Husted zu, als ihr Blick auf den gelben Zettel fiel, den sie an den Bildschirmrand geklebt hatte. *Beautifulpeople.dk*. Die Agentur, die Kellner und Barkeeper für Veranstaltungen vermittelte, bei denen weniger Erfahrung als vielmehr gutes Aussehen zählte. Um die musste sie sich auch noch kümmern. Sie suchte die Telefonnummer heraus und rief an.

»Beautiful People, Sie sprechen mit Sandra.« Die Stimme einer reifen Frau mit einem schweren englischen Akzent.

»Guten Tag, hier Polizeiassistentin Sara Saidani von der Kopenhagener Polizei. Wir haben schon einmal letzten

Donnerstag im Zusammenhang mit dem Personal telefoniert, das Sie für das Fest von Le Stan am Mittwochabend im Geologischen Museum vermittelt haben.«

»Äh, ja, das ist richtig.« Saidanis Gesprächspartnerin klang nicht so, als könnte sie sich an die Unterhaltung erinnern.

»Ich würde gern wissen, ob Sie auch das Personal am Freitag auf der Modenschau von Rolf Toklum gestellt haben?«

»Ja, das lief über uns.« Ihre Antwort kam zögernd.

»Wir müssen wissen, wer an diesem Abend im Nimb gearbeitet hat.«

»Geht es um die Todesfälle? Okay.« Sie klang beinahe erleichtert, als hätte sie befürchtet, dass die Arbeitsbedingungen oder ihre Steuerunterlagen zur Sprache kommen sollten. »Furchtbar, dass so etwas passieren konnte.«

»Nach welchen Kriterien stellen Sie eigentlich Ihr Personal zusammen?« Sara suchte ihren Block unter einem Stapel Papiere und sah sich nach einem Kugelschreiber um.

»Wir haben eine Kartei. Lauter junge Menschen, die nicht ganz so groß und so dünn sind wie Models, aber hübsch und … appetitlich anzusehen.« Sie klang misstrauisch, wog ihre Worte ab.

»Das sind die wichtigsten Voraussetzungen?«

Die Dame reagierte unbeeindruckt auf Saidanis Sarkasmus. »Es geht schließlich nicht um Quantenphysik, wenn man mit einem Tablett herumgeht.«

»Das stimmt natürlich.« Dort, ein Kugelschreiber, versteckt hinter dem schmutzigen Teller vom Mittagessen, den sie noch nicht in die Teeküche gebracht hatte. Sara klopfte mit dem Kugelschreiber ein paarmal auf den Block. »Ich muss Sie bitten, mir eine Liste der Mitarbeiter zu senden, die am Freitag im Nimb gearbeitet haben.«

Eine Pause, ein tiefer Seufzer. »Ich bitte meine Assistentin, Ihnen die Liste so schnell wie möglich zu mailen.«

»Danke. Es kann tatsächlich nicht schnell genug gehen.«

»Okay.« Die Antwort kam jetzt ausgesprochen widerwillig. »Wir sind eine kleine Firma, mitten in der hektischsten Zeit des Jahres –«

»Vielen Dank für Ihre Hilfe.« Sara legte auf, blickte auf den Block und den Kugelschreiber – was hatte sie eigentlich notieren wollen? – und trank von ihrem Saft. Er war lauwarm und schmeckte grässlich. Sie ging in die Küche und schüttete den Rest weg. Die beiden großen Beamten waren verschwunden, schade eigentlich.

Als sie zurück ins Büro kam, hatte Beautiful People bereits eine Mail geschickt. Sara druckte die beiden Seiten aus und legte sie zusammen mit den übrigen ausgedruckten Mails und Listen auf den Schreibtisch. Sie überflog sie flüchtig, während sie den Gedanken an Jeppe Kørners dunkle Augenbrauen verdrängte.

Der Name sprang sie regelrecht an: *Fahrer: Mikkel Husted – Mittwoch, Donnerstag, Freitag.*

Eine Verbindung!

Eine handfeste Verbindung zwischen der Rundfunksendung und den Tatorten. Sie zögerte einen Moment, dann rief sie Jeppe an. Nicht weil sie unbedingt mit ihm reden wollte, sondern weil er einer Vernehmung von Mikkel Husted zustimmen musste.

Er ging nicht ans Telefon. Vielleicht hatte er ein schlechtes Gewissen ihr gegenüber. Jedenfalls blieb Sara nichts anderes übrig, als ohne Jeppes Okay zu handeln.

Mit zitternden Fingern suchte sie Mikkel Husteds Telefonnummer heraus und rief in der Werkstatt an.

Husted nahm nach dem ersten Klingeln ab.

»Da hast du aber Glück gehabt! Ich wollte gerade gehen! Bist du unterwegs?«

»Mikkel Husted? Sie sprechen mit Polizeiassistentin Sara Saidani, ich bin Ermittlerin in der Abteilung für Gewaltkriminalität. Haben Sie einen anderen Anruf erwartet?«

Stille. Einen Augenblick glaubte Sara, er hätte aufgelegt.

Dann antwortete er, zögernd und misstrauisch. »Was haben Sie gesagt, wer Sie sind?«

»Polizeiassistentin Sara Saidani.«

Noch eine lange Pause. Saras Aufmerksamkeit stieg. »Kommt mein Anruf ungelegen?«

»Hm, nein, ist schon okay. Er kommt ohnehin nicht. Ich wollte meinen Fernseher verkaufen, aber die Leute sind wirklich Idioten. Sagen nicht einmal ab.«

»Ich rufe an wegen Ihres Jobs als Fahrer für Beautiful People. Stimmt es, dass Sie in der Modewoche für die Agentur gefahren sind? Mittwoch, Donnerstag und Freitag?«

»Das Ganze ist sauber, alles legal.«

»Uns interessieren Ihre Arbeitsverhältnisse nicht. Aber ich habe einige Fragen im Zusammenhang mit Ihrer ehemaligen Freundin Laura Aamann. Ihr ist nichts zugestoßen, es geht nur um Ihre Beziehung zu ihr.«

Keine Reaktion.

»Wir haben den Verdacht, dass die Ereignisse vor fünf Jahren etwas mit unseren aktuellen Ermittlungen zu tun haben könnten. Wir haben bereits mit Lauras Eltern ge-sprochen, aber ich würde gern wissen –«

»Verflucht, lassen Sie uns endlich in Ruhe!« Er zischte, aber die Botschaft war eindeutig. »Habt ihr euch nicht schon genug eingemischt?«

»Wer ist ›ihr‹? Entschuldigen Sie, aber ich verstehe nicht.«

»Verschwindet aus meinem Leben! Ist das jetzt deutlich genug?«

Er knallte den Hörer auf.

Sara starrte einen Moment auf das Telefon. Dann gab sie erneut Jeppes Nummer ein und wartete, bis sich der Anruf-beantworter meldete.

Noch immer war sie in den Büros der Mordkommission allein. Sie schaute auf die Stapel auf ihrem Schreibtisch. Auf einigen Unterlagen hatte ihr Saftglas klebrige Ringe hinter-lassen. Mit plötzlicher Entschlossenheit schaltete sie den Computer aus und holte ihre Dienstpistole aus dem Waf-fenschrank der Abteilung.

*

Die Rushhour hatte noch nicht eingesetzt, und der Verkehr über die verengten Fahrbahnen der Baustelle bei Køge hätte sich problemlos regeln können, wäre nicht das Wetter ge-wesen. *Is there no sun in this cursed country,* dachte Jeppe müde und betrachtete das ganze Grau, das an der Wind-schutzscheibe vorbeirauschte. Er gab sich Mühe, ein ange-messenes Tempo zu finden – schnell genug für seine Rast-losigkeit und langsam genug, um nicht geblitzt zu werden.

Gegen jede Vorschrift war Jeppe wieder allein unterwegs.

Anette und Larsen waren noch immer mit der Vernehmung von Johannes beschäftigt, und Sara … mehrere Stunden mit Sara allein im Auto zu verbringen war im Moment keine Option. Er schaltete das Radio ein. Der nachmittägliche Ausflug nach Præstø, um die untreue Familienmutter aus *Mads & das Monopol* zu vernehmen, wäre zu zweit sicher angenehmer gewesen.

Apropos Untreue. Mit einem Seitenblick checkte Jeppe sein Telefon. Hannah hatte weder angerufen noch eine SMS geschickt. Sonst schrieb sie mindestens eine SMS pro Stunde. Kein besonders gutes Zeichen.

Bei Bårse fuhr er von der Autobahn ab auf die Landstraße, die sich durch Dörfer mit Weihern und weißen Kirchen zog, vorbei an schneebedeckten Feldern und Laubbäumen, die mit ihren nackten Zweigen die Horizontlinie der flachen Landschaft durchbrachen.

Das Navi leitete ihn zu einem kleinen Hafen mit Speicherhäusern, in denen es im Sommer vermutlich von Touristen wimmelte, die Fisch aßen und sich Jazzkonzerte anhörten. Nun standen die Lagerhäuser einsam und dunkel am Wasser.

Vom Hafen aus fuhr er in ein Viertel mit gelben und rosa verputzten Häusern aus dem vergangenen Jahrhundert. Kaum Geschäfte, keine Leuchtreklame. Im Sommer wuchsen hier garantiert Stockrosen. Die Grønnegade ging über in den kopfsteingepflasterten Klosternakken, er fuhr an einem aufgegebenen Polizeirevier und einem schmucken Rathaus vorbei. Unter den altmodischen Straßenlaternen parkten Autos, sonst gab es keinerlei Hinweise, dass hier moderne Menschen ein reales Leben führten.

Am Ende der Straße blickte er auf das Hotel Frederiksminde und das Meer. Das imposante Hotel war weiß ver-
putzt, hatte mehrere Flügel und einen Turm; vor dem Ein-
gangsbereich eine Einfahrt wie auf einem Herrenhof,
außerdem einige enorme Kastanienbäume, die zum Glück
nur einen geringen Teil der Panoramaaussicht verdeckten.
Das Gelände zwischen Hotel und dem Meer sah aus wie
ein sorgfältig angelegter Garten, allerdings war unter der
Schneedecke und in der beginnenden Dämmerung nicht
allzu viel zu erkennen. Hier hatte sie gelebt, die glückliche
Familie mit der offenbar nicht ganz so glücklichen Mutter.
Direkt neben dem Hotel standen ein alter Wasserturm aus
roten Klinkersteinen und eine Kirche mit roten Dachzie-
geln. Rot in Rot neben schimmerndem Weiß. Auf dem
Friedhof schalteten sich die Lampen ein, als er parkte.

Die Hoteltür war abgeschlossen. Er fand keine Klingel
und klopfte stattdessen. Keine Antwort.

Jeppe ging um das Haus herum. Eine Art Wintergarten
trennte den Garten vom Hotel, er sah durch die staubigen
Fenster. Gestreifte Tapeten, verstaubte Deckenleuchten mit
eingravierten Blumen, goldfarbene Lichtschalter und Öl-
mälde in schweren Rahmen. In einer Ecke ein zusammen-
gerollter Teppich, die Figur eines nackten Sklaven mit einer
Fackel, die irgendwann einmal eine Lampe gewesen war.
Sonst keinerlei Mobiliar, kein Hinweis, dass hier jemand
wohnte. Das Hotel war offensichtlich bereits seit längerem
geschlossen.

Jeppe ging die Hauptstraße hinauf, um irgendjemanden
zu finden, den er fragen konnte. Er zog seinen Mantel zusammen, seine Zehen froren.

Es war bereits dunkel, als er ein paar hundert Meter vom Hotel entfernt Licht in einem Fenster sah. In einer alten, gewölbten Einfahrt hing ein Schild, auf dem auf weißem Grund mit schwarzen Versalien PRÆSTØ SARGTISCHLEREI stand. Jeppe öffnete das Tor zu einem ordentlich angelegten Garten und einem idyllischen Fachwerkhaus, an dessen Fassade Gartenlaternen brannten. Zwei Hunde fingen an zu bellen, und eine ältere Frau mit Schürze und einem rundlichen Gesicht schlug den oberen Teil einer grünen Stalltür auf.

»Guten Tag, was kann ich für Sie tun?« Lächelnd brachte sie die Hunde hinter sich zur Ruhe. Eine duftende Wolke umgab sie, irgendein süßes Gebäck, das Jeppe daran erinnerte, nichts zu Mittag gegessen zu haben.

»Guten Tag. Jeppe Kørner, Polizei Kopenhagen. Ich suche die Familie Søborg Hansen, die bis vor fünf Jahren das Hotel Frederiksminde betrieben hat. Wissen Sie, wo ich sie finden kann?«

Die Frau schob die Brille hoch und schnaufte. »Es ist kalt, kommen Sie doch herein.« Sie öffnete auch den unteren Teil der Stalltür und verschwand in einer niedrigen, aber hellen Küche. »Ich habe gerade Kuchen aus dem Ofen genommen.«

Jeppe folgte ihr.

Die Küche war wie aus dem Bilderbuch. Ein hölzerner Spültisch, Kacheln, Tellerreihen und eine Messinghaube über dem Herd. Jeppe nahm das Angebot einer Tasse Kaffee und eines Stücks Kuchen dankend an und setzte sich an einen kleinen blauen Holztisch.

»Ist das hier das alte Geschäft des Bestatters?«

»Ja, und das neue Geschäft.« Schmunzelnd stellte sie ihm ein lauwarmes, duftendes Stück Kuchen hin. Karamell lief auf den Teller, und Jeppe musste sich zusammennehmen, um es nicht aufzutupfen und den Finger abzulecken.

»Essen Sie nur! So schmeckt er am besten!« Sie goss Kaffee ein. »Das Geschäft ist schon sehr alt, tatsächlich wissen wir gar nicht so genau, wie alt, aber mindestens hundert Jahre. Mein Mann übernahm es vor neunzehn Jahren, und er betreibt es bis heute. Die größeren Bestattungsunternehmen aus Vordingborg und Fakse wollten es aufkaufen, aber wir hielten stand.«

»Kennen Sie die Familie Søborg Hansen?« Jeppe biss in den Kuchen. Der warme Zuckergeschmack katapultierte ihn augenblicklich zurück in die Kindheit.

Die Frau des Bestatters lächelte nachsichtig. »Wir sind in Præstø. Hier kennen sich alle! Wir kamen im selben Jahr hierher wie sie. Sie haben das Hotel 1998 übernommen, wenige Monate, nachdem wir dieses Geschäft gekauft hatten. Wir haben uns häufig getroffen, unsere Jüngste ist mit ihren Töchtern geritten, und wir sind zusammen gesegelt. Wir waren Freunde.«

»Haben Sie auch miterlebt, wie die Familie zerbrach?« Jeppe biss noch einmal in das Stück Kuchen und holte sein Notizbuch heraus.

»Ja, sicher. Vor allem ich.«

Jeppe versuchte, diskret die Karamellreste von seinen Fingern zu entfernen, damit er sich Notizen machen konnte.

Währenddessen füllte sie so flink Wasser in die Schalen der Hunde, dass man sie für weitaus jünger halten konnte, als sie war. »Die Familie war ja vor allem hierhergezogen, weil sie den Traum hatte, auf dem Land zu leben und einen Gasthof zu betreiben. Frederiksminde war ein gewaltiger Brocken, aber sie waren voller Energie und verfügten auch über ein bisschen Geld. Ihre Älteste, Louise, war nicht älter als zwei oder drei, als sie das Hotel kauften, und die jüngere Tochter kam kurz danach. Sie hatten zwei Kinder im Windelalter, als sie das Hotel aufbauten. Das war nicht einfach, aber sie haben geschuftet! Damals waren sie so glücklich. Aber die ganze Arbeit zehrte. Dazu kamen dann finanzielle Probleme.«

Sie schnitt noch mehr Kuchen auf, ließ die Stücke aber in der Form liegen. Dann spülte sie das Messer ab und trocknete es an ihrer Schürze.

»Ja, und dann wurde vor sechs Jahren Lars als Küchenchef eingestellt. Er kam aus einem vornehmen Restaurant in Kopenhagen und sollte das gastronomische Niveau des Hotels anheben. Das war ein Riesensprung, denn er war teuer und brachte einen ebenso teuren Souschef mit, aber ihr Ziel war ein Michelin-Stern. Es dauerte nicht lange, bis man es Christina ansah. Sie blühte auf, nahm ab, hatte eine neue Frisur und trug wieder kurze Röcke. Jeder, der Augen im Kopf hatte, sah, dass sie sich verliebt hatte.«

Sie nahm einen Lappen aus der Spüle und redete weiter, während sie den Lappen in den Händen wrang.

»Abgesehen von ihrem Mann. Sie hätte ebenso gut eine Bombe schmeißen können, als sie es ihm sagte. Dass sie die Scheidung wollte. Und dass sie und Lars das Hotel weiterbetreiben wollten, allerdings ohne ihn.«

Jeppe sah es vor sich. Die Familie zu verlieren war eine

Sache, etwas anderes aber, gleichzeitig auch den Lebensunterhalt aufgeben zu müssen.

»Wussten Sie, dass Christina sich bei *Mads & das Monopol* gemeldet hat, um dort um Rat zu fragen?«

Sie zog eine Augenbraue hoch, um ihm zu zeigen, wie naiv seine Frage war. Selbstverständlich hatte man in der kleinen Gemeinde Bescheid gewusst.

»Ich glaube, letztlich war es egal. Eine Lebensentscheidung von dieser Größenordnung trifft man nicht aufgrund von Ratschlägen anderer Leute.«

»Wie ist es weitergegangen?«

»Noch ein Stück Kuchen?«

Jeppe schüttelte den Kopf. Er gab ihr die Zeit, die sie brauchte, um die richtigen Worte zu finden.

»Zunächst zog Christina zu Lars in seine Wohnung in der Adelgade, anfangs versuchten sie noch, das Hotel zu dritt weiterzuführen. Natürlich klappte das nicht. Mein Gott, es war nicht schön. Lars war jünger als Christina und vielleicht auch ein bisschen zu gerissen. Jedenfalls kam er mit Christinas Exmann überhaupt nicht zurecht, um es mal vorsichtig auszudrücken.« Sie legte den Lappen beiseite und setzte sich zu Jeppe an den kleinen Tisch. »Tja, die Familie trennte sich, aber keiner hatte genügend Geld. Das Ganze war ein Trauerspiel. So ging das ein halbes Jahr lang.«

»Und die Kinder?«

»Louise war beinahe alt genug, um zu Hause auszuziehen, als es passierte, aber ihre kleine Schwester war erst dreizehn und lebte mal bei der Mutter, mal beim Vater. Bis zu dem Unfall.«

»Welchem Unfall?« Jeppe schrieb das Wort in eine separate Zeile.

»Ein ganz dummer Unfall. So überflüssig. Sie waren auf einem Fest gewesen und überfuhren auf dem Heimweg einen Hirsch. Direkt hier vor dem Dorf.«

Sie stand wieder auf und ging zur Spüle, um den Wasserkessel zu füllen und eine neue Kanne Kaffee zu kochen. Jeppe sah ihren routinierten Handbewegungen zu, bevor er fragte.

»Und sie haben nicht überlebt?«

»Alle drei waren auf der Stelle tot. Christina, Lars und der Hirsch. Einfach schrecklich. – Noch eine Tasse?«

Sie goss ein, ohne die Antwort abzuwarten.

»Wer fuhr den Wagen?« Jeppe hatte eigentlich genug Kaffee getrunken, zog die Tasse aber dennoch heran und pustete.

Sie blinzelte ein paarmal. »Lars. Er hatte getrunken, jedenfalls zu viel, um noch zu fahren.« Sie seufzte betrübt. »Ich habe beide begraben. Sie liegen auf dem Friedhof neben dem Hotel. Nicht zusammen, aber dicht beieinander.«

»Was für eine tragische Geschichte.« Wie so oft spürte Jeppe, wie unbeholfen er im Umgang mit trauernden Menschen war. Die Worte reichten niemals aus.

»Fürchterlich! Fürchterlich für alle Beteiligten und für das ganze Dorf. Das Hotel ist erst jetzt verkauft worden, das heißt, die Familie war finanziell ruiniert. Emotional ohnehin. Der Vater ging nach der Scheidung und Christinas Tod mehr oder weniger vor die Hunde. Er fing an zu trinken. Die Mädchen waren weitgehend sich selbst überlassen. Ich glaube, es ging besser, als alle drei in die Stadt zogen. Ich habe versucht, mich, so gut es ging, um sie zu kümmern, inzwischen habe ich aber den Kontakt zu ihnen verloren.«

Jeppe klappte sein Notizbuch zu. Hier hatte man es durchaus mit einer Familientragödie zu tun, die zu Rachegedanken führen konnte. Er dankte für den Kaffee und zog den Mantel an. Die Bestatterin begleitete ihn hinaus. Am Tor griff sie nach seinem Arm.

»Es war für die ganze Familie schrecklich, aber besonders schlimm war es für Christina. Sie war so verliebt, und gleichzeitig so unglücklich über die Scheidung, so schuldbeladen. Es gab viel Streit, es musste auf viele Dinge Rücksicht genommen werden, das alles zehrte an ihr. Als ich sie das letzte Mal sah, habe ich zu ihr gesagt, dass es sicher bald besser und einfacher würde und sie und Lars ihre Liebe genießen dürften. Sie hat mir eine Antwort gegeben, die mir seitdem in den Ohren klingelt. Es war eine Zeile aus irgendeinem Lied, glaube ich: ›Ich bin frei‹, hat sie gesagt, ›so frei, dass ich nicht weiß, ob ich falle oder fliege.‹«

*

Weil es bereits dunkel gewesen war, als er zu seinem Spaziergang aufbrach, lag Gregers beinahe eine Viertelstunde im Schnee, bevor ihm jemand zu Hilfe kam. Zu jeder anderen Jahreszeit wären um diese Zeit mindestens fünfzig Jogger das Seeufer entlanggelaufen, aber das Eis und die Dunkelheit schreckten die Leute ab. Gregers hatte das Gleichgewicht verloren, als er die Baggesensgade überqueren wollte, und konnte ohne Hilfe nicht wieder aufstehen. Gott sei Dank hatte er sich nur am Knie weh getan, die fragile Hüfte hatte keinen Schaden genommen. Dennoch hatten der Schock, die Schmerzen im Knie und das lange Liegen in der Kälte Gregers ziemlich mitgenommen.

Ein freundlicher Jogger hatte ihn gefunden und richtig reagiert: Er hatte die 112 angerufen, Gregers seine Laufjacke übergelegt und versucht, ihn aufzumuntern, bis der Krankenwagen eintraf.

Esther wurde von einer freundlichen Krankenschwester des Rigshospitals informiert; sie hatte bereits angefangen, sich Sorgen zu machen, wann Gregers wohl von seinem Spaziergang heimkommen würde.

Nun saß er in Esthers Ohrensessel, sein geschwollenes Knie war geschient, das Bein lag auf mehreren Kissen. Das vordere Kreuzband war überdehnt, aber offensichtlich nicht gerissen. Nun war Ruhe angesagt, er sollte das Bein hochlagern und die Schwellung regelmäßig kühlen, dann wäre die Verletzung in einigen Monaten ausgeheilt.

Bis dahin war Gregers hilflos und erwartete Eisbeutel, Kaffee, weitere Kissen und vor allem Unterhaltung.

Esther hatte es mit einem Kreuzworträtsel versucht, um sich weiter ihre Podcasts anzuhören, doch ständig rief Gregers nach ihr, um sie nach der Schreibweise eines Wortes oder den Namen deutscher Flüsse zu fragen. Schließlich gab sie es auf und setzte sich neben ihn.

»Wie ist der Eisbeutel? Das Knie wird hoffentlich nicht zu kalt?«

»Dem Knie geht's gut, wenn man mal davon absieht, dass sich ein Liter Blut darin gesammelt hat. Wer hatte die weibliche Hauptrolle in *Affiathor*? Hat einen Oscar gewonnen. Der Nachname fängt mit B-L-A an.«

»*Affiathor?* Lass mich mal sehen. Okay, es ist Cate Blanchett. *Aviator.* Der Film über diesen Milliardär, der Flugzeuge baut. Hast du den nicht gesehen?«

Gregers blickte sie mürrisch an, und sie buchstabierte rasch den Namen, damit er die leeren Kästchen mit zittrigen Versalien füllen konnte. Dann legte er erschöpft das Kreuzworträtsel beiseite, als wäre der letzte Buchstabe der Tropfen gewesen, der das Fass zum Überlaufen gebracht hatte.

»Weißt du, was das Schlimmste am Älterwerden ist?« Er sprach, ohne den Kopf zu heben.

»Nein, sag's mir.«

»Das Schlimmste ist, dass man auch anfängt, sich alt zu fühlen. Eine Sache ist, wie die übrige Welt einen sieht – Herrgott, wenn man darüber nachdenkt, würde man sich doch aufhängen, bevor man sechzig wird –, aber wenn man physisch hinfällig wird, dann fällt es schwer, sich nicht auch hinfällig zu fühlen.«

Mit ihren bald neunundsechzig Jahren kannte Esther dieses Gefühl der Hinfälligkeit gut. Sie nahm Gregers' Hand und streichelte sie ein wenig. Es gab dazu nicht allzu viel zu sagen. Das Alter war die Rechnung, die die Privilegierten unter uns für ein langes Leben zahlen dürfen. Wenn man glaubte, das Finale würde ebenso lustig wie all das, was hinter einem lag, würde man böse enttäuscht. Sich zu engagieren war das beste Rezept gegen Langeweile und dieses Gefühl, überflüssig zu sein. So lange wie möglich.

Hatte nicht Julian Barnes gesagt, es sei der Sinn des Lebens, uns mit seinem letztendlichen Verlust zu versöhnen, indem es uns zermürbt und beweist, dass das Leben gar nicht so toll ist? Ein bisschen traurig vielleicht, aber dennoch.

Als sie den Kopf hob, stellte sie fest, dass Gregers eingeschlafen war. Gut! Sie brauchten beide Ruhe. Behutsam legte sie ihm eine Decke über, entfernte den Eisbeutel und ging in die Küche. Es sah Gregers gar nicht ähnlich, über das Leben zu reflektieren. Aber vielleicht war es ja ganz normal, dass selbst die härtesten Knochen anfingen, sich existentielle Fragen zu stellen, wenn es schlimm um sie stand. Hatte man denn das Wichtigste erreicht, das Schlimmste entschuldigt und die Reue vermieden, so gut es ging? Bestimmt nicht.

Wer kann sagen, genug geliebt zu haben? Genug gewagt zu haben? Genug gelebt zu haben? Die meisten sind vermutlich ausgewichen, haben gelogen, waren konfliktscheu oder haben sich vor den überwältigenden Möglichkeiten des Lebens versteckt.

Zumindest haben die Glücklichen unter uns die Möglichkeit, den Schmerz mit den vielen Geschenken des Daseins zu lindern, sagte sie sich. Esther schnitt eine Scheibe frisch gebackenes Roggenbrot ab, bestrich es mit Butter und streute etwas Meersalz darauf. Gut, dass man zu alt war, um sich Sorgen darüber zu machen, ob man sich möglicherweise den Appetit auf das Abendessen verdarb. Sie trug den Teller zu ihrem Lieblingsplatz am Fenster und ließ sich von einem Vogeldrama unterhalten, das sich am Ufer des Sees abspielte.

Manchmal brauchte es nicht mehr. Es sei denn ein wenig geistige Nahrung.

Sie stand wieder auf und ging zum Plattenspieler. Sie

wollte sich Kopfhörer aufsetzen, um Gregers nicht zu wecken. Zu ihrem Ärger sah sie, dass sie vergessen hatte, die letzte Langspielplatte zurück in die Hülle zu stecken. Sie würde es nie lernen.

Vorsichtig hob sie die Platte vom Teller und untersuchte sie auf Staub, zum Glück war es nicht so schlimm. *Pagliacci* – sie hatte die Platte vor ein paar Tagen gehört, eine ihrer Lieblingsopern. So überspannt und gewaltig, wie es nur in der italienischen Oper möglich war; beinahe zu gewaltig, aber nur beinahe. Sie handelte von Untreue und verbotener Liebe, wie immer bei den größten menschlichen Dramen. Pagliaccio ist ein Clown, über dessen Naivität seine Mitmenschen lachen. Seine Frau liebt hinter seinem Rücken einen anderen, doch er entdeckt den Betrug und erschlägt schließlich beide.

Auch ein Clown kann die Nase voll haben. Auch ein Clown kann böse werden.

Esther de Laurenti stellte die Platte an ihren Platz im Regal. In den Tiefen ihres Bewusstseins ergab sich langsam eine Ahnung, warum Alpha Bartholdy und Christel Toft ermordet worden waren.

23

Es war jeden Tag dasselbe. Gegen Feierabend begann Søren Westi ans Essen zu denken. Nicht an das Essen, das er an seinem Stammplatz im Café Europa bekam – französisches Bistroessen von feinster Qualität –, nein, seine Gedanken kreisten um Junkfood der übelsten Art. Industriepommes mit Remoulade, Burger von einer der großen Ketten, Döner und Hotdogs mit billigen Soßen. Er wusste, dass es an seinen Koksgewohnheiten lag. In Zeiten, in denen er ausgiebig feierte, folgte der Hunger nach Frittierfett den Linien auf dem Fuß. Es irritierte ihn beinahe mehr als sein eigentlicher Kokainverbrauch, weil diese Fressphantasien die letzte Reminiszenz an seine glanzlose Jugend in Farum Mitte waren. Westi tat sein Bestes, diese Erinnerungen zu verdrängen.

Søren Westi blickte über den Højbro Plads und versuchte, ein besonders hartnäckiges Bild von Chicken Nuggets mit Barbecue-Soße zu verdrängen, das ihn seit Tagen verfolgte. Außerdem setzte er langsam Fett an. Lieber ein Energiedrink und ein paar weitere Stunden Arbeit.

Er setzte sich wieder an den Computer. Der kürzliche Geldzufluss durch A-Skin musste in die richtigen finanziellen Kanäle geleitet und frisch investiert werden, bevor der Investor sich ernsthaft mit dem Konkurs beschäftigte und entdeckte, dass es nie eine Fabrik oder ein Warenlager gegeben hatte. Investoren waren unzufrieden, wenn sie Geld verloren. Daher war es gut, dass A-Skin Alpha als Frontfigur gehabt hatte. Den kreativen, prominenten, nun aber leider toten Alpha. In jeder Hinsicht der perfekte Partner für die Art Geschäfte, auf die Westi sich spezialisiert hatte.

Er vertiefte sich in das Budget für die Produktion und den Verkauf militärischer Drohnen an einen Mittelsmann in der Schweiz, als die Tür aufging. Sein Büro lag über einer Bank im zweiten Stock, und nie kam jemand unangemeldet herein. Nun stand Lulu Sui in der Tür und schaute ihn mit schräggelegtem Kopf aus ungeschminkten Augen an.

Sie war ganz in Weiß gekleidet und trug eine weiße Pelzmütze auf ihren schwarzen Haaren – wie eine Statistin in einem Hollywoodfilm über Anna Karenina.

Westi fuhr den Computer herunter, schob seinen Stuhl zurück und erhob sich langsam, ohne den Blickkontakt zu unterbrechen. Vielleicht konnte er sie so am Betreten des Büros hindern.

Sie fasste den Blick jedoch als Aufforderung auf und kam ihm mit einer Umarmung entgegen, die viel zu intim war und viel zu lange dauerte. Sie duftete schwach nach Räucherstäbchen. Westi versuchte, sich loszureißen und sie gleichzeitig diskret zur Tür zu schieben. Er hatte wirklich keine Zeit für Besuche.

Sie brach die Umarmung ab, warf die Mütze und den weißen Mantel auf seinen Corbusier-Stuhl und setzte sich auf seinen Schreibtisch. Ein Angebot der Credit Suisse Group verschwand unter ihrem Hintern.

»Gibst du mir einen Saft aus?«

Westi schaute demonstrativ auf die Uhr. »Wir können unten schnell einen Kaffee trinken. Ich habe wahnsinnig viel zu tun.«

»Du gehst doch sonst keinem Drink aus dem Weg. Wieso habe ich das Gefühl, nicht willkommen zu sein?«

Wieder dieser wachsame Blick, beinahe drohend, oder machte ihn das Coke jetzt schon vollkommen paranoid?

»Liebes, ich habe wirklich zu tun. Wir spielen ein andermal.«

Er nahm ihren Mantel vom Stuhl und reichte ihn ihr, aber sie schlug ihre wohlgeformten Beine übereinander und lehnte sich auf die Hände gestützt zurück.

»Gut. Gib mir mein Geld, dann bist du mich los.«

Geld? Westis Hirn arbeitete auf Hochtouren. Er hatte das eindeutige Gefühl, aufpassen zu müssen, um sie nicht zu verärgern, gleichzeitig wusste er aber nicht, was sie meinte.

»Schulde ich dir Geld?«

Sie lächelte freundlich, verzog dabei aber nur ihre Lippen.

»Na, komm schon, Søren.«

»Für Schnee?«

»Für meine Verschwiegenheit. Du hast mich gebeten, für mich zu behalten … wie du ein Problem geregelt hast. Das habe ich getan. Und nun will ich mein Honorar.«

Westi trat hinter den Schreibtisch, um etwas Abstand zu gewinnen, und ließ sich auf seinen Bürostuhl fallen. Hatte er an dem Abend letzte Woche im Llama etwas über Alpha gesagt? Oder Silvester in Vedbæk, als sie auch dabei war? Fuck, er konnte sich nicht erinnern. Aber er hatte sich schließlich über das Geld beklagen müssen, das er angeblich mit A-Skin verloren hatte, es war durchaus denkbar, dass er irgendetwas Schwachsinniges gesagt hatte. Hoffentlich hatte er nicht zu viel erzählt.

Lulu Sui hob die kleine Tonfigur, die der Künstler Kristian von Hornsleth Westi geschenkt hatte. Nachlässig hielt sie die Figur mit zwei Fingern. Er widerstand dem Drang, sie ihr aus den Händen zu reißen.

»Wie du weißt, bin ich in einem idyllischen kleinen Ort in der Provinz aufgewachsen, aber wo ich herkomme, hält man sich an Absprachen und bezahlt seine Rechnungen. Sonst fällt man in Ungnade.«

Drohte sie ihm? Das war doch lächerlich. Dennoch konnte er keinen klaren Gedanken fassen. Besser, er ging auf den Irrsinn ein.

»Wie viel ... schulde ich dir?«

Sie sprang elegant vom Schreibtisch und ging auf ihn zu. Das Licht der Deckenlampe fiel auf ihr Gesicht, einen Moment leuchtete sie wie ein gefallener Engel. Dann war sie wieder ein Teil der Finsternis.

»Zwanzig auf lange Sicht. Dann unterliege ich der Schweigepflicht. Und du bist billig davongekommen.«

»Okay.« Er stand auf. »So viel habe ich bar nicht im Büro, wir müssen es abheben.«

»Doch, hast du –« Sie wies mit einem Nicken auf den Tresor, von dem sie eigentlich nichts wissen konnte. Er war hinter der Schubladenfront seines Schreibtischs verborgen. Dort bewahrte er immer einen größeren Bargeldbetrag für unvorhergesehene Ausgaben auf.

»Und jetzt sind es vierzig.«

»Wir haben Johannes auf freien Fuß gesetzt. Der Haftrichter hielt die Beweislast für nicht ausreichend. Aber er steht weiterhin unter Verdacht.«

Jeppe war erleichtert, als er auf dem letzten Stück von Præstø nach Kopenhagen Anettes Stimme aus den Lautsprechern des Wagens hörte.

»Okay, danke. Ist irgendetwas Neues bei der richterlichen Anhörung herausgekommen?«

»Nein.«

Anette vertiefte es nicht weiter. Sie klang erschöpft.

»Gut. Ich bin in zwanzig Minuten im Präsidium. Bis gleich!«

»Okay.«

Jeppe schaltete die Freisprechanlage aus. Er nahm den Weg über die Sjællandsbro, die ihn auf ihrer geschwungenen Bahn von einem Ufer ans andere brachte, an den Industriegebäuden des Südhafens vorbei, an Hausbooten, Fischkuttern, Benzintanks und Arbeiterwohnungen.

Er erinnerte sich, wie er als vierzehnjähriger Austauschschüler mit dem Bus von Boston nach Manhattan gefahren war. Die letzten Kilometer entlang des East River mit der ikonischen Skyline hatte er noch ganz genau vor Augen. An diesem Tag lernte er, dass man sich in einen Ort verlieben kann. Oder in den Traum von ihm. Die Fahrt nach New York City war schöner als die Stadt gewesen. Die Sjællandsbro erinnerte ihn jedes Mal wieder an dieses Gefühl. Dass der Traum von etwas die Wirklichkeit immer übertrifft.

Auf der Vasbygade gab es den üblichen Feierabendstau. Jeppe schaute zum Hafen, der hinter Industrieanlagen und Shoppingcentern beinahe verschwand.

Therese hatte diese Einkaufszentren nie gemocht. Sie wollte nicht mit dem Auto zum Einkaufen fahren, sondern hatte aus Prinzip nur Spezialitätengeschäfte besucht, die zu Fuß oder mit dem Fahrrad erreichbar waren. Ob sie als Mutter ihre Ansichten geändert hatte? Jeppe hatte ihr Kind noch immer nicht gesehen. *Deren* Kind, korrigierte er sich, das Kind von ihr und Niels. Einige Tage nach der Geburt hatte Therese ihm eine SMS geschickt. Ob sie ihn verlassen hätte, wenn es ihnen gelungen wäre, ein Kind zu bekommen?

Bei Ehebruch geht es eher um fehlenden Respekt als um unerfüllte Bedürfnisse, das war ihm allmählich klargeworden. Therese hatte damals den Respekt vor ihm verloren. Jeppe hatte es erst bemerkt, als er sie bei Niels fand.

Unerwiderte Liebe bringt selbst die verlässlichsten Menschen aus der Fassung. Er hatte es selbst erlebt. Und sie führt zu Gewaltphantasien.

Es war durchaus denkbar, dass Christina Søborg Hansens Ehemann Rache nehmen wollte, nicht nur an seiner Frau und ihrem Liebhaber, sondern auch an den Menschen, die ihr geraten hatten, ihre Familie zu verlassen. Sie hatten sein Leben zerstört. Jeppe parkte den Wagen an der Otto-Mønsteds-Gade und lief die Treppen zur Mordkommission hinauf. Im Flur stieß er auf Anette. Sie zog sich gerade ihren Mantel an. »Na, wie war's in der Provinz?«

»Interessant. Gehst du nach Hause?«

Sie hustete als Antwort.

»Und Johannes ist gegangen?«

Anette nickte, und Jeppe achtete darauf, seine Erleichterung nicht allzu deutlich zu zeigen.

»Wir durchforsten gerade seine finanziellen Verhältnisse. Möglicherweise hat er bei Alphas Konkurs Geld verloren.«

»Okay.«

»Die Presse ruft ständig an, wir sollen bestätigen, dass Johannes verdächtigt wird. Bisher ist es ihnen nicht gelungen, jemanden von uns zu erwischen, aber …«

Es war lediglich eine Frage der Zeit. Das wussten beide.

»Soll ich von Præstø berichten?«

Anette zögerte. »Können wir das morgen besprechen? Ich glaube, ich bekomme eine Grippe.«

Grippe? In den bald neun Jahren, in denen Jeppe mit Anette zusammenarbeitete, hatte sie interessante Informationen immer sofort hören wollen, egal, wie es ihr ging. Jeppe wollte sich gerade besorgt nach ihrem Befinden erkundigen, als sein Telefon klingelte. Esther de Laurenti.

Er hob einen Zeigefinger, um Anette zurückzuhalten, als er das Gespräch annahm. »Hej, Esther.«

»Jeppe! Es ist das Dilemma um den Ehebruch, das muss es sein. Der Exmann!« Sie war so aufgeregt, dass sie beinahe stammelte.

»Er hat zumindest ein starkes Motiv, da stimme ich dir zu.« Esther bestätigte seine eigenen Gedanken. »Ich war gerade in Præstø, um mir das Hotel anzusehen, in dem die Familie gelebt hat.«

»Ich habe ihn gefunden!«

»Wie –«

»Facebook, Google, ist auch egal. Er arbeitet im Museum! Er nennt sich jetzt Torben Hansen – Søborg war vermutlich der Name seiner Frau, den er nach der Scheidung abgelegt hat.«

»Von welchem Museum redest du?« Jeppe hob den Kopf und traf auf Anettes fragenden Blick.

»Das Museum, zum Teufel, das Geologische Museum! Im Botanischen Garten, wo das Fest stattfand. Er ist dort Hausmeister.«

Die Gänsehaut zog sich im Bruchteil einer Sekunde von den Fersen bis in den Nacken. Sie hatten eine Spur, der sie nachgehen konnten.

»Du bist wirklich außerordentlich brauchbar als Ermittlerin, Esther. Danke!«

»Vergiss den Dank, halt mich einfach auf dem Laufenden.«

»Das werde ich tun. So gut es mir erlaubt ist.« Jeppe beendete das Gespräch.

Anette sah ihn mit funkelndem Blick an. »Ich glaube, Svend kann mit den Frikadellen noch ein wenig warten.« Sie zog die Handschuhe an. »Fahren wir?«

»Was meinst du? Ich dachte, du glaubst nicht, dass die Radiosendungen etwas mit unserem Fall zu tun haben!«

»Vielleicht nicht, aber jetzt passiert zumindest etwas. Ich habe mir den ganzen Tag den Arsch breit gesessen.«

»Ich dachte, dir geht's nicht gut?« Jeppe lief grinsend die Treppe hinunter.

»Vielleicht habe ich ja auch nur dich vermisst, Jeppesen. Los jetzt!« Sie sah tatsächlich schon ein bisschen besser aus.

Im dunklen Botanischen Garten war lediglich das Observatorium Østervold erleuchtet. Alle anderen Gebäude schienen dunkel und menschenleer zu sein, auch das kleine Haus, in dem Torben Hansen wohnte. Sie klopften.

Keine Reaktion.

Anette drückte die Klinke hinunter und sah Jeppe verblüfft an, als die Tür sich öffnen ließ. Sie zog die Tür wieder zu. Sie gingen den Observatoriumshügel zum Turm hinauf. Das Tor stand offen, ungehindert konnten sie durch den langen Korridor im Erdgeschoss an den Unterrichtsräumen vorbeigehen, in denen die Stühle auf den Tischen standen. Der Linoleumboden roch schwach nach Schmierseife. Es war so still, dass Jeppe sein Herz schlagen hörte.

Als sie die breite Wendeltreppe zum Observatorium erreichten, gingen sie lautlos Stufe für Stufe nach oben. Nach jeder vollen Runde blieben sie auf einer Metallplattform stehen, zum einen, um zu horchen, zum anderen, damit Anette wieder zu Atem kam.

Jeppe beschloss, von ihr zu verlangen, sich untersuchen zu lassen. Das war mehr als nur eine aufziehende Grippe.

Die Decke wurde immer niedriger, je höher sie kamen, schließlich gab es nur noch zehn dünne Metallstufen und eine offene Bodenluke zwischen ihnen und der eigentlichen Observatoriumskuppel. Licht drang aus der Luke, sie blieben stehen und horchten.

Alles war ruhig.

Anette fasste sich vorsichtig an die Brust, um sich zu vergewissern, dass die Heckler & Koch an ihrem Platz steckte. Sie war eine der letzten Beamten der Kopenhagener Polizei, die darauf bestanden, ihre Dienstpistole in einem altmodischen Schulterholster zu tragen, obwohl die Pistole darin hängen bleiben konnte. Ihre Kollegen waren längst zu Hüftgurten übergegangen.

Dreizehn Schuss hatte das Magazin, und Anette war

ganz unbescheiden der Ansicht, dass sie alle dreizehn Projektile hundertprozentig ins Ziel bringen konnte. Nicht dass sie jemals im Dienst einen Schuss abgegeben hätte, aber wenn es eines Tages der Fall sein sollte, dann würde sie ganz sicher treffen. Behauptete sie zumindest.

Sie mussten vorsichtig vorgehen und hoffen, dass Torben Hansen, sollte er der Täter sein, keine anderen gefährlichen Waffen hatte als Putzmittel.

Sie nickten sich zu, und Jeppe schlich langsam die schmale Treppe hinauf. Er duckte sich, da er sich im Kuppelraum erst zeigen wollte, wenn er wirklich bereit war.

Anette folgte ihm.

Auf der Hälfte der Treppe hörten sie von oben ein leises metallisches Geräusch.

»Hallo, wer ist da?«

Sie warteten ab. Keine Antwort.

»Hier ist die Polizei. Wer ist da?«

Noch immer keine Reaktion.

Jeppe war sich bewusst, wie exponiert sie auf der steilen Treppe zu einem Raum standen, in dem sich möglicherweise ein Mörder aufhielt. Es war zu dumm. Sie hatten sich zu erkennen gegeben, nun mussten sie umdrehen und ihre Vorgehensweise koordinieren. Er musste Anette zu verstehen geben, dass sie sich lautlos zurückziehen sollte.

Als er sich atemlos und mit klopfendem Herzen zu ihr umdrehte, geschahen zwei Dinge unmittelbar hintereinander.

Aus der Kuppel ertönte ein Schlag.

Und Anette sank zusammen und fiel rücklings die Treppe hinunter.

Die Autowerkstatt lag am Ende eines schmalen Hinterhofs in einer der kleinen Seitengassen hinter Nørrebros Rundel. Die Einfahrt war so unscheinbar, dass Sara Saidani ein paarmal daran vorbeifuhr, weil es in der abendlichen Dunkelheit nicht so aussah, als wäre sie breit genug für ein Auto. Sie parkte auf der Straße und blickte sich misstrauisch um, bevor sie den Hinterhof betrat. Polizeiwagen waren in diesem Teil der Stadt nicht sonderlich beliebt.

Die grauverputzten Mauern auf beiden Seiten des Hofes erinnerten sie an die grauen Betonbauten, in die ihre Familie nach der Ankunft in Dänemark gezogen war. Beim Anblick dieser Tristesse war sie durchaus stolz auf ihren sozialen Aufstieg, immerhin konnte sie ihren beiden Töchtern eine Eigentumswohnung in Christianshavn bieten.

Am Ende des Hofs standen ein paar schwarzgestrichene Holzschuppen vor der Mauer. Einige waren mit Vorhängeschlössern gesichert, andere standen offen, Gespräche und Musik drangen heraus. Im Telefonbuch stand Mikkel Husted als Inhaber der Firma Husted-Auto, aber es gab weder ein Schild noch Platz für mehr als höchstens ein Auto im Hof. Laura Aamanns Exfreund schien nicht den professionellsten Laden zu betreiben.

Sara wollte gerade laut rufen, als ein Bursche den Kopf zur Tür des größten Schuppens herausstreckte. Er war durch sein Facebook-Profil leicht zu identifizieren, und mit seinen breiten Schultern, die in einem Seemannspullover steckten, glich er einem amerikanischen Sportler. Als sie näher kam, bemerkte Sara, dass er stämmiger und älter aussah als auf dem Profilfoto. Kaum zu glauben, dass er erst siebenundzwanzig sein sollte.

»Was suchen Sie hier?«

Wenn Mikkel Husted tatsächlich von der Kundschaft seiner Autowerkstatt lebte, tat er nicht viel, damit Kunden sich bei ihm willkommen fühlten.

»Polizeiassistentin Saidani, wir haben telefoniert –«

»Habe ich mir gedacht, dass Sie kommen würden. Hatte ich Sie nicht gebeten, mich in Ruhe zu lassen?«

Mit einem Schraubenschlüssel in der Hand kam er auf sie zu. Er roch ebenso sehr nach Bier wie nach Maschinenöl, und sie trat unwillkürlich einen Schritt zurück, dann riss sie sich zusammen. Zeigte sie Furcht, war die Schlacht von vornherein verloren.

»Haben Sie nicht verstanden, dass es hier um eine Mordermittlung geht?« Ihre Stimme klang dünn, wie die eines kleinen Mädchens. Sie spannte die Bauchmuskeln an und sagte so laut und deutlich wie möglich: »Es hat ernsthafte Konsequenzen, wenn Sie die Arbeit der Polizei behindern.« Sie musste sich Respekt verschaffen.

Es funktionierte.

Er warf den Schraubenschlüssel auf einen Bierkasten, wischte sich die Hände an einem Lappen ab und ging zurück in den Schuppen. Sara berührte kurz ihre Dienstpistole im Gurt, dann folgte sie ihm.

Die Einrichtung des Schuppens war noch trostloser als der Hinterhof. An den Wänden standen Regale voller Werkzeug, alter, verstaubter Elektroteile, leerer Plastiktüten, Dosen mit Zigarettenkippen. Eine Pritsche in der Ecke ließ darauf schließen, dass Mikkel Husted hier nicht nur arbeitete.

Er schien ihre Gedanken zu lesen.

»Das ist bloß mittelfristig. Ist schwer, in Kopenhagen eine Wohnung zu finden.« Er setzte sich auf einen Schemel, klopfte eine Zigarette aus der Packung, suchte auf der Werkzeugbank nach Feuer, steckte die Zigarette an und inhalierte.

»Wer ist tot? Ich weiß, dass Laura es nicht ist, also wer?«

Sara stellte sich breitbeinig auf und hakte ihre Daumen in den Gurt, so dass die Jacke zur Seite glitt und die Pistole zu sehen war. »Bisher werden Sie nicht verdächtigt und sind daher auch nicht verpflichtet auszusagen. Aber Sie müssen wissen, dass es möglich werden könnte. Wo waren Sie Mittwochabend und die Nacht auf Donnerstag?«

Er rieb sich am Auge. »Hm, welcher Tag ist heute?«

»Montag. Ein ganz gewöhnlicher Montag. Kein Feiertag oder so etwas.«

»Nur weil ich kein Lohnsklave im öffentlichen Dienst bin, bin ich ein Versager oder was? Wer sagt, dass ich mich nicht bewusst entschieden hätte, nicht zu wissen, welcher Wochentag heute ist? Um nicht die Stechuhr drücken zu müssen und irgendwelchen Abteilungsleitern in ihre engen Arschlöcher zu kriechen?«

Er legte die Zigarette auf die Tischkante. Eine Reihe schwarzer Streifen auf dem Holz zeigten, dass er es häufiger tat. »Den ganzen Mittwoch habe ich Modeflittchen zu Modenschauen und Festen gefahren. Es ist Modewoche, hurra! Hin und wieder habe ich einen Fahrerjob. Neben der Stütze, verstehen Sie?« Er grinste sie provozierend an und entblößte ein graugelbes Gebiss.

»Zu welchem Fest?«

»Zu einem dieser Feste, bei denen die feinen Damen

spritzlackiert sind und in Nuttenfummeln herumlaufen.«
Er lachte über seinen Witz. »In dem Museum gegenüber
von Rosenborg.«

»Wen haben Sie gefahren?« Sara schaute auf ihren Block,
um ihre Anspannung nicht zu zeigen.

Er kratzte sich an der Stirn. »Ich war voll besetzt. Irgendein altes Schwein mit Basecap, das darauf bestand, drei Mädels mitzunehmen, obwohl ich ihm sagte, dass nicht genügend Platz im Wagen sei.«

Vermutlich Westi. »Wie lange waren Sie dort?«

»Wir kamen gegen 21 Uhr und fuhren um Mitternacht
wieder ab. Aber da waren es nur noch der Typ mit dem
Basecap und ein Mädchen.«

»Was haben Sie während des Festes gemacht?«

»Gewartet.« Er sah sie an, als wäre sie schwer von Begriff. »Ich habe Musik gehört, geraucht, auf dem Handy
gespielt.«

»Haben Sie irgendetwas Ungewöhnliches gesehen, während Sie warteten?«

»Etwas anderes als Leute, die vor die Tür kamen, um zu
rauchen? Nein. Aber ich habe sie auch nicht beobachtet. Es
passiert ohnehin nie was bei diesen Modefesten. Die Leute
sind doch viel zu sehr damit beschäftigt, gut auszusehen.«

Er ahnte nicht, wie sehr er sich irrte. Oder vielleicht
doch? Mikkel Husted war bei dem Fest gewesen und hatte
außerdem ein Rachemotiv.

Sara versuchte, die Nerven zu behalten.

»Damals, als Sie mit Laura zusammen waren, bevor sie
schwanger wurde, wollten Sie Lehrer werden und hatten
eine Wohnung in Vesterbro?«

»Und jetzt wohne ich hier. Ein Abstieg. Aber nennen wir es doch einen *Prozess*.« Er betonte das Wort, als zitiere er ein unangenehmes Gespräch. Mit einem Sachbearbeiter, einem Therapeuten, den Eltern.

»Klingt, als fiele es Ihnen noch immer schwer, darüber zu reden?«

»Ach, hören Sie doch auf! Ich bin es bloß leid, das immer wieder aufzuwühlen.« Er starrte sie an, ohne zu blinzeln.

»Dann hegen Sie keinen Groll?«

»Ich habe einfach nur keine Lust mehr, darüber zu reden.« Er stand auf und kam Sara unangenehm nahe.

Sie wich nicht aus und hielt seinem Blick stand, obwohl sie gern einen Schritt beiseitegetreten wäre, um seinen Ausdünstungen zu entgehen. Ein paar lange Sekunden standen sie sich gegenüber, bis er wütend den Kopf schüttelte und sich wieder setzte. Er griff zu seiner Zigarette, die nur noch ein Stummel war, und blickte auf seine Hände.

Sara versuchte es mit einem versöhnlicheren Ton. »Wir alle verspüren manchmal den Wunsch, uns an denen zu rächen, die uns verletzt haben. Das ist menschlich. Laura hat ja nicht allein den Entschluss zum Schwangerschaftsabbruch gefasst, der eine oder andere ist vielleicht der Ansicht, dass sie von Leuten irregeleitet wurde, denen sie vertraute ...«

Er sah sie mit gerunzelter Stirn an und schmiss die Kippe auf den Boden. Plötzlich verzerrte sich sein Gesicht zu einem unerwarteten und nicht sonderlich angenehmen Grinsen. »Jetzt versteh ich, worauf Sie hinauswollen. Ich hätte es wissen müssen.« Er rieb sich das Kinn und stützte die Stirn auf seine geballten Fäuste.

Sara wartete ab, sie wusste nicht recht, wie es weitergehen sollte.

»Sie müssen damit rechnen, dass Sie auf dem Präsidium verhört werden. Sie dürfen die Stadt nicht verlassen, bevor Sie etwas von uns hören.«

Er reagierte nicht.

Sara steckte ihren Block ein und wartete, die Situation war ihr unangenehm.

Nach ein paar Sekunden fuhr er sich erneut übers Kinn, dann hob er endlich den Kopf. Seine Augen waren gerötet, sein Blick blank.

24

Lange begriff Anette nicht, wo sie war. Sie lag auf einer Art Pritsche, in deren grobem Bezug ihre Haare hängen blieben, wenn sie versuchte, den Kopf zu drehen. Das grelle Licht einer Glühbirne ohne Lampenschirm blendete sie, sie hatte Kopfschmerzen. Jemand griff nach ihrer Hand und drückte fest zu.

»Hey! Wach auf! Hallo!«

Ein Schatten glitt über ihr Gesicht, sie zwang sich, die Augen zu öffnen. Jeppe beugte sich über sie.

»Verflucht, Anette. Bist du wach? Ein Krankenwagen ist unterwegs.«

»Was ist passiert? Wurde ich angeschossen?«

Wenn sie ihren Blick doch nur hätte fokussieren können, ihr wurde übel von diesem unscharfen Bild. Anette hob den Kopf und stützte sich auf die Ellenbogen. Ihr Herz hämmerte, im Mund hatte sie einen merkwürdig metallischen Geschmack.

»Du bist ohnmächtig geworden und die Treppe hinuntergefallen. So etwas passiert, wenn man nicht auf sich aufpasst! Jetzt ist Schluss damit, die starke Frau zu spielen!«

Egal wie dreckig es einem geht, es kann immer noch schlimmer kommen, wenn man zum Beispiel für die Ursache einer Krankheit freundlicherweise selbst verantwortlich gemacht wird.

»Ich dachte … was war das für ein Krach?« Anette setzte sich langsam auf. Eine Gestalt tauchte an der Peripherie ihres Gesichtsfeldes auf. Unscharf. Er streckte den Arm aus und hielt ihr ein Glas hin.

»Hier, trinken Sie, dann wird's Ihnen bessergehen«, forderte sie eine Stimme auf, die sie nicht kannte.

Anette schaute in das Glas, dann sah sie Jeppe an. Sie hatte einen schweren Kopf, war verwirrt. Sollte sie das trinken?

Jeppe nahm Torben Hansen das Glas ab und stellte es auf den Tisch.

»Danke, alles okay. Wir warten auf den Krankenwagen. Wenn Sie so freundlich wären, sich dort drüben an den Tisch zu setzen, dann werde ich Sie vernehmen, sobald meine Kollegin abgeholt wurde.«

Abgeholt? Anette schüttelte den Kopf. Sie musste nirgendwohin gebracht werden.

»Jeppe!«

»Ja?«

»Komm her! Näher!«

Er beugte sich ganz zu ihr herunter, so dass sie ihm ins Ohr flüstern konnte. Gleichzeitig kam er ihr so nah, dass ihr von seinem billigen Parfum übel wurde.

»Mir geht es gut«, log sie. »Du kannst den Krankenwagen abbestellen, ich gehe nach der Vernehmung zum Notarzt.«

»Kommt gar nicht in Frage.«

Anette packte ihren Partner mit einem festen, respektlosen Griff in den Nacken. »Jetzt hörst du mir zu, Kørner! Ich habe meine Gesundheit im Griff, und im Übrigen ist es *meine* Gesundheit, danke der Fürsorge! Und da ich weder angeschossen noch niedergeschlagen wurde, bestellst du jetzt diesen verdammten Krankenwagen ab. Hast du verstanden?«

Sie sah ihm direkt ins Gesicht. Offenbar hatte er verstanden. Langsam richtete Jeppe sich auf und nahm sein Telefon zur Hand.

Während er die Alarmzentrale anrief, nahm sie den Raum in Augenschein. Niedrig, heruntergekommen und mit dem einfachsten und schäbigsten Mobiliar eingerichtet, das sie seit langem gesehen hatte. Kalt und dunkel, aber es schien sich tatsächlich um irgendeine Form von Wohnung zu handeln, denn bewohnt wurde der Raum ganz offensichtlich. In der kleinen Teeküche stand Geschirr auf dem Spültisch, der Boden war staubig.

Der Bewohner passte hervorragend hier hinein. In einem schmutzigen Overall saß er auf einem ramponierten Holzstuhl und sah erschöpft und abgearbeitet aus, als hätte er keine Erwartungen mehr an sein Leben. Grauweiße Bartstoppeln bedeckten die hängenden Wangen. Möglicherweise war sein Gesicht einmal straff und attraktiv gewesen, doch nun zogen sich tiefe Furchen von den Nasenflügeln zu den Mundwinkeln und ließen den Mann einfach nur traurig aussehen.

Anette legte zwei Finger auf ihre Hauptschlagader, während sie Torben Hansen betrachtete. Der Puls war hoch, aber nicht alarmierend.

Er wich ihrem Blick aus.

Jeppe beendete den Anruf und sah sie an.

»Gut. Fangen wir an. Bist du bereit?«

Sie nickte und wollte aufstehen, das Schwindelgefühl zwang sie jedoch zurück auf die Pritsche. Egal. Das Zimmer war so klein, dass sie Torben Hansen ohnehin im Blick hatte.

»Was war das für ein Krach da oben in der Kuppel?« Anettes Stimme klang unsicher, sie räusperte sich gereizt.

»Ich habe die Spaltkuppel getestet. Die Öffnung, durch die das Fernrohr geführt wird.« Torben Hansen sprach langsam, als würde er jedes Wort sorgfältig abwägen. Er hatte einen Kopenhagener Akzent, in den sich allerdings auch ein leichter Singsang mischte. »Morgen Abend ist Mondfinsternis, da kommen viele Leute, das muss funktionieren. Die Spaltkuppel muss geschmiert werden, im Augenblick macht sie noch ein bisschen viel Krach.«

Ein bisschen? Es hatte geklungen, als würde der ganze Hügel explodieren.

»Wo waren Sie am vergangenen Mittwochabend?«

Jeppe übernahm. Gut, dann konnte sie versuchen, ihr Schwindelgefühl in den Griff zu bekommen.

»Hier, denke ich. Ich bin eigentlich jeden Abend hier. Wir sind vor zwei Jahren hierhergezogen, und ich habe noch nicht viele Bekannte in der Stadt.«

»Sie haben zwei Töchter, nicht wahr? Wohnen die auch hier?«

»Meine jüngere Tochter schon, die ältere ist ausgezogen.«

»Wissen Sie, warum wir hier sind?«

Er blickte langsam auf und schüttelte den Kopf.

»Die meisten würden es gern wissen, wenn sie Besuch von der Polizei bekommen –«

»Den Mädchen ist doch nichts passiert, oder?« Zum ersten Mal wirkte er nervös.

»Nein. Wir sind hier, weil Ihre verstorbene Ehefrau sich vor fünf Jahren an die Rundfunksendung *Mads & das Monopol* gewandt hat. Können Sie sich daran erinnern? Sie bat um einen Rat, ob sie bei ihrer Familie bleiben oder ihrer Liebe folgen sollte.«

»Das war Lars. Unser Küchenchef. Selbstverständlich kann ich mich daran erinnern. So etwas vergisst man nicht.« Torben Hansen erhob sich mühsam, ging zum Fenster über der Spüle und blickte in die Dunkelheit. »Ich habe meine Familie und mein Hotel verloren. Das war hart. Sehr hart.«

Er stützte sich auf die Fensterbank, als hätte er Schmerzen in den Knien. Vielleicht auch an anderen Stellen. Anette fand, er sah aus wie ein Mann, für den Schmerzen eine Grundbedingung seines Daseins waren; wie ein Mann, der seine Schmerzen längst nicht mehr hinterfragte.

»Sie müssen doch ziemlich wütend auf das Monopol gewesen sein?« Jeppe verschränkte die Arme vor der Brust, wie immer, wenn er die Schrauben anziehen wollte. Vermutlich war ihm diese Geste selbst gar nicht bewusst.

Torben Hansen drehte sich um und blickte ihm direkt ins Gesicht. Er schien plötzlich wach zu werden. Der Zorn ließ ihn jünger erscheinen.

»Wenn ich auf irgendjemanden sauer war, dann auf Lars, dieses Arschloch. Und von mir aus auch auf Christina. Sie hatten es direkt vor meiner Nase getrieben, in der Hochzeitssuite meines eigenen Hotels. Und als ich es entdeckte, war ich es, der ausziehen musste. Ich!«

»Die beiden haben ihre Strafe dann ja auch bekommen, könnte man sagen.« Anette fühlte sich bereit einzugreifen. Es hatte geholfen, sich fünf Minuten auf etwas anderes zu konzentrieren als auf ihr klopfendes Herz.

»Ja«, murmelte Torben Hansen und wandte sich wieder um. Die Wut war verflogen. »Und wir anderen auch. Die Mädchen verloren ihre Mutter, wir verloren unseren Lebensunterhalt. Es war eine schreckliche Zeit für uns drei.«

Jeppe warf Anette einen Blick zu, um zu sehen, ob sie noch mehr sagen wollte. Sie schüttelte den Kopf.

»Mittwochabend wurde Alpha Bartholdy während des Festes hier im Museum ermordet. Alpha Bartholdy saß in der Runde, die Ihrer Frau geraten hat, Sie zu verlassen.« Jeppe fuhr mit neutraler, ruhiger Stimme fort. »Freitagabend wurde Christel Toft auf dieselbe Art wie Alpha Bartholdy ermordet. Auch sie saß in der Runde. Verstehen Sie, worauf ich hinauswill?«

Torben Hansen zog die Mundwinkel hinunter, als hätte Jeppe gerade etwas vollkommen Absurdes geäußert.

»Das kann nur ein Zufall sein. Jedenfalls hat das nichts mit mir zu tun. Ich habe seit damals keinen Gedanken an diese Leute verschwendet. Ich hatte wirklich anderes zu tun.«

»Was genau haben Sie Mittwochabend getan?«

Jeppe sah, wie Hansen langsam zurück in die Apathie versank.

»Mittwochabend, Mittwochabend – der Abend mit dem Fest …« Er sprach jetzt sehr langsam. »Mittwochabend war ich hier. Es gab im Auditorium eine Vorlesung über Sonnenflecken, die ich mir angehört habe. Sie begann um 20:30 Uhr und dauerte bis ungefähr 23:30 Uhr, inklusive der Fragen aus dem Publikum.«

»Und Sie waren die ganze Zeit dort?«

»Soweit ich mich erinnern kann.«

»Eine Vorlesung über … Sonnenflecken?«

Torben Hansen blickte auf seine Hände. »Es gab ein paar Probleme mit der Ventilation im Auditorium. Ich habe versucht, sie zu lösen.«

»Und an dem Fest im Geologischen Museum haben Sie nicht teilgenommen?«

Langsam schüttelte er den Kopf.

»Hat Sie jemand bei der Vorlesung gesehen?«

»Vermutlich. Erkundigen Sie sich im Niels-Bohr-Institut.«

»Okay, danke.« Jeppe stand auf. »Dürfen wir uns noch ein bisschen umsehen?«

Torben Hansen nickte und blieb an seinem Fensterplatz stehen.

Anette erhob sich vorsichtig – sie war noch immer ein wenig unsicher auf den Beinen –, während Jeppe auf eine der beiden Türen zuging, die in die Nebenräume führten. Durch die offene Tür sah sie ein kleines Zimmer, höchstens zweimal drei Meter groß, das offensichtlich von einer jüngeren Person weiblichen Geschlechts bewohnt wurde. An der Wand, die Anette sehen konnte, hingen Filmplakate, Zeitungsausschnitte und Fotos. Jeppe trat näher und betrachtete die Fotos, nahm dann ein Bild von der Wand und ging zurück ins Wohnzimmer, wo er es Torben zeigte.

»Sind das Ihre Frau und Ihre Töchter?«

Er nickte, ohne auf das Bild zu sehen. Anette setzte sich auf und versuchte, etwas auf dem Foto zu erkennen, aber Jeppe stand zu weit weg.

»Und wie heißt *sie*?« Jeppe zeigte auf eines der Mädchen.

Torben Hansen schaute eine Sekunde hin, dann wandte er hastig den Blick ab. »Das ist Louise, meine ältere Tochter.«

Es wurde still im Zimmer. Die Luft vibrierte, und Anette versuchte verzweifelt zu begreifen, was hier vor sich ging. Sie hörte, wie Jeppe einatmete und einen Moment die Luft anhielt.

»Ist es okay, wenn wir uns dieses Foto ausleihen? Ich werde dafür sorgen, dass Sie es zurückbekommen.« Jeppe gab Torben Hansen zum Abschied die Hand und hatte das Haus verlassen, bevor der irgendeine Antwort geben konnte.

Verblüfft kam Anette auf die Beine und verabschiedete sich ebenfalls. Dann lief sie Jeppe hinterher. Erst am Auto holte sie ihren Partner ein.

»Sag mal, was ist denn los?« Sie bekam kaum Luft und stützte sich gereizt aufs Autodach.

»Louise Søborg Hansen, ich Riesenidiot!« Jeppe schlug sich mit der Faust vor die Stirn.

»Idiot, ja, das würde ich unterschreiben. Aber warum kommst du ausgerechnet jetzt zu dieser Selbsterkenntnis?«

Jeppe hielt ihr das Foto unter die Nase. Anette beugte sich vor und schaute es näher an.

Es zeigte die Familie auf den Stufen zu einem Wintergarten. Vielleicht des Hotels. In der Mitte standen Vater und

Mutter, ihnen zur Seite die beiden Töchter. Sigrid war deutlich jünger, vermutlich handelte es sich um eines der letzten Fotos der ganzen Familie.

Jeppe zeigte mit seinem Finger auf die andere junge Frau. Die Schwester, Louise. Anette hatte das Gefühl, sie zu kennen.

Jeppe verlor die Geduld. »Lulu Sui! Kannst du dich erinnern, wie du gesagt hast, das sei doch ein ziemlich merkwürdiger Name?«

Die Härchen an Anettes Arm richteten sich auf.

»Bei Lulu Sui handelt es sich um Louise, Torben Hansens Tochter. Ihre Mutter verließ die Familie und starb. Und sie war bei beiden Anschlägen dabei. Verstehst du? Sie ist es!«

*

An diesem Tag stieg keine Rauchsäule aus dem Schornstein des Fischkutters Luna, und der Pulverschnee lag dick und unberührt auf Deck. Ein Klopfen an der Tür und ein Gang rund ums Steuerhaus zeigten sehr schnell, dass Lulu Sui nicht zu Hause war. Offenbar war sie seit einiger Zeit nicht mehr auf dem Schiff gewesen. Jeppe drückte die Klinke der Kabinentür hinunter. Verschlossen. Er trat einen Schritt zurück. Über dem Türrahmen hing eine alte Sirene, Jeppe ließ die Finger über das eisige Metall gleiten und wurde mit einem ebenso kalten Stück Metall belohnt. Der Schlüssel. Er schloss das dunkle Hausboot auf.

Trotz ihres heftigen Protests hatte Jeppe Anette nach Hause gebracht, bevor er in den Fischereihafen fuhr. Es war nicht zu verantworten, dass sie weiterarbeitete. Sie wollte sich seine kollegiale Fürsorge nicht gefallen lassen, doch Jeppe war hart geblieben und hatte ihr als Teamleiter verboten, sich weiter an den Ermittlungen zu beteiligen, bevor sie sich nicht in ärztliche Behandlung begeben hätte. Svend hatte versprochen, sich um Anette zu kümmern, und Jeppe war mit gutem Gewissen und den Verwünschungen seiner Partnerin im Ohr losgefahren.

Der Rumpf knarrte tief und anhaltend, und Jeppe zuckte bei dem ungewohnten Geräusch zusammen. In der Dunkelheit und der Einsamkeit verlor das Schiff den Charme seines ersten Besuchs. Es erinnerte eher an eine Grabkammer als eine Wohnung, kalt und seelenlos. Jeppe hätte sich am liebsten umgedreht und wäre gegangen.

Er fand einen Lichtschalter, schaltete das sparsame Licht ein und sah sich um. Er wollte es schnell hinter sich bringen.

Die Einrichtung erinnerte ihn an Hannah, es war das buntschillernde und unprätentiöse Heim einer jungen Frau, voller kreativer Lösungen, die kein Geld kosteten. Er schob einige Bügel des dichtbestückten Kleiderständers hin und her und öffnete die Schubladen einer winzigen Kommode. Bankunterlagen, ein Satz Fahrradlampen, eine Handvoll Schlüssel. Auf einem niedrigen Tisch standen Messingschalen, geschnitzte Statuetten und Kerzenstumpen, die auf den Flirt der Bewohnerin mit dem Spirituellen verwiesen.

Der Kühlschrank war leer, abgesehen von einem halben Liter säuerlich riechender Öko-Milch und einigen sehr teuer aussehenden Cremes. Wie konnte eine junge Frau, die auf dem Fischkutter ihres Großvaters wohnte, sich solche Kosmetika leisten? Und die unzähligen Paare Schuhe, die unter dem Kleiderständer lagen? Jeppe kannte diese knall-roten Sohlen und überschlug es im Kopf – es waren Stilettos für mehrere zehntausend Kronen.

Langsam drehte er sich um und nahm den Raum weiter in Augenschein. Er hatte das Gefühl, als wäre noch jemand zugegen, eine Art Energie, ein paar Augen, die ihn beobachteten. Ein Hass. Jeppe schüttelte sich und fuhr fort, das Boot zu durchsuchen. Als er zum dritten Mal hinsah, bemerkte er es: Ein Brett des Sockels unter den Küchenschränken saß ein wenig schief, ein winziger Spalt war zu erkennen.

Es war nicht schwer, das Brett herauszuziehen. In dem Hohlraum dahinter lag eine Schachtel von der Größe dreier aufeinandergestapelter Telefonbücher. Eine rote, glänzende Schachtel. Chinesischer Lack, vermutete er.

Jeppe verließ das Boot mit seinem Beutestück unter der Jacke. Persennings flatterten im Wind, Schnee fegte über den Boden. Er stieg ins Auto, schaltete die Heizung und das Licht ein und kam wieder zu Atem. Der Kai um ihn herum war verlassen, das Auto hingegen war eine kleine Insel aus Wärme und Sicherheit. Er verriegelte die Türen und öffnete die Schachtel.

Zuoberst lagen einige Tütchen neben einer Digitalwaage, der Basisausstattung eines Drogendealers. Jeppe ahnte, dass Lulu Sui außer ihren Healing-Sessions noch andere Einnahmequellen haben musste. Außerdem fand er eine kleine Tüte mit Tabletten. Vermutlich MDMA oder so etwas in der Art, die derzeit bevorzugte Partydroge des Jetsets. Das passte zu Johannes' erneutem Drogenkonsum. Lulu Sui war seine Dealerin. Mit zitternden Fingern wählte er Johannes' Nummer, aber Johannes ging nicht ans Telefon. Jeppe schrieb eine SMS und bat ihn zurückzurufen. *Es ist wichtig. Ich mache mir Sorgen um dich!* In einer SMS wollte und konnte er nicht ins Detail gehen.

Unter der Waage lag eine Plastikmappe, die Ausdrucke irgendwelcher Diskussionsbeiträge enthielt. Jeppe blätterte sie durch.

Der Name der Homepage und die Datencodes ganz oben auf den Seiten zeigten, dass es sich um Onlinechats auf girltalk.dk handelte, dem Forum eines Kinderportals. Alle Beiträge waren in der Kategorie *Kummer* von einem virtuellen *Lostgirl* im Jugendslang geschrieben, mit mehr Flüchen als Satzzeichen. Der Inhalt indes war schockierend. *Lostgirl* schrieb von grausamer Einsamkeit, Wut und Verrat. Sie beschrieb sich als unendlich hässlich und dumm, als Verliererin, die von niemandem geliebt wurde. Die Welt hatte sich von ihr abgewandt, niemand wollte sie.

Eine in jeder Hinsicht deprimierende Lektüre. Es wunderte ihn nicht, dass Lulu Sui ihr niedriges Selbstwertgefühl mit Make-up und teuren Kleidungsstücken kompensieren musste.

Jeppe legte die Mappe und die Tütchen in die Schachtel und stellte sie vorsichtig auf den Rücksitz. Er musste sich die Papiere zu Hause näher ansehen, vielleicht gab es darin einen Hinweis, wo Lulu Sui sich augenblicklich befand.

Er steckte den Schlüssel ins Zündschloss. Es war verwirrend. Wenn Lulu Sui die Morde begangen hatte, warum hatte sie dann nicht auch Johannes ermordet, als er bei ihr auf dem Boot war? Sie musste andere Pläne mit ihm gehabt haben.

Vielleicht einen Plan, der beinahe geglückt wäre: eine Mordanklage gegen Johannes Ledmark?

*

Sympathiebekundungen lagen in der Skydebanegade vor der dunkelgrünen Tür mit dem Messingschild *Rios & Ledmark*. Freunde und Kollegen zeigten ihr Mitgefühl. Der Präsentkorb passte gut zwischen die Sträuße. Zellophan und breite Seidenschleifen um einen schwarzlackierten, geflochtenen Korb mit italienischen Delikatessen. Tagliatelle, Panforte, Thunfisch aus Carloforte, geräucherte Wildschweinwurst und selbstverständlich eine Flasche mit Johannes Ledmarks bevorzugtem Likör, Limoncello. Eine ganze Reihe von Journalistinnen hatte er mit seiner Vorliebe für Italien unterhalten – für die Sprache, das Essen, den Wein und den Likör. Johannes Ledmark liebte die kleinen Freuden des Lebens. Und er hatte seine Fans in Homestorys daran teilhaben lassen.

Schon bald würde er nach Hause kommen, die Blumensträuße einsammeln und die Tür hinter sich schließen. Den Korb würde er besonders vorsichtig in die Wohnung tragen, den Mantel ausziehen und die beigelegte Karte mit nachlässigem Interesse lesen. Interessanter war der Inhalt des Korbs. Er würde die Flasche herausziehen und zu seiner Freude bemerken, dass sie kalt war. Der Limoncello konnte sofort getrunken werden.

Vielleicht nahm er zunächst ein Bad? Ein langes, heißes Bad zu Opernmusik? Er würde ein teures Badeöl in seine Corian-Wanne gießen und sich ausziehen, wenn das Wasser einlief. Vermutlich vor dem großen Spiegel im Schlafzimmer, während das Mondlicht durchs Fenster fiel und Schatten auf die grauen Wände warf. Er würde seinen langen, sehnigen Körper betrachten und darüber nachdenken, wozu dieser Körper imstande war. Würde es ihn überraschen?

Sicher würde er seinen langen Fleecebademantel anziehen und sich dann, während das Wasser sich mit den ätherischen Ölen in der Wanne vermischte und das Badezimmer sich mit Ylang-Ylang-Dämpfen füllte, in der Küche etwas zu trinken holen. Er würde ein Glas nehmen, das eigentlich zu groß war für Likör, aber es war ihm egal. Würde er mit der Flasche in der Hand zögern?

Nein, Johannes Ledmark würde keine Zeit damit verschwenden, darüber nachzudenken, welchen Schmerz er ausgelöst hatte. Er würde sein Getränk auf den Rand der Badewanne stellen, *Lakmé* einschalten – der ganzen Welt hatte er erzählt, dass dies ihre Lieblingsmusik sei –, und sich selbst einreden, dass er Sehnsucht nach ihm hatte und bereute. Dann würde er den Bademantel ausziehen und Zentimeter um Zentimeter in das heiße Wasser gleiten, bis er ausgestreckt in der Wanne lag.

Und schließlich würde er sein facettengeschliffenes Glas randvoll mit Limoncello gießen, den Kopf zurücklegen und trinken.

Dienstag, 2. Februar

25

Jeppe legte das Telefon beiseite und versuchte zu verstehen. Und er versuchte aufzuwachen.

Der Anruf kam aus dem Traumazentrum des Rigshospitals. Johannes war mit Verätzungen eingeliefert worden.

Jeppe stieg schwerfällig aus dem Bett. Socken, Hemd, Hose, Schlüssel, Telefon, Mantel, Stiefel. Die Tür schloss sich hinter ihm, es war noch immer früher Morgen und dunkel. Er wusste, dass er sich zwingen musste, vorsichtig zu fahren. Er ließ den Wagen an und fuhr so schnell, wie die Straßenverhältnisse es zuließen.

Nach einem fast zweimonatigen Eiswinter taute es endlich, und die im Winter eingerosteten Fahrräder fuhren wieder. Leider bedeuteten die Plusgrade auch, dass sich dichter Nebel über die Stadt gelegt hatte und die Verkehrsverhältnisse noch schwieriger waren als davor.

Die Busse schlichen langsam durch den Schneematsch, und die Straßen waren voller morgendlicher Passanten, die mit Regenschirmen bewaffnet durch die Suppe hasteten.

Es konnte sich nur um einen weiteren Mordversuch handeln. Jeppes Gedanken drehten sich im Kreis, als eine Arzthelferin ihn im siebten Stock des Rigshospitals empfing. Er sollte warten, bis Johannes die Intensivstation verlassen konnte, um hier in der Klinik für Hals-Nasen-Ohren-

Chirurgie weiterbehandelt zu werden. Noch saß er allein hier. Als einziger »Angehöriger«. Er musste die Polizeikommissarin anrufen und den Vorfall offiziell zu einem Teil ihrer Ermittlungen erklären.

Der zentrale Ermittlungsleiter würde erscheinen und Beamte vor dem Krankenzimmer postieren, Kriminaltechniker würden die Wohnung in der Skydebanegade absperren, die ganze Maschinerie würde anlaufen.

Und sicher erschien fünf Minuten später der erste Pressefotograf, zunächst an der Wohnung, dann im Krankenhaus. Sie würden Rodrigo aufspüren, alte unvorteilhafte Fotos von Johannes heraussuchen und den gesamten Bekanntenkreis von Johannes und Rodrigo ausfragen. Alles Hässliche und Kompromittierende, von dem die Öffentlichkeit nichts wusste, würde herauskommen. Jeppe konnte ihn nicht länger schützen.

Die Türen des Fahrstuhls öffneten sich mit einem kurzen Klingelgeräusch. Jeppe stand auf. Eine Gruppe Ärzte und Krankenpfleger rollte Johannes auf einer Bahre vorbei, Jeppe folgte ihnen auf die Station.

»Wie geht es ihm?«

»Wer will das wissen?«, stellte eine Ärztin die Gegenfrage.

»Jeppe Kørner. Ermittler der Mordkommission. Und sozusagen Johannes Ledmarks nächster Angehöriger. Das Krankenhaus hat mich angerufen.«

Sie blieb stehen. »Glücklicherweise konnte er noch den Notruf anrufen, als ihm gestern Abend übel wurde.«

»Dann hat er –«

»Ich kann noch nichts sagen. Wir untersuchen ihn auf

Ulzeration der Schleimhaut als Folge der Einnahme einer ätzenden Flüssigkeit. Mit anderen Worten: Verbrennungen des Rachens und der Speiseröhre. Aber mehr weiß ich momentan leider auch noch nicht.« Sie klopfte ihm professionell auf die Schulter. »Ihr Freund ist in guten Händen.«

Mein Freund, dachte Jeppe. Freund, Opfer, Verdächtiger, er wusste bald nicht mehr, was Johannes eigentlich war.

»Die Besatzung des Rettungswagens hat die Flasche und das Glas, aus dem er getrunken hat, mitgenommen, damit die Flüssigkeit so rasch wie möglich analysiert werden kann. Im Labor arbeiten sie noch daran, aber der pH-Wert in der Flüssigkeit ist jedenfalls stark basisch.«

»Das glaube ich sofort.« Jeppe nickte. Abflussreiniger.

»Einer der Laboranten sagte, es riecht nach Zitrone.« Sie lächelte so professionell, dass man es kaum noch als Lächeln bezeichnen konnte. »Er schläft jetzt, vielleicht sollten Sie besser später wiederkommen.« Die Ärztin ging auf die Tür zu, durch die vor einem Moment die Bahre geschoben worden war.

Zitrone? Vielleicht Limoncello, Johannes' Lieblingslikör. Er und Rodrigo stellten ihn gewöhnlich selbst her. Der Zitronengeschmack kam aus den Schalen, nicht vom Saft, der Likör war daher nicht säuerlich, sonst hätte die Säure das Basische in dem Abflussreiniger neutralisiert. Der Täter musste über wirklich gute chemische Kenntnisse verfügen. Die Frage war, wie der Abflussreiniger in eine Flasche Limoncello aus Johannes' und Rodrigos Kühlschrank gekommen war.

Jeppe trat an die großen Fenster zum Tagensvej. Es war nicht zu entscheiden, ob sie schmutzig waren oder ob es am

Nebel lag, dass er nicht einmal das Panum-Institut auf der anderen Straßenseite erkennen konnte. Im Panum-Institut hatte Jeppe seinen Vater zum letzten Mal gesehen. Hier war er seiner letzten Pflicht als Staatsbürger nachgekommen und hatte seinen Körper der Wissenschaft zur Verfügung gestellt. Die Spende an die Fakultät für Gesundheitswissenschaften hatte Jeppe überrascht, denn sein Vater hatte ihm vor seinem Tod nichts davon erzählt. Es entbehrte nicht einer gewissen Ironie, dass der sonst so unbeholfene Körper seines Vaters am Ende der Wissenschaft diente. So hatte er doch noch einen Nutzen gehabt.

Danach war die Leiche eingeäschert und die Urne nach genauen Anweisungen des Vaters in einem anonymen Gemeinschaftsgrab auf dem Søndermark Kirkegård beigesetzt worden. Es sollte kein Aufheben um ihn gemacht werden, er wollte niemandem zur Last fallen. Auch posthum nicht.

Jeppe hatte sich mit dem Schock und der Tatsache abfinden müssen, dass es keinen Ort gab, an den er gehen konnte, um zu trauern. Seine Mutter hatte ihm ihre Hilfe bei der Wohnungsauflösung angeboten, er hatte jedoch abgelehnt. Er wollte die verstaubten Bücherstapel und unbezahlten Rechnungen in der Wohnung seines Vaters allein durchsehen.

Tatsächlich lag der Keim für das Scheitern der Beziehung zu Therese irgendwo da – in Jeppes Trauer um den Vater, die mit jedem Tag größer geworden war. Therese hatte sich nicht von ihm zurückgezogen, er hatte sie von sich gestoßen. Wie ein gekränktes Kind, das sich nicht trösten lassen will, obwohl Trost das Einzige ist, was es möchte. Er hatte es nicht realisiert, bis ihr Blick immer abwesender wurde und sie nach einem fremden Mann roch.

Jeppe betrachtete die Autos, die unter dem Fenster in beiden Richtungen vorbeiflimmerten. Dann griff er zu seinem Telefon und rief die Polizeikommissarin an.

*

»Wie geht's deinem Freund? Kommt er durch?«

Die Frage wurde mit so großer Anteilnahme gestellt, dass Jeppe im ersten Moment glaubte, sich verhört zu haben. Thomas Larsen zeigte normalerweise nicht diese Art von Empathie.

»Ja, danke. Er ist aufgewacht, und sein Zustand ist stabil, also den Umständen entsprechend geht es ihm ganz gut.«

»Dauerhafte Schäden?«

»Danach sieht es nicht aus. Er hat sofort gemerkt, dass mit dem Likör irgendetwas nicht in Ordnung ist, vermutlich weil er vollkommen nüchtern war, daher hat der Abflussreiniger keine allzu großen Verheerungen anrichten können.«

»Das freut mich zu hören.« Larsen gab Jeppe einen vertraulichen Klaps auf die Schulter und setzte sich schließlich an seinen Schreibtisch. Zum Glück, denn Jeppe hatte kein Bedürfnis nach Larsens ungewohntem Mitgefühl.

Die ersten Anrufe von unbekannten Telefonnummern bedeuteten, dass die Presse Wind von der Angelegenheit bekommen hatte.

»Kørner, ich habe mit dem Niels-Bohr-Institut gesprochen. Torben Hansens Alibi für Mittwochabend ist wasserdicht. Mehrere Dozenten und Studenten bestätigen, dass er den ganzen Abend an der Vorlesung im Auditorium teilgenommen und hinterher beim Aufräumen geholfen hat. Er saß ziemlich weit vorn neben dem Institutsleiter und verließ kein einziges Mal den Saal. Er kann Alpha Bartholdy unmöglich ermordet haben.«

»Okay –« Jeppe fuhr sich mit den Händen durchs Gesicht und versuchte, endlich wach zu werden. Torben Hansen hatte ein Alibi. Lulu Sui aber nicht.

»Wenn Johannes einem Mordversuch ausgesetzt war und Torben Hansen aus dem Spiel ist, dann müssen wir wohl Søren Westi als Hauptverdächtigen ansehen.« Larsen zog den Deckel von einem Plastikbecher mit Joghurt und Müsli und fing an zu essen. »Frühstück, sorry, ich habe es zu Hause nicht geschafft.«

Er zwinkerte Jeppe zu, als hätte es etwas ganz Bestimmtes zu bedeuten, nicht zum Frühstücken gekommen zu sein. »Ich versuche noch immer, den Namen dieses Investors herauszubekommen, aber der Vorsitzende des Fonds ist glatt wie ein Aal. Und ständig in Sitzungen mit wichtigen Leuten.«

Jeppe setzte sich. Er merkte, dass er weder gefrühstückt noch Kaffee getrunken hatte. Aber nicht aus demselben Grund wie Larsen. Der Koffeinmangel setzte ihm zu. »Ich denke, du solltest ihn eine Weile in Ruhe lassen, Larsen.«

Larsen sah ihn überrascht an.

»Versteh mich nicht falsch: Ich bin sicher, dass Westi Alpha Bartholdy und den unbekannten Investor betrogen hat. Ich sehe nur nicht, wie diese Geschichte mit unseren Morden und dem Mordversuch zusammenhängen soll.«

Jeppe legte den Kopf zur Seite, bis es im Nacken knackte, er hatte Rückenschmerzen. »Es ist ein emotionales Motiv, kein finanzielles. Wie käme sonst Christel Toft ins Spiel? Und Johannes, wenn man so will?«

»Christel und Westi hatten eine Beziehung –«

»Das heißt aber nicht, dass sie nicht miteinander auskamen. Nichts weist darauf hin. Es passt einfach nicht zusammen.«

Larsen schabte den Boden des Bechers mit seinem Plastiklöffel sauber und warf dann beides in den Papierkorb. Er seufzte.

»Okay. Ich gebe meine Ergebnisse an die Abteilung für Wirtschaftskriminalität weiter und stelle meine Nachforschungen erst einmal ein. Aber was dann?«

Ja, was dann?

Nach Lulu Sui wurde offiziell gefahndet. Bisher gab es lediglich einige wenige Äußerungen schockierter Bekannter, die keine Ahnung hatten, wo sie sich aufhielt, es aber gern erfahren wollten, wenn man sie fand. Auch ihr Vater behauptete, seine Tochter seit einer Woche nicht mehr gesehen und auch nichts von ihr gehört zu haben.

Auf ihren unzähligen sozialen Medienplattformen war es ungewöhnlich ruhig, ihr Telefon reagierte nicht, und die einzige Kreditkarte, die sie besaß, war seit Mitte Januar nicht mehr benutzt worden. Für einen jungen Menschen zu Beginn des 21. Jahrhunderts hinterließ Louise Søborg Hansen derzeit ungewöhnlich wenig digitale Spuren. Momentan schien sie tatsächlich verschwunden zu sein.

»Was hat das NKC zu der Flasche gesagt?« Larsen riss Jeppe aus seinen Gedanken. Sein Blick drückte noch immer

kollegiales Verständnis aus. Vielleicht hatte die Anlageberaterin ja einen positiven Einfluss auf Larsen.

»Ich habe kurz mit Clausen gesprochen. Es handelt sich
um Abflussreiniger, in einem Mischungsverhältnis von
fünfzig zu fünfzig.«

»Igitt.« Larsen rümpfte die Nase vor Abscheu.

»Tja, igitt. Und es handelt sich um eine Bügelflasche, die
es überall zu kaufen gibt.«

»Würde man normalerweise Likör in eine solche Flasche
gießen?«

»Wenn er selbstgemacht ist, schon.« Jeppe bekam alljähr-
lich eine Flasche von Rodrigos Limoncello zu Weihnachten.
»Die Flasche war neu, es klebte noch immer ein bisschen
Leim vom Preisschild am Boden. Aber sie wies keinerlei
Fingerabdrücke auf, jemand hat sie also abgewischt – bloß
Johannes' Abdrücke haben sie gefunden.«

»Und woher stammt die Flasche? Wie kam sie in die
Wohnung?«

»Offenbar sind einige Blumensträuße und Geschenke
von Kollegen im Laufe des Wochenendes vor der Wohnung
abgelegt worden. Du weißt schon, Solidaritätsbekundun-
gen in schwerer Zeit. Johannes sagt, die Flasche mit dem
Limoncello hätte in einem Korb mit Delikatessen gelegen,
den das Modehaus Le Stan geschickt hatte. Es lag eine Karte
von der leitenden Modedesignerin bei.«

»Und was sagt die leitende Modedesignerin dazu?«

»Sie hat nie irgendeine Karte geschrieben, und Le Stan
hat auch keinen Korb geschickt. Das NKC überprüft es gerade.«

»Wow!«

Wow war das richtige Wort. Vor seinem inneren Auge sah Jeppe Rodrigo an der Spüle stehen und unter brühend heißem Wasser Zitronen abschrubben. Erst wenn sie ganz sauber waren, wurden sie geschält und die Schale mit Wodka aufgesetzt. Musik im Hintergrund, Johannes auf dem Fußboden Zeitung lesend. Glückliche Zeiten.

Jeppe ging in die Teeküche. Er wollte der Unterhaltung mit Larsen und seiner inneren Unruhe entkommen. Er wurde dieses Gefühl einfach nicht los. Sonderlich hilfreich war es auch nicht, dass Sara Saidani an ihm vorbeilief, ohne zu grüßen. Sie verlangsamte nicht einmal ihren Schritt. Als hätte er Ausschlag.

Wenigstens war Anette nicht zum Dienst erschienen; er hatte befürchtet, sie zurück nach Hause schicken zu müssen. Jeppe ertappte sich bei dem Gedanken, dass er sie vermisste, und das sagte eine Menge darüber aus, wie müde und mutlos er sich fühlte. Normalerweise weckte Anettes Anwesenheit in ihm eher den Drang, irgendetwas umzuschmeißen. Seine SMS mit der Frage, ob es ihr besserging und was die Ärzte sagten, hatte sie nicht beantwortet.

Irgendwo in seinem Hinterkopf hörte er eine Melodie. *If you're blue and you don't know where to go to, why don't you go where Harlem sits, puttin' on the Ritz.* Langsam und schleppend, im Takt seines eigenen Pulsschlags.

Was übersah er?

*

Irgendwo hatte sie gelesen, dass Menschen, die sich von den Geräuschen gestört fühlen, die andere Leute beim Essen erzeugen, empfindsamer und intelligenter sind. Natürlich war das nur eine schlechte Entschuldigung für die mangelnde Toleranz dieser Menschen, doch als Esther in ihrem Wohnzimmer stand und Gregers betrachtete, wie er ein Marmeladenbrot aß, hoffte sie, dass doch ein Quentchen Wahrheit an der Behauptung war.

Gestern Abend hatte sie ihm ins Bett geholfen, jetzt saß er wieder mit hochgelagertem Knie in ihrem Ohrensessel. So würde es wohl die nächsten Wochen weitergehen.

Er hatte um Frühstück gebeten, und sie hatte es ihm gebracht, wenn auch nicht mit demselben Enthusiasmus wie gestern. Sie brauchte Zeit, um mit den Hunden Gassi zu gehen, ein Bad zu nehmen und sich vielleicht selbst Frühstück zuzubereiten. Die gestrige Dankbarkeit war bereits von der Erwartung eines gewissen Pflegestandards abgelöst.

In seinem Mundwinkel klebte ein Klecks Marmelade. Esther ertappte sich dabei, wie sie darauf starrte, während im Zimmer nur das Knistern der Zeitung und sein Schmatzen zu hören waren. Sie sah es vor sich, wie sie ganz ruhig auf ihn zuging, ein Kissen vom Sofa nahm und es ihm aufs Gesicht drückte, bis er keinen Laut mehr von sich gab. Wenn nur dieses Geräusch endlich aufhörte.

Vielleicht kamen ihre einstigen Krimiambitionen ja daher? Sie ärgerte sich über das eigentlich vollkommen normale Verhalten ihrer Mitmenschen und musste diesen Ärger auf dem Papier loswerden.

In der Küche öffnete Esther lustlos den Kühlschrank. Sie verspürte ein Gefühl der Ruhelosigkeit und wäre gern spazieren gegangen, nur konnte sie wegen Gregers nicht aus dem Haus.

Jeppe Kørner ging nicht ans Telefon, daher wusste sie auch nicht, ob die Polizei Torben Hansen wegen des Mordes an Alpha Bartholdy verhaftet hatte.

Die Wartezeit war unerträglich. Eigentlich hätte es ihr ja egal sein können, nur hatte sie schließlich einiges zu dem Fall beigetragen. Und, flüsterte eine leise Stimme in ihrem Bauch, so viel hast du ja auch sonst nicht zu tun, nicht wahr?

Sie goss sich ein Glas Apfelsaft ein und ging zurück ins Wohnzimmer, zu ihrem Fensterplatz. Die Hunde liefen ihr hinterher und legten sich ihr zu Füßen. Sie trank einen Schluck, schaute auf den See und versuchte sich zu beruhigen.

»*Blutmond und Blasen. Poesie und Astrologie im Østervold Observatorium.* Himmel hilf! Alles muss heutzutage gleich immer so aufgepustet werden.« Gregers redete, ohne den Blick von der Zeitung abzuwenden. »Als ich jung war, hieß das einfach Mondfinsternis, entweder totale oder teilweise Mondfinsternis. Fertig, aus. War man wach, sah man es sich an und sagte *aha,* und das war's dann. Blutmond, was ein für Quatsch!«

»So heißt es, weil er rot ist, Gregers. Wie Blut. Ich finde, das klingt durchaus interessant!« Sie versuchte, nicht allzu kurz angebunden zu klingen. Allerdings gab es keinen Anlass zu befürchten, dass er beleidigt sein könnte. Gregers redete unablässig weiter, während er die Zeitung zusammenfaltete und beiseitelegte.

»Liebe Esther, das ist nicht ganz richtig. Die totale Mondfinsternis, vor allem die rote, wurde schon immer als Warnung vor dem Weltuntergang gesehen. Vor der Akopa-, Apopa-«

»Vor der Apokalypse?«

»Hast du nicht von diesem amerikanischen Bibelprediger gehört, der behauptet hat, die vier totalen Mondfinsternisse, die es 2014 und 2015 gab, würden den Weltuntergang herbeiführen? Und alles ende im Herbst 2015 mit einem sogenannten Blutmond? Bumm, einfach so! Eine Mondfinsternis und kurz darauf eine große Explosion oder was weiß ich. Und dann wäre die Menschheit ausgelöscht, und der Messias würde wiederkommen. Ganz so ist es ja nicht gekommen. Aber er hat darüber ein Buch geschrieben, Vorträge gehalten und eine Menge Geld verdient. Dieser Scharlatan.« Gregers' Entrüstung endete in einem Hustenanfall.

»Nie von dem gehört.«

»Jedenfalls steht die rote Mondfinsternis für etwas Gewaltiges: für eine Umwälzung, den Untergang aller Dinge. Und die Furcht, die sie bei den Menschen weckt, lässt sich von den Medien gut ausschlachten, *deshalb* wird es Blutmond genannt.«

Gregers sah sie zufrieden an. Ihm klebte noch immer der Klecks Marmelade im Mundwinkel. Merkwürdigerweise störte es sie aber nicht mehr.

»Das ist ja eine großartige Einsicht, Gregers, ich bin beeindruckt.« Sie lächelte ihm zu.

»Jetzt komm mir nicht so ironisch. Ich sage nur, was in der Zeitung steht. Du bist doch diejenige, die Bücher schreibt – wenn du dich dazu durchringen würdest. Außerdem wissen doch alle, dass der Mond nicht rot leuchtet. Deshalb ist es Unfug, ihn Blutmond zu nennen und Angst davor zu haben. Die rote Färbung des Mondes entsteht dadurch, dass das Sonnenlicht durch die Erdatmosphäre gefiltert wird, bevor es auf den Mond trifft. Der Mond verändert seine Farbe nicht.«

Als Gregers verlegen bemerkte, dass er Esthers ungeteilte Aufmerksamkeit hatte, nahm er verwirrt einen anderen Teil der Zeitung und vertiefte sich in einen anderen Artikel.

Esther konnte ein Schmunzeln nicht unterdrücken. Gregers war so leicht zu durchschauen. Es fiel ihm weitaus leichter zu schimpfen, als eine Unterhaltung zu führen.

Tatsächlich hatte sie nicht gewusst, dass nicht der Mond leuchtete, sondern von der Sonne beleuchtet wurde. Aber so war es ja oft, etwas leuchtete und zog die Aufmerksamkeit auf sich, doch verantwortlich dafür war etwas ganz anderes.

Die Dinge sind nicht immer so, wie man glaubt.

*

»Bist du bereit?«

Jeppe stellte den Motor ab und wandte sich Johannes auf dem Beifahrersitz zu. Abgesehen von einem kurzen Gespräch an einer Tankstelle bei Roskilde waren sie eine Dreiviertelstunde gefahren, ohne ein einziges Wort zu wechseln.

»Bleiben wir noch einen Moment sitzen, bevor wir hineingehen? Hast du noch Zeit?« Johannes' Stimme war belegt. Er klang müde und sah auch müde aus.

Jeppe hatte eigentlich überhaupt keine Zeit. Er hatte nicht zusagen sollen, Johannes persönlich vom Rigshospital nach Mørkøv zu fahren, aber er hatte es nicht über sich gebracht abzulehnen.

Johannes war vor zwei Stunden aufgewacht und hatte erfahren, dass er außer Lebensgefahr war. Daraufhin hatte er darauf bestanden, sofort entlassen zu werden. Er wollte keine Sekunde länger im Krankenhaus bleiben, um den Lockvogel für einen wahnsinnigen Mörder abzugeben. Aber er traute sich auch nicht, nach Hause zu gehen. Stattdessen hatte er Jeppe mit dem Vorschlag überrascht, sich in eine Entzugsklinik einweisen zu lassen.

»Eine Entzugsklinik ist vielleicht nicht die dümmste Idee im Augenblick, obwohl ich ja nicht im engeren Sinne abhängig bin. Aber dort kann der Mörder mich nicht finden«, hatte er mit jenem Grinsen gesagt, das jemand aufsetzt, der Angst hat, recht zu haben.

Selbstverständlich wollte Jeppe ihn fahren. Er hatte nicht vergessen, wie sehr Johannes ihm geholfen hatte, als ihm sein eigenes Leben vor einem Jahr aus den Händen geglitten war. Ihn von irgendeinem Beamten oder Taxifahrer fahren zu lassen kam überhaupt nicht in Frage.

»Okay, bleiben wir noch einen Moment sitzen.«

Jeppe warf einen Blick auf das weiße Haupthaus mit dem großen roten Dach. Es sah überraschend gemütlich aus, jedenfalls von außen.

»Hast du die Zeitungen gelesen? Was schreiben sie über mich?«

»Das interessiert dich jetzt? Dann musst du auf dem Weg der Besserung sein.« Jeppe grinste. »Sie schreiben, dass du das dritte Opfer eines Wahnsinnigen bist, der es auf die Promis der Kopenhagener Kulturszene abgesehen hat. Und dass die Polizei nichts in der Hand hat und im Dunkeln tappt. Eine gute Story.«

»Vermutlich.« Johannes lächelte knapp zurück. »Schreiben sie über mich und Alpha?«

»Nein.«

Wieder wurde es still im Wagen. Johannes klappte das Handschuhfach auf und fand eine Tüte Lakritz, die er ohne zu zögern aufriss.

»Willst du einen Witz hören?« Johannes kaute das Bonbon und sah schon etwas besser aus. »Was macht ein erwachsener Mann, der seine Eltern sucht?«

Jeppe zuckte die Achseln.

»Er geht in eine Suchtklinik, hahaha.«

»Das ist nicht komisch.«

»Genau. Willst du eins?« Johannes reichte Jeppe die Tüte.

»Suchst du deine Eltern? Vermisst du sie?«

Johannes überlegte. »Ich weiß nicht, ob ich sie vermisse. Aber ich könnte schon einen Erwachsenen gebrauchen, der Ordnung in mein Leben bringt.«

»Das könnten wir alle hin und wieder.« Jeppe warf einen Blick auf die Uhr am Armaturenbrett. Er musste zurück ins Präsidium.

»Weißt du, was mein Vater immer gesagt hat?« Johannes ließ seine Stimme tief und energisch klingen. »Es gehört zum Fliegen dazu, dass man auch wieder landet. Je höher man fliegt, desto härter die Landung.« Johannes klatschte fest in die Hände. »Batsch!«

»Aber wenn man die Landung überlebt, kann man noch einmal aufsteigen.« Jeppe kniff Johannes sanft in die Wange. »Bist du bereit, Bursche?«

Johannes lächelte. »Ich bin bereit.«

An der Rezeption wurde Johannes von einer ernsten Dame empfangen, die sofort mit einer Führung durchs Haus begann und dabei die Regeln aufzählte.

»Sie dürfen gern Ihren Computer und Ihr Mobiltelefon benutzen, aber *nur* auf dem Zimmer und *nur* zwischen 16 und 20 Uhr. Die übrige Zeit wird beides eingeschlossen. Damit Sie sich auf die Behandlung konzentrieren.«

Die Dame sah ihn erwartungsvoll an.

Johannes nickte.

Sie fuhr mit ihrem Reglement fort, während sie ihn durch die hellen, unpersönlichen Flure und Gemeinschaftsräume führte.

»In der ersten Woche dürfen Sie das Gelände nicht verlassen, danach gibt es eine Ausgangsberechtigung für die Fitnessgruppe und andere Gruppenausflüge.«

Johannes warf Jeppe einen Blick zu, der deutlich zeigte, wie sehr ihm die Situation missfiel. Die Dame bemerkte es nicht.

»Hier im Haus helfen alle beim Putzen. Sie selbst haben Ihr Zimmer sauber und ordentlich zu halten. Wir behalten uns das Recht zur Kontrolle vor.« Sie sprach beinahe ohne die Lippen zu bewegen.

»Und wenn ich mich nach Mørkøv schleiche, um mir einen Speedball zu besorgen?«

Sie reagierte ohne jeden Hauch von Humor und ging einfach weiter den Gang hinunter.

»Hier ist Ihr Zimmer. Nachtruhe herrscht ab 23 Uhr, die Besuchszeit ist sonntags zwischen 13 und 17 Uhr. Fragen?«

»Überlebe ich? Werde ich je wieder glücklich? Meinen Sie so etwas?«

»Nein. Aber Frühstück gibt es ab sechs.«

»Toll.«

»Sie treffen sich mit Ihrem persönlichen Therapeuten in einer halben Stunde oben im Kaminzimmer. Herzlich willkommen!«

Sie schloss die Tür, und Johannes ließ sich auf das Einzelbett fallen.

»Das ist hart. Der einzige Unterschied zwischen diesem Laden und einem Gefängnisaufenthalt ist, dass ich das hier selbst bezahle.«

»Hör schon auf!« Jeppe hörte den Zorn in seiner Stimme, aber er konnte ihn nicht unterdrücken. »Genau mit dieser Art von Opfermentalität musst du aufhören! Begreif es endlich! Es ist nicht die Schuld von irgendjemand anderem, sondern deine eigene!«

Johannes sah ihn mit einem kindlich erschrockenen Blick an. Jeppe beruhigte sich ein wenig.

»Hier hast du die Möglichkeit, alles zu ändern. Wenn du dich zusammennimmst, wirst du einen Weg finden.« Jeppe fügte hinzu: »Zurück in die Herzen der Menschen.« Er setzte sich neben Johannes auf das harte Bett. »Vielleicht sogar in Rodrigos.«

Johannes senkte den Kopf. »Er hat nicht versucht, mich zu erreichen, nicht einmal nach dem Mordversuch. Ich habe ihm geschrieben, aber er antwortet nicht. Es grenzt eigentlich sowieso an ein Wunder, dass er nicht längst genug von mir hatte.« Johannes schniefte. »Er hat immer gesagt, ich soll froh sein, dass er mich so liebe, denn sonst würde er mich hassen. Es ist wirklich nicht einfach, mich zu ertragen.«

Jeppe nahm seine Hand. »Es wird schon wieder. *Everybody loves a comeback*, oder? Ich packe dir eine Tasche und schicke sie her, so schnell es geht. Aber jetzt muss ich zurück ins Präsidium, um diesen Fall abzuschließen.« Er stand auf. »Geht es einigermaßen?«

Johannes lächelte tapfer. »Ja, danke! Viel schlimmer kann es ja auch gar nicht kommen.«

26

Was denkst du? Kannst du zumindest etwas ausschließen?«

Die Polizeikommissarin sah Jeppe resigniert an. Ihre Augen waren gerötet, von der Nase bis zur Oberlippe zeichneten sich zwei Striche ab, die auf eine schwere Erkältung schließen ließen. Jeppe versuchte, nicht an irgendwelche durch die Luft fliegenden Viren zu denken.

»Es ist nicht sonderlich wahrscheinlich, dass Ledmark selbst für den Mordversuch verantwortlich ist.« Jeppe versuchte, nicht auf die laufende Nase seiner Vorgesetzten zu starren.

Sie schneuzte sich erneut. »Es sei denn, er hat es fingiert, um den Verdacht von sich abzulenken.«

»Das ist natürlich eine Möglichkeit. Aber ich halte es für ziemlich unwahrscheinlich, dass ein Schauspieler wie Johannes Ledmark, der von seiner Stimme lebt, auch nur einen Löffel voll Abflussreiniger trinken würde.«

»Wie geht es ihm denn?«

»Nicht gut. Aber er kommt durch.« Jeppe wusste, dass es stimmte; es tröstete ihn.

Im Büro war es kalt, Jeppe klapperte unwillkürlich mit den Zähnen. Kein Wunder, dass alle krank wurden, wenn sie hier bei vierzehn Grad arbeiten mussten.

Sie sah, dass er fror. »Ich habe mich beschwert. Irgendetwas ist grundsätzlich mit der Heizungsanlage nicht in Ordnung, die Heizkörper werden einfach nicht warm. Es wurde versprochen, dass jemand kommen würde, aber es passiert nichts.« Sie zog eine neue Packung Papiertaschentücher aus der Schublade ihres Schreibtischs und putzte sich die Nase, während sie Jeppe aufforderte fortzufahren.

»Wenn Ledmark ein weiteres Opfer ist, dann stellt sich die Frage, wer ein Motiv haben könnte, ihn zu ermorden?« Jeppe zog die Ärmel über die Hände.

»Was ist mit seinem Mann? Diesem Spanier? Johannes Ledmark war ja nicht gerade ein vorbildlicher Ehegatte.«

Rodrigo? Nichts war unmöglich.

»Vielleicht. Aber was ist mit den anderen Opfern? Wir gehen noch immer davon aus, dass wir es mit einem einzigen Täter zu tun haben. Warum sollte Rodrigo Rios Christel Toft ermorden?« Jeppe schüttelte den Kopf.

»Und diese verschwundene Heilerin?« Die Polizeikommissarin tupfte sich das Augenwasser ab. »Bei ihr gibt es eine direkte Verbindung zu dieser Radiosendung, oder?«

»Ja, und ich denke, dass wir diese Verbindung ernst nehmen müssen – ich hatte sie zunächst unterschätzt.«

»Wir sprechen von *Mads & das Monopol*?«

»Genau. In der Sendung, an der alle drei Opfer beteiligt waren, haben wir uns zunächst auf die drei Problemfälle konzentriert, bei denen es möglicherweise ein Rachemotiv hätte geben können. Diese Heilerin, Lulu Sui, war an einem dieser Probleme beteiligt.«

»Trotzdem gibt es einen Haken, das sehe ich dir doch an.«

»Es gibt immer einen Haken.« Jeppe setzte ein schiefes Lächeln auf. »Warum hat Lulu Sui Johannes nicht umgebracht, als er sich einen ganzen Tag auf ihrem Boot aufhielt? Sie waren allein, niemand wusste, wo er sich befand. Sie hätte ihm mehrere Liter Reinigungsmittel einflößen können, ohne dass jemand sie aufgehalten hätte. Weshalb warten und ihm stattdessen einen Korb vor die Haustür stellen?«

»Es könnte Gründe geben, die wir nicht kennen.« Sie schniefte jämmerlich.

Jeppe zögerte. »Und noch etwas passt nicht zusammen. Lulu Sui zog vor zwei Jahren nach Kopenhagen, ungefähr gleichzeitig mit ihrem Vater und ihrer Schwester. Seit damals hatte sie ständigen Kontakt zu den Leuten, die sie angeblich ermordet hat, ohne etwas zu unternehmen. Warum jetzt auf einmal?«

Wieder schniefte die Polizeikommissarin. »Was ist mit dem Vater?«

»Er hat ein Alibi für Mittwochabend. Wasserdicht.«

»Und die anderen Problemfälle? Um wen habt ihr euch da gekümmert?«

»Um Mikkel Husted. Dessen junge Freundin hat damals gegen seinen Willen eine Abtreibung vornehmen lassen. Die Beziehung ging daraufhin zu Bruch, und Mikkel Husted hat den Halt verloren. Er wirkt unkontrolliert und unausgeglichen. Zeigt aggressive Verhaltensmuster.«

»Alibi?«

»Nicht für Mittwochabend. Er hielt sich sogar in der Nähe des Fests im Museum auf. Wegen Freitag muss ich Sara noch fragen. Saidani.«

»Kopenhagen ist eine kleine Stadt.«

»Die Modebranche auch. Klein und verschworen.«

Die Tür flog auf, und Sara Saidani stürmte atemlos herein.

»Wir haben eine Geiselnahme in Frederiksberg! Mikkel Husted, den ich gestern vernommen habe, ist bei der Familie Aamann in der Smallegade eingedrungen und droht, seine ehemalige Freundin und ihre Eltern umzubringen –«

Jeppe und die Polizeikommissarin sprangen gleichzeitig auf. Bevor er das Büro verließ, sahen sie sich an.

Bingo!

*

Die Smallegade war vom Møstings Hus an gesperrt, und eine Schlange von aufgebrachten Autofahrern war gezwungen zu wenden. Rücksichtslos hupend, nutzten sie dafür auch den Fahrradweg.

Jeppe winkte dem Beamten, der an dem rotweißgestreiften Absperrungsband stand und mit schusssicherer Weste und verschränkten Armen die notwendige Autorität ausstrahlte. Sie durften passieren und parkten den Wagen vor einem Friseursalon, hundert Meter von der Hausnummer 41 entfernt.

Zwei Krankenwagen hielten auf der Fahrbahn, es wimmelte von uniformierten Beamten mit Funkgeräten, die versuchten, Neugierige zum Weitergehen zu bewegen. Außerdem standen Hundestaffeln bereit. Zwei weitere Fahrzeuge verrieten, dass das Mobile Einsatzkommando ebenfalls vor Ort war. Jeppe und Sara mussten sich durch eine Wand aus Zuschauern quetschen, die an den Absperrungen standen; die Leute hielten die Kameras ihrer Telefone bereit und trugen Kinder auf den Schultern, als sei der Zirkus in die Stadt gekommen.

Jeppe blickte die Straße hinunter und sah vor der Möbelpolsterei unter der Wohnung der Familie Aamann eine gelbe Weste leuchten. EINSATZLEITER KOPENHAGEN stand mit schwarzen Buchstaben auf dem Rücken der Weste. Jeppe konnte sich zwar an den Namen des Kollegen nicht erinnern, aber er kannte ihn. Jeppe übersprang die Höflichkeitsfloskeln und bat um einen Lagebericht.

»Es begann vor einer halben Stunde, sagen die Nachbarn.« Der Einsatzleiter sprach schnell. »Der Inhaber des kleinen Restaurants neben der Möbelpolsterei rief uns an, nachdem er laute Schreie gehört hatte. Die ganze Familie war zu Hause, um zu Mittag zu essen – offenbar machen sie das jeden Tag –, als der Geiselnehmer bei ihnen eindrang.«

»Spricht er mit uns?«

»Wir haben versucht, ihn zu überreden, die Mutter freizulassen, aber er antwortet nicht. Wir haben gehört, wie er sie ziemlich laut angebrüllt hat, er klingt betrunken.« Der Einsatzleiter nickte irgendjemandem hinter Jeppes Rücken zu.

»Okay, das könnte für uns von Vorteil sein.«

»Wir müssen abwarten. Das Mobile Einsatzkommando positioniert sich gerade im Haus gegenüber. Wenn ein Scharfschütze ihn ins Visier bekommt, haben wir eine neue Situation.«

»Ist das nicht zu weit entfernt? Können die ihn auf diese Distanz treffen?«

Sie schauten gleichzeitig auf die Fenster der Wohnung

über ihnen. Im selben Moment wurde eines davon von innen aufgerissen. Mikkel Husted stand am Fenster und hielt mit seinem linken Arm seine ehemalige Freundin fest, die genau vor ihm stand. Ein Windstoß erfasste ihr blondes Haar und blies es beiden ins Gesicht. Er schwankte und zerrte sie bei dem Versuch, das Gleichgewicht zu behalten, mit sich.

Laura Aamanns Gesicht war blass, aber gefasst, sie sah aus wie eine Puppe mit einem Wachsgesicht. Auf der Straße unter ihnen war es jetzt still, alle konzentrierten sich auf das Paar am Fenster. Hinter ihnen hörte man eine Frau schluchzen.

Mikkel Husted drehte sich zu der Weinenden um.

»Hör verdammt noch mal mit dem Geflenne auf! Ich kann nicht denken!« Er wandte sich wieder der Straße zu. Verstärkte den Griff um Laura Aamann, so dass es einen Moment aussah, als bekäme sie keine Luft mehr.

Husted wischte sich mit der freien Hand den Schweiß vom Gesicht. »Und ihr, macht, dass ihr nach Hause kommt! Das ist nur ein Familienstreit! Wir haben alles im Griff!«

Er sah die junge Frau in seinem Arm an, als erwarte er eine Bestätigung.

Sie reagierte nicht. Eine Weile schwankten Laura Aamann und der Geiselnehmer am offenen Fenster, wobei er sie mit betrunkener Hingabe ansah, dann senkte er den Kopf, um ihr einen Kuss abzuzwingen. Unbewusst löste er dabei seinen Griff, Laura Aumann riss sich los und lief in die Wohnung.

Der Einsatzleiter gab den Befehl, die Wohnungstür aufzubrechen.

Anette Werner sah erneut auf die Uhr und wischte ihre verschwitzten Handflächen an der Hose ab. Die Uhr zeigte 13:47, es waren exakt zwei Minuten vergangen, seit sie zuletzt draufgeschaut hatte. Zum ersten Mal seit neunzehn Jahren hatte sie sich krankgemeldet und war zu Hause geblieben.

Als sie aufgestanden war, hatte sie sich noch einigermaßen gesund gefühlt, der Puls war beinah normal. Dennoch hatte sie entschieden, trotz der Mordermittlungen nicht zum Dienst zu fahren, denn nach 14 Uhr sollte sie die Ergebnisse ihrer Blutprobe bekommen. Der Gedanke, bei ihren Kollegen zu sein, wenn sie erfuhr, dass sie einen Bypass brauchte oder sich darauf einstellen sollte, ihren vierundvierzigsten Geburtstag nicht zu erleben, war nicht zu ertragen.

Sie hatte einfach zu viel Glück gehabt, das war das Problem. Alles war ihr auf dem Silbertablett serviert worden – die Liebe, die Karriere, ihre eiserne Gesundheit, das Glück –, und jetzt war Schluss damit. Sie hatte ihre Quote verbraucht. Sogar der nächtliche Tiefschlaf, den sie immer für selbstverständlich gehalten hatte, gehörte der Vergangenheit an.

In der letzten Nacht war sie gegen halb vier wach geworden und hatte danach nicht wieder einschlafen können. Die winterliche Dunkelheit war ihr mitten in der Nacht undurchdringlich und ewig vorgekommen, und nicht einmal Svends ruhige Atemzüge neben ihr hatten dieses Gefühl der totalen, alles umschlingenden Einsamkeit verdrängen können.

Anette hatte sich gezwungen, bis sechs Uhr liegen zu

bleiben. Dann hatte sie lange geduscht und Make-up aufgelegt, obwohl sie nicht zum Dienst wollte. Dasselbe Make-up wie jeden Morgen seit ihrer Teenagerzeit: frische Farben, die sie fröhlich stimmten, blauer Eyeliner und rosa Lipgloss. Nur weil man in einem Männerberuf arbeitete, musste man schließlich nicht aussehen wie eine graue Maus.

Nach dem Blick in den Spiegel hatte sie sich sofort besser gefühlt und sich gesagt, es würde schon alles gutgehen. Die Ärzte waren heutzutage einfach gut.

Wie an einem Sonntag ging sie mit den Hunden zum Strand und rauchte dort zwei Zigaretten, obwohl sie wusste, dass Svend es nicht gern sah. Als sie zurückkam, küsste er sie, ohne ihren Zigarettengeruch zu kommentieren, und verschwand in seinem Büro. Einen Augenblick frei von allen Sorgen um ihre Gesundheit und die Ermittlungen setzte sie sich an den Küchentisch und schmierte sich ein selbstgebackenes Brötchen. Normalerweise frühstückte sie erst im Präsidium, manchmal kaufte sie auf dem Weg in die Stadt ein paar Zimtschnecken an der Tankstelle, jetzt hatte sie das Gefühl, puren Luxus zu genießen. Sie leckte die Marmelade von den Fingern und legte die Füße hoch.

Als es jedoch auf 14 Uhr zuging, wurde sie immer unruhiger. Sie hatte den langen Krankenhausaufenthalt ihres Vaters nicht vergessen. Wenn man aus nächster Nähe gesehen hat, was Wasser in den Lungen, eine Herzklappenoperation und chronische Atemnot aus einem Menschen machen konnten, hatte man Respekt und Angst bei dem Gedanken an eine medizinische Behandlung. Anette hatte noch immer die angestrengten Atemzüge ihres Vaters unter der Sauerstoffmaske im Ohr und erinnerte sich genau an ihre Nervosität, wenn sie ihm die Maske vorsichtig abnahm, um ihm Nitroglycerin unter die Zunge zu sprühen.

Sie sah auf die Uhr, griff zum Telefon und rief an.

Besetzt.

Sie atmete fünfmal langsam ein und aus und versuchte es noch einmal.

Noch immer besetzt.

Sie lief auf die Toilette und wählte auf dem Rückweg erneut die Nummer des Arztes. Diesmal wurde abgenommen.

»Gemeinschaftspraxis am Rathausplatz.«

»Guten Tag, mein Name ist Anette Werner, ich rufe wegen der Ergebnisse meiner Blutprobe an.«

»Eine Sekunde bitte … Entschuldigung, wie war der Name?«

»Anette Werner.«

»Augenblick, der Herr Doktor hat mich gebeten, Sie durchzustellen, wenn Sie anrufen. Allerdings ist gerade ein Patient bei ihm. Würden Sie bitte warten?«

»Äh, ja sicher.«

Die Wartezeit wurde durch Unterhaltungsmusik überbrückt, und Anette spürte, wie ihr Herzschlag sich beschleunigte. Was konnte so ernst sein, dass der Arzt es ihr selbst sagen wollte?

Sie überlegte, Svend zu holen, konnte sich aber nicht dazu durchringen. Es war ihre Krankheit, sie musste damit fertigwerden.

Anette hielt das Telefon ans Ohr und spürte, wie sich Schweiß im Nacken sammelte. Es schienen Stunden zu vergehen, ihr Gefühl für Zeit und Raum hatte sie verlassen. Plötzlich brach die Musik ab, und sie hörte die energische Stimme des Arztes. Ob sie diesen Ton wohl während des Medizinstudiums lernten, ging ihr gerade noch durch den Kopf.

»Frau Werner?«

»Ja, am Apparat.« Sie hörte, dass sie zu laut sprach. Die Hunde begannen zu winseln, angesteckt von der nervösen Atmosphäre im Raum.

»Gut, dass Sie anrufen. Sitzen Sie?«

Es wurde still. Anettes Hals schnürte sich zusammen. Jetzt war es so weit. Sie merkte, wie sie die Kontrolle verlor und etwas passierte, das seit dem Begräbnis ihrer Eltern nicht mehr geschehen war. Ihr kamen die Tränen.

»Ist es ernst?«

»So könnte man es ausdrücken.«

Anette hatte das Gefühl zu fallen. Langsam und schwerfällig trudelten die Welt und sie in einer unabwendbaren, schrecklichen Spirale auf den Boden und den Untergang zu.

»Hallo, sind Sie noch da?«

»Ja.« Ihre Stimme war heiser, beinahe verschwunden.

»Ich muss gestehen, dass mich das Ergebnis auch überrascht hat. Wir haben ja aufgrund Ihrer Symptome und der Familienhistorie, die Sie beschrieben haben, in erster Linie nach Herzproblemen gesucht.« Plötzlich lachte er.

Was war denn daran so komisch?

»Und, na ja, in Anbetracht Ihres Alters war das Ergebnis nicht unbedingt –«

»WAS FEHLT MIR?«

Das Lachen am anderen Ende der Leitung verstummte.

»Ihnen fehlt überhaupt nichts. Sie sind tatsächlich außergewöhnlich gesund. Sie sind nur schwanger.«

*

Vier Beamte des Mobilen Einsatzkommandos rissen Mikkel Husted zu Boden, bevor er überhaupt auf den Gedanken kommen konnte, Laura Aamann nachzulaufen. Seine Reaktionsfähigkeit war tatsächlich durch die hohe Promillezahl vermindert, der Einsatz eines Scharfschützen überflüssig. Die Beamten fixierten Arme und Beine, während die Familie in die wartenden Krankenwagen geführt und zur Krisenpsychologischen Klinik des Rigshospitals gefahren wurde. Es sah nicht so aus, als sei jemand verletzt, doch Laura Aamann stand offensichtlich unter Schock. Ihre Mutter stützte sich weinend auf ihren Mann.

Jeppe erwischte den Einsatzleiter.

»Wir müssen den Täter umgehend verhören. Wo bringt ihr ihn hin?«

»Da habt ihr allerdings ein Problem, der ist nämlich stockbesoffen. Aber sprich mit der Rechtsmedizin, wann die mit ihren Proben fertig sind, wir holen ihn dann dort ab. Wir müssen ja auch mit ihm reden.«

»Die Geiselnahme hängt mit einem unserer Fälle zusammen. Ich kläre das mit meiner Vorgesetzten, es muss jetzt schnell gehen.«

»Alles klar.« Der Einsatzleiter gab ihm die Hand.

Jeppe rief die Polizeikommissarin an und bat sie, so bald wie möglich ein Verhör von Mikkel Husted anzusetzen.

Möglichst sofort. Er beendete das Gespräch und klopfte Sara vorsichtig auf die Schulter. Sie nickte kurz und setzte sich in Bewegung.

Auf dem Weg zum Auto sank das Adrenalinniveau langsam wieder auf einen natürlichen Pegelstand. Sara trug eine Hose aus einem kräftigen Stoff, der bei jedem Schritt ein Geräusch von sich gab. In seiner rhythmischen Vorhersehbarkeit war das tatsächlich beruhigend.

»Die Proben dürften nicht viel Zeit in Anspruch nehmen. Er trug keine Waffe, und es ist niemand zu Schaden gekommen. Eigentlich müssten wir ihn ziemlich schnell bekommen.« Sara klang unsicher.

Jeppe schenkte ihr ein herzliches Lächeln, er war erleichtert, dass sie wieder einigermaßen normal miteinander umgingen.

Als sie einstiegen, rief die Polizeikommissarin zurück und bestätigte, dass sie Husted in einer guten halben Stunde im Präsidium verhören konnten. Jeppe zeigte Sara einen erhobenen Daumen und startete den Wagen.

»Wir können ihn gleich verhören.«

»Okay, gut.« Sara legte den Sicherheitsgurt an und schaute aus dem Fenster.

Jeppe räusperte sich. »Ich wollte übrigens noch sagen … Es tut mir leid, dass ich so … äh …« Sogar in seinen Ohren klang es gequält.

»Vergiss es!« Sie antwortete, ohne sich zu ihm umzudrehen, sie klang nicht wütend, nur müde. »Meine gesamte Geduld benötige ich für meine Kinder, verwirrte Männer kann ich mir nicht leisten.«

»Okay.«

»Lass uns gute Kollegen bleiben und vergiss, was passiert ist. Das geht schon.« Ihr indifferenter Ton schmerzte mehr als die Worte.

Jeppe saß mit einem merkwürdig leeren Gefühl am Steuer. Es blieb ihm nichts anderes übrig, als sich zusammenzunehmen und professionell zu verhalten. »Glaubst du, wir haben den Richtigen erwischt?«

Erst als sie auf dem Gammel Kongevej an dem Uhrmachergeschäft vorbeifuhren, drehte sie sich zu ihm um und erwiderte mit einer besorgten Falte zwischen den Augenbrauen:

»Lass es mich so sagen: Ich hoffe, er ist es. Denn wenn er es nicht ist, dann war vielleicht mein gestriger Besuch der Auslöser für diese Dummheit.«

*

Sie mussten fast eine Stunde warten, bis Mikkel Husted ins Präsidium und in den Vernehmungsraum 4 gebracht wurde.

Der ganze Raum stank nach Schnaps und Magensäure, Jeppe hörte Sara nach Luft schnappen, als sie sich setzte. Zwei Beamte saßen direkt hinter Mikkel Husted, der in sich zusammengesunken am Tisch saß. Nach einer Weile hob er jedoch den Kopf und fixierte Sara mit seinem wässrigen Blick, so gut es ging. Die schweren Augenlider passten eher zu einem Achtzigjährigen. Sein Oberkörper schwankte. Jeppe wusste nicht so genau, ob er versuchte, bedrohlich zu wirken, oder ob er sich nur übergeben musste.

Im Moment war es unbegreiflich, wie die Situation bei den Aamanns derart hatte eskalieren können. Mikkel Husted sah aus wie jemand, den man mit einem Fingerschnipsen umwerfen konnte.

»Hej, Mikkel. Ist ja nicht lange her.« Sara lehnte sich zurück, um seiner Schnapsfahne zu entgehen.

Jeppe überprüfte, ob die Kamera lief, und ließ sie das Verhör leiten.

»Für die Aufnahme erkläre ich, dass Polizeiassistent Jeppe Kørner und ich, Polizeiassistentin Sara Saidani, den Verhafteten in Verbindung mit einem anhängigen Verfahren verhören dürfen. Der Verhaftete wurde bereits über seine Rechte aufgeklärt.«

Mikkel Husted rülpste laut. Sara fuhr unbeeindruckt fort.

»Wir wissen, dass Ihre ehemalige Freundin Laura Aamann vor fünf Jahren ihre Schwangerschaft abgebrochen hat und dass Ihre Beziehung danach zerbrach, weil Sie das Kind unbedingt wollten. Sie traf ihre Entscheidung, nachdem sie in der Rundfunksendung *Mads & das Monopol* um Rat gesucht hatte. Das Monopol bestand aus Alpha Bartholdy, Christel Toft und Johannes Ledmark, die alle drei einem Mordversuch ausgesetzt waren, zwei davon mit tödlichem Ausgang.«

Sara sprach mit fester Stimme und ließ sich durch Mikkels stechenden Blick nicht ablenken. Allerdings hörte Jeppe das Adrenalin in ihrer Stimme. Sie waren so nahe dran. Schon bald könnte alles überstanden und der Fall geklärt sein.

»Sie befanden sich auf dem Gelände des Geologischen Museums am Mittwochabend. Als Fahrer der Agentur Beautiful People. Was ist dort passiert?«

Keine Antwort.

»Haben Sie Alpha Bartholdy auf der Straße vor dem Museum gesehen und ihn wiedererkannt? Beschlossen Sie, sich zu rächen?«

Mikkel Husted gähnte vernehmlich.

»Es muss leicht gewesen sein, sich Eintritt zu verschaffen und nach ihm zu suchen. Er hätte etwas im Auto vergessen haben können.« Suggestivfragen. Sie versuchte, ihn zum Reden zu bringen. »Wie sind Sie auf die Idee gekommen, Abflussreiniger zu verwenden?«

Noch immer keine Reaktion.

»Sie müssen sich bereits wegen der Geiselnahme verantworten, da können Sie uns den Rest ebenso gut auch erzählen.« Sara war jetzt in Fahrt, Genervtheit hatte die anfängliche Nervosität abgelöst. »Weigern Sie sich zu antworten?«

Mikkel Husted rieb sich mit unkoordinierten Bewegungen die Augen. Er fiel fast vom Stuhl und legte die Ellenbogen auf den Tisch, um sich abzustützen. Erneut heftete er seinen Blick auf Sara.

Jeppe griff ein. »Er ist zu betrunken. Wir kriegen jetzt nichts aus ihm raus.«

»Warum wollten Sie sich an Laura und ihren Eltern rächen?« Sara klang aufgebracht. »Waren die drei anderen nur als eine Art Aufwärmübung für den endgültigen Amoklauf gedacht? Sollten all diese Menschen dafür bestraft werden, dass Sie das Kind nicht bekamen, das Sie wollten? Dafür, dass Sie nicht Vater werden konnten?«

Mikkel Husted verlagerte sein Gewicht auf die Arme und öffnete den Mund. Er atmete schwer.

Sara beugte sich vor.

Der Rotz landete direkt zwischen ihren Augen.

»Verflucht!« Jeppe fuhr auf. »Alles okay?« Er zog eine Packung Feuchttücher aus der Tasche und reichte sie Sara.

Regungslos starrte Sara Mikkel Husted an, er starrte zurück. Es schien, als ob eine vibrierende, unangenehm leuchtende Aura die beiden umgab.

Ohne den Blick abzuwenden, nahm Sara sich ein Tuch und reinigte ihr Gesicht. Sie strich eine Locke hinters Ohr.

»Wo waren Sie letzten Freitag zwischen 16 und 20 Uhr?«

Das Schweigen, das auf Saras Frage folgte, wurde ganz plötzlich unterbrochen, als die Tür zum Vernehmungszimmer aufgerissen wurde und eine Frau mit einer strähnigen Kurzhaarfrisur und einem langen, regenbogenfarbenen Halstuch in den Raum stürmte und einen Rucksack auf den Tisch stellte.

»Ich würde mich gern einen Moment mit meinem Klienten beraten. Guten Tag, ich bin Beate Rosenberg.«

Sie gab erst Sara, dann Jeppe die Hand, legte sie dann Mikkel Husted auf die Schulter und beugte sich zu ihm hinunter. »Alles okay bei dir?«

Er zuckte die Achseln.

Sie blieb einen Augenblick dicht neben ihm stehen und schien ehrlich besorgt um den jungen Mann zu sein. Vielleicht eine Freundin der Familie.

Jeppe stand auf und gab Sara ein Zeichen. Unwillig erhob sie sich.

Jeppe wandte sich an die Anwältin.

»Ihr Klient ist nicht zur Zusammenarbeit bereit. Sie könnten ihm helfen, wenn Sie herausfänden, wo er sich am Freitag, dem 29. Januar, zwischen 17 und 21 Uhr befand.

Bitte geben Sie uns Bescheid. Wir setzen das Verhör fort, sobald er nüchtern ist. Sie haben jetzt die Gelegenheit, mit ihm zu reden.«

Jeppe ließ Sara den Vortritt. Er drehte sich an der Tür noch einmal um und versuchte, Blickkontakt mit Mikkel Husted zu bekommen, um ihm einen hasserfüllten Blick zuzuwerfen.

Geiselnehmer, potentieller Mörder, vielleicht hatte er versucht, Johannes zu ermorden. Trotzdem war es die Spucke in Saras Gesicht, die bei ihm zu dieser unbändigen Wut geführt hatte.

Kollegiales Mitgefühl.

Sara lief hastig den Flur hinunter. Jeppe holte sie ein und griff nach ihrem Oberarm.

»Alles in Ordnung?«

Erschrocken sah Jeppe, dass ihr Tränen in den Augen standen, instinktiv zog er sie an sich, um sie zu trösten. Doch sie stieß ihn weg und trocknete sich die Augen mit hastigen, wütenden Bewegungen.

»Mir geht's bestens!« Sie lief zur Treppe. Jeppe blieb einen Moment stehen, dann folgte er ihr.

Zu seiner Überraschung sah er Laura Aamann auf dem Flur des Präsidiums. Sie saß mit ihren Eltern zusammen und drückte sich an ihren Vater, der seinen Arm um sie gelegt hatte. Sie nahmen Jeppe und Sara nicht wahr, sie saßen einfach nur da, als seien sie aus der Welt gefallen und warteten auf ihren Geiselnehmer.

Die Wege der Liebe sind unergründlich.

27

Heaven has no rage like love to hatred turned, nor hell a fury like a woman scorned.

Das Zitat ging Rodrigo durch den Kopf, als er das letzte Foto auswählte. Nicht Shakespeare, wie die meisten meinten, sondern William Congreve, aus dem Stück *The Mourning Bride*. Eine Tragödie über Liebe und Betrug, wie alle Tragödien. Johannes hatte ihm das Stück mal vorgelesen, auf jeden Fall Bruchstücke daraus, wahrscheinlich als sie eng umschlungen, nackt und verliebt im Bett lagen. In einer fernen Vergangenheit, als sie sich in ihrem Glück so unverletzlich glaubten, dass sie über all die armen Opfer der Liebe nur lachen konnten.

Rodrigo überprüfte seinen Kontostand und stellte fest, dass das Geld überwiesen war. 572 845 Kronen, kein Grund, auch nur eine Krone von ihrem gemeinsamen Sparkonto zurückzulassen. Es ging nicht darum, mit Johannes abzurechnen – kein Betrag wäre dafür hoch genug gewesen –, Rodrigo hatte einfach keine Lust, sich in der kommenden Zeit Gedanken über Geld machen zu müssen. Er hatte über genügend andere Dinge nachzudenken.

Johannes war gerade fast gestorben, Rodrigo fühlte jedoch weder Mitleid noch Angst, er hatte auch nicht das Bedürfnis, seinen Ehemann zu besuchen. Er war innerlich leer.

Man kann offenbar so gefühllos werden, dass man selbst die größten Schwankungen nicht mehr wahrnimmt. Johannes hatte hoch gespielt und bezahlte nun die Rechnung. Ikarus ertrank mit seinen verbrannten Flügeln im Meer.

Zu Fall gebracht durch eine Flasche Limoncello, war das nicht ironisch? Was man liebt, bringt einen um?

Rodrigo wandte sich wieder dem Bildschirm zu, er musste es zu Ende bringen. Er hatte gedacht, es würde ihm schwerfallen, dem Mann zu schaden, den er so lange geliebt hatte. Den einzigen Mann, den er je geliebt hatte.

Aber es war nicht schwer. Der Drang, sich zu rächen, steuerte jede Zelle und jeden Gedanken, alles andere war ihm vollkommen gleichgültig.

Über den Bildschirm flimmerten Fotos von Alphas und Johannes' nackten Körpern, erregt von Drogen und Geilheit. Fotos, die sie in selbstverliebtem Übermut gemacht hatten und mit denen Alpha Johannes hatte erpressen wollen. Rodrigo hatte fünfzehn von ihnen ausgewählt, ein hübsches kleines Beweispaket des Betrugs.

Er heftete die Fotos an eine Mail, tippte die Adresse der Redaktion einer Boulevardzeitung ein und klickte auf Senden.

*

Um das Kopenhagener Präsidium wurde es dunkel. Mikkel Husted schlief noch immer in der Zelle seinen Rausch aus. Seine Anwältin arbeitete daran, Schlupflöcher zu finden – und die Polizei, sie zu schließen. Sie hatten ihren Mann. Jetzt durfte er ihnen nicht wieder entwischen.

413

Jeppe hatte Thomas Larsen angesetzt, Mikkel Husteds Vergangenheit zu durchleuchten und Familie, Freunde und Arbeitgeber anzurufen, um ein möglichst genaues Bild des Mannes zu bekommen. Sara rief noch einmal Gäste des Festes von Le Stan an, um zu hören, ob jemand Mikkel Husted im Museum oder davor gesehen hatte. Jeppe spürte ein seltsames Gefühl im Bauch. Als säße er in einer stillstehenden Achterbahn, bei der die Wagen mit einem Ruck plötzlich wieder anfahren konnten, um senkrecht bergab zu rasen.

Er überprüfte sein Telefon. Hannah hatte ihm eine SMS geschickt. Schon bevor er sie öffnete, spürte er, dass es sich nicht um einen Liebesbrief handelte. *Lieber Jeppe!* Das Ausrufezeichen schloss alles Liebevolle aus. *Es funktioniert nicht. Ist es der Altersunterschied? Ich vermisse dich. Aber so kann es nicht weitergehen. H.*

Verletzt. Aufrichtig. Kein Ultimatum, aber – Jeppe steckte das Telefon ein, ohne zu antworten. Es ging nicht nur um sein schlechtes Gewissen. Die Wahrheit war, dass er sie nicht vermisste. Vielleicht stand seine Untreue den Gefühlen im Weg. Vielleicht war es tatsächlich der Altersunterschied. Wie auch immer, er musste sich zusammenreißen und reinen Tisch machen.

Seine Rastlosigkeit trieb ihn in Saras Büro. Er zog einen Stuhl an den aktenübersäten Schreibtisch und setzte sich neben sie, so dass sich ihre Ellenbogen beinahe berührten.

Sie sah sich die Gästeliste an. Eine gekräuselte Locke hatte sich gelöst und fiel ihr vor die Augen, sie pustete sie ein paarmal fort, bis sie sie in ihrem Knoten feststeckte. Sie hatte ungewöhnlich kleine Ohren und feine Lachfältchen um die Augen.

»Hast du etwas gegessen?« Er lächelte sie an.

Sie hob den Kopf, einen Moment lang hatten sie Blickkontakt. »Ein Sandwich, das reicht schon.«

»Etwas Interessantes dabei?«

»Hm, schwer zu sagen. Ich habe mit einem männlichen Model gesprochen, der auf dem Fest war. Er glaubt, auf dem Observatoriumshügel eine Person gesehen zu haben, als er draußen geraucht hat. Aber er konnte sich nicht erinnern, wann das gewesen war. Die Person sei durch den Schnee zum Observatorium gegangen.«

»Das kann irgendjemand gewesen sein. Zum Beispiel einer, der pinkeln musste.« Jeppe spürte, wie der Achterbahnwagen sich in Bewegung setzte, ganz allmählich.

»Ja, sicher.«

»Oder einer, der einen ruhigen Ort suchte, um zu fixen.«

»Ja.«

Jeppe schob seinen Stuhl zurück. »Es könnte allerdings auch Mikkel Husted gewesen sein, der eine Flasche Abflussreiniger gesucht hat. Oder eine geeignete Stelle, um die leere Flasche wegzuwerfen.«

»Ja.« Auch Sara schob den Stuhl zurück.

»Torben Hansen hat kein Schloss an der Tür seiner Dienstwohnung. Man kann direkt hineingehen und sich holen, was man braucht. Und wir wissen, dass er nicht zu Hause war –«

»Vielleicht ist es Zeitverschwendung?« Sara zuckte die Achseln.

»Es ist auch Zeitverschwendung, hier darauf zu warten, dass Husted aufwacht.«

Sie standen auf, holten ihre Dienstwaffen und nahmen auf dem Weg zum Auto zwei Treppenstufen auf einmal.

Bei der kurzen Fahrt vom Präsidium zum Østervold Observatorium redeten sie nicht viel. Sie wussten nicht genau, was sie erwartete – nur, dass es um Leben oder Tod gehen konnte.

Auf der Nørre Voldgade hielten sie an einer roten Ampel, und Jeppe schaute auf die dunklen Bäume im Ørstedspark. Ein Schatten bewegte sich hinter dem Gebüsch. Bedienten die Prostituierten ihre Kunden dort auch im Winter, wenn die Bäume keine Blätter hatten und der Schnee hoch lag? So hoch lag er allerdings nicht mehr. Die Haufen waren zusammengesackt und zu dunklen Pfützen aus Schneematsch geworden; man konnte die Platten der Bürgersteige bereits wieder sehen, es kündigten sich mildere Temperaturen an.

Jeppe parkte den Wagen auf dem Fahrradweg bei Schloss Rosenborg und zog die Handbremse. Sie stiegen aus und überquerten die Straße zum Botanischen Garten. Die Schlange der an Astronomie interessierten Dänen zog sich vom Observatorium durch den Botanischen Garten bis zur Øster Voldgade.

Die Mondfinsternis hatte Jeppe völlig vergessen. Es dauerte noch mehrere Stunden, bis es so weit war, und im Moment war der Himmel bedeckt – die Menschen mussten wirklich ein unvergessliches Erlebnis erwarten. Sie hatten Klappstühle und Decken dabei, Thermoskannen und dicke Mützen. Ihre Handys leuchteten wie fröhliche Lämpchen in der Dunkelheit.

Sara und Jeppe gingen an der langen Schlange vorbei. Die

Menschen tauschten sich über den neuesten Wetterbericht aus und lächelten ihnen zu, als sie den Hügel hinaufgingen, offenbar hatten sie trotz der Kälte gute Laune. Kleine bunte Zettel mit aufgedruckten Nummern waren der Grund ihrer Freundlichkeit – hätten sie den Eindruck gehabt, dass Sara und Jeppe sich nicht hinten anstellen wollten, hätten sie aufbegehrt. Die Geduld eines Dänen währt lange, aber beim Vordrängeln ist Schluss mit lustig.

Auf der Treppe zum Tor des Observatoriums stand Torben Hansen, der über seinem Overall eine Daunenjacke und eine Fellmütze mit Ohrenklappen trug. Er zog ein Absperrband vor die Treppe und schien nicht sonderlich begeistert, sie zu sehen.

»Hej, Torben, was für ein Auflauf. Glauben Sie, es wird aufklaren?« Jeppe versuchte es mit entwaffnender Freundlichkeit.

Sie prallte ab.

Torben Hansen zuckte mürrisch die Achseln und arbeitete weiter an der Absperrung.

»Wir würden uns auf dem Hügel gern ein bisschen umsehen. Vielleicht auch in Ihrem Haus. Ist das in Ordnung?«

»Was suchen Sie denn?« Er sprach gedämpft, aus Rücksicht auf die wartenden Observatoriumsgäste, die vor der Treppe standen und sie neugierig ansahen.

»Das dürfen wir Ihnen leider nicht sagen. Aber wir werden uns bemühen, die Veranstaltung nicht zu stören.«

»Ich komme mit.« Hansen sah sich um und ging auf das kleine Fachwerkhaus neben dem Observatorium zu.

Sara und Jeppe folgten ihm.

Torben Hansen schaltete die Hundert-Watt-Birne unter

der Decke an der Tür ein und trat zur Seite, um die beiden Ermittler ins Haus zu lassen. Mit einem Nicken bedeutete er ihnen, mit ihrer Arbeit zu beginnen.

»Wir sehen uns nur ein bisschen um, okay?«

»Wonach suchen Sie denn?« Er wiederholte die Frage eher unfreundlich, zog die Mütze vom Kopf und drehte sie in seinen Händen wie einen Rosenkranz, während er von seinem Platz an der Tür zusah, wie sie den Raum in Augenschein nahmen. Durch das grelle Licht hatte er Schlagschatten unter den Augen.

»Haben Sie irgendwo einen Schrank mit Putzmitteln?«

Torben Hansen wies mit dem Kopf auf die Spüle. Jeppe hatte ihn gestern nicht unbedingt als einen umgänglichen Zeitgenossen erlebt, aber heute strahlte er eine Feindseligkeit aus, die ihn überraschte. Vielleicht kamen sie wegen der Veranstaltung zur Mondfinsternis wirklich ungelegen.

Sara öffnete die Schranktür unter der Spüle, auf dem Boden standen ein Mülleimer und eine Sammlung Plastikflaschen. Sie nahm sie heraus und stellte sie nacheinander auf den Spültisch. Spülmittel. Bleichmittel. Dreifach konzentrierter Salmiakgeist.

»Haben Sie keinen Abflussreiniger?«, erkundigte sich Sara.

»Abflussreiniger?« Er sah noch immer mürrisch aus. »Ich verstehe nicht, was Sie meinen?«

»Benutzen Sie beim Saubermachen im Observatorium keinen Abflussreiniger?«

»Nein, ganz sicher nicht.« Ein Auge flackerte. »Alle, die auch nur ein bisschen was von dieser Arbeit verstehen, wissen, dass man nie Abflussreiniger in den Abguss schütten darf. Das führt nur zu harten Klumpen, die den Abfluss komplett verstopfen. Kochendes Wasser ist weitaus effektiver.« Torben Hansen setzte seine Mütze wieder auf. Die Audienz war offensichtlich vorbei.

»Haben Sie von Ihrer Tochter gehört?« Jeppe wusste nicht, warum er die Frage stellte. Es war ein Impuls. »Wir möchten sie gern im Zusammenhang mit unseren Ermittlungen befragen.« Er versuchte, so unbefangen und locker wie möglich zu klingen.

Torben Hansen erstarrte. Er stand still wie ein Reh, kurz bevor es von der Stoßstange erfasst wird. Hätte Jeppe es nicht besser gewusst, hätte er geglaubt, Torben Hansen erlaube sich einen Scherz, so grotesk sah er aus.

»Wissen Sie, wo sie sich versteckt? Wenn wir herausfinden, dass Sie unsere Arbeit vorsätzlich behindern, indem Sie sie verstecken oder ihr auf andere Weise behilflich sind –«

Jeppe wurde von seinem Telefon unterbrochen. Er blickte aufs Display, nickte Sara kurz zu und drückte sich an Torben Hansen vorbei, um das Gespräch draußen anzunehmen.

»Kørner.«

»Ja, ich habe ja versprochen, mich so schnell wie möglich zu melden. Jetzt weiß ich es.«

Jeppe versuchte erfolglos, die Frauenstimme irgendjemandem zuzuordnen. »Mit wem spreche ich?«

»Beate Rosenberg, die Anwältin von Mikkel Husted. Sie haben mich doch gebeten herauszufinden, wo Mikkel sich Freitagnachmittag und Freitagabend aufgehalten hat.«

Jeppe ging ein paar Schritte von der Dienstwohnung in

die Dunkelheit des Botanischen Gartens, um in Ruhe sprechen zu können. »Sagen Sie schon!«

»Am Freitag, dem 29. Januar, war Mikkel Husted beim Jobtraining des Arbeitsamtes in der Baldersgade. Von 17 bis 20 Uhr mit anschließendem Abendkaffee, an dem er ebenfalls teilgenommen hat. Im Kurs waren fünfzehn Personen, ich schicke Ihnen gern die Namen, damit Sie es überprüfen können.«

Mikkel Husted hatte ein Alibi für den Mord an Christel Toft.

Jeppe blickte in die Dunkelheit und versuchte die Information und die daraus folgenden Konsequenzen zu verarbeiten, während die Anwältin weiter über die Rechte ihres Mandanten sprach.

Als er den Schrei hörte, spürte er, wie ihm das Telefon aus der Hand rutschte und in den matschigen Schnee fiel.

28

Der Schrei kam aus der wartenden Menge, und da Jeppe zunächst auf die Schlange blickte, sah er Sara und Torben Hansen erst einen Augenblick später. Torben Hansen hatte ein orangefarbenes Seil um Saras Hals geschlungen und schubste sie vor sich her.

Sein graues Haar leuchtete wie ein Glorienschein um das zerfurchte Gesicht. Sein Mund stand offen, eine bizarre Grimasse aus Anstrengung und Entschlossenheit. Neben Saras linker Schläfe war ihre Dienstwaffe zu erkennen, bereit, ihre Augenhöhle mit einer Kugel zu durchbohren, sollte sie versuchen, sich zu befreien.

Als den Leuten klar wurde, dass ihnen etwas Schlimmeres zustoßen könnte, als ihren Platz in der Schlange zu verlieren, brach Panik aus. Schreie ertönten, die Menschen liefen in kleinen Gruppen den Hügel hinunter, und schon nach wenigen Sekunden war niemand mehr vor dem Observatorium zu sehen.

Torben Hansen blieb mit Sara zehn Meter von Jeppe entfernt stehen. Das Licht der Lampe über der Treppe fiel von hinten auf Hansen und Sara, ihre Gesichter lagen im Schatten. Dennoch wusste Jeppe, dass beide ihn ansahen. Er legte die Hand an die Hüfte, einen Zentimeter neben das Pistolenholster.

Zehn Schritte, vielleicht weniger. Alle drei rechneten.

Die Pistole war nur wenige Zentimeter von Saras Auge entfernt. Jeppe verlagerte sein Gewicht auf den linken Fuß, schussbereit. Seine Hände waren klamm, das Herz klopfte ihm bis zum Hals, sein Kopf war klar. Eine kurze Sekunde richtete sich der Lauf von Saras Pistole auf die Sterne, dann war er wieder in der waagerechten Position, bereit, Saras Hirn in den Schnee zu blasen. Es war eine eindeutige Geste, die keinen Zweifel aufkommen ließ.

Jeppe zeigte seine Handflächen und blieb stehen.

Torben Hansen setzte seinen Rückzug über den Hügel fort, Sara hielt er weiterhin zur Deckung vor sich. Als er sie aus den Augen verlor, zog Jeppe seine Pistole und lief den Hügel auf dem entgegengesetzten Weg hinunter. Er riskierte nicht, ihnen direkt zu folgen.

Der Boden war matschig, und er rutschte zwischen den Büschen und Baumstämmen aus, er fiel und rappelte sich, so leise wie überhaupt möglich, wieder auf. Der Botanische Garten war jetzt menschenleer und still, und nicht weit entfernt hörte er deutlich Torben Hansens schwere Schritte. Aber das bedeutete, dass Hansen auch ihn hören konnte.

Als Jeppe den Fuß des Hügels erreichte, lief er aufs Museum zu, so schnell es die Dunkelheit zuließ. Ein Zweig blieb an seiner Jacke hängen, er musste einen Moment stehen bleiben, um sich von dem Busch zu befreien. Jeppe versuchte, das Rauschen in seinen Ohren zu ignorieren und auf Bewegungen an dem Gebäude vor ihm zu achten.

Dort war niemand.

Er richtete sich auf und blickte auf den Weg zum Institut,

das von einer starken Lampe an der Fassade erleuchtet wurde. Auch dort sah er niemanden.

Vorsichtig trat er ins Licht. Rechts führte ein schmaler asphaltierter Gang in den eigentlichen Hügel hinein: ein Bunker. Die schwere Eisentür am Ende des Ganges war nur angelehnt. Gab es andere Möglichkeiten?

Die Tür führte in eine Art mehrstöckige Heizzentrale mit Kesseln, Rohren und einer Eisentreppe. Leuchtstoffröhren an der Decke tauchten die Gänge in ein kaltes weißes Licht.

Jeppe ging langsam, die Pistole im Anschlag. Hier gab es viele Möglichkeiten eines Hinterhalts. Um sich zu verstecken, musste man aber erst einmal die Geisel ruhigstellen. Verflucht, hoffentlich tat er Sara nichts!

Eine Metalltreppe führte zu einer unterirdischen Ebene. Jeppe stieg vorsichtig hinunter und horchte. In dem erleuchteten Raum kam er sich vor wie ein Lockvogel. Auf der unteren Etage standen weitere Kessel, dicke Rohre zogen sich über die niedrige Decke. Mehrere Gänge führten vom Hauptraum in die Dunkelheit. Hinter einem tonnenförmigen Behälter sah er sich um.

Nichts.

Als er weitergehen wollte, wurde das Licht gelöscht.

Die Dunkelheit kam so plötzlich, dass Lichtflecken vor seinen Augen tanzten. Nach ein paar Sekunden gewöhnte er sich an die Dunkelheit, die Flecken verschwanden. Sehen konnte er allerdings nichts. Gar nichts.

Die neuen Dienstwaffen hatten eingebaute Taschenlampen, aber Jeppe war noch nicht dazu gekommen, seine Pistole auszutauschen.

Er suchte nach seinem Telefon, bis er sich daran erinnerte, dass er es auf dem Observatoriumshügel im Schnee verloren hatte. Es gab keine Möglichkeit, sich zu orientieren, er konnte sich nur einen Weg durch die Dunkelheit tasten und hoffen. Irgendwo hoch über seinem Kopf fiel die Eisentür zu. Es dröhnte durch die ganze Heizzentrale.

Dann wurde es still.

Jeppe versuchte, sich an den Geräuschen der Kessel und Generatoren zu orientieren, doch alles klang fremd in der Dunkelheit. Er ging auf die Knie und kroch planlos auf Händen und Füßen, ein Gefühl der Klaustrophobie überkam ihn, doch er versuchte es zu unterdrücken. Seine Finger trafen auf warmes Metall. Der Boden war feucht, es roch nach Benzin.

Licht.

Es kam aus einem Seitengang, der ein paar Meter vor ihm in den Hauptraum mündete. Er spürte die Hitze, und plötzlich wurde ihm klar, woher das Licht kam.

In der Heizzentrale brannte es.

*

Polizeiassistent Thomas Larsen hielt einen Augenblick inne. Er stand auf einem Hügel in Kopenhagen und beobachtete den Weltuntergang. Überall rannten Menschen umher, stolperten im Schneematsch, standen wieder auf und liefen weiter. Mit Äxten, Schläuchen, Medikamenten und Koffern voller Gerätschaften. Der Lärm war unerträglich. Sirenen von Löschfahrzeugen und Krankenwagen, Rufe von Kollegen und das alles übertönende Dröhnen und Krachen eines Großfeuers, das sich durch den Observatoriumshügel fraß.

Ragnarök.

Auf der Polizeischule hatten sie derartige Situationen mehrfach simuliert. Die Realität war dennoch überwältigend.

»Habt ihr sie gefunden?« Der Ruf kam von unten, der Einsatzleiter riss Larsen aus seiner Trance.

»Nein. Ich probiere es beim Turm!« Larsen lief zum Turm des Observatoriums. Das Feuer hatte ihn bisher nicht erreicht. Noch nicht. Der Schnee war weitgehend geschmolzen, der Boden war zu Morast geworden. Larsen fiel zweimal auf der kurzen Strecke hin.

Das Tor stand offen. Er lief die leeren Unterrichtsräume des Erdgeschosses entlang, die Wände warfen das Echo seiner Schritte zurück. Der Strom war ausgefallen. Er kniff die Augen zusammen und konzentrierte sich auf das, was im Lichtkegel der Lampe an seiner Pistole zu erkennen war. Ein schwacher rosafarbener Schein fiel durch die Fenster. Der Mond vielleicht. Oder das Feuer.

Er hätte der letzte Mensch auf der Welt sein können.

»Kørner? Saidani?«

Larsen leuchtete in sämtliche Räume, an denen er vorbeikam. Tische, Stühle, Tafeln. Sonst nichts. Er erreichte die Wendeltreppe des Turms und blieb abrupt stehen. Auf der weißen Wand direkt über der untersten Metallstufe sah er einen Streifen und den halben Abdruck einer Hand. Dunkel und verschmiert, aber unverkennbar Blut.

Larsen entsicherte seine Pistole und stieg hinauf. Lauschte.

Sein Funkgerät schnarrte, hastig drehte er es leise. Keine Zeit zu vergeuden.

Die Gummisohlen seiner matschverschmierten Stiefel waren lautlos. Larsen löschte das Licht seiner Pistole und bewegte sich Stufe um Stufe die Treppe hinauf, bis er die letzten zehn schmalen Stufen vor der Kuppel erreichte. Auf dem Boden sah er dunkle Flecken. Er wagte nicht, seine Lampe einzuschalten, aber er glaubte zu wissen, worum es sich handelte. Larsen blieb einen Augenblick stehen und horchte, hörte aber nichts anderes als das Feuer und die Sirenen. In der Kuppel war es still.

Zehn, neun, acht, sieben – Larsen zählte im Geist bei jeder Stufe mit. Als er bei *eins* ankam, hörte er den Holzboden unter seinem Gewicht knarren. Er sah sich in der Kuppel um. Die Spaltkuppel stand offen und ließ goldrotes Licht ein, er konnte die Konturen des Raums erkennen. Treppen, Stühle und ein Pult zeichneten sich in der Dunkelheit ab, und in der Mitte das große Teleskop, dessen Zylinder auf den brennenden Nachthimmel zeigte. Ganz unten ein massiver Sockel, ein paar Meter darüber eine Querschiene, die das eigentliche Teleskop in ihrem Achsenkreuz hielt.

Und dort hing sie.

Saidani.

Wie ein dunkler Engel. Ein lebloser Körper, der zwischen Himmel und Erde baumelte.

Hinterher fiel es Larsen schwer, sich daran zu erinnern, was in den nächsten Minuten genau passiert war. Irgendwie gelang es ihm, den Strick zu durchtrennen und Hilfe zu rufen. Der Kuppelraum füllte sich mit Menschen und Licht,

Larsen wurde beiseitegeschoben, er hatte sich an die Wand gestellt und versuchte, seine Atmung unter Kontrolle zu bringen. Irgendjemand fragte ihn etwas und bot ihm Wasser an.

Larsen nickte abwesend, trank etwas und ging in die Hocke. Langsam kehrte die Wirklichkeit zurück.

»Wir haben Puls!«, schrie ein Rettungssanitäter.

Larsen arbeitete sich durch die Umstehenden zu seiner Kollegin vor. Mit einer Sauerstoffmaske vor dem Mund wurde sie auf eine Trage gelegt. Abgesehen von einer dunkelblauen Beule über der linken Stirn hatte sie keine sichtbare Verletzung. Aber auf dem Boden war Blut.

»Ist sie okay?« Larsen konnte kaum sprechen, so trocken war sein Hals. Das Wasser hatte nicht geholfen.

»Zumindest lebt sie. Keine ernsthaften Brüche. Das Blut stammt nicht von ihr. Glücklicherweise hat er sie nicht am Hals aufgehängt, sonst wäre sie längst tot.« Der Sanitäter hielt ein orangefarbenes Seil hoch, während er redete. »Er hat sie auf den Kopf geschlagen, ihr die Hände gefesselt und sie mit dem Seil um die Brust aufgehängt.«

Am Boden war ein schwaches Husten zu hören. Saidani öffnete die Augen. Blinzelte und hustete noch einmal.

Ein Sanitäter entfernte die Sauerstoffmaske, hielt ihr eine Flasche an den Mund und stützte vorsichtig ihren Nacken, damit sie trinken konnte.

Sie stöhnte und trank, legte den Kopf wieder zurück und blickte in die Gesichter über ihr.

»Kørner?« Ihre Stimme war ein raspelndes Flüstern.

Larsen hockte sich zu ihr, nahm ihre Hand. »Wir haben ihn noch nicht gefunden. Wo hast du ihn zuletzt gesehen?«

»Heizzentrale.«

Die Sanitäter hoben die Trage an und trugen sie die steilen Treppen hinunter.

Die Heizzentrale! Wenn Kørner da unten war ... Larsen überdachte seine Möglichkeiten. Allein konnte er diese Sache nicht bewältigen. Krank oder nicht, in diesem Fall konnte er keine Rücksicht mehr nehmen. Thomas Larsen griff zum Telefon und rief Anette Werner an.

*

Überall Staub, es fiel ihm schwer zu atmen, die Hitze war unerträglich. Aus einem Seitengang quoll Rauch, direkt dahinter Flammen. Schwankend richtete Jeppe sich auf, um dem Feuer davonzulaufen. Wenn sich auf dem Boden tatsächlich Benzin befand, würde sich die ganze Heizzentrale in wenigen Minuten in ein Flammenmeer verwandeln. Er lief ins Dunkle, die Arme vor sich ausgestreckt, prallte gegen ein paar niedrig hängende Rohre und schlug auf den Betonboden, ohne den Aufprall abfangen zu können. Die Pistole fiel ihm aus der Hand, er spürte, wie sich die Kniescheibe verdrehte. Hinter ihm knisterte das Feuer und versperrte den Rückweg, es blieb nicht mehr viel Zeit, bis es ihn einholen würde.

Wo war er an einer Leiter vorbeigekommen?

Um ihn herum Rauch, er bekam kaum noch Luft, seine Augen tränten.

Jeppe tastete sich die Wand entlang, traf auf Schalter und Rohre und stieß mit dem Oberschenkel gegen eine scharfe Kante.

Plötzlich fand seine linke Hand eine senkrechte Stange. Die Leiter.

Das Metall war glühend heiß, aber er zwang sich, mit beiden Händen zuzufassen. Das Knie wollte nicht mehr gehorchen. Offenbar hatte er sich schwerer verletzt als zunächst vermutet.

Er fand eine Stufe, ignorierte den Schmerz in den Händen und zog sich unter Qualen hoch, eine Stufe nach der anderen. Er ahnte nicht, wohin die Treppe führte. Nach vier Stufen traf sein Kopf auf eine Deckenluke.

Mit dem Ellenbogen schob er einen Sicherungsstift heraus und drückte mit aller Kraft gegen die Luke. Sie bewegte sich nicht.

Er wollte nicht sterben. Es wäre einfach zu wahnsinnig. Außerdem konnte er Sara nicht im Stich lassen. Jeppe versuchte es noch einmal, er brüllte vor Anstrengung und spürte, wie sich die Luke über seinem Kopf langsam öffnete.

Ein flammenfreier Raum. Er zog sich hinein.

Als er die Luke fallen ließ, leckte das Feuer unter ihm an der Leiter. Er schwankte und musste sich übergeben.

Jeppe erholte sich einen Augenblick. Die Luke war aus Holz, es würde nicht lange dauern, bis auch sie brannte.

Er streckte die Arme aus und traf auf beiden Seiten auf Widerstand. Metall, ein großes Rohr, das senkrecht nach oben führte. Er suchte die Innenseiten des Rohres mit den Händen ab, betete ein stilles Gebet. Ja, in dem Rohr gab es eine Leiter. Er begann zu klettern.

Der Aufstieg war endlos. Das Rohr führte senkrecht hinauf. Rauch drang ein, vermutlich war die Konzentration an Kohlenmonoxid bald so groß, dass er ohnmächtig würde.

Jeppe spürte den metallischen Geschmack im Mund, als er sich eine weitere Stufe hinaufzog. Er musste innehalten und sich noch einmal übergeben.

Mit einem Mal knickte das Rohr ab und verlief waagerecht. Die Erleichterung war enorm. Jeppe kroch, so schnell es sein Knie zuließ, weg vom Feuer. Er erreichte einen weiteren Knick, das Rohr stieg wieder senkrecht hinauf.

Er setzte sich, benommen vor Erschöpfung, er musste sich einen Augenblick ausruhen. Nur einen kurzen Moment, bis sein Kopf wieder klar war.

Die Erkenntnis traf ihn wie ein Schlag auf die Schläfen. Sie kam aus dem Unbewussten, verschmolz mit dem Rauch und zeigte ihm, was er bisher nicht gesehen hatte. Nicht das scheinbar Einleuchtende, sondern etwas direkt daneben.

Jeppe atmete jetzt pures Kohlenmonoxid ein.

Der Täter stand ihm messerscharf vor Augen.

Selbstverständlich.

Er hustete, griff nach der Leiter und stieg mit frischer Kraft weiter nach oben. Verflucht, er wollte nicht in diesem Rohr verrecken! Zehn Stufen aufwärts, dann knickte das Rohr erneut ab. Blut lief aus der Wunde am Knie, ein paarmal sackte er auf dem Bauch zusammen.

Wieder machte das Rohr einen Knick, diesmal ging es senkrecht nach unten. Er zählte, nach zwanzig Stufen endete die Leiter.

Jeppe suchte die Seiten des Rohrs ab und fand eine Erhöhung im Metall, eine Kante. Von oben kam plötzlich eine Hitzewelle, Rauch füllte das Rohr, er bekam kaum noch Luft. Seine Finger folgten der Kante und fanden einen kleinen Handgriff. Endlich. Eine Klappe, vermutlich für die Ventilation. Groß genug, um hindurchzukriechen.

Das Problem war nur, dass der Verschluss auf der Außenseite des Rohrs saß.

Er war gefangen.

*

Anette Werner war keine Frau, die bei den großen und kleinen Entscheidungen im Leben lange nachdachte. Ihre Philosophie war, dass sie im Grunde genau wusste, was gut oder schlecht war, es ging also nur darum, ohne großes Palaver den richtigen Kurs einzuschlagen. Man brauchte ihre Hilfe, also raste sie zum Observatorium.

Sie war ja nicht krank. Allerdings hatte sie mit Svend ein Gespräch zu führen, dessen Ergebnis vollkommen ungewiss war, daher hatte sie überhaupt nichts dagegen, es noch ein wenig hinauszuzögern. Schwanger? Konnte es sich um ein Missverständnis handeln? Eine Fehldiagnose? So etwas kam ja vor. Sie benutzte eine Hormonspirale, die ihr Arzt als neunundneunzig Prozent sicher bezeichnet hatte.

Svend hatte sie fragend angesehen, als sie im Mantel ins Fernsehzimmer kam und ihm auf die Schulter klopfte. Niemals hätte er sie aus falschem Beschützerdrang daran gehindert, irgendwas zu tun, was sie sich vorgenommen hatte. Er hinterfragte ihre Entscheidungen nie. Dieser Respekt war einer der Grundsteine ihrer Ehe. Aber er kannte sie gut genug, um zu wissen, dass irgendetwas passiert sein musste, wenn sie am späten Abend aus dem Haus stürmte, obwohl sie sich krankgemeldet hatte. Noch dazu, ohne ihm einen Abschiedskuss zu geben.

Wenn sie zurückkam, musste sie ihm erzählen, dass sie Eltern würden – diesmal von einem Menschen und keinem Hund. Es sei denn, es würde sehr spät werden, dann war es sicher besser, bis morgen zu warten.

Anette sah den Feuerschein, bevor sie die Sirenen hörte. Goldgelb schimmerte der Himmel über dem Botanischen Garten, und dieses Licht konnte nur eine Ursache haben.

Löschfahrzeuge und Krankenwagen versperrten die Øster Voldgade. Blaulicht durchbrach den goldenen Feuerschein, die vielen Polizisten sahen aus wie Teenager in einer Diskothek mit einer billigen Lightshow.

Anette ließ ihren Wagen mitten auf der Straße stehen und lief mit einem wachsenden Gefühl von Panik auf das Observatorium zu. War sie zu spät?

Larsen kam ihr auf dem Hügel entgegen. Er sah todmüde aus, war verdreckt und hatte dunkle Flecken am Kragen. Es sah aus wie Blut.

»Hej, Werner. Zum Glück bist du da.« Er fuhr sich mit der Hand durchs Gesicht.

»Was ist passiert?«

»Die Heizzentrale unter dem Hügel. Brandstiftung, wie es aussieht. Sie versuchen, das Feuer unter Kontrolle zu bekommen, bevor es auch den Turm des Observatoriums erfasst.«

»Und mit Saidani ist alles in Ordnung?« Anette schlug einen lockeren Ton an, wusste aber genau um den Ernst der Situation.

»Er hat sie bewusstlos geschlagen und mit einem Seil gefesselt. Sie ist ziemlich mitgenommen, aber sie ist außer Lebensgefahr. Sie wurde ins Traumazentrum gebracht.«

»War es Torben Hansen?«

Larsen nickte. »Wir haben ihn bisher nicht gefunden. Er hat ihre Dienstpistole und ist geflohen.«

»Scheiße!«

Anette schaute den Hügel hinunter, wo Feuerwehrleute einen weiteren Schlauch ausrollten.

»Und Kørner?«

»Noch immer verschwunden. Und er geht auch nicht an sein Telefon. Saidani meint, er sei in der Heizzentrale.«

Sie sahen sich an, ohne ein Wort zu sagen. Anette schaute auf den Brand, der die Heizzentrale verwüstete, die Flammen leckten durch die Tür.

»Sind Feuerwehrleute da drin?«

»Ich glaube, die ersten Feuerwehrleute mit Atemschutzmasken sind hineingegangen, aber es geht nur langsam voran. Es gibt dort elektronische Anlagen, die sich selbst entzünden.«

»Verflucht!« Sie sah sich um. Ein Gefühl von Ohnmacht beschlich sie, doch sie durfte ihm nicht nachgeben. »Ist jemand vom Observatorium hier?«

»Da drüben steht der Verwaltungsleiter des Naturhistorischen Museums, das heißt aller Gebäude hier. Ein Jens So-und-so.« Larsen zeigte auf einen Mann, der zehn Meter entfernt stand. Er unterschied sich von allen anderen dadurch, dass er keinen Mantel trug und die Ärmel aufgekrempelt hatte. Verzweifelt blickte er in das Feuer.

Anette ging zu ihm. »Gibt es einen Weg, der aus der Heizzentrale herausführt, abgesehen von der Eisentür dort?«

Der Mann schüttelte den Kopf, ohne den Blick vom Feuer abzuwenden. »Wenn es sich bis zum Museum oder zum Observatorium ausbreitet, werden die Schäden unermesslich sein. Allein die Gebäude sind nicht zu ersetzen.«

»Keine Hintertüren, Tunnel oder andere Auswege? Nichts?«

»Es gibt nur diese Tür.«

»Mist!« Anette ging weiter, ohne eigentlich zu wissen, wohin sie wollte. Als sie sich bereits ein paar Meter entfernt hatte, kam ihm etwas in den Sinn.

»Es gibt natürlich die Ventilationsrohre, die unter dem Weg hinüber ins Auditorium führen. Sie sind ziemlich breit.«

Er zuckte zusammen, als Anette seinen Arm packte.

»Zeigen Sie mir das Auditorium. Sofort!«

Das Hauptgebäude war leer und still, ihre Schritte dröhnten auf den braunen Steinfliesen. Dieselben Fliesen wie im Rathaus, ging Anette durch den Kopf, während der Verwaltungsleiter über die Treppen auf eine graulackierte Holztür zulief und das Licht im Saal einschaltete.

Das Auditorium sah aus, als sei es erst kürzlich renoviert worden, allerdings auf eine historisierende Art mit Holzbänken, Säulen und einem robusten Katheder vor der Tafel. Ein weißgestrichenes Ventilationsrohr verlief senkrecht unter der Decke und knickte am anderen Ende des Raumes zum Boden hin ab. Es hatte einen Durchmesser von gut einem Meter. Anette lief darauf zu, der Verwaltungsleiter folgte ihr.

»Wie lässt es sich öffnen?«

»Öffnen? Äh, ich weiß es nicht. Wir haben es noch nie öffnen müssen.«

Anette betastete das Rohr und untersuchte es sorgfältig. Sie fand einen kleinen Verschluss.

Er saß fest, offensichtlich war er seit Jahren nicht geöffnet worden. Anette zerrte daran und trat dagegen.

Bevor sie über ihren Entschluss nachdachte, hielt sie ihre Dienstpistole in der Hand. Sie hörte den Verwaltungsleiter schreien, als sie feuerte und der kleine Verschluss in einem Funkenregen durch die Luft flog. Durch den Rückstoß stieß Anette mit dem panischen Leiter zusammen, der Knall dröhnte ihnen in den Ohren.

Sie kam auf die Beine und riss die Luke auf.

Das Rohr war leer.

29

Kurz vor Mitternacht riss die Wolkendecke allmählich auf, wurde transparent und verschwand dann völlig. Die Temperaturen sanken wieder unter den Gefrierpunkt, und die Sterne leuchteten mit einem Vollmond um die Wette, der sehr dicht über der Erde zu hängen schien.

Esther de Laurenti hatte sich vorgenommen, bis zur Mondfinsternis wach zu bleiben. Sie saß mit Julian Barnes' Buch *Nichts, was man fürchten müsste* auf dem Sofa. Lange hatte sie widerstanden, doch schließlich hatte sie dem Verlangen nach einem Glas Rotwein nachgegeben. Ein Jahr zuvor hätte man sie durchaus für eine Alkoholikerin halten können, sie wusste, dass sie aufpassen musste. Nur ein Glas zu einem guten Buch. Schließlich war sie bei ihrer Lektüre dann doch eingeschlafen.

Das Licht hatte sie geweckt. Es leuchtete, als wäre über den Seen ein Feuer ausgebrochen. Schlaftrunken trat sie mit ihrem Wollplaid um die Schultern ans Fenster.

Der Mond ruhte über den Dächern des gegenüberliegenden Ufers. Er war riesig und schimmerte rotgolden, als würde er bluten. Sein Licht war so kräftig, dass die nackten Baumkronen lange Schatten auf den schmelzenden Schnee warfen. Es sah schön aus, wie ein Omen, verlockend und gefährlich.

Esther schüttelte sich und dachte an einen Satz, den sie bei Julian Barnes gelesen hatte: »Ich glaube nicht an Gott, aber ich vermisse ihn.«

Dann ging sie zu Bett.

*

»Es muss doch noch andere Möglichkeiten geben, aus der Heizzentrale zu kommen! Denken Sie nach!« Anette trat gegen das Katheder, dass es im Saal dröhnte.

Der Verwaltungsleiter breitete die Arme in einer panischen Geste aus. »Ich weiß es wirklich nicht.«

»Eine Hintertür, verflucht, oder ein Schacht, ein Fenster irgendwo –?«

»Kann die Feuerwehr das Feuer nicht aufhalten? Können die nicht einfach –«

»Hallo!« Anette packte den Mann an den Schultern und schüttelte ihn wie ein ungezogenes Kind. »Mein Kollege ist da drinnen gefangen. Er ist wichtiger als Ihr Scheißmuseum. Haben Sie verstanden?«

Sie sah ihm fest in die Augen.

»Konzentrieren Sie sich. Sie kennen das Gebäude. Wenn mein Kollege bei Ausbruch des Brands in der Heizzentrale eingeschlossen war, wohin könnte er geflohen sein?«

Der Verwaltungsleiter dachte eine Weile angestrengt nach. Dann erwiderte er Anettes Blick. »Nur durch die Rohre, das ist der einzige Weg.«

»Gut. Und wo enden diese Rohre? Was ist hier unter dem Auditorium?«

»Äh, da ist der Büroflur, an dem das Institutssekretariat

liegt. Und direkt unter dem Auditorium ist ein Lagerraum. Aber der ist verschlossen.«

»Zeigen Sie ihn mir!«

Anette lief die Treppe hinunter, der Verwaltungsleiter folgte ihr.

Eine Etage tiefer schalteten sich die Leuchtstoffröhren an der Decke automatisch ein und präsentierten einen hohen Büroflur mit einer Unzahl identischer, graulackierter Türen. »Welche Tür ist es?«

Er lief auf die nächste Tür zu, las das Türschild und blinzelte. »Es muss hier sein, auf der rechten Seite des Flurs. Ich habe meine Brille nicht –«

Anette unterdrückte den Drang, vor Ungeduld zu schreien. »Dozent Appel«, las sie laut und ging zur nächsten Tür. »Studienleiter Arleth –«

»Ich habe keine Schlüssel.«

»… Gastdozent Bjerkeli – sagen Sie mir einfach, wenn wir auf etwas Brauchbares stoßen, Assistent Brinch. He, an dieser Tür ist kein Schild.«

»Dann ist es möglicherweise der Lagerraum. Lassen Sie mich gerade die Türen zählen, dann weiß ich, ob es stimmt.« Er hatte noch nicht bis drei gezählt, als Anette bereits das Schloss aufgeschossen und die Tür geöffnet hatte.

Rauch quoll ihnen entgegen. Wieder schalteten sich die Leuchtstoffröhren automatisch ein, doch die staubigen Regale, die bis zur Decke reichten, waren durch den Rauch nur undeutlich zu erkennen. Sämtliche Regalbretter standen voller Gläser, in denen tote Tiere in Spiritus lagen; kleine Skelette, Geweihe und bunte Steine versteckten sich ebenfalls in dem Dunst.

Anette hielt sich die Bluse vor den Mund und quetschte sich durch einen engen Spalt zwischen zwei Regalen, um zum anderen Ende des Raums zu gelangen. Sie glaubte, die Konturen eines Rohres erkennen zu können, war aber nicht sicher. Ihre Augen brannten. Einige querstehende Regale verwirrten sie einen Moment, aber nachdem sie einen großen Stapel Stühle hinter sich gelassen hatte, näherte sie sich tatsächlich dem Ventilationsrohr. Bräunlich grau vor Staub und in Rauch gehüllt.

Zwischen ihr und dem Rohr lag ein massives Möbelstück. Ein umgekippter Schrank. Vorsichtig stieg Anette darauf, und als sie merkte, dass er sie trug, streckte sie die Arme aus und suchte das Rohr ab. Der Rauch war so dicht, dass sie so gut wie nichts sehen konnte, sie musste sich vortasten. An der Vorderseite nichts, an der Rückseite auch nichts. Sie ging in die Hocke und arbeitete weiter. Einen Meter über dem Boden, hinter dem Schrank, fanden ihre Finger, wonach sie suchte. Eine offene Klappe.

Anette legte sich bäuchlings auf den Schrank und tastete den Fußboden ab. Da! Etwas Weiches. Jeppe. Sie fasste ihn unter die Arme und hob ihn hoch, kroch mit ihm im Arm auf Knien zur Tür. Schrie ihn an, ohne eine Antwort zu bekommen.

Die verhältnismäßig kurze Krankenwagenfahrt vom Observatorium zum Traumazentrum des Rigshospitals würde Anette nie vergessen. Die fünf Minuten kamen ihr wie ein ganzer Monat vor. Über eine Maske wurde Jeppe reiner Sauerstoff zugeführt, während die Sanitäter eine Blutprobe entnahmen und versuchten, ihn zu wecken.

Anette wusste, dass sie sich zurückhalten und nicht stören durfte, aber es war unmöglich.

»Hat er Puls? Lebt er?«

Einer der Sanitäter hielt sie auf Abstand.

»Lebt er?« Bei ihrem rasenden Herzen war sie im Moment froh zu wissen, dass ihr erhöhter Blutdruck an der Schwangerschaft lag.

An der Fredensbro schlug Jeppe die Augen auf. Sein Blick flackerte, dann hob er mit Mühe die Hand und entfernte die Maske. Sie musste sich über ihn beugen, um sein heiseres Flüstern zu hören.

»Sara?«

»Alles in Ordnung. Sie ist bereits im Krankenhaus. Nur Schrammen.«

»Konnte er flüchten?« Auf Jeppes Stirn bildeten sich Schweißperlen vor Anstrengung.

Der Arzt setzte ihm wieder die Maske auf und warf Anette einen warnenden Blick zu.

»Er ist verschwunden, aber es läuft eine Fahndung im ganzen Großraum Kopenhagen. Hundestaffeln, Hubschrauber, die komplette Maschinerie. Wir finden ihn!«

Lächelte er etwa unter der Maske?

Jeppe hatte die Augen bereits wieder geschlossen. Vielleicht hatte er ja doch zu viel Rauch eingeatmet, dass ein Hirnschaden sich nicht vermeiden ließ? Sie griff nach seiner Hand. Sicher, er benahm sich oft genug wie ein Idiot, aber sie arbeiteten nun schon bald zehn Jahre zusammen. Und das bedeutete etwas, in ihrem Beruf.

Er drückte ihre Hand als Antwort, ganz leicht, aber doch spürbar.

Anette legte den Mund an sein Ohr und flüsterte: »Die Ergebnisse meiner Blutproben sind gekommen. Mir fehlt nichts. Ich bin bloß schwanger.«

Diesmal gab es keinen Zweifel.

Jeppe lächelte.

Mittwoch, 3. Februar

ör auf, mich mit diesen Hundeaugen anzusehen, Anette, das ist ja nicht zu ertragen!«

Die Stimme war heiser, fast nur ein Flüstern. Jeppe hob einen schlappen Arm, um nach ihr zu schlagen, aber er war weit davon entfernt, sie zu erreichen.

Langsam brach das schwache, morgendliche Licht über dem Sortedamsø durch und drang ins Krankenzimmer. In dem Sessel am Bett lag ein Haufen Decken und Kissen, in denen Anette ein paar Stunden geschlafen hatte. Es war eine lange Nacht gewesen.

»Das sagst du so, Jeppesen! Das war verdammt knapp. Wenn ich nicht gewesen wäre, würdest du immer noch geräuchert. Und wärst grau und steif wie ein Brett.«

Eine von Anettes Kernkompetenzen war ihre Fähigkeit zu prahlen. Keine falsche Bescheidenheit. Nur hatte sie diesmal recht. Die vorläufige Prognose lautete, dass er keine Organschäden davongetragen hatte und auch das Gehirn nicht in Mitleidenschaft gezogen worden war, obwohl die Ärzte nicht allzu viel sagen wollten, bevor sich nicht sämtliche Proben als negativ herausgestellt hatten. Aber er hatte Schmerzen. Als sei sein Gehirn mit einer geschwollenen, schmerzenden Masse ausgetauscht worden, die für seinen Schädel definitiv zu groß war. Die Ärzte versprachen, dass es nur ein vorübergehendes Phänomen sei. Einen Kater, nannten sie es spöttisch.

»Danke, Anette. Du bist eine Heldin!«

»Natürlich.«

»Das bist du wirklich. Meine Heldin.« Jeppe streckte ihr die Hand hin, halb im Ernst und halb im Spaß.

»Jetzt hör aber auf. Gleich fängst du noch an, Lobgesänge anzustimmen.« Anette zog einen Stuhl heran und setzte sich grinsend ans Bett.

»Wie bist du eigentlich aus diesem Rohr gekommen? Der Verschluss war doch außen angebracht?«

Jeppe hielt die Hände hoch. Die Fingerspitzen waren mit Gaze und Pflaster verbunden. »Willensstärke.« Er lächelte matt. »Und Rost. Der Verschluss war von Rost zerfressen. Mein Glück.«

»Und wie. Es hat dich gerettet. Hast du dein Telefon wieder?«

»Ja, danke. Larsen hat es mir gebracht. Nett von ihm. Nicht mein altes, das ist im Schneematsch ersoffen. Aber er hat die SIM-Karte in ein neues gesteckt.«

Anette trommelte einen kleinen Wirbel auf dem Metallgestell des Betts. »Hast du gehört, dass Saidani vermutlich schon heute, spätestens aber morgen entlassen wird? Sie wurde verprügelt und hat eine hässliche Beule an der Stirn, aber sonst geht's ihr gut.«

Sie räusperte sich, sah ihn mit ernstem Gesicht an. »Wir haben Torben Hansen noch nicht gefunden.«

»Viel wichtiger ist, dass wir Sigrid finden.« Jeppe hustete hohl und trank ein wenig aus einem Glas mit einer klaren roten Flüssigkeit.

»Wieso?«

»Weil sie unsere Täterin ist.«

Anette sperrte den Mund auf. »Und was ist mit Torben Hansen?«

»Du bist nicht auf dem Laufenden, Werner. Er hat ein Alibi für Mittwochabend, er kann es nicht gewesen sein. Das kommt davon, wenn man sich krankmeldet.« Jeppe grinste und bekam einen Hustenanfall.

Anette lachte nicht mit. »Bring mich auf den neusten Stand!«

»Torbens jüngere Tochter, Sigrid, hat Alpha Bartholdy und Christel Toft ermordet, und sie hat auch versucht, Johannes zu töten«, erklärte Jeppe mit seiner angegriffenen Stimme.

»Woher weißt du das?«

»So wie du wusstest, dass ich nicht in der Heizzentrale verbrannt bin.« Jeppe lächelte. »Eine Kombination aus Fakten und Instinkt. Streng genommen *weiß* ich gar nichts. Nicht bevor wir sie verhört haben.«

»Es könnte doch ebenso gut ihre große Schwester gewesen sein. Hulubulu.« Anette griff nach Jeppes Glas, roch daran und stellte es mit einer Grimasse zurück.

»Nein. Lulu Sui war siebzehn, als ihre Eltern sich scheiden ließen und die Mutter starb. Sie ist kurz danach von zu Hause ausgezogen. Aber Sigrid war noch fast ein Kind. Sie blieb sich selbst überlassen und musste den Absturz ihres Vaters miterleben.«

Jeppe drehte sich mit Mühe zum Nachttisch und griff nach einer Aktenmappe, die er auf die Bettdecke legte.

»Dies sind Ausdrucke aus einer Chat-Seite für Jugendliche, die ich auf Lulu Suis Boot fand. Sie sind ziemlich beunruhigend. Im ersten Moment dachte ich, sie stammten von Lulu Sui, aber sie passte als Täterin nicht in unser Profil.«

»Weil?«

»Vor allem, weil sie Johannes beschützt hat, statt ihn umzubringen. Aber diese Beiträge stammen gar nicht von Lulu Sui, sondern von Sigrid. Ich habe mich gestern mit der Chat-Seite in Verbindung gesetzt, und sie haben gerade bestätigt, dass die Absenderin Sigrid Hansen ist. In der Mappe liegen auch Abschriften von Interviews mit Alpha, Christel und Johannes. Wie es aussieht, hat sie sich intensiv mit den dreien beschäftigt.« Jeppe hustete hinter vorgehaltener Hand. »Sie hat auch obskure Rezepte von hausgemachtem Gift aus kaustischem Soda und anderen Chemikalien ausgedruckt.«

»Abflussreiniger?«

Jeppe nickte. »Sigrid hat sich wirklich gründlich damit befasst und ihre Mordmethode sorgfältig vorbereitet. Es gibt ausführliche Notizen über pH-Werte und optimale Mischungsverhältnisse zwischen Abflussreiniger und verschiedenen Limonaden.« Er zeigte auf die Papiere auf der Bettdecke. »Sie tritt in diesen Chats als eine sehr unglückliche und zornige junge Frau auf. Suizidgefährdet und voller Hass.«

»Und warum lagen diese Papiere im Hausboot ihrer großen Schwester?«

»Vielleicht um sie vor dem Vater zu verstecken? Oder vor uns?« Jeppe dachte einen Augenblick nach und nickte dann. »Deshalb hat es fünf Jahre gedauert, bis es zu den Morden kam.«

»Du meinst, sie musste erst alt genug werden?«

Jeppe verzog sein Gesicht zu einem Lächeln. »Und nach Kopenhagen ziehen, ja. Aber nicht nur deshalb. Sigrid hatte im Gegensatz zu ihrer Schwester keinen regelmäßigen Umgang mit Alpha, Christel und Johannes. Das waren mystische Figuren, ferne Objekte ihrer aufgestauten Wut. Mittwochabend aber standen zwei von ihnen sozusagen in ihrem eigenen Vorgarten. Für sie muss das ein Schock gewesen sein. Fast wie ein Zeichen, dass es nun an der Zeit war, ihre Pläne zu verwirklichen.«

Anette breitete in gespielter Verzweiflung ihre Arme aus. »Ach herrje, noch ein Täter oder besser, eine Täterin, die aufgrund ihrer schlimmen Kindheit mordet.«

»Hör schon auf, Anette!« Jeppe hustete und räusperte sich. »So einfach ist das nicht. Eine harte Kindheit und Jugend erzeugen nicht automatisch einen Killerinstinkt. Sonst hätten wir viel zu tun. Sigrid Hansen wurde nur sich selbst überlassen, sie wurde vernachlässigt, so dass ihre, sagen wir, Unausgeglichenheit nicht rechtzeitig erkannt wurde.«

»Das heißt, sie ist durchgeknallt?«

»Einigen wir uns darauf, dass hier eine junge Frau vollkommen aus dem Gleichgewicht geraten ist.« Jeppe klappte die Aktenmappe zu. »Deshalb hat Lulu Sui Johannes mit auf ihr Boot genommen.«

»Um ihn zu beschützen?« Anette klang ungläubig.

»Wohl eher, um ihre kleine Schwester zu schützen.«

»Was meinst du?«

Es klopfte, und eine Krankenschwester betrat das Zimmer. Jeppe schloss die Augen, während sie Katheter und Tropf überprüfte und seinen Blutdruck maß. Nachdem sie ihre Kontrolle beendet hatte, fuhr er langsam fort. Er musste sich vor beinahe jedem Satz räuspern.

»Lulu Sui nahm Johannes mit zu sich, damit Sigrid keinen weiteren Mord beging. Vermutlich wusste sie, wie gefährdet ihre Schwester war, aber es muss dennoch ein Schock für sie gewesen sein, als sie begriff, wie schlimm es tatsächlich um sie stand. Sie wird sich mitverantwortlich gefühlt haben.« Jeppe trank einen Schluck. Seine Haut sah noch immer grau aus. »Aber Sigrid wollte sich nicht aufhalten lassen.«

»Geht es dir gut?«

Jeppe nickte, allerdings sah er nicht so aus. »Ich glaube, es lief ungefähr folgendermaßen ab: Sigrid tritt am Mittwochabend ihren Job als Kellnerin an – sie arbeitete für Beautiful People, sie steht auch auf der Liste, nur hatten wir uns auf den falschen Namen gestürzt, den von Mikkel Husted, und ihren dabei übersehen. Sie zieht sich also um und fängt an, den Gästen auf dem Fest von Le Stan Drinks zu servieren. Es ist nicht der einzige Anlass während der Modewoche, bei dem sie als Kellnerin gebucht ist, aber diese Party findet in *ihrem* Museum statt, hundert Meter von der Hausmeisterwohnung entfernt, in der sie mit ihrem Vater lebt. Sie entdeckt Alpha und Johannes. Sie sind zu ihr gekommen, in ihr ureigenes Revier. Das ist der Tropfen. Sie beschließt, etwas in ihre Drinks zu gießen, sie kennt sich ja aus, und findet im Putzschrank eine Flasche Abflussreiniger. Und schwups: tödliche Cocktails.«

Anette hob die Hand, um zu Wort zu kommen: »Alpha trinkt, Lulu Sui entdeckt, was passiert ist – sie hat schließlich Sigrids Chat-Ausdrucke gelesen –, und nimmt Johannes mit, bevor er seinen Cocktail trinken kann. Einen Tag später wiederholt Sigrid ihre Tat bei Christel Toft im Hotel Nimb. Lulu Sui kann es nicht verhindern –«

Anette sprang abrupt auf und lief ins Bad des Krankenzimmers. Jeppe hörte, wie sie den Wasserhahn aufdrehte.

»Was ist?«

»Mir wurde übel.« Anette kam zurück und setzte sich wieder ans Bett, während sie sich mit dem Handrücken den Mund abwischte. »Was ist mit dem Telefon? Alphas Telefon. Wie kam es in Johannes' Manteltasche?«

»Das wird Lulu Sui gewesen sein. Sie hat das Telefon bei Sigrid gefunden und in Johannes' Mantel gesteckt.«

»Damit er auf diese Weise seine Strafe bekommt?«

»Genau. Vermutlich hat sie versucht, Sigrid davon zu überzeugen, dass es Strafe genug sei.«

»Aber ohne Erfolg.« Anette trank von Jeppes Saft und verzog das Gesicht. »Wie alt ist sie eigentlich?«

»Sigrid? Achtzehn.«

»Das nennt man wohl das *Wounded Bird Syndrome*.« Sie schüttelte den Kopf. »Achtzehn Jahre alt und zwei vorsätzliche Morde auf dem Gewissen.«

»Gut, dass es nicht mehr wurden.«

»Die Fahndung nach Torben Hansen und seinen Töchtern wurde intensiviert, aber bisher ohne Ergebnis. Keine Zeugen, keine Kreditkartentransaktionen, keinerlei elektronische Spuren.«

»Hm, okay.« Jeppe schloss einen Moment die Augen, er war müde.

Anettes Stimme riss ihn noch einmal aus dem einsetzenden Schlaf. »Torben muss Sigrid auch verdächtigt haben. Er hat vermutlich geglaubt, dass du und Saidani wegen ihr gekommen seid.«

Jeppe lächelte. »Eltern würden vermutlich alles tun, um ihre Kinder zu beschützen.«

Anette legte unwillkürlich eine Hand auf ihren Bauch.

»Sag mal, sollte deine kleine Freundin jetzt nicht hier sitzen und dir die Stirn abtupfen?« Sie grinste.

»Ich hab's verbockt.«

»Schon wieder?« Anette – diplomatisch bis in die Fingerspitzen.

Jeppe überlegte einen Moment, dann gab er dem Drang nach, sein Geheimnis zu teilen. »Diesmal habe ich mich vollkommen idiotisch benommen –«

»Ach!« Anette sah beinahe beeindruckt aus. »Das kann man sich bei dir fast nicht vorstellen, Jeppesen!«

»Das ist nicht komisch. Ich habe wirklich ein schlechtes Gewissen.«

»Was du nicht sagst.« Sie lehnte sich auf dem Stuhl zurück und legte die Füße aufs Bett.

»Nein, mir geht es wirklich dreckig.« Er hatte von Anette eigentlich mehr Verständnis erwartet.

»Und ich meine, dass du kein Recht auf ein schlechtes Gewissen hast.«

»Ich verstehe nicht, was du meinst. Wenn ich wegen Untreue kein schlechtes Gewissen hätte, was wäre ich dann für ein Mensch?« Jeppe trank noch einen Schluck Saft.

»Ein ehrlicher. Ein schlechtes Gewissen ist doch nur ein Alibi dafür, einfach zu tun, wozu man Lust hat, ohne gleich als schlechter Mensch abgestempelt zu werden. Du hattest die Wahl und hast eine Entscheidung getroffen. Das

Mädchen wird durch dein Schuldgefühl nur noch mehr erniedrigt.«

Jeppe hasste es, wenn sie recht hatte. Er musste sich zusammenreißen und die Konsequenzen tragen.

»Es geht nicht, sie ist zu jung.«

»Vielleicht bist du ja auch zu alt.«

»Ja, vielleicht bin ich zu alt. Wie auch immer, es ist aus.«

Jeppe schloss wieder die Augen.

Anette blieb noch eine Weile sitzen und betrachtete ihren Kollegen. Er sah mitgenommen aus, die graue Haut und das ultrakurze Haar verstärkten diesen Eindruck. Dennoch war dahinter noch etwas anderes zu erkennen, etwas Sprudelndes, Optimistisches. Vielleicht war es die Erleichterung darüber, dass dieser Fall geklärt war. Anette erhob sich leise, nahm ihren Mantel und schlich zur Tür. Als sie an die Klinke griff, hörte sie seine Stimme hinter sich, leise, aber deutlich.

»He, Werner!«

Sie drehte sich um.

Seine Augen waren noch immer geschlossen.

»Glückwunsch!«

*

Søren Westi schritt langsam über den Halmtorvet auf sein Audi Cabriolet zu, das er vor dem täglichen Training auf dem ehemaligen Schlachthofgelände in der Helgolandsgade geparkt hatte. Er fuhr selten mit dem Auto zum Crossfit, denn egal, was über den Hip-Faktor Vesterbros gesagt wurde, es war nicht unbedingt ein Stadtteil, in dem man teure

Sportwagen parkte. Das Training war heute besonders hart gewesen. Das unangenehme Gefühl im Rücken war zurückgekehrt, aber Westi ignorierte es. Kein Gejammer, es musste wegtrainiert werden.

Die beiden Männer sah er erst, als sie schon neben ihm waren. Sie packten seine Ellenbogen und schoben ihn in einen dunkelblauen Lexus, der plötzlich an der Bordsteinkante auftauchte. Westis Sporttasche und seine Autoschlüssel blieben auf dem Bürgersteig zurück.

Erik Sidenius saß auf dem Beifahrersitz und konnte sich problemlos zu Westi umdrehen, um sich mit ihm zu unterhalten, während der Wagen langsam in Richtung Vesterport fuhr. Es war lange her, seit sie sich das letzte Mal gesehen hatten, doch Erik hatte sich nicht verändert: korpulent, dünnes Haar, das Gesicht gezeichnet von lebenslangem Nikotinkonsum und Besuchen im Solarium. An den Füßen trug er wie gewöhnlich Crocs, um diese Jahreszeit mit ein paar dicken Socken. Der lebende Beweis, dass Stil sich nicht mit Geld kaufen lässt. So war es schon gewesen, als sie zusammen aufgewachsen waren.

Erik Sidenius lächelte freundlich.

»Na, Søren, das war ja 'n Ding, was?«

Westis Hirn suchte nach den Worten, die er längst vorbereitet hatte, sollte so etwas passieren, doch plötzlich wusste er nicht mehr, was er sagen wollte, er stammelte.

»Hör mal, Erik, ich habe tausendmal versucht, dich zu erreichen, damit wir … Ich hatte die Sache total im Griff, aber die Fabrik … Die ganze Lizenzvergabe hatte Alpha Bartholdy übernommen. Und der hat sein eigenes Ding gedreht.«

»Tja, wie ein Straßenräuber, meinst du?«

Westi spürte, wie das T-Shirt an seinem Rücken klebte. »Ich wusste nicht, dass mit ihm etwas faul war. Ich –«

»Wo ist das Geld, Søren? Wo ist mein Geld, mehr will ich nicht wissen.«

»Ich habe nicht ... also, die Produktion ist ja bei dem Brand vernichtet worden. Und die Buchführung lag bei Alpha. Ich hatte doch keinen Einblick –«

»Es gab keinen Brand. Keine Fabrik und keine Produktion, die verlorengingen. Und jetzt frage ich dich noch einmal: Wo ist mein Geld?«

Der Lexus glitt lautlos die Nørre Voldgade hinunter, am Ørstedspark und der Brandstelle am Geologischen Museum vorbei, auf die Kalkbrænderihavnsgade. Dann bog er zweimal rechts ab und fuhr durch das trostlose Industriegebiet zur Spitze des Nordhafens. Eines der letzten öden Gebiete Kopenhagens, eine der wenigen Stellen, an denen man noch immer verschwinden konnte.

»Erik, lass uns in mein Büro fahren und die Sache klären. Wir kennen uns doch, du und ich –«

»Wie geht's den Kindern?« Erik Sidenius holte eine Mütze aus dem Handschuhfach und zog sie über seine spärlichen Haare. »Sie müssten inzwischen doch schon groß sein?«

»Ich bin auch beschissen worden, hörst du? Vielleicht kann ich noch etwas von dem Geld auftreiben, aber ich kann schließlich nicht zaubern.«

»Man sollte sich daran erinnern, wo man herkommt, Søren. Es ist dumm, seine alten Freunde übers Ohr zu hauen.«

Westis Herz raste vor Panik. »Erik, bitte bleib fair.«

»Fair, sagst du? Ich bin immer fair, das weißt du. Wir halten hier, danke.«

Der Wagen bog auf einen kleinen Schotterplatz vor einer blaugestrichenen Bootswerft mit rostigen Wellblechwänden. Auf dem Platz lagen Holzpaletten, und ein gelber Trecker und ein älterer Jaguar waren dort abgestellt. In einer Ecke standen ein Waschtisch und ein daumendickes Hackbrett, dem man ansah, dass erst kürzlich Fische darauf ausgenommen worden waren. Möwen kreischten aggressiv über der Szenerie.

Søren Westi hatte das Gefühl, in eine Parallelhandlung seines eigenen Leben geraten zu sein: eine Dimension, aus der er nicht erwachen, die er nicht verlassen konnte. Erst als der Fahrer die Tür öffnete, ihn aus dem Auto zerrte und in den Schotter stieß, wurde ihm bewusst, dass es sich um die Realität handelte. Er hob den Kopf und sah Erik Sidenius an.

»Tja, Søren, das Leben ist voller scharfer Kanten und blinder Winkel. Vergisst man das, rennt man ins Verderben.«

*

Svend stand an der Spüle. Er knetete einen Brotteig, wie immer mindestens zwanzig Minuten mit der Hand. So machte man das – und nicht anders. Sie sah seinem Rücken an, dass er nervös war, vielleicht sogar wütend.

Sie war ohne einen Kuss und ohne Erklärung losgezogen, und nun war sie die ganze Nacht fort gewesen. Svend drehte sich nicht um, obwohl die Hunde längst mitgeteilt hatten, dass sie nach Hause gekommen war.

Anette setzte sich an den kleinen Holztisch, der mitten in der Küche stand. Normalerweise setzte Svend sie dorthin, damit sie irgendetwas hackte oder schnitt, während er am Herd zauberte. Ich liebe ihn, dachte Anette und blickte auf ihre Hände. Und ich habe keine Lust, dass sich unser Leben verändert.

»Svend, wir müssen reden.«

Er knetete weiter, ohne zu reagieren. Und doch sah sie, dass er kurz innehielt. »Sei so lieb und setz dich.«

Svend legte den Teig in eine Schüssel und wischte die mehligen Hände an seiner Schürze ab. Dann nahm er sich einen Stuhl.

Sie war schockiert über seinen Gesichtsausdruck. Er sah aus wie jemand, der zur Schlachtbank geführt werden soll. Anette überkam plötzlich ein ihr vollkommen unbekanntes Gefühl existentieller Angst. Bisher hatte sie ihre Schwangerschaft als Herausforderung gesehen, als eine Überraschung, die das Leben bereithält und die sie gemeinsam meistern würden, mit Energie und Loyalität, so wie alles andere auch. Aber hatte sie das falsch eingeschätzt? Vielleicht entpuppte sich die Schwangerschaft ja als die Achillessehne, von der sie bisher geglaubt hatte, dass es sie in ihrer Beziehung gar nicht gäbe.

»Ich muss dir etwas erzählen, etwas Wichtiges.« Wie aufgeregt sie war, bemerkte Anette erst, als sie hörte, dass ihre Stimme sich beinahe überschlug.

Svend biss die Zähne zusammen und nickte. Er vermied jeglichen Blickkontakt.

Jetzt bricht das Kartenhaus zusammen, ging Anette durch den Kopf. Sie schloss die Augen, atmete aus und erklärte: »Ich bin schwanger. Wir bekommen ein Kind.«

Lange saß sie mit geschlossenen Augen da und wartete. Als er nichts sagte, war sie schließlich gezwungen, ihre Augen zu öffnen, um ihn anzusehen. Anette erkannte den Mann, der vor ihr saß, beinahe nicht wieder. Tränen rannen aus den graublauen Augen, die Hände lagen flach auf dem Tisch. Und das Gesicht! Svend strahlte vor Glück.

»Ist das wahr? Ich dachte … Ich werde Vater?«

Sie spürte, wie eine Welle des Glücks ihre letzten Verteidigungsbollwerke überspülte. Sein Lächeln war einfach zu viel. Anette Werner schluchzte und lachte, Erleichterung mischte sich in ihre Euphorie.

Seine Stimme klang fremd, als käme sie von oben.

»Wir bekommen ein Kind. Du wirst Mutter!«

*

Der Totengräber fand ihn. Er beseitigte gerade die Spuren des Tauwetters, als er den Knall hörte. Ein einzelner Knall, der die mittägliche Ruhe rund um die Kirche von Præstø störte. Der Totengräber hatte eine Jagdlizenz und wusste deshalb genau, dass der Lärm, der aus dem verlassenen Hotel gekommen war, von einem Schuss stammte. Er warf den Rechen auf die Schubkarre und lief die fünfzig Meter bis zum Haupteingang. Später wurde er gefragt, ob er keine Angst gehabt habe und warum er nicht um Hilfe telefoniert hätte, anstatt dem Geräusch eines Schusses nachzulaufen. Er habe instinktiv gehandelt, lautete die Antwort.

Das Hauptportal war verschlossen, also lief er um das Hotel herum und entdeckte die eingeschlagene Scheibe zum Wintergarten auf der Rückseite des Gebäudes. Nachdem er auf sein Rufen keine Antwort bekommen hatte, durchquerte er hastig die staubigen, leeren Räume. Vielleicht war jemandem etwas zugestoßen. Es hätten spielende Kinder sein können.

Der Totengräber fand ihn in dem Zimmer, an dessen Tür noch immer ein hübsches Fayenceschild mit der Aufschrift *Hochzeitssuite* hing. Torben Hansen saß auf dem Fußboden an der Wand, wo, dem Schatten auf der Tapete nach zu urteilen, das Bett gestanden haben musste. Seine Beine waren gespreizt, das Kinn war ihm auf die Brust gesunken. Man sah, wie die Kugel den größten Teil seines Hinterkopfes weggerissen und über die Wand verteilt hatte. Zwischen seinen Beinen lag Sara Saidanis 9 mm Heckler & Koch, in seiner Tasche steckte ein Brief an seine Töchter Louise und Sigrid.

Der Totengräber hatte in seinem Leben so gut wie alles gesehen. Er schrie nicht, er trat auch nicht in das Zimmer, um den Mann zu retten, denn er war eindeutig tot. Aber als er die schiefen, alten Treppenstufen hinunterlief, um seine Jacke zu holen, die mit dem Mobiltelefon in der Tasche auf der Schubkarre lag, tanzten dunkle Flecken vor seinen Augen. Er musste einen Moment stehen bleiben, die Hände auf die Knie gestützt. Er spürte die Übelkeit, die ihm den Vormittagskaffee nach oben drückte. Dann richtete er sich auf und wählte die 112.

*

Der Fußweg vom Fischereihafen bis zur Nordhavn Station kam den beiden Mädchen mit ihren schweren Rucksäcken unendlich lang vor, aber sie konnten nicht riskieren, ein Taxi zum Flughafen zu nehmen. Jemand könnte sie erkennen und die Polizei anrufen, im Zug waren sie trotz allem sicherer. Sie mussten nur mit erhobenen Köpfen durch den Schneematsch gehen.

Die letzten paar Tage hatten sie in Hardys altem Fischerschuppen zugebracht, der im Winter leer stand. Er lag weniger als hundert Meter von Louises Boot entfernt, war aber ein sicherer Ort, solange sie nur mit dem Radiator heizten und abends kein Licht einschalteten. Vom Schuppen aus hatten sie mehrfach einen Streifenwagen am Boot vorbeifahren sehen und sich vor Angst geduckt. Über ihre Kontakte hatte Louise Lebensmittel, Freizeitkleidung, neue Pässe und Flugtickets besorgt, ohne dass jemand Fragen stellte. Beide hatten sich über einer Wanne die Haare gefärbt.

Als Sigrid in dem kalten, dunklen Fischerschuppen ihren Rucksack packte, verdrängte die Hoffnung auf einen Neuanfang am anderen Ende der Welt ihre Angst. Ein überwältigendes Gefühl der Erleichterung überkam sie. Der Flug war der Radiergummi, mit dem die Einsamkeit der Vergangenheit und die Schuld der Gegenwart getilgt wurden.

Nicht dass sie wegen der Toten Schuld empfand.

Schließlich waren sie ja auch nicht da gewesen, als sie ihre Familie und ihr Zuhause verlor, nur weil plötzlich Lars mit seinem Lächeln aufgetaucht war. Besser gesagt: Sie *waren* da gewesen, lange genug, um ihre Mutter zu überzeugen, ihre Kinder zu verlassen. Danach waren sie verschwunden, und Sigrid war allein zurückgeblieben.

Lars hatte sich und ihre Mutter bei dem Autounfall umgebracht, Louise war ausgezogen und hatte sich in Lulu Sui verwandelt, und ihr Vater verkroch sich immer mehr und war schließlich kaum noch in der Lage zu kochen oder ihr gute Nacht zu sagen. Man sollte meinen, dass irgendein besorgter Schulpsychologe sich ihrer angenommen hätte, der Klassenlehrer, der Hausarzt, die Nachbarn oder die Eltern ihrer Klassenkameraden. Aber nein. Immer ging es nur um Christina und Torben.

Wie schlecht es um sie stand, wurde erst bemerkt, als sie nur noch dreiundvierzig Kilo wog und ins Krankenhaus eingeliefert wurde. Da war es bereits zu spät. Damals hatte der Hass sich bereits wie ein zusätzliches Organ in sie hineingefressen. Sie erholte sich, sie kam zurecht, sie wollte ihnen nicht die Genugtuung verschaffen zu sterben.

Was sie wirklich wollte, war ihr erst richtig klargeworden, als sie am Mittwochabend vor ihr standen. Sie wollte sie auslöschen.

Sigrid zog den Reißverschluss ihres Rucksacks zu und schob die Kappe in die Stirn. Jetzt fehlte nur noch eine auf der Liste. Eine Person, die Sigrid enttäuscht hatte, als sie etwas hätte ändern können. Die Einzige, die ihr damals ernsthaft hätte helfen können, die stattdessen aber geflohen war und vergessen hatte, woher sie kam. Die ihre kleine Schwester im Stich gelassen hatte.

Aber das konnte warten, bis sich alles beruhigt hatte und ihre Spur kalt war. Sigrid hatte viel Zeit.

Louise hatte ihren Rucksack bereits aufgesetzt. »Bist du bereit?«

Sigrid lächelte die große Schwester an. Sie war bereit.

Rodrigo stellte die Leinentasche mit gemischten Gefühlen aufs Band und nahm seinen Computer und den Kulturbeutel heraus, um beides an der Sicherheitskontrolle in eine Kiste zu legen. Nach allem, was sich in der letzten Woche ereignet hatte, war er davon überzeugt, dass man vor Kummer sterben konnte. Aber er wollte nicht sterben. Und der Gedanke, nach zehn Jahren zum ersten Mal wieder seine Familie zu sehen, seine Sprache zu sprechen und die Cazuela seiner Mutter zu essen, gab ihm Hoffnung und Trost. Viel zu lange schon hatte er sich nicht um sich selbst gekümmert, viel zu lange hatte er im Schatten seines interessanten Ehemanns gestanden.

Damit war jetzt Schluss.

Der Schmerz würde mit der Zeit nachlassen. Im Moment empfand er jeden Tag als endlose Zeit voller unterdrückter Sehnsucht, aber irgendwann war das vorbei, das wusste er.

Rodrigo band seine Panerai Luminor wieder ums Handgelenk, Johannes' Hochzeitsgeschenk, und schloss seine Tasche. Er hatte noch Zeit, etwas zu essen und sich ein paar Zeitschriften zu kaufen, bevor er zum Gate musste. Eine zwanzigstündige Reise lag vor ihm. Über Schiphol Amsterdam nach Santiago de Chile.

Er bestellte einen Orangensaft und ein Sandwich und setzte sich in die Ecke des lauten Flughafencafés, von wo aus er das Gewimmel der Reisenden betrachtete, ohne es wirklich zu sehen. Die Liebe, dachte er, war wie ein Baum, der entweder groß und stark wurde oder von innen verrottete und im Sturm umgeblasen werden konnte.

Zwei Mädchen stellten sich in die Schlange vor dem Tresen. Er betrachtete sie, während er seinen Saft trank. Sie waren schmächtig, aber hübsch, und trugen praktische und bequeme Rucksacktouristenkleider: T-Shirts, Hosen, an denen sich die Beine mit einem Reißverschluss abnehmen ließen, Wanderstiefel. Beide waren blond, eindeutig mit einer schlechten Farbe selbst gefärbt, die den Strähnen, die aus den Kappen hervorlugten, einen Stich ins Grüne gegeben hatte.

Rodrigo schmunzelte. Auf dem Weg ins Abenteuer.

Die Mädchen bestellten Kaffee. Eine von ihnen suchte etwas in ihrer Gürteltasche und zog Pass und Boardingkarte heraus. Er kniff die Augen zusammen und las das Ticket. Stand da Perth? Angeblich die abgelegenste Großstadt der Welt. Die Mädchen würden mindestens so lange unterwegs sein wie er. Sie sahen beinahe zu jung aus für eine solche Reise.

Rodrigo dachte an seine Familie, in die er zurückkehren würde. An seine Brüder, die ihn am Flughafen erwarteten. Er trank den Plastikbecher aus und stand auf, um zum Gate zu gehen. Als er an den Mädchen vorbeiging, lächelte er ihnen zu.

Sie würden schon zurechtkommen. Sie waren zu zweit.

*

Gregers war wütend. Er war mit schlechter Laune aufgewacht und hatte gemeckert, seit Esther ihm in den Sessel geholfen und Kaffee gekocht hatte. Die ganze Nacht hatte er von der Straße Lärm gehört, die schmerzstillenden Mittel wirkten nicht mehr, und der Kaffee war zu dünn. Esther stellte fest, dass Gregers sich auf dem Wege der Besserung befand. Sie wollte ihm von dem Blutmond in der letzten Nacht erzählen, er aber brummte nur verärgert und las Zeitung.

Esther leinte die Hunde an und ging am See spazieren. Sie musste sie inzwischen mehr oder weniger hinter sich herziehen, die kurzen Beine wollten nicht mehr richtig. Auf den Seen begann das Eis zu schmelzen. Etwas lag in der Luft, noch nicht das Frühjahr, aber eine Vorahnung davon.

Esther sog diese Vorahnung ein und spürte plötzlich einen Kloß im Hals. So ist das, dachte sie, wenn man sich des Verfallsdatums des Lebens bewusst wird. Man wird so lächerlich dankbar für die Aussicht auf einen weiteren blühenden Kirschbaum.

Vielleicht lag es am Blutmond. Vielleicht stimmte es, dass er Veränderungen ankündigte, eine Wiedergeburt in Blut, Tod und Auferstehung. Versöhnung. Heute lag definitiv etwas davon in der Luft.

Als an einem warmen Spätsommertag des vergangenen Jahres Kristoffer beigesetzt wurde, hatte die Luft in der Kapelle stillgestanden. Es sollte eine bewegende Feier werden. Gemeinsam mit Kristoffers Mutter hatte Esther einige Musikstücke ausgesucht, die ihm viel bedeuteten. Aber der CD-Player hatte gehakt, und diese banale Panne hatte die andächtige Stimmung zerstört. Wie so oft hatte sich das Leben eingeschlichen und den Tod gestört. Denn irgendjemand wird immer weiterleben. Jemand, der mit seinem Hund auf dem Friedhof Gassi geht, wenn gerade der Sarg herausgetragen wird, jemand, der während der Ansprache niest, jemand, der eine Anlage bedient, die nicht funktioniert. Das Leben geht in seiner Unvollkommenheit einfach weiter.

Zurück in der Wohnung, wusste Esther nicht recht, was sie mit sich anfangen sollte. Die Hunde legten sich neben den Sessel, in dem Gregers mit der Zeitung im Schoß ein Nickerchen hielt. Vorsichtig legte Esther ihm eine Decke über die Beine. Als sie seine Hände streifte, tätschelte er ihr im Halbschlaf sanft die Hand. Närrischer alter Mann!

Sie leerte die Spülmaschine und schaute in den Kühlschrank, schickte übers Internet eine Bestellung an den Supermarkt und entschloss sich, ihren Schreibtisch aufzuräumen. Sie sah den kleinsten ihrer Stapel durch, legte die Rechnungen in eine Aktenmappe und die Schreiben der Hausverwaltung in eine andere.

Hing ihren Gedanken nach.

Wenn ein geliebter Mensch stirbt, nimmt die Person etwas von einem selbst mit. Es verschwindet für immer oder wird bestenfalls zu einem Museumsgegenstand reduziert, den man zur Erinnerung unter eine Glasglocke stellen kann. Es hört auf zu leben. Aber der Rest lebt weiter. Man ist nicht tot. Sie war eben nicht tot, sie lebte. Und sie musste akzeptieren, dass das Leben weiterging.

Esther schob die Papierstapel beiseite und stellte ihren Computer an. Eine Weile saß sie mit zitternden Fingern davor. Dann fing sie an zu schreiben.

Epilog

Die Sonne schien über Valby. Es war einer dieser klaren, frostfreien Wintertage, an denen sich keine Wolken am Himmel zeigten. Alles spross und strotzte vor Saft, gesättigt von Feuchtigkeit und Temperaturen im Plusbereich. Jeppe öffnete erwartungsvoll die Tür. Er war nervös, aber nur ein wenig, er freute sich, sie und das Kind zu sehen.

Therese kam ihm mit einem winzigen Baby im Arm auf der Treppe entgegen. Sie war ohne Niels gekommen, vermutlich aus Rücksicht. Er rechnete es ihr hoch an. Es war schon aufregend genug, sie und das Kind zu sehen. Sie sah phantastisch aus. Ihr Haar war lang geworden und fiel über die schmalen Schultern. Sie hatte aufgehört, es zu färben; sie wirkte müde, aber glücklich. Vielleicht war sie wegen ihres Treffens genauso nervös wie er.

»Hej.« Ihre Stimme war weich und dunkel und klang wie in der Zeit vor ihrer Trennung.

»Hej. Komm rein. Der Käufer kommt mit dem Makler in zehn Minuten.«

Sie umarmte ihn flüchtig. Durch das Baby zwischen ihnen wirkte es ein wenig verkrampft.

Sie roch anders als in seiner Erinnerung. Jeppe merkte, wie sie sich im Haus umsah und registrierte, dass er nichts verändert hatte, seit der Umzugslaster mit ihren Sachen abgefahren war.

Sie kommentierte es nicht.

»Endlich hat es geklappt. Und fast ohne Preisnachlass.«

»Ja, endlich! Sie sind gleich da. Ach, das sagte ich ja bereits. Möchtest du einen Kaffee?«

Sie schüttelte den Kopf.

»Hast du dich von der Rauchvergiftung erholt?«

»Ich werde noch immer auf eine eventuelle Schädigung der Herzmuskulatur beobachtet, aber abgesehen davon geht es mir prächtig. Also wirklich gut. Und ich habe überhaupt keine Lust mehr, bei Festen zu rauchen. Das ist doch positiv.«

Sie lachte bei seinem Versuch, komisch zu sein.

»Willst du sie mal halten?«

Eine der Fragen, die man keinesfalls verneinen konnte. Jeppe streckte die Arme aus.

»Du musst ihren Kopf halten, das kann sie noch nicht allein.«

Jeppe nahm den winzigen, warmen Körper entgegen und drückte ihn an sich. Er spürte, dass er die falschen Muskeln anspannte, aus Angst, sie zu erdrücken oder fallen zu lassen. Sie duftete nach Milch und warmer, sauberer Haut. Ihre Augen waren blau, aber das waren vermutlich die Augen aller Neugeborenen. Sie war nicht sonderlich hübsch, eher zusammengepresst und dick, aber sie sah Therese trotzdem enorm ähnlich.

»Sie ist schön. Sie sieht dir ähnlich.«

»Ja, nicht? Aber sie hat auch sehr viel von Niels.« Ihre Stimme war unsicher, als hätte sie Angst, ihn zu verletzen.

Wir sehen aus wie die Familie, die wir nie geworden sind, ging es Jeppe durch den Kopf. Aber er war nicht mehr wütend auf sie, nicht einmal traurig.

Es klingelte, und er reichte das kleine Mädchen seiner Mutter zurück, um die Tür zu öffnen. Er war bereit zu unterschreiben.

Die Formalitäten waren rasch überstanden, die neuen Besitzer sympathisch und offensichtlich ineinander verliebt. Alle unterzeichneten den Vertrag und tauschten einen Händedruck aus, dann war die Tür zur Vergangenheit definitiv geschlossen. Sie verabschiedeten sich leichten Herzens. Auf dem Weg durch den Vorgarten zögerte sie beim Blick auf den Pflaumenbaum, der in der Sonne schimmerte.

»Die Welt ist nass und hell«, sagte sie zum Abschied. Ein gemeinsames Zitat, eine Verbeugung vor der Liebe, an die sie sich beide schon bald nicht mehr erinnern würden.

Er lächelte ihr zu.

Therese legte ihre Tochter in die Babyschale und setzte sich ins Auto. Jeppe winkte ihr nach, die spärliche Frühjahrssonne funkelte im Glas der Uhr seines Vaters. Die Omega war repariert, gereinigt und hatte ein neues Glas bekommen. Jetzt war es seine Uhr. Sie ging noch immer ein wenig nach.

Therese verschwand um die Ecke.

In diesem Augenblick empfand Jeppe plötzlich ein enormes Glücksgefühl, und er wusste, dass er sich immer an diesen Moment erinnern würde. So glücklich, dass ihm fast die Tränen kamen. Ein neuer Start, eine saubere Tafel, ein Rauschen im Blut. Die Liebe überrascht uns jedes Mal wieder – wenn sie verschwindet und wenn sie uns überkommt.

Er dachte nicht über die Worte nach, er schrieb die sms einfach an der Tür und schickte sie ab.

Sara antwortete sofort. Ein einziges Wort, das einzige Wort, das wirklich zählte.

Ja.

Dank

Mein allergrößter Dank gilt den vielen Lesern, die Jeppe Kørner und Co. ins Herz geschlossen haben. Vor allem danke ich all jenen, die mir von ihrem Leseerlebnis geschrieben haben – sie ahnen nicht, wie motivierend und wunderbar das ist!

Ein großer Dank geht an die Polizisten Jesper Arff Rimmen und Kim Juul Christensen, den Chemieexperten Kenneth Søndergaard, den Oberarzt Steen Nepper Christensen von der Hals-Nasen-Ohren-Abteilung des Nordsjællands Hospital und den Oberarzt Holst Hahn von der Hals-Nasen-Ohren-Klinik des Rigshospitals. Außerdem danke ich der Arzthelferin Margit Andersen von der Hals-Nasen-Ohren-Klinik des Rigshospitals. Einmal mehr muss ich mich auch bei Professor Hans Petter Hougen und der Rechtschemikerin Irene Breum Müller vom Rechtsmedizinischen Institut der Kopenhagener Universität für ihre Hilfe bei den rechtsmedizinischen Details bedanken.

Der Verwaltungsleiter Jens Refslund Christensen und die Maschinenmeisterin Vibeke Kramer Pedersen vom Naturhistorischen Museum haben viel Zeit dafür aufgewendet, mir das Østervold Observatorium zu zeigen. Es war nicht nur ungemein wichtig für das Buch, sie haben mir gleichzeitig auch einen Traum erfüllt. Danke!

Dank auch an Martin Holm für die Beratung in Sachen Geschäftswelt, an den Opernsänger Peter Lodahl und den Professor des Niels-Bohr-Instituts Morten Bo Madsen.

Dank an Mads Steffensen und Danmarks Radio, dass ich das Lieblingsprogramm der Dänen missbrauchen durfte. Obwohl ich mich von realen Problemfällen der Sendung inspirieren ließ, ist im Buch alles reine Fiktion.

Dank an die *ausgewählten Zehn,* an Lars Bjerregaard und Sysse Engbert für konstruktive Kritik zum richtigen Zeitpunkt.

Ein großer Dank geht an meine Agenten, Karin Lindgreen und Federico Ambrosini, und all die anderen netten Menschen der Salomonsson Agency. Und nicht zuletzt ein Riesendank an meinen phantastischen dänischen Verlag People's Press, der an mich und meine Ideen glaubt.

Geburtshelferin, Sparringpartnerin und Freundin: Meine Lektorin Birgitte Franch hat einen großen Anteil an diesem Buch. Ich bin sehr froh über all das, was wir gemeinsam aufgebaut haben!

Auch danke ich meiner Mutter und meinen geliebten Freundinnen Mette, Sara, Anne Mette sowie meinem Freund Mogens, die mich aufgefangen haben, als ich stolperte.

Und an meine Jungensbande, meine Familie: Timm und Cassius. Ihr seid der Grund, warum ich morgens aufstehe. Danke für das Zuhause, das ihr mir gebt, und für das Herz, das ihr klopfen lasst.

»Der Diogenes Verlag will durch lesbare
Literatur unterhalten, durch Neues
vor den Kopf stoßen, aber auch Altes neu
entdecken; das ›Neue um des Neuen
willen‹ übersehen und so das Modische
vom Modernen unterscheiden. So viel
wirklich Neues kann es gar nicht geben.
Echte Avantgarde, sagt Karl Kraus, ist
nichts anderes als der mutige Rückschritt
zur Vernunft – und an das Neue, das
nur aussieht wie das Alte, muss man sich
erst gewöhnen.«

DANIEL KEEL

Der Nr. 1 Bestseller aus Dänemark

Katrine Engberg mit einem Thriller
über die dunkelsten Seiten der Seele.
Ein Pageturner der skandinavischen Art.

Leseprobe zu

Glasflügel
Der Kopenhagen-Krimi

Aus dem Dänischen von
Ulrich Sonnenberg
Roman. 2020. 432 S., Broschur
€ 12.– / sFr. 16.– / € (A) 12.40
Auch als Diogenes eBook erhältlich

Samstag, 14. Oktober

Prolog

Die Glasampullen lagen direkt neben den Einwegsprit-
zen und Kanülenbehältern in dem abschließbaren
Schrank. Morphium und Oxycontin für starke Schmerzen,
Propafenon gegen Vorhofflimmern und das blutverdün-
nende Pradaxa, alles war ordentlich in Pappschachteln und
Folie verpackt. Die Standardmedikamente in der Kardiolo-
gischen Abteilung des Rigshospital dienten der Linderung
von Schmerzen, der Verbesserung der Lebensqualität und
manchmal sogar der Heilung.

Die Krankenschwester warf einen raschen Blick auf die
Medikamente und rechnete. Wie schwer war er? Das Gewicht des Patienten stand auf einer Karteikarte am Kopf-
ende des Bettes, aber sie wollte jetzt nicht im Krankenzimmer nachsehen.

Die Nacht nahm einfach kein Ende. Kurz vor Schichtwechsel hatte sich eine Kollegin krankgemeldet, und sie
hatte auch den Nachtdienst übernehmen müssen. Statt den
Abend mit der Familie zu verbringen, war sie jetzt seit fast
sechzehn Stunden im Dienst. Ihr dröhnte der Schädel vom
ständigen Klingeln der Patienten, ihren Fragen und Wünschen, in den Gesundheitslatschen schmerzten die Füße,
und ihr Nacken war steif wie ein Brett. Sie gähnte, rieb sich
die Augen und sah ihr Spiegelbild in der blanken Innenseite

des Metallschranks. Keine zweiunddreißig Jahre alte Frau sollte chronisch so dunkle Ringe unter den Augen haben, die Arbeit machte sie kaputt. Nur noch eine Stunde, dann war ihre Schicht endlich vorbei, dann konnte sie nach Hause gehen und schlafen, während die Familie aufstand und mit Coco Pops vor dem Fernseher frühstückte.

Sie wählte drei Ampullen aus, steckte sie in die Kitteltasche und schloss den Arzneischrank wieder ab. Dreimal 50 mg/ 10 ml Ajmalin, das müsste genügen. Der Patient wog sicher nicht mehr als siebzig Kilo, dreißig Milliliter dieses Medikaments gegen Herzrhythmusstörungen entsprachen also dem Doppelten der empfohlenen Maximaldosis. Genug, um akutes Herzversagen herbeizuführen und ihn von seinen Leiden zu erlösen. Und alle anderen auch, dachte sie, als sie über den leeren Korridor zum Zimmer 8 ging. Ständig hatte der alte Mann Sonderwünsche, er fluchte und beschwerte sich über alles – vom schlechten Krankenhauskaffee bis zur Arroganz der Ärzte. Die ganze Abteilung war sein Gemecker leid.

Und sie hatte schon immer laut und deutlich ihre Meinung gesagt und die Dinge selbst in die Hand genommen. Keine Rolle, mit der man sich beliebt macht, aber was sollte sie machen? Nur passiv zusehen und wie ihre Kolleginnen über den Personalmangel und die fehlenden Bettenplätze jammern? Bestimmt nicht! Sie war nicht Krankenschwester geworden, um Kaffee zu holen und Kratzer zu verbinden. Sie wollte mehr.

Eine Putzfrau schob ihren Wagen mit Eimern und Lappen den Korridor entlang, ohne aufzublicken. Die Krankenschwester ging an ihr vorbei, ihre Hand umklammerte die Ampullen. Ihr Herz schlug jetzt schneller. Gleich würde sie etwas Außergewöhnliches tun, sie würde ihr ganzes Können zeigen und versuchen, ein Leben zu retten. Die lebhafte Erwartung löste das Gefühl der Leere ab, das sie sonst immer empfand. In diesem Augenblick war sie unentbehrlich. So viel stand auf dem Spiel, so viel lastete auf ihren Schultern. In diesem Moment war sie Gott.

Sie schloss die Tür zur Personaltoilette, wusch und desinfizierte ihre Hände und legte die Ajmalin-Ampullen sorgfältig nebeneinander. Mit routinierten Handgriffen befreite sie die Einwegspritze aus ihrer Verpackung, zog die Flüssigkeit auf, schnippte gegen die Spritze und versicherte sich routinemäßig, dass sie keine Luft mehr enthielt. Die Verpackung knüllte sie zusammen und stopfte sie im Mülleimer weit nach unten, bevor sie mit der Spritze in der Kitteltasche die Tür öffnete.

Vor Zimmer 8 warf sie einen diskreten Blick über den Flur. Keine Kollegin, kein Patient war zu sehen. Sie schob die Tür auf und trat in die Dunkelheit. Ein leises Schnarchen teilte ihr mit, dass der Patient schlief. Sie konnte in Ruhe arbeiten.

Sie trat näher und betrachtete den alten Mann, der mit leicht geöffnetem Mund auf dem Rücken lag. Grau, knochig, vertrocknet. Eine kleine Speichelblase zeigte sich in einem der Mundwinkel, die Augenlider zitterten ein wenig. Gibt es auf der Welt Überflüssigeres als mürrische alte Männer?

Sie schraubte das Einspritzventil des Venenkatheters ab, der auf seinem dünnhäutigen Handgelenk saß, und zog die Spritze aus der Tasche. Direkter Zugang zum Blut, das zum Herzen fließt, ein offenes Tor für Gottes verlängerte Fingerspitze.

Ajmalin wirkte zum Glück sehr schnell, der Herzstill-stand würde beinahe augenblicklich eintreten. Sie verband die Spritze mit dem Venenkatheter und wusste, dass ihr nur wenig Zeit blieb, die Spritze zu verstecken, bevor der Über-wachungsalarm ausgelöst wurde.

Der Patient bewegte sich ein wenig im Schlaf. Sie tät-schelte ihm beruhigend die Hand. Dann drückte sie den Kolben der Spritze durch.

Montag, 9. Oktober

Sechs Tage zuvor

Typisch!«

Frederik wischte sich den Regen von der Stirn und setzte die Mütze wieder auf. Er zog die Kapuze des Regencapes darüber, kontrollierte, ob die Satteltaschen seines Fahrrads geschlossen waren, und fuhr los. Das Aufstehen fiel ihm zwar jeden Morgen schwer, wenn der Wecker um 05:15 Uhr klingelte, aber an manchen Tagen war es schlimmer als sonst. Und bei diesem heftigen Regen wusste er nicht mehr so genau, warum er den Job als Zeitungsbote jemals angenommen hatte. Sechs Tage in der Woche, fünfzehn Wohnungen in der Kopenhagener Innenstadt, sechshundertzwanzig Treppenstufen. Leider war es die einzige Möglichkeit, um sich die Klassenfahrt leisten zu können, an der er unbedingt teilnehmen wollte.

Das Verteilzentrum der Zeitung verschwand hinter ihm in der Dunkelheit. Das Telefon in seiner Tasche pumpte ihm Musik in die Ohren, er trat energisch in die Pedale. *I got my black shirt on, I got my black gloves on.* Es war schon cool, die belebteste Einkaufsstraße der Stadt ganz für sich zu haben. Er fuhr die Strøget hinunter, bis sich Gammeltorv und Nytorv vor ihm öffneten. Sorgfältig renovierte, mehrstöckige Gebäude mit Sprossenfenstern und Dachrinnen aus Kupfer, die bei diesem Herbstregen überflossen, ein paar spärliche Bäume, Bänke, auf denen Abfall herumlag, und dunkelgrüne Bauzäune. Die sandfarbenen Säulen des Kopenhagener Stadtgerichts leuchteten in der morgendlichen Dunkelheit wie mahnend erhobene Zeigefinger über die uralten Kellerkneipen des Platzes.

Frederik sprang vom Rad und lehnte es an den Springbrunnen mitten auf dem Platz. Er zog die Ohrhörer heraus und kontrollierte noch einmal, ob das Geld für eine warme Zimtschnecke in seiner Jackentasche steckte. Dann warf er einen Blick auf den Brunnen, auf dessen Wasseroberfläche die Regentropfen in der Dunkelheit zerplatzten.

Irgendetwas lag im Wasser.

Es lag oft etwas im Wasser. Die Straßenkehrer holten täglich Bierdosen, Plastiktüten und unerklärlicherweise auch einzelne Schuhe aus dem Brunnenbecken.

Aber das hier war kein Schuh.

Frederik taumelte. Im ältesten Springbrunnen Kopenhagens schwamm drei Meter von ihm entfernt ein Mensch, mit dem Gesicht nach unten und zur Seite ausgestreckten Armen. Der Regen prasselte mit einem unschuldigen Geräusch auf den nackten Rücken, die Tropfen spritzten wie Hunderte kleiner selbständiger Springbrunnen in die Höhe.

Frederik war wie gelähmt. Es fühlte sich an wie in einem Alptraum. Dann schrie er: »Hilfe! Hallo, da liegt jemand im Wasser!«

Er wusste, dass er eigentlich in den Brunnen steigen, den Körper umdrehen und Erste Hilfe leisten müsste. Doch der warme Urin, der seinen Schenkel hinunterlief, bewies nur, dass er nicht in der Lage war, auch nur irgendetwas zu tun.

Frederik blickte noch einmal auf den Körper im Wasser.

Diesmal wurde ihm erst wirklich klar, was er sah. Er hatte noch nie einen toten Menschen gesehen.

Mit zitternden Knien lief er zum Kiosk an der Ecke. Die automatische Tür öffnete sich, eine blonde Verkäuferin trug summend ein Tablett mit ofenwarmem Gebäck in Richtung Theke, und der Duft von Zimtbutter stieg ihm in die Nase. Von seiner Mütze tropfte es ihm in die Augen. Frederik wischte sich mit dem Handrücken Regenwasser und Tränen aus dem Gesicht und schluchzte: »Helfen Sie mir! Schnell, rufen Sie die Polizei, verdammt noch mal!«

Die Verkäuferin sah ihn mit großen Augen an. Dann ließ sie das Tablett mit den Zimtschnecken los und griff zum Telefon.

*

Der Himmel über Kopenhagen hatte seine Schleusen geöffnet. Die Konturen der Ziegeldächer verwischten, die Umrisse der Stadt verschwammen. Es goss wie aus Kübeln auf das alte Kopfsteinpflaster des Gammeltorv.

Polizeiassistent Jeppe Kørner kniff die Augen zusammen und wagte einen Blick nach oben. Dass es aufriss, war kaum zu erwarten. Vielleicht ging die Welt ja tatsächlich unter, und die Ozeane eroberten das Land. Er fuhr sich mit der nassen Hand übers Gesicht, unterdrückte ein Gähnen und bückte sich, um unter dem Absperrband hindurchzukriechen. Wasser drang in seine Sneakers, es schwappte bei jedem Schritt.

Durch den Regenschleier sah er in Schutzanzüge gekleidete Silhouetten, die um den Springbrunnen Zelte aufstellten. Dieselben Pavillons, die auch für Gartenfeste vermietet werden – in der Hoffnung, sie dann doch nicht zu brauchen. Jeppe suchte unter dem nächsten Zelt Schutz und schaute auf die Uhr. Es war kurz nach sieben, über der Wolkendecke ging vermutlich gerade die Sonne auf. Im Grunde war es egal. Dieser Tag würde ohnehin nur Grautöne zu bieten haben.

Im Springbrunnen vor ihm lag ein nackter Körper, der von den Arbeitslampen der Kriminaltechniker beleuchtet wurde. Jeppe beobachtete die Szenerie, während er einen Schutzanzug über seine feuchte Kleidung zog. Die Leiche lag mit dem Gesicht im Wasser wie ein Schnorchler im Meer. Der Körper einer Frau, soweit er es aufgrund von Schultern und Rücken beurteilen konnte, nackt, mittleren Alters. Graumeliertes dunkles Haar, zwischen den nassen Locken schimmerte die Kopfhaut.

»Wusstest du, dass dies der Caritasbrunnen ist?«

Jeppe drehte sich um. Hinter ihm stand Kriminaltechniker Clausen, das Gesicht von einer Kapuze umrahmt. In seinem blauen Schutzanzug sah er aus wie ein Astronaut.

»Du wirst lachen, Clausen, aber die Antwort ist nein. Noch nie gehört.«

»Caritas ist Lateinisch und bedeutet Barmherzigkeit. Deshalb ist die Figur oben auf dem Brunnen auch eine schwangere Frau. Der Inbegriff der Nächstenliebe.« Clausen rieb den Regen aus den buschigen Augenbrauen und wischte sich die Hände ab.

»Mich interessiert eher, weshalb im Becken eine Leiche schwimmt.« Jeppe wies mit dem Kopf auf den Brunnen. »Was haben wir?«

Clausen sah sich um und griff nach einem Regenschirm,

der an einer der Zeltstangen lehnte. Er spannte ihn auf und trat einen vorsichtigen Schritt ins Freie.

»Scheißwetter, unmögliche Arbeitsbedingungen. Komm!« Jeppe musste den Kopf einziehen, um seinen schlaksigen Körper der Schirmhöhe des untersetzten Clausen anzupassen. Sie blieben am Rand des Brunnens stehen und betrachteten die Leiche. Im Wasser sah die weiße Haut aus wie aus Marmor. Ein Polizeifotograf versuchte, brauchbare Winkel zu finden und gleichzeitig seine Kamera vor dem Regen zu schützen.

»Die Gerichtsmediziner müssen sie natürlich erst einmal herausholen und obduzieren, bevor wir etwas sagen können. Aber es ist eine Frau, kaukasischer Typ, mittelgroß, ich würde sagen, so um die fünfzig.« Ein Windstoß erfasste die Leiche, so dass sie mit dem Kopf gegen den Beckenrand stieß.

»Sie wurde um fünf Uhr vierzig von einem Zeitungsboten gefunden. Der Anruf bei der Alarmzentrale kam zwei Minuten später von dem Kiosk dort an der Ecke. Keine Ahnung, warum man sie noch nicht aus dem Wasser geholt hat. Der Zeitungsjunge und die Verkäuferin sitzen im Kiosk und warten auf ihre Vernehmung. Die Kioskverkäuferin kam um fünf und ist ganz sicher, dass zu diesem Zeitpunkt nichts im Wasser lag, also muss das Verbrechen heute Morgen zwischen fünf und zwanzig vor sechs stattgefunden haben.«

»Du meinst, das hier ist der Tatort?« Jeppe schlug die Kapuze zurück, um den Platz besser überblicken zu können. »Ist sie deiner Meinung nach mitten auf der Strøget ermordet worden?«

Clausen wandte sich Jeppe zu und hielt dabei seinen Regenschirm schräg, so dass Jeppe im Regen stand.

»Entschuldige, Kørner, so was Blödes! Bist du nass geworden? – Nein, ich habe mich ungenau ausgedrückt. Hier ist sie aller Wahrscheinlichkeit nach nicht ermordet worden. Aus mehreren Gründen.«

»Es wäre zu riskant …« Jeppe versuchte, die Tropfen zu ignorieren, die ihm den Nacken hinunterliefen.

»Richtig, das Risiko, dass jemand vorbeikäme, wäre zu groß. Dass es überhaupt jemand gewagt hat, eine Leiche in den Brunnen des Gammeltorv zu werfen, ist doch kaum zu fassen.« Clausen schüttelte den Kopf. »Aber nicht nur deshalb. Siehst du an den Armen die kleinen Schnitte in der Haut? Die sind nicht so leicht zu erkennen, weil sie im Wasser liegt.«

Jeppe kniff die Augen zusammen und versuchte, trotz des Regens etwas zu erkennen. Direkt an der Wasseroberfläche zeigten sich an den Handgelenken kleine parallele Schnitte in einem symmetrischen Muster. Klaffende Wunden im weißlichen Fleisch. Jeppe hatte das Bild eines verwesenden Wals am Strand vor Augen und versuchte, sein Unbehagen zu verdrängen.

»Aber es ist kein Blut im Wasser?«

»Genau!« Clausen nickte anerkennend. »Sie muss heftig geblutet haben, und doch gibt es keinerlei Blutspuren, weder im Wasser noch am Brunnen. Das hätte der Regen nicht alles wegwaschen können. Hier ist sie nicht gestorben.«

Jeppe ließ seinen Blick über die alten Hausfassaden schweifen. »Hier gibt's 'ne Menge Überwachungskameras. Wenn der Täter die Leiche in den Brunnen geworfen hat, muss es Aufnahmen davon geben.«

»Wenn?« Clausen klang verärgert. »Sie hat sich bestimmt

nicht selbst so zugerichtet und ist dann in den Brunnen ge-
hüpft.«

»Womit wurden ihr die Schnitte beigebracht?«

»Das kann ich noch nicht sagen. Erst muss Nyboe sie auf
den Tisch kriegen.« Clausen sprach von Professor Nyboe,
dem Pathologen, der bei Mordfällen normalerweise die Obduktion vornahm. »Aber wie auch immer, die Mordwaffe
befindet sich nicht hier auf dem Platz. Die Hunde haben
eine halbe Stunde gesucht, ohne etwas zu finden. Von ihrer
Kleidung auch keine Spur.«

In Jeppes Tasche brummte es. Er wischte sich die Hände
am Hosenboden ab und zog das Telefon vorsichtig heraus.
Auf dem Display stand *Mama*, er ignorierte den Anruf. Was
wollte sie denn jetzt?

»Also hat jemand am frühen Morgen eine nackte Leiche
über die Strøget befördert und in den Brunnen geworfen?«

»Einiges deutet darauf hin, ja.« Clausen verzog sein Gesicht zu einer entschuldigenden Grimasse, als sei er mitverantwortlich für die absurde Szenerie.

»Zum Teufel, wer kommt denn auf so eine Idee?«

Jeppe strich sich das Wasser aus dem Nacken und rieb
seine brennenden Augen. Er hatte zu wenig geschlafen,
noch dazu schlecht. Eine nackte Frauenleiche war nicht unbedingt das, was er sich für diesen Tag erhofft hatte.

It's raining again. Too bad I'm losing a friend.

Supertramps Regensong schnurrte im Hinterkopf, und
Jeppe ärgerte sich, dass er sich nie aussuchen durfte, von
welcher Musik er gequält wurde, wenn sein Gehirn müde
und gestresst war. Wie so oft waren es Fetzen ultrakom-
merzieller Popmusik, die sich in einer Endlosschleife unter

seinen Gedanken festsetzten. *It's raining again. Oh no, my love's at an end.* Er zog die Kapuze wieder über den Kopf und ging auf den Kiosk zu, in dem der Zeitungsbote wartete.

*

Das Gebrüll war unerträglich. Anhaltend, laut und quälend wie ein Zahnarztbohrer. Das schlimmste Geräusch der Welt.

Polizeiassistentin Anette Werner drehte sich auf die andere Seite und kniff die Augen zu. Svend war beim Baby. Sie wollte ein wenig von dem Schlaf nachholen, den sie in der Nacht nicht bekommen hatte. Sie legte sich das Kopfkissen über den Kopf, um die Geräusche der Welt auszusperren. Sie versuchte sich vorzustellen, was sie *nicht* opfern würde, um endlich einmal wieder durchschlafen zu können, aber es fiel ihr nichts ein.

Im Nebenzimmer mischte sich das Weinen mit Svends beruhigender Stimme. Warum schloss er nicht die Tür? Sollte sie aufstehen und es selbst machen? Tatsächlich musste sie auch pinkeln. Vor dem 1. August dieses Jahres hätte sie eine volle Blase ignoriert und ruhig weitergeschlafen, doch nun konnte sie nicht darauf vertrauen, dass ihr geschundener vierundvierzigjähriger Körper ihr gehorchen würde.

Anette setzte sich schwerfällig auf und stieg aus dem Bett. Wann würde endlich dieses permanente Gefühl von Kater und Jetlag verschwinden?

Sie spürte jedes einzelne Glied ihres Körpers und merkte, wie ihre einst so starke Muskulatur die Knochen nicht mehr stützte. Die Brüste schmerzten. Sie sah an sich herab und stellte fest, dass sie wieder einmal ihre Schuhe nicht ausgezogen hatte. Wie ein Zombie schleppte sie sich am Kinderzimmer vorbei zur Toilette. Wie konnte Svend so ruhig und optimistisch sein? Sie schloss die Tür und betrachtete sich im Spiegel. Ich sehe aus wie eine lebendige Tote, dachte sie, als sie sich auf die Toilette setzte, wäre ich doch bloß tot.

Eigentlich war alles gut gegangen. Die Schwangerschaft war problemlos verlaufen, die Geburt rasch überstanden. Gegen alle Prognosen hatte Anette alle erdenklichen Rekorde bei Erstgebärenden über vierzig geschlagen. Doch als ihr das kleine gesunde Mädchen in die Arme gelegt wurde und sofort anfing zu trinken, hatte Anette nichts empfunden. Zu der Bindung, die eigentlich instinktiv kommen sollte, musste sie sich regelrecht zwingen, Liebe empfand sie kaum.

Bei Svend war das anders.

In den letzten zweieinhalb Monaten hatte er unendlich viel Einsatz gezeigt, und die Liebe zu dem kleinen neuen Menschen war immer größer geworden. Der Blick in seinen Augen, wenn er sie in den Armen hielt! Augen, die vor Stolz strahlten. Svend genoss das Familienleben und ging völlig in seiner Vaterrolle auf. Anette versuchte es, sie gab sich wirklich Mühe. Wenn sie nur nicht so müde gewesen wäre.

Sie legte die Arme auf die Schenkel, beugte sich vor und stützte den Kopf in die Hände.

»Schläfst du, Schatz?«

Ruckartig hob Anette den Kopf. Svends Stimme kam von der anderen Seite der Toilettentür, er schien direkt davor zu stehen.

»Ich pinkle. Kannst du nicht mal zwei Minuten warten?«

Sie hörte die Irritation in ihrer Stimme, diesen Tonfall,

den sie von anderen Frauen kannte, nicht aber von sich. Sie stand auf, wusch sich die Hände und öffnete die Tür.

»Sie hat Hunger. Deshalb beruhigt sie sich nicht. Sie sucht mit dem Mund.« Svend hob ihre Tochter behutsam hoch und küsste sie auf die Stirn, bevor er sie Anette gab.

Anette streckte die Arme aus und hatte wie so oft Angst, die Kleine fallen zu lassen. Alle, die behaupten, die Aufzucht von Kindern sei der von Hunden ähnlich, haben ja keine Ahnung, ging ihr durch den Kopf, obwohl sie noch vor zweieinhalb Monaten selbst so etwas behauptet hätte. Sie betrachtete das schreiende Baby in ihren Armen.

»Ich vermisse die Jungs. Wann holen wir sie?«

Svend sah sie mit bekümmerter Miene an. »Den Hunden geht es gut. Auch noch in den nächsten Wochen. Meine Mutter bringt sie dreimal am Tag ins Moor. Wir müssen uns um Gudrun kümmern.«

»Hör auf, sie so zu nennen! Wir haben noch nicht entschieden, wie sie heißen soll.« Anette drückte sich in dem engen Flur resolut an ihrem Mann vorbei.

»Ich dachte, dir würde Gudrun gefallen?«

Anette ging zur Haustür. »Ich setze mich zum Stillen ins Auto. Sag jetzt besser nichts, ich sitze gern dort.« Sie warf die Haustür so rabiat hinter sich zu, wie es mit einem Baby im Arm nur möglich war. Lief durch den Regen zum Auto und fummelte am Schloss herum. Das Baby hörte auf zu schreien, vielleicht weil es Regen im Gesicht nicht gewohnt war.

Der Wagen roch vertraut nach Arbeit und Hund. Anette setzte sich zurecht, knöpfte die Bluse auf und legte die Tochter an ihre pralle Brust. Sie fing sofort an zu trinken. Beruhigte sich. Anette atmete schwer und versuchte, dieses anhaltende Gefühl von Stress in ihrem Körper zu ignorieren. Behutsam wischte sie die Regentropfen von der Stirn ihrer Tochter und streichelte ihr über den Kopf. Wenn sie so still dalag, war es schon sehr schön. Nur mit dem Weinen und dem fehlenden Nachtschlaf kam sie nicht zurecht. Und mit der Elternzeit. Anette vermisste ihre Arbeit.

Sie blickte hinüber zum Haus. Svend saugte oder räumte auf. Anette klappte das Handschuhfach auf und holte das Polizeiradio heraus. Eigentlich hätte es auf der Ladestation im Präsidium liegen sollen, aber Anette hatte es nicht abgeliefert. Es war eine Frage der Zeit, bis die Kollegen im Präsidium bemerkten, dass es fehlte und es abschalteten, aber solange es noch lief, genoss sie es, ein bisschen zuzuhören. Sie achtete darauf, dass der Ton leise gestellt war, damit das Baby sich nicht erschrak, und schaltete ein. Bei dem wohlbekannten Schnarren spürte Anette ein Ziehen im Bauch.

… und wir brauchen einen Wagen für die Tote am Gammeltorv. Die Leiche muss für die Obduktion zum Traumacenter transportiert werden. Die Frederiksberggade, der Gammeltorv und der Nytorv bleiben gesperrt, bis die Kriminaltechniker die Spurensicherung beendet haben …

Ein Mord am Gammeltorv? Den Fall würden ihre Kollegen übernehmen. Anette stöhnte auf. Warum musste etwas so Natürliches wie Stillen so verdammt wehtun?

… und wir brauchen die Aufnahmen sämtlicher Kameras in der Umgebung. Alle Infos an Polizeiassistent Kørner und sein Team …

Polizeiassistent Jeppe Kørner, Beamter der Abteilung für Gewaltkriminalität, besser bekannt als Mordkommission. Ihr Partner.

Kørner, jetzt ohne Werner. Werner, jetzt ohne Arbeit. Anette schaltete das Radio aus.

*

Katrine
Engberg
Krokodilwächter

Roman · Diogenes

Krimi
Aus dem Dänischen von Ulrich Sonnenberg
544 Seiten
Auch erhältlich als eBook

Gerade erst war Julie nach Kopenhagen gezogen, um Literatur zu studieren. Warum musste sie so jung sterben? Erstochen und von Schnitten gezeichnet? Es ist ein schockierender Fall, in dem Jeppe Kørner und Anette Werner ermitteln. Als bei Julies Vermieterin ein Manuskript auftaucht, in dem ein ähnlicher Mord geschildert wird, glauben die beiden, der Aufklärung nahe zu sein. Aber der Täter spielt weiter.